# 草根架彩虹

# ON THE OTHER SIDE OF THE RAINBOW

## 我们夫妇传扬中美友谊的故事

## A Chinese Couple's Devotion to China-U.S. Friendship

潘 杰 著

By Pan Jie

浙江工商大学出版社
ZHEJIANG GONGSHANG UNIVERSITY PRESS

图书在版编目（CIP）数据

草根架彩虹——我们夫妇传扬中美友谊的故事 / 潘杰著.
— 杭州:浙江工商大学出版社，2017.5
ISBN 978-7-5178-2121-2

Ⅰ. ①草… Ⅱ. ①潘… Ⅲ. ①纪实文学 — 中国 — 当代
Ⅳ. ① I25

中国版本图书馆 CIP 数据核字（2017）第 090351 号

**草根架彩虹**

**——我们夫妇传扬中美友谊的故事**

潘　杰 著

责任编辑　钟仲南
装帧设计　李　纪
责任印制　包建辉
出版发行　浙江工商大学出版社
（杭州市教工路 198 号　邮政编码 310012）
（E-mail：zjgsupress@163.com）
（网址：http://www.zjgsupress.com）
电话：0571-88904980　传真：0571-88831806
排　　版　杭州朝曦图文设计有限公司
印　　刷　杭州恒力通印务有限公司
开　　本　710mm×1000mm　1/16
印　　张　21
插　　页　24
字　　数　392 千
版 印 次　2017 年 5 月第 1 版　2017 年 5 月第 1 次印刷
书　　号　ISBN 978-7-5178-2121-2
定　　价　68.00 元



浙江工商大学出版社营销部邮购电话　0571-88904970

# 谨将此书

# 献给热爱中美友谊的世界人士！

## 献诗

美丽的中美友谊

我们用爱情为你伴奏

这乐声虽然微小

它是草根的歌喉

声声激越且曼妙

弹指间二十春秋

This Book Is Dedicated to Those Who Believe in a Strong China-U.S. Relationship

Congratulatory Message

The beautiful China-U.S. friendship,
We accompany you with love.
Though our voice maybe weak,
It's the sound of music from grassroots.
The sound is loud and graceful,
Twenty years in a flash.

**“我谨向杭州人民致以亲切的问候和美好的祝愿。深切希望中美友谊纪念馆能永远成为增进美中两国友好和相互了解的桥梁。”**

——美国前国务卿基辛格寄言

“I send my warm greetings and good wishes to the people of Hangzhou. May the China-U.S. Friendship Folk Memorial forever serve as a bridge uniting our two countries in understanding and good-will.”

—— Former Secretary of State Dr. Henry A. Kissinger

**“他们是最受美国人欢迎的一对中国夫妇。”**

——美国俄勒冈州前众议长艾尔·金向来宾介绍潘杰夫妇时语

“They are one of the most beloved Chinese couples by Americans.”

——Former Oregon State Representative
Al King said, when introducing Pan Jie and his wife

**义助展出，惠我华府**

——华盛顿台湾同乡会题赠

The donation for exhibition brings benefits to our Taiwanese Association of Washington, D.C.

——Taiwanese Association of Washington, D.C.

**春秋常盛**

——中共中央宣传部前副部长翟泰丰为我馆题词

(China-U.S. Friendship) Lasting Blossom!

——Mr. Zhai Taifeng,
former Deputy Minister of the Publicity Department of the Central Committee of CPC

**大学同窗，编剧伉俪**

Pan Jie and Leifang fell in love in college when writing plays.

**蕾芳病了，端茶送水**

Love tested when the other fell ill.

**一家五口，其乐融融**

（从左至右为长子潘柯、长媳梅静、金蕾芳、潘杰、次子潘翔）

Happy family of five (from left to right): Pan's eldest son, Pan Ke, Pan's daughter-in-law, Mei Jing, Pan's wife, Jin Leifang, Pan Jie, and Pan's second son, Pan Xiang.

**蕾芳病逝，续弦再婚**

登报征婚，第一次见面时的范祝华。

After Leifang passed away, Pan Jie re-married with Fan Zhuhua.

**结婚次日，即筹办馆**

这是在灵隐寺附近的旧房，后被征用。

Immediately after the wedding , Pan and Zhuhua began the preparation of the Memorial. This is the old house near Lingyin Temple, which was planned for the hall but was requisitioned later.

**办馆有望，戏水碧涧**

——范祝华在九溪十八涧玩水

Relaxed on knowing that it was hopeful to found the Memorial.

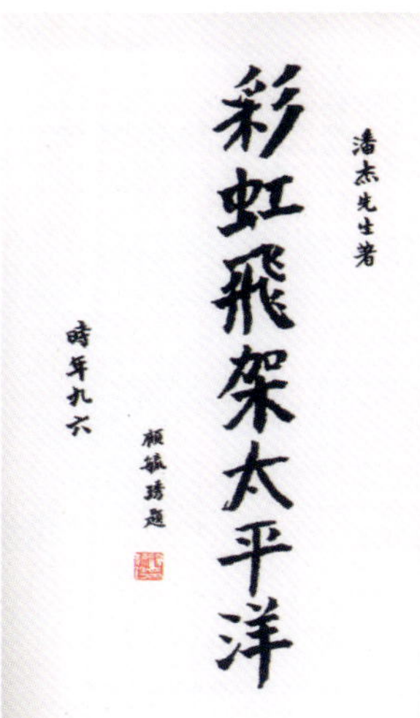

**旅美名师，多方指点** 旅居美国的文理大师顾毓琇担任顾问

Under the guidance of our advisor Dr. Gu Yuxiu（1902—2002）, a famous Chinese American scholar of international reputation.

美国国际合作委员会主席陈香梅担任顾问

Our Advisor Anna Chan Chennault , the widow of WWII aviation hero Lieutenant General Claire Lee Chennault , and the President of Council of International Cooperation of America.

## 三位总统　相继来信 Letters from Three American Presidents

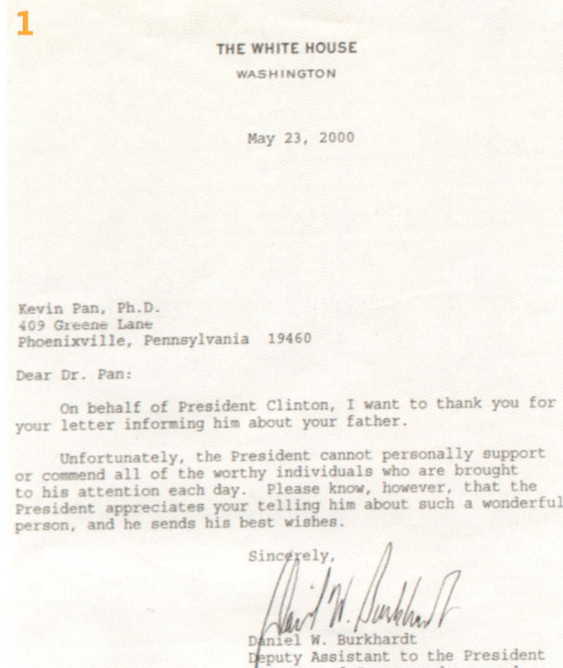

1

THE WHITE HOUSE
WASHINGTON

May 23, 2000

Kevin Pan, Ph.D.
409 Greene Lane
Phoenixville, Pennsylvania 19460

Dear Dr. Pan:

On behalf of President Clinton, I want to thank you for your letter informing him about your father.

Unfortunately, the President cannot personally support or commend all of the worthy individuals who are brought to his attention each day. Please know, however, that the President appreciates your telling him about such a wonderful person, and he sends his best wishes.

Sincerely,

Daniel W. Burkhardt
Deputy Assistant to the President
Director of Correspondence and
Presidential Messages

Thank you for your kind gesture. I appreciate your good wishes.

2

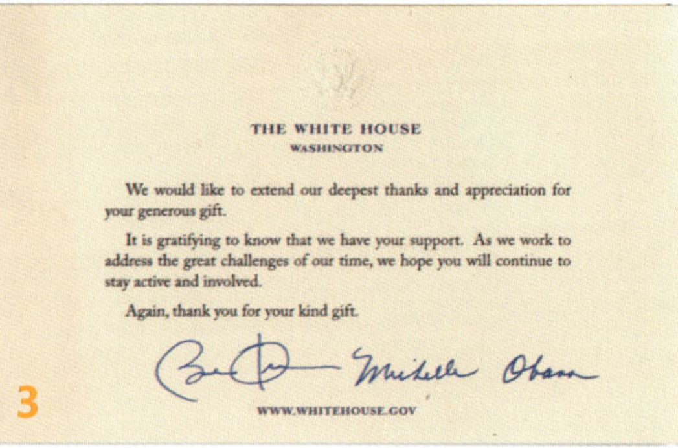

THE WHITE HOUSE
WASHINGTON

We would like to extend our deepest thanks and appreciation for your generous gift.

It is gratifying to know that we have your support. As we work to address the great challenges of our time, we hope you will continue to stay active and involved.

Again, thank you for your kind gift.

WWW.WHITEHOUSE.GOV

3

1. 克林顿总统助理代笔
Letter from Bill Clinton
( written by his assistant )

2. 小布什总统言简意赅
Letter from George W. Bush

3. 奥巴马夫妇语重心长
Letter from Barack and Michelle Obama

## 中美政要　共叙深恩

中国国务委员刘延东向美国前国务卿希拉里赠送其父当年营救美国飞虎队的照片。

State Councilor Liu Yandong presented a photo of her father rescuing pilots of the Flying Tigers to Hilary, former U.S. Secretary of State.

## 致信主席　终得登记

办馆，必须登记。向国家主席写信后，才予解决。这是抄件。

The copy of the letter to President Jiang Zemin to seek support from the top.

杭州中美友谊民间纪念馆

浙江省信访办　浙信告（530）号

省民政厅：

杭州市教工路280号德雅花园4-2-402潘杰、龙瑞华夫妇致信江泽民同志，反映他们在筹办"杭州中美友谊民间纪念馆"过程中遇到的一些问题，希望上级领导给予关注和支持。为此，国家信访局发来信浙字（2002）86号函省长会签处理，省政府副秘书长、办公厅主任陈德校同志8月22日阅批意见："请省民政厅处理，处理结果告来信人及省访局"。

现将陈德校同志阅批的来信复印件转去，请按照阅批意见的精神办理，结果请函告我局。

中共浙江省委　信访局
浙江省人民政府
2002年8月30日

纪念馆办事处：
杭州市教工路280号德雅花园4-2-402室
邮编：310012　电话：0571-88073992

## 为觅馆址　历尽艰辛

这是上城区政府借给的清吟街127号用房。
左五为来参加基辛格祝寿展览开幕式的老省长沈祖伦。

Searching for a site for the Memorial. Hangzhou Shangcheng District government loaned No. 127 Qingyin Street to the Memorial. Former Governor of Zhejiang Province, Mr. Shen Zulun (fifth from the left) , attended the opening ceremony of the exhibition celebrating Dr. Kissinger's birthday.

这是女儿出借的亲亲家园三期106号用房。

Loaned space from Pan's daughter, Room 106, Qinqin Jiayuan, Hangzhou.

基辛格博士八十华诞，我馆为他举办祝寿展览，20多位书画家、工艺美术大师喜送寿礼。他在纽约亲切接见我们夫妇，促膝谈心。

On Dr. Kissinger's 80th Birthday, the Memorial held a ceremony, and more than 20 artists presented their artworks as gifts. Years later, Dr. Kissinger received Mr. and Mrs. Pan in New York.

这是一幅挂轴，我们一家九口每人为他写一“寿”字。

Each of the 9 members of Pan Jie's family wrote " 寿 " ( means longevity ) following the Chinese tradition to congratulate on Dr. Kissinger's birthday.

基辛格博士 85 华诞，我馆为他竖了半身铜像，以示中国人永远不忘国际挚友。

On Dr. Kissinger's 85th Birthday, the Memorial established a bronze statue of him, which is the first of its kind in China, to show Chinese people's appreciation of his contribution to China-U.S. relations.

铜像揭幕仪式。前排右起为本馆领导赵国平、范祝华、沈才土、胡龙官

The Memorial's leadership team were unveiling the statue. From right to left of the front row: Zhao Guoping, Fan Zhuhua, Shen Caitu, and Hu Longguan .

美国俄勒冈州前议长艾尔•金偕夫人、女儿一家，在杭州鼓楼参观我馆展览。

The Oregon State Representative Al King and his family are attending the Memorial's exhibiton at Gulou, Hangzhou.

一家人参观完展览，击鼓助兴。

King's family hit the historical drum.

他在告别晚宴上称赞潘杰夫妇是“一对最受美国人欢迎的中国夫妇”。

King praised Pan and his wife as “one of the most beloved Chinese couples by Americans” at the farewell banquet.

## 得道多助，齐伸援手

Global Support, Local Enthusiasm

**1** 旅美实业家宋飞鸿女士与我馆在美合办展览。潘杰与她合影于她在费城的书店。

Ms. Song Feihong, a Chinese American entrepreneur in Philadelphia, supports the Memorial's exhibition in America. Pan Jie and Song Feihong took the photo at her famous bookstore in downtown Philadelphia.

**2** 旅美学者袁海洋先生担任本馆在美活动全权代表，他和俄勒冈州老议长艾尔•金（右）在一起。

Mr. Yuan Haiyang, a Chinese American entrepreneur based in Oregon, organizes the Memorial's activities in the United States. He took this photo with Al King (right), the Oregon State Representative.

**3** 浙江省委原常委梁平波（中）等省市有关领导来馆座谈。

Former Zhejiang provincial standing committee member Mr. Liang Pingbo (middle) attending the Memorial's meeting in Hangzhou.

**4** 本馆俱乐部成员来馆活动。

The Memorial's attendees from all walks of life.

## 西湖八角亭　神圣又神奇

The Octagonal Pavilion by the West Lake: Sacred and Magic

中美第一个联合公报在此亭中敲定。事后数年，尼克松和基辛格都曾重临此亭。

The place where the first China-U.S. communique was agreed upon. Both President Nixon and Dr. Kissinger visited here years later.

2004 年端午节，荣获世界旅游小姐的美国小姐凯丽（Keeley Boess）来杭旅游，我们请她来家包粽子，又与女儿一起陪她去刘庄八角亭观光。

On the Dragon Boat Festival of 2004, Ms. Keeley Boess, Miss California and the winner of Tourism Queen International,accompanied by Pan Jie and his daughter, had a sightseeing tour in Hangzhou.They also visited the historical pavilion.

邀请单身老外来家同吃年夜饭。

Inviting single foreigners who work and study in Hangzhou for Chinese New Year's dinner party.

吃年夜饭

籍华裔留
家过一个
杰夫妇想
流沟通有
了"寻找
子潘杰家
31 日，潘
开身子，
有停过。
，也有企
，还有家
孩子一起
肴来。他
的机会，

他们刚从德国回家探亲的女儿，一共 30 多个人欢聚在一起，一时好几国语言在客厅里交流，大家热热闹闹地吃了一餐团圆饭。潘杰夫妇还给四位小客人每人发了压岁包，又向每位来宾赠送了一个平安结和一张盖有中美友谊民间纪念馆公章的请柬以作纪念。老外们不仅吃到了满桌的美味佳肴，而且还感受到了主人浓浓的情意，个个兴高采烈，他们说，热情的中国人让我们身在异乡不孤单，这个年我们永远不会忘记。

那晚回到宾馆，布朗抑制不住激动的心情，当即给布什总统发了个传真，他告诉总统，中国人民真

热热闹闹的团圆饭。　徐瑛　摄

杰夫妇带了个好头。布朗则表示，

同来吃年夜饭的美国专家布朗十分激动，回宾馆即给布什总统发电邮。

At the dinner, the American expert Brown was very excited and he sent an email to President Bush immediately upon returning to his hotel.

第二年继续请，饭后共舞迎新年。

The second year in a roll: Chinese New Year celebration with international guests.

## 飞越大洋　赴美展出

Across the Pacific, Exhibition in America

**1** 右一为华盛顿台湾同乡会会长陈惠青女士。

First from the right (left photo): Ms. Chen Huiqing, President of Taiwan Association of Washington, D.C.

**2** 中为纽约亚太常务研究中心主任陈宪中先生。

Center：Mr. Chen Xianzhong, Director of Asia Pacific Center in New York.

**3** 旅居美国的飞虎队老翻译马大任在展览开幕式上慷慨致词，介绍他的“把书赠给中国”事迹，以继承飞虎队援华精神。

Chinese American Professor Ma Daren gave a passionate speech about his “Books for China” program. Professor Ma served as General Chennault's interpreter during the Flying Tiger days during the World War II.

## 不辞辛劳　送展上门

——大热天潘杰骑车送展去学校展出

Delivering exhibition items under the scorching sun by bike.

## 九十华诞　再受接见

Visited Dr. Kissinger to Celebrate His 90th Birthday

2013 年 5 月 28 日下午，我、老伴祝华、女儿雪谊和我馆在美代表翻译袁海洋先生，在博士办公室向他祝贺九十华诞。

Pan' s wife Zhuhua, daughter Xueyi, translator and the representative of the China-U.S. Friendship Folk Memorial in the U.S., Yuan Haiyang and Pan visited Dr. Kissinger's office to celebrate his 90th birthday on May 28th, 2013.

在曼哈顿赴博士事务所途中，女儿偷拍了一张我俩风雨兼程的背影合照，寓意无穷。

Our daughter took a photo from our back when we were on the way heading to Dr. Kissinger' s office in Manhattan, which may have rich implications.

基辛格博士在看我写的礼品书《草根架彩虹》，这也是我们向他汇报极尽艰辛的办馆历程。

Dr. Kissinger was reading our book *On the Other Side of the Rainbow*, which was about our story of setting up the China-U.S. Friendship Folk Memorial.

2013 年夏天，我馆在华盛顿举办“中美友好二百年”专题展览，美国外事智囊（驻广州前总领事）史蒂夫夫妇（中）出席开幕式。我有感沧桑人生，赋诗一首：我本一樵夫，砍柴铁峰顶。而今跨大洋，送展华盛顿！

The China-U.S. Friendship Folk Memorial held a unique exhibition in Washington themed on two hundred years' China-U.S. friendship in the summer of 2013. Steve, the former Consul General of Consulate General of the United States of America in Guangzhou, and his wife attended the opening ceremony. I composed a poem for that moment:

I was a woodman,<br>
Worked on steep mountains,<br>
Now cross the Pacific Ocean,<br>
Start up exhibition in Washington.

## 感动各方，喜迁新址

## Relocation of the Memorial

2016年G20峰会在杭开幕前一天，美国驻沪副领事张九鼎（左二）、邓诗华（右一），在我馆副馆长程军（左一）陪同下，率先来我家访问，与潘杰在基辛格博士铜像前合影留念。

Mr. Alexander Wald (second from the left) and Mrs. Sheila Tang-Rabeony (first from the right), vice consuls of Consulate General of the United States of America in Shanghai, accompanied by Cheng Jun (first from the left), deputy curator of the Memorial , visited my home on September 3rd, 2016, the day before the opening of Hangzhou G20 Summit.

次日，浙江省委常委、统战部部长王永康（中）在下城区区委书记陈卫国（右一）和区统战部部长周刚（左一）陪同下，也来我家看望，答应为我馆解决有利于提升杭城国际化的馆址问题。随后，副区长邵伟华（下图右一）也来我家看望。

The next day, Wang Yongkang (middle), member of Zhejiang Provincial Standing Committee and Minister of the United Front Work Department,visited our home, accompanied by Chen Weiguo (first from the right), general chief of Xiacheng District Party Committee, and Zhou Gang , director of Xiacheng District United Front Work Department. They promised to offer help to support the China-U.S. Friendship Folk Memorial, so as to promote the city' s international image. Shao Weihua (the first from the right in the picture at the bottom), the deputy district chief of Xiacheng District, vistied our home, too.

地处杭州市中山北路419号院内二楼的新馆址，隶属南宋御街创意街区。它与享誉海内外的司徒雷登故居只有数十步之遥，在传扬中美友谊上正可互为映衬。

The new site of the Memorial is on the second floor of this building at NO. 419 Zhongshan North Road, which is part of an ancient imperial street of the Song Dynasty. It is close to the former residence of the distinguished John Leighton Stuart, who had made great contribution to the development of China-U.S. friendship.

楼上除了展出中美友好二百年重要事迹、简要馆史外，还设有中美友谊研究室，开辟民间研究渠道。

Besides exhibiting important events over the two hundred years of China-U.S.history and the Memorial' s stories , the Memorial has opened the China-U.S. Friendship Research Center , aiming to expand channels for people-to-people friendship between the two great countries: China and the United States of America.

## 为往圣继绝学　创建展览学

Establishing Exhibition Science Research

孔子曾说："鲁阙之象育人。"钱学森院士说:"中国为什么没有一门展览学？"12 年后潘杰获此讯息，主动响应并开始钻研，写出《展览艺术——展览学导论》一书，钱老见书即给他来了 18 封亲笔信。他又写出《中国展览史》。

The scientist Qian Xuesen (Hsue-Shen Tsien, 11 December 1911–31 October 2009) asked: Why China does not have Exhibition Science？Twelve years later, Mr. Pan Jie wrote two books: *Exhibition Art: Introduction* and *Exhibition History in China*. Dr. Qian wrote 18 letters to Mr. Pan Jie.

为纪念恩师，我馆与省、市科技单位合办"大师情怀——钱学森与展览学"大型展览。

Zhejiang provincial and Hangzhou city governments organized an exhibition named "A Master's Heart on Exhibition" to honor Dr. Qian's passion for exhibition science.

钱老儿子钱永刚先生闻讯来浙与潘杰见面、叙谈。

Mr. Qian Yonggang, the son of Dr. Qian, came to Zhejiang to meet and have a talk with Pan Jie at the news of the exhibition.

## 情深意切　著书立说

### Legacy

潘杰一边与范祝华不断举办中美友谊专题展览，一边努力撰写各种著作，乃至长篇小说。上排左二为《与基辛格博士谈心》

Pan Jie, his family members, friends, and supporters in China, have dedicated 15 years' efforts to China-U.S. friendship and exchange programs by writing various books and organizing numerous exhibitions。

德国汉学家顾彬教授说：“中国当代文学让人失望。”潘杰闻讯自告奋勇撰写了 50 万字长篇纪实小说《云暗雪山》，美国《华兴报》全文连载。后在杭州见到顾教授。

The german scholar Dr. Gu Bin once said，“There is no real literature in contempory China.” Later, Pan Jie wrote a 500,000-word novel based on a true story of an intellectual's life , and the book is circulated among Mr. Pan's friends as a fiction.

## 新展将开幕　总领事考察

### Consul General Visited the Memorial Hall Before the Opening of an Exhibition.

2013 年时，我们邀请美国驻华大使骆家辉为新展剪彩，他派了上海总领事葛瑞风（中）和使馆对外合作与发展处处长戴高乐（左）等先来杭考察。

In 2013, Mr. Pan invited Gary Locke, American Ambassador to China, to have ribbon-cutting at the exhibition, and he sent Robert Griffiths (middle) , Consul General in Shanghai, Director Gregory S. D' Elia (left) and others from Foreign Cooperation and Development Division of American Embassy in China to Hangzhou to visit the Memorial.

# 代　前　言

# 我的感受

可歌可泣。这是中国人的一句重话，其功业值得歌颂，其精神感人泣下。这句重话用于潘杰、范祝华老夫妻俩创办中美友谊民间纪念馆，则有不及而无过之。

我与老潘三十年知交，知根知底，明心明腑。他勤奋好学，不畏艰险，事业心极强、特强，认定了一件有意义又感兴趣的事，不管环境怎样，条件如何，想尽办法，碰破头也要做到底，做成功。无独有偶，他的第二位妻子范祝华，像他第一位妻子金蕾芳一样，也既重爱情，又重事业，把丈夫的事当作自己爱情和事业的结晶，出点子，熬辛苦，无怨无悔，终生不渝。这是天赐良缘，也是老潘的福分。

老潘夫妇办这家纪念馆的艰难曲折历程，绝不亚于中国传统小说《西游记》描写的唐僧西天取经，有志者事竟成，居然给办成功了，而且办出辉煌成绩。这事不仅开民间办馆先河，实属时代创举；也未听说官方办了这类纪念馆，确实填补了空白。这当然不可忘记以基辛格博士等为代表的多方支持，但原动力是这对夫妇，受委屈，吃辛苦，做牺牲的是这对夫妻。

在我们国家，尤其在当时，“民”字当头，办件公益事业何其难也，有这个规定，有那个限制；这里批了不算数，还得到那里去盖印；管事的打哈哈，拍板的找不见，小小一个民间纪念馆，竟然要写信给国家主席批示，幸亏结识了主席的恩师讨得一封亲笔信。老夫妻俩要没有这般坚持、容忍和韧性呢，这件好事不就一个泡泡给吹了？事情还没完哪，或说只是开卷第一笔。馆址呢？经费呢？“民”字号不管何等好事国家当然不管，老夫妻俩用完退休养老金只能四方求助，为了在美国办次展览，范祝华只好去做保姆挣小钱。读完老潘这本书，我老头儿除了感动更多的是感慨：以“民”为本嘛，“民”怎么还如此低卑？好事大家做嘛，官不做民来做，官应该感谢、扶持，为民排除困难，怎么层层设卡甚至冷木打击，哎！体制出问题。

中美关系怎么会如此复杂、如此多变？美利坚建国伊始，中美就友好交往；他们建国初期，拓荒辟垦，华工就做出极大的贡献。清朝晚期，中国衰落，列强分瓜，美国染指分羹，自此坏了关系。抗日战争，敌忾同仇，美国又义无反顾出人出物支援，好些遗骸至今还埋在驼峰谷底。接着中国内战，这时世界已形成两大敌对阵营，美国支援亲己的蒋介石集团，由此成为共产党的死敌。冰冻三尺，非一日能够融解，世情变化，时机成熟，经尼克松、毛泽东、基辛格、周恩来等两国一代领导人互动努力，虽已破冰，并随着形势变化日益加强商贸交往和文化交流，但阴影尚在，隔阂未除，磕磕碰碰，摩擦不断，甚至把小事闹大，煽动民众互仇情绪。当今世界，中美两大国巍然矗立，中美和，天下和，这是不争的事实。我们为什么不发扬光大两国固有的合作精神，特别是广泛的民间友谊情怀，而把不愉快的事情妥善处理、和平化解呢？但愿两国的执政党和当权集团能顾天下大局和人类利益，但愿美国有更多如基辛格博士、陈香梅女士那样热心于促进中美友谊的和平人士；中国有更多的如潘杰、范祝华为传扬中美友谊无偿奉献的爱国人士，中美友谊必然日益增长，万古长青，为全人类共存共荣创造条件并奠定基础。

叶宗轼<br>时年八十三岁<br>2013 年 1 月 10 日

# 卷 首 语

# 八十述怀

这些年，经常有人问我们夫妇："你们都已退休了，还办中美友谊民间纪念馆干什么？"

我俩一起回答："退而不休，是种乐趣。"可是人们并不理解，有些人还是问："中美友谊是国家的事，要你们操心干吗？"

我们是平民百姓，对国家尽一点责也应该，但这种话易遭戏笑。现在许多人，对大话不大爱听。尤其当下物欲横流，提倡精神文明建设的事常会被斥"幼稚"。不过，作为一个普通公民，我曾研究展览学，退休后在老家也办"耕读家展"，而对中美友谊自有一种深切感受，历史的，现实的，包括我们自身经历的，都让我们感到要抓紧利用晚晴之年，做这件很有意义的事情。况且这也是一门很有挑战性的学问，是可以不断创造正能量的工作。

我是烧炭出身，喜欢劈硬柴，对锻炼身体也有好处。于是在我和范祝华再婚登记的第二天——1998年金秋的一天，我们就向省文物局提交了创办杭州中美友谊民间纪念馆的申请报告。

这是一件史无前例的事，也是我国以前的政策有所保留的事。加上我俩出身寒微，两袖清风，仅凭一点退休工资和一腔热血，困难重重，举步维艰。

但是我们既然决定做了，就要尽心尽力去做。反正我们立足于学习，有耕耘总会有收获，这也是耕读家风。于是我们想方设法，开拓创新，在夹缝中求生，乘空隙而展翅，处处从民心民意出发，为官方外交拾遗补阙，替民间交流牵线搭桥。在以不断举办集中体现中美友谊的专题展览为主导的同时，又辅以撰写与此有关的系列书籍，更以广交中美两地的热心朋友为依托，发掘数百年来的史迹底蕴竖立华表，开展丰富多彩、具有民间特色的传扬，让这一难能可贵的国际友谊，在大洋两岸深入人心，发扬光大。

办馆 15 年来，风风雨雨，历尽艰辛，有时也曾唉声叹气、束手无策。但想到开放正当时，友谊不可无。尤其那些在中美关系关键时刻结下的生死情谊，例如“二战”时期中美军民并肩抗日凝成的血肉情谊，事关民族存亡、人类安危，更要铭记不忘。我最近就搜集到一张十分珍贵的照片，那是 2011 年，我国国务委员刘延东和美国国务卿希拉里共同主持中美人文交流高层磋商会时，她把一张她父亲抗战中营救美国飞虎队成员的老照片，当场送给希拉里，希拉里非常感激，并且感动全场。中华民族素有不忘老友的传统美德，我们草根黎民，更要保持、继承。中美友谊，如果说以前曾有权宜之计，那么在今天，势将影响地球命运。此非危言耸听。2012 年 11 月 15 日的《参考消息》第 14 版上，就有一篇《中美“两超关系”决定地球命运》的文章，其作者是德国《柏林日报》政治编辑贝蒂娜·菲斯特林女士，此文言辞恳切，触目惊心（原文请见本书附录一）。每每想到这些，为办此馆，即使千难万险，我们也在所不辞。

所幸历史在发展，时代在前进。自从办馆以来，中国国家主席批准登记，美国三位总统来信勉励，基辛格博士热情支持，旅美华人齐伸援手，许多有识之士悉心指导，还有不少亲朋好友多方帮助。尽管我们才疏学浅，年老力衰，但一步一个脚印，跬步以进，还是取得了一些成效，为飞架在太平洋上的彩虹平添一抹独具异彩的霞光，让美国友人感受到中国这个友邦更为好客，更具本色。2012 年 12 月 13 日，习近平总书记在会见美国前总统卡特时强调：“新形势下，中美双方要不畏艰难，勇于创新，为中美关系的发展积累正能量。”我们因此更受鼓舞，作为平民百姓的“匹夫之责”更为重大。值此建馆 15 周年之际，谨将此书献给基辛格博士九十华诞，同时也献给热爱中美友谊的仁人志士。敬请不吝赐教，不胜感谢之至！

作者

2013 年元旦于杭州寓所，时年八十

“耕读家展”（摄于浦江老家）

# 目　　录

# 序　　曲

# 诗的点化

雷声隆隆，我心悲怆。

1998年夏天，对我是段痛苦而又激奋的时日。一方面，为爱妻的病故而悲痛万分；另一方面，又想为亡妻的遗愿做些努力。正当此时，忽接美籍华裔、著名教授顾毓琇老先生来信，他以96岁高龄文理大师之识，为我亲笔题了一个富有诗意的书名：彩虹飞架太平洋！

这彩虹，是中美友谊的象征。它五光十色，华丽壮观，飞架在浩瀚的太平洋上，把中美两国紧紧相连；把两国人民的友好交流，比喻成一座辉煌的桥梁；把地球出现的奇景，比作人类美好的未来。诗成有共赋，酒熟无孤斟。我能不能在这晚晴之年受此点化，把酒问青天，明月几时有？

明月几时有（摄于西子湖畔）

# 第一章 贤妻遗愿

浙江省中医院，其建筑就像一位悬壶济世的老者，端坐在杭州市中心吴山路的东侧，安详自若，沉静稳健。这儿离湖滨只有一箭之遥，穿过一条延安路就可到达。在湖滨的林荫道上，透过街巷的缝隙，也能看到中医院的部分房子。于是让人有一种感觉，肃穆的中医院与美丽的西子湖是紧密相连的，一个整日波光潋滟，一个成天治病救人。特别是浙江省中医院，它以中医为主，西医为辅，一切显得既有民族传统，又有现代气息。

住院部五楼的血液科病房里，隐隐地弥漫着一种萧索和惊恐的气氛，在这里的人做事走路都是轻手轻脚，生怕惊扰本已心情紧张的病人。走廊东头，有间朝南的三床病房，气氛更为抑郁。这是 1998 年春节期间，我的前妻金蕾芳——一个从事文学创作的弱女子，住在南面靠阳台的一张病床上。她才虚岁 57 岁，可是头发已经脱尽，脸部异常浮肿，呼吸也很急促，身上插着不少塑料管线。这些管线，有的在为她输液，有的在为她输氧。她两手瘫在被窝里，四肢乏力，但是眼睛仍很亮堂，静静地看着天花板，那企望的眼光，仿佛要从天花板上看到太平洋彼岸。因为我们的长子潘柯，早先在美国深造，现已在那里工作。她望穿秋水，几年来一直想念着这个儿子，魂系梦牵，可是儿子无法提前回来。现在，做妈妈的病危了，希望能见儿子一面，儿子电告即将回来。此刻，她多么盼望儿子早些来到她的床前啊！

她已切实感到自己来日无多。患上了不治之症，能拖到现在已算幸运。多亏丈夫照顾周到，医生用心治疗，要不早和旁边病床上的几位病友一样，一个个去见阎王了。她住这个科的病房已整整五年，诀别的病友不下数十位。尽管自己竭力坚持，配合医生治疗；家属也想方设法求医寻药，甚至请青海朋友成斤购买名贵的冬虫夏草，还是回天乏力。现在只得放宽心，活一天，是一天；活半天，多12个小时与家人在一起。今年57岁的她，虽然远远不到目前中国的人均寿命，但已过半百。想想父母兄长他们艰苦谋生，还不都已到坟山上去会合了！况且后事该准备的也都准备了，唯一不舍的，就是亲人！而今即将永别，情何以堪？

她在被窝里屈指算了算，今天已是正月十三了，元宵节即将来临，可是大儿子还没有赶到。是飞机出了问题，还是儿子又有事要延迟回国？他远在大洋彼岸，这一切都有可能发生。但她相信，儿子是无论如何要急着赶来的，几年来信都说非常想念妈妈，妈妈也非常想念他啊！只要条件允许，懂事的儿子肯定会火急火燎赶到她面前。

儿子去美国留学，已有七个年头了。先是读硕士，继而读博士。博士读了一半，他就想先去工作，一则可以早日参加实践，他自觉比较善于组织研发；二则可以尽快给妈妈挣钱治病，他知道这种病不能拖延。但是导师还是希望他从事科研，他有这种天赋。可他去意已决，导师就让他“一边工作，一边写博士论文”，这样他就提前走上了自立之路。

儿子是从上海复旦大学去美国的。复旦这个名校，也与金家特别有缘。她想，从父辈开始到现在，他们家族中至少有10人毕业于复旦，她父亲和叔父、姑姑还是复旦高才生。姑父吴斐丹是复旦名教授、经济学家、国务院人口办公室顾问。她和小哥的子女都是复旦毕业。堂侄金罕的一对儿女也都是复旦毕业。她儿子潘柯还在复旦当了两年助教，再考取美国研究生。他又有幸在复旦找到了一位情投意合的女生，叫梅静；婚后，儿子先去美国就读，次年，妻子赴美伴读，鸳鸯双飞。

他们其实是在美国打拼。媳妇到了美国就去打工，开始在一个华人开的文化用品商店里站柜台。那是很累的，亏她能坚持下来。

儿是娘的心头肉，娘也是儿的心头肉。儿子多么想为娘的治病多挣点钱，就千方百计在美国一边读书一边打工。有一年冬天，他去滑雪，一不小心摔伤了腿。美国的医学很先进，医生只在他膝盖上打了几个洞，敷了一些药，就让他自由活动了。他想，既然不要卧床休息，那就和爱人一起去送外卖，于是他用一只脚开车，让爱人把外卖送到预订人的手里。就这样，小两口含辛茹苦在国外打工，挣点钱让娘吃贵重药。这媳妇多好，去年媳妇回国送女儿到外婆家抚养时，还特地来杭州医院里看她，小孙女的名字也是她给取的呢！

名字是一个人的象征，做长辈的总希望小辈长大后有出息，因此她给小孙女取名西子，小名叫西西，希望小孙女像西子姑娘那么漂亮，在美国不忘杭州这个故乡。

春节后的病房依然很冷，没有暖气，房门通常关着。忽然，中午过后，门被推开，在美国的儿子进来了。他风尘仆仆，一脸笑容。金蕾芳一见，很想立刻坐起来，可怎么也坐不起。儿子快速来到她的床前，就问："妈妈，你好吗？"

她说："好，这几天精神还好。"那是想儿子想得精神好。她笑脸相迎，儿子也笑脸对着妈妈。

我把一条方凳让给儿子，病房里规定每张病床只有一条方凳。

儿子说不累，在飞机上打了瞌睡。他把方凳仍然让给我后，就去病床前站着，深沉地对母亲说："妈妈，我来迟了。这些年我一直想来看你，可就是走不开。"

"你是忙，前些年忙着读书，这两年忙着工作，还要为我挣钱买药，我很感谢你们。"金蕾芳接着就问媳妇好吗。儿子对妻子很歉疚，说她每天天没亮就起床，要赶去纽约唐人街上班。蕾芳听了说："你们也那么紧张。"

"在美国就是紧张，大家都要为生活奋斗。不像在中国，有现成饭可吃。"儿子宽慰母亲。

"哎，儿子，"蕾芳兴奋地说，"你在美国这么多年，美国怎么样？"这是她最关心的，也是我最关心的。这个中国人昔日成天在喊打倒的"美帝国主义"，到底怎么样？许多中国人都想问个究竟。

从辛亥革命以来，中国人对美国陷入一片迷惘。孙中山提出联俄联共，人们也不知道这是怎么回事。他在革命早期，还六次去美国避难，学习革命，得到美国华侨的大力支持。到了蒋介石统治中国时期，美国是国民党最好的朋友，蒋的妻子宋美龄，还是美国留学生呢！但是不少中国人对美国还是没有多大好感。清朝时美国参加八国联军，曾经侵略过中国，这仇恨始终消解不了。

新中国成立以后，"打倒美帝国主义"是相当时期的一个重要口号。美国是中国的头号敌人，成为许多人最深刻的印象。一切跟美国有关的事，哪怕与美国人通信、打个电话，都会被视为通敌，轻则被开除公职，重则被判刑劳改。因此，在很多中国人的脑子里美国就是最大的坏蛋。

改革开放以来，一些有背景的大学生开始赴美留学，那也只有像北京、上海这样的大城市，仿佛他们胆子特别大，脑子也特别灵。其他城市，甚至像杭州这样的国际旅游城市，许多大学生还是没有留美的想法，家长更是懵里懵懂，包括像我们夫妇这样的知识分子，也没有想到这一层。

我们的儿子要去美国留学，全是他自己的主意。复旦的化学系在全国颇有名气，他考大学的第一志愿就是复旦化学系。这也得益于高中老师的指导，他由此爱上化学，并决定作为终生事业。复旦毕业后留校当了几年助教，可他竭力创造条件想去深造，于是选择了报考美国的大学。而美国新泽西州又是化学之州，几所大学在化学领域都有重大成就。他选择了其中一所，读完硕士读博士，顺理成章。

然而学化学的人，可能敏于化学反应，疏于社会调查。现在父母问他“美国怎么样”，这问题包罗万象，要回答可以洋洋数万言，也可一言以蔽之。此刻儿子看到母亲病势危笃，不忍心讲很多话让她劳累，就择要说：“妈妈，我只讲一件事情给你听听。去年我博士毕业后在美国工作一年，跳了三次槽，每跳一次，工资增加一万美金！”说到这里戛然而止。

这话却在我们父母的心里炸开了锅。我想，在美国工作可以跳槽，这在当时的中国不仅不可思议，简直是大逆不道，闹不好就要受组织处分，即使跳成了，也要在档案里记上一笔：此人无组织无纪律，属极端自由主义。这一来，新单位不敢接收，即使收下了也不会重用。而在美国竟可以随便跳，还可以不断地跳！

儿子还说去年每跳一次槽，工资增加一万美金！一万美金是什么概念？按人民币折算，当时那是 8 万元人民币！我俩想，我们一个人一年的工资，全部加起来也不过 1 万多元人民币。待遇的高低，体现一个国家的经济实力和对人才的关怀呀！

我和蕾芳在病房里面面相觑，似信非信，但这是儿子亲口说的。儿子在父母面前，绝对不会说假话，一个美国的正常形象，立刻明白无误地在我们面前耸立起来。

一种豁然开朗的境界。天地顿时也大了！

过了好一会，蕾芳脸上露出了笑容，转头对我说：“看来，美国还是不错的。”

“美国还是不错的。”这又是一句看似平常却不寻常的话。这个“不错”，许多人讲不清楚，只觉得有些方面还不错。例如，1971 年时，基辛格的秘密访华，促使中美两国“巨人握手”，打破了中美之间 20 多年不交往的坚冰。而这坚冰的打破，又是因为周总理与基辛格在杭州刘庄八角亭的“睿智谈判”，敲定了上海公报，才得以实现。杭州人对这件事印象很深，因此也对美国有了一定的好感。可在其他方面了解很少，包括我们夫妇，多少年来，一直被蒙在鼓里，也不敢轻易去问儿子。以前写信，我们从没问过他这类问题，那会牵涉到政治。这也就一直像隔着一座山，根本不知道美国的真相。

今天，儿子的一席话，似乎拨开了迷雾，既然美国社会那么开放，工资待遇那么优厚，其他方面，也肯定不会太差。例如，尼克松总统敢于来跟中国谈判，而据说基辛格在与毛主席会见时，就说“美国人民对中国人民是友好的”。这使我们有所欣慰，我向蕾芳会心地一笑，点点头。

不料，蕾芳又说：“我在想，我们灵隐那幢旧房子，修建起来后，楼上仍办创作园，让困难作家来写作；楼下，是不是可以搞成一个纪念馆，展出一些表达中美友谊的资料？”

这话说到我的心坎上了。我们对中美友谊，这些年已有一定感受，也有一定认识。改革开放伊始，美国作家安格尔和聂华苓夫妇来杭州讲学，在我们浙江展览馆讲座上讲的一席话，让我和蕾芳办起了一个初阳台文学创作园。经费由我们夫妇筹措，服务也由我们负责；特别是蕾芳，她放下自己的创作，整日和我一起为创作园的事奔忙，有时晚上还去为住园作家烧夜宵，和作家们谈心。大家都很欢迎，在东方古老的土地上终于辟出一个重文的新园。聂华苓女士来信称赞这是“突破性的”创举，中国文联和中国作协也来信祝贺。办园十年，接待了两百多位写作条件有困难的作家免费住园写作，创作了数百万字的文学作品，成了文坛的一朵奇葩。美国的一颗友好种子，在中国的文化园地上生根发芽，开花结果，不能不说是一种友谊的结晶。这种创作机制上的突破，无疑是对中国文学创作的一种促进，所以后来文化部有关单位两次给我们颁发锦旗。那么，其他方面的突破，也无疑会对整个社会主义事业有所促进。

特别是改革开放正在不断推进，中美友谊对推动改革开放的重要性日趋明显。这两个世界大国，什么时候才能走到一起？只有现在。它们完全可以取长补短，互利双赢。而能真正过上和平幸福的生活，是中国人民几个世纪以来日夜渴望的呀！那么，在这滚滚的时代洪流中，作为很想报国的文人，尽一份微力是义不容辞的。

灵隐那房子，在上茅家埠，是10多年前从一位退休干部手中买来的。退休干部则是从当地一户茶农那里买下的。由于年久失修，院墙都已倒坍，楼板也已腐烂，售价在当时相当便宜。我们为了要把创作园这一突破性的好事继续下去，就用仅有的一笔积蓄，毫不犹豫地买了。随后，特地请了一位兰州大学土木工程系的建筑教授来帮助设计，准备彻底翻修。这位萍水相逢的设计专家，刚去西方考察回来，一听这房子的地段在灵隐山麓，以后又是办文学创作园用的，亲自去实地考察丈量后，更是喜不自胜。

他说："这房子，要建成中西合璧、天人合一的创作之宫，既有宫殿式样，又有现代气息，可以在这里诞生旷世杰作。"数月后，他果然寄来一张别具一格的建筑蓝图：尖顶拱门，单间独室，栏杆阳台，白墙青瓦，既像深山古刹，又像花园洋房。作家住在这里，定会才思喷涌，灵感勃发。我看了，喜不可抑地对蕾芳说："房子造起来，我和你先在里面住三天，体验一下创作感受。"仿佛住进房子就能有作品。

的确，园不在大，有心则灵。我想，我们是在用心办创作园，日后定会繁荣昌盛。我连忙与蕾芳一再欣赏设计蓝图，蕾芳也浮想联翩，创作园将会是百花盛开、四季飘香。两人便把蓝图在卧室里悬挂起来，以便经常观赏，增加干劲。不料后来蕾芳罹患重病住院，这一计划成了黄粱美梦。但是那张蓝图依旧挂在家中卧室里，让梦境在眼前经常呈现，意即雄心犹在，理想有期。至于楼下可以搞一个中美友谊纪念馆，以前没想到，现在蕾芳提出来了，乃是锦心怀珍，绣口吐珠，一幅蓝图又锦上添花，变成两个美好愿望。

现在细细想来，蕾芳的锦心还来自她的家传。她家在义乌廿三里，是她祖父凭一副卖肉货郎担走村穿巷发家致富的。但祖父富而有仁，既对贫困乡亲乐善好施，又在多地创办商校育人。资本的作用使她认识到与美国发展经贸的重要；而我不仅是办展老手，而且很想激励人生，她就推波助澜了！

这中间还包含着一位大科学家的殷切期望，中国航天之父钱学森先生曾频频给我来信。

早在1978年，钱学森院士就在全国第二次科技大会上提出："参观展览是人们喜闻乐见的一种教育方式，我们对戏剧和电影的创作都有很深的研究，为什么就没有一门展览学？也没有展览学院？"我在12年后看到这段振聋发聩的话，就自告奋勇钻研起展览学，两年后出版了一部《展览艺术——展览学导论》，并决定进一步撰写《中国展览史》，以对展览学做纵横的研究。自此，钱老就通过书信指导我创建展览学，到1993年，他已来10多封亲笔信了。待到1994年间，我从浙江展览馆退休了，可他还不断来信，问我是否还在继续研究展览学。

这年10月16日的一封来信，钱老意味深长地说：

我近得《北京政协》1994年第6期，其中有文章想您会感兴趣，故奉上。

那是一篇介绍北京革命博物馆一位女讲解员的文章。11月30日又来一信，其心拳拳无法形容：

好久没通信，您好。

想您还在为展览学这门学问努力，故奉上剪报复印件二，供参阅。

两信相隔仅一月，钱老都寄有关展览学的资料来，说明他对展览学的研究非常关切，殷殷之心溢于言表。他是多么希望我继续研究这门新学科！在钱老看来，展览学是要指导一切有关展览形式的各种展览馆、图书馆、博物馆，乃至动物园、植物园等等。他认为，展览是教育学的一部分，是文化教育事业不可缺少的部分。可是，我想，自己毕竟已经退休了，怎么还有可能去从事“不在其位，不谋其政”的研究工作呢？这些年，我每当想起钱老的来信，就感到内疚、惭愧，慢慢地，在钱老那里，连信也不好意思写了。对于继续研究展览学，更是束之高阁，抛之脑后了！

今天，天开慧眼，蕾芳提出“楼下可以办一个纪念馆”，这不是让我自己也可以创造一个研究展览学的载体吗？太好了！我想蕾芳真是想得周全，也许她这些年来，连病中也一直在为我不能继续研究展览学而苦恼，只是没有说出口。当她在病床上看到我刚出版的两本厚厚的展览学专著时，既有赞美又有感叹地说：“潘杰，也许这是你一生中最重要的著作了！”书，心画也，本是指书法，但也可指书籍，它是知识分子最为讲究的事。书为晓者传，事为见者明。这都是知识分子的理想。难道我也到此为止了?！蕾芳太了解我了，她总是把我的事业看得很重，甚至看得比她的健康还重。我当然要把她的健康看得比我的事业还重，宁可放弃自己的科研来服侍她，这点她也是深为感动的。我们总能在苦难中达到默契，在叹息中产生火花。

她这一办纪念馆设想的提出，一半也是希望我能实现钱老对我的殷切期望。蕾芳对钱老夫妇的感情和我一样深厚，钱老在与我为创建展览学的通信中，获悉蕾芳患上重症长年住院后，便立刻与夫人蒋英一起来信问候，之后更不断寄一些有关治这类病的资料来，让我们感激涕零，真比我们的父母还亲啊！须知他俩与我们素不相识，仅仅因为我在研究展览学而成了科研之友。而且，他们又把这份深厚友情惠及我的妻子，道德风范，令人感佩。

钱老的提问，是有深刻寓意的。他是大科学家，知道科研必须持之以恒。要研究展览学，当然不受年龄限制，甚至年纪越大越有感受，对科研更加有利。

至于我是否退休，他未必知道，但这与科研没有关系。许多科学家，都是跨职业、跨年龄在从事研究工作，特别是开拓性的新课题。钱老自己研究的许多新课题，例如沙产业、城市山水化等，根本与他的航空专业风马牛不相及，可他却予以认真研究，培养后起之秀，因此成为一位科研上的多面手、战略家！他也因此创立了独树一帜的系统论。

既然老师这样热切期望，自己只有急起直追。我痛苦地想着，也痛快地想着。我既感谢儿子对美国情况的介绍，也感谢蕾芳对这一情况的抒发，更感谢钱老对我科研的不时鞭策。我觉得这一切太好了！自己和蕾芳，毕竟是志同道合的伴侣，更是同搞创作的文友，这一修房计划的涌现，不异于又是一次奇妙的合作。

当年，我们在浙江师院（今浙江师范大学）求学时，曾由老师安排我和她共同创作小说、编写教材，不料为我们埋下终成眷属的伏笔。那么，今天这一病房的相谈，会意味着往后的什么呢？这方面我俩诚惶诚恐，已不敢多想，但相信灵隐那旧房，是一定会修缮一新的。

然而我的脑子里，已对创办中美友谊纪念馆引起了强烈的愿望，思绪万千！

早在多年前我撰写《中国展览史》时，就被骤然发现的中美之间的一些友好事迹震惊了：怎么中美两国历史上还有那么多友好事迹?！在我当时的脑子里，中美两国肯定是世仇，美帝国主义是中国的死对头。那些主流意识的灌输，已成许多中国人头脑中的思维定势，我也难逃其规。可是现在看来，事实并非如此。

那是乾隆年间，美国独立后不久，1784 年，美国商人即组织“中国皇后号”商船驶抵广州，神州大地上出现一件破天荒的奇事。

一天，珠江口外，在引水员的带领下，忽然驶来一艘外国双桅帆船。这船一进港口，就放礼炮，而且一放就是十三响，相当隆重。船上挂着星条旗，中国人都不认识这面旗。在广州的外国人也不认识，大家从未见过。这时，只见从商船上下来两个金发碧眼的外国人，有的认为是英国人，有的认为是法国人，可是他们讲着英语，而那英语，又与英国的英语不太一样，比较柔软、悦耳。总算有人听懂了，说是从北美洲来的，叫美利坚合众国。

这美利坚合众国，大家不知道怎样正确翻译，反正略懂英语的人，就按自己理解的意思翻译了，甚至把它翻译成“美丽犍乌合之众国”。因为船上下来的人都戴牛仔帽，那就是公牛的象征。而且中国人最会联想，他们都胡子拉碴，那是一些老公牛。这样一些公牛组成的国家，肯定是乌合之众。

后来，这两人就由领水员带进公行的会馆。

公行是广州有名的十三行的共同组织，它是清朝官府特许经营外贸的机构，既垄断对外贸易，又包纳税款，代理政府管束外国人。谁知这两人从公行出来以后，就在一个翻译的帮助下，临街摆起了地摊。其中一个穿旧军服的美国人，随手拿出一小袋切好的人参片，对着围观的人说："这是我们美国人参，比高丽参还好还便宜，不信你们尝尝。"说着就每人一片分发起来。

大家知道，高丽参是名贵药材，一般中国人根本买不起。可这美国参到底效果如何？一个正在牙痛的中国人尝了一片，说："真神奇，我的牙齿立刻不痛了。"一问价格，确实比高丽参便宜许多，于是大家就掏钱买了。

这一下，这个穿旧军服的美国人就叽里呱啦讲起他们船上还有许多美国货，什么毛皮、丁香、水银都有。另一位美国人就掏出一小袋美国棉花，拉着长长的棉绒给大家看。

人们知道，当时中国棉花产量很低，多数人都穿麻制品。大家就想买美国粗棉。穿旧军服的美国人带了他们上船去看货。

他叫山茂召，波士顿人，参加过美国独立战争，在华盛顿的麾下担任陆军少校。由于能写会算，善于言辞，担任了这船的商货管理员。船上有毛皮2600张，粗棉316担（每担100斤），人参30吨，等等。刚才他带了助手来联系和试销，结果效果很好，于是其他美国人也纷纷上岸来推销商品了。

不几天，"中国皇后号"运来的美国货销售一空，他们就采购了不少中国货，有红茶2460担，绿茶562担，陶瓷962担，丝绸490匹，棉布、香料无数，把360吨的"中国皇后号"商船装得满满的。船长格林，光是男用缎裤就购买了300余条。而山茂召自己，特地为美国军官组织辛辛那提协会订购了一批由该会设计图案，并印有辛辛那提协会标记的瓷器，这瓷器后来也送了华盛顿总统一件。

第二年美国又有5艘商船一起来华贸易，华盛顿总统亲自写了份采购单请随船的美商蒂尔曼（Tcnch Trlghman）在华代购，其中有"一张最好的中国南京条石桌子，一套最好的中国夜餐茶杯和茶碟……"，还说"好看的白色薄棉布是夫人想要的"。从此中美贸易热烈开展，尤其中国对美国茶叶出口直线上升。商贸推动了友谊，友谊促进了商贸。我想，那么，今天中国正在深化改革开放，与世界上经济最发达的美国不应该加深友好关系吗？特别是现在中美已经建交，两国不是可以更好地交往吗？中美是世界大国，更应对世界有所贡献呀！

正当我对创办纪念馆浮想联翩时，第二天，正是元宵佳节，在爆竹声声的晚上，还在冥思苦想的蕾芳撒手人寰了，留给我的，只有一个殷切的遗愿！

我非常悲痛，每天失魂落魄地不知道在做什么。说在筹备丧事，可有些亲朋好友没有通知到，甚至叫蕾芳生前一位很要好的住在杭州的堂姐不要去参加追悼会，因为那样她太伤心了。我说："悲哀统统让我自己承担吧！"如此傻气，弄得人家反而怨我。最让人不能原谅的是，举行蕾芳追悼会那天，通知到的亲友都来了，有的送了挽联，有的送了丧礼。照理，我应该请亲友们吃一顿午饭，杭州人叫"豆腐饭"，那也是对逝者的告慰，对亲友的谢意，而我竟然忘了。我把举办丧礼之事，全部委托两位比较熟悉的学生。这两位学生虽然还算老成，也懂得一些人情世故，可是看到我没有开口叫他们招待亲友吃饭，也不去饭店预订餐座，就以为我不想举办这个饭局。这种饭局，通常是很伤感的。他们看到我已经悲痛欲绝，再受刺激，恐难坚持。

天亦哀恸。这天整个上午下着大雨，一切都是匆忙处理。送葬的人陪我们家人把蕾芳的骨灰盒送到远离市区的公墓，回来已很迟了，就马马虎虎地在马路边小店里吃了点饭，各自回家了。这时，我才想起，怎么我没有请大家吃豆腐饭？太不像话了。我追悔莫及，可亲友早已四散了！

我实在有点精神失常，当大儿子在追悼会上代表家人向与会者致答谢词时，我几乎没有听到。尤其他脱开答谢词表白自己今后工作的几句插话："我妈妈是患癌症病故的，我是研究医药的。今后我就要专门研究抗癌药物，来治疗世上所有癌症病人。"这是他的庄严誓言，许多人听了都很感动。我却也只是默然认可而已。直到大儿子泣不成声地念最后一句"非常感谢前来与我妈妈告别的诸位领导和亲朋好友，谢谢，谢谢"时，我才意识到这是在为蕾芳开追悼会呀！怪不得那哀乐特别伤心，自己一直在抽泣、流泪。旁边还有我的小儿子扶着。怎么，我要人来扶持才能站着？记得我父亲病故时，那是在乡下老家，完全用旧式习俗治丧。我是长子，每当乡亲们来灵堂叩头跪拜时，我必须穿着孝服带头陪跪在旁边，与乡亲们一起祭拜。可那时我一点也不悲伤，觉得爸爸活了八十多岁，无疾而终，那是幸福之死。因为与父亲相仿年龄的村人，大都早已作古。他们经历了农村中最苦难的时期，有的饿死，有的病故，都是英年早逝，而爸爸却能活到耄耋之年，这在当时的年头算是奇迹。由于想到这些，我对父亲的亡故不仅没有悲伤，反而庆幸他没有背"床头债"——他是吃饱了晚饭，在床上像睡觉似的睡去的，一点没有疾病的痛苦。虽然他也患有牛皮癣，当时也没有特效药，可他能自己用热水洗澡来减轻奇痒，即使是大冷天，他照样能在四面透风的厕所里光身洗澡，也不怕水烫！

现在，蕾芳走了，她到哪里去了？那么多人来送她，竟是为了见上最后一面！而蕾芳的脸色，竟是那么苍白，那么木然！她闭目屏气，纹丝不动，毫无表情，毫无反应，这躺着的，是她吗？……

我从公墓回来，一直在想那天送葬之事。难道那天儿子捧着的骨灰盒，真是蕾芳的遗骸?！她的躯体，对我是多么亲切啊？可是，现在不仅天各一方，而且阴阳相隔。这日子怎么过啊?！

我痛不欲生，看到人家夫妻成双成对地在街上行走，我就逃回家来。觉得自己是一只哀鸿，孤苦伶仃，孑然一身，形影相吊，不如回家去吧。无奈家中又是一片萧瑟，没有一丝暖气，我只得把自己关进房间。

这房间，本来是书房。由于蕾芳患病，为了让她晚上睡得安静些，我与她分床睡觉，在书房里搭了个铺，书房成了我的卧室。可是，自从蕾芳住进中医院后，五年间都不能出院，我就日夜陪在医院。尤其是晚上，蕾芳一定要我陪伴，她才能入睡。我叫保姆回家睡觉，自己在医院陪护。而这个书房，也就成了保姆的卧室。现在，又归我自己来睡觉。我把原来蕾芳的房间，原封不动地保留着，到时候走过去看看，看到摆设仍在，似乎她还在，我也陪坐一会，自言自语地对着她的床、椅子、书位，絮絮地讲些话。讲了什么？自己也不清楚，只觉得与蕾芳有许多话要说，她仍在这里——自己的房间里！

这样像闷罐儿似的在家里闷了三个月，觉得心情并没轻松些，反而越来越郁闷。因为随着蕾芳逝世时间的增长，更觉得心头的空虚、寂寥、抑郁、悲伤。每天除了马虎地烧点饭菜，与小儿子挨过一天外，其他什么都不想动。觉得动也无益，越动，越是触碰到家中曾由蕾芳操持过的一切用具、物件，越是觉得她到哪里去了？怎么一去不再回！

湖北黄冈的亲家，来信请我去玩玩。那是儿子媳妇看到我这么多天仍旧陷在无限悲伤中，很想让我出去走走，散散心。我也曾去过老家，但在老家只待了一天。妈妈问我：蕾芳怎么样了？不多说话的妈妈已经老糊涂了，不知道蕾芳已病逝还是健在。这些年，子女们还没有把这个大媳妇的病情详细告诉她，她也搞不清是什么病，反正病着，而且是长病，心里在记挂，可是很遥远，仅在心中默默祝福而已。如今见大儿子失魂落魄地回来，就问了大媳妇的事。可我无言以答，只得尽快回杭。

去黄冈走一趟也好。据说那儿就在长江边上，也许滔滔江水，能够涤去心中长愁。愿得长江水，冲走无限悲。可是我到了那里，长江浩渺江面，浪涛滚滚，那浪涛反而带着更大的悲哀向我袭来，无边无际，无止无休，我在江边几乎站不稳身子。在那里仅仅待了三天，也就是与孙女玩了三天，我依然愣愣地回到杭州，回到自己凄然孤单的家里。

金蕾芳创作了小剧场话剧《陪客》，大画家范曾挥毫题写剧名，我和小儿子在她的卧室兼书房中合影

创作园开幕之日，夫妇俩坐台留念

与蕾芳难得泛舟西湖

# 第二章
# 登报征婚

4月里的一天晌午，我垂头丧气地走在武林广场上。这是广场西侧，一边是葱茏的绿化带，一边是热闹的杭州剧院。可我走在中间，总感到空空荡荡，虚无缥缈，自己的脚不知道踏在什么地方。

我平时走路，一向昂首挺胸，而且目不斜视，为此经常受到蕾芳的取笑：眼睛直光。的确，这时即使亲爱的她站在路边，我也不会看到。蕾芳曾经多次有过这样的遭遇，才对我发出微笑的攻击。现在，她已经不在人世，我即使睁大眼睛，东张西望地寻找，也再找不到她的一丝踪影了。我低着头，没精打采地踯躅着。

忽然，前面传来一个清脆的女人声音："老潘，你好！"

这类问候，这段时间特别多。因为我的朋友，大多已知我失去了相濡以沫的爱妻，这位爱妻又是他们熟悉的，路遇之时，均表关怀。有几位与我同是从文的老朋友，还准备特地为我组织一次小型聚会，进行情感宽慰。聚会的名义已取定，叫"四老慰一老"。所谓老，都是六十岁以上的退休人员。但是"五老"中我最老，其他的刚刚六十出头。而有位"新老"还是蕾芳大学里的同班同学。如今学友离世，对我的慰问也更加深切。我非常期望着接受这四老之慰。

现在，对面有人这样慰问，自然要抬头去看。一看，原来是省图书馆的一位女职员，她是蕾芳的"同党"，都是参加同一个民主党派的，比较熟悉。蕾芳还做过他们的组长，更加亲密。蕾芳的"同党"问我："你到哪里去？"

"我哪里也不想去。不过我在美国的儿子，最近几次来信，一定要我去美国散散心。为此我便去领了护照。"

“护照都已领了，能不能给我看看？”这当儿，大家对护照都很感新鲜，仿佛那是一种特殊身份的标记。

我从挎包里取出一本红封面的新护照，随手递给她。不料这位路友看了护照后，随口说道：“老潘，你虽然领了护照，不过你去签证还是签不出来的！”

“你怎么知道？”

“你去签证时，还要另外交一份中英文对照的申请表，那上面就有个婚姻状况栏目，你肯定填的是‘丧偶’。”

“我是‘丧偶’的，当然要这样填。”

“是啊。可是美国领事馆看你是丧偶的，他们就怕你有移民倾向，这样就不会给你签证。”

“那怎么办？”我霎时紧张起来。

“赶快改变婚姻状况呀。”

“你开玩笑，这能随便改吗？”

“哎呀呀，你先结婚啊，一结婚不就可以到公安局去改成已婚了！”

我一听更加急了，抱怨地说：“结婚哪有那么简单？我去跟谁结婚？你以为到大街上随便拉一个就可以结婚了？！”

“笨蛋，谁叫你到大街上去拉？”这女职员也发急了，跺着脚说，“你到报纸上去登征婚广告。现在《杭州日报》每星期五有个‘西湖月老’的广告栏目，你只要交 100 元钱，写 100 个字的征婚广告就行了！”

“这能行吗？”

“有什么不行？现在时代进步了，有先进方法不用，真是傻瓜。”她好像是帽子公司出来的，尽给我戴“傻瓜”“笨蛋”的帽子。大概以前蕾芳跟她们私下说过，她给我的雅号是牧伙，也就是“木货”！

这路友说到这里，往东边一指：“你还是赶快去找《杭州日报》吧，今天是星期四，说不定还能赶上明天的广告呢！”说完就走了。她好像对这方面很精通，大概平时比较关注这些事。

我看看她离去的背影，再回头看看她指过的东面，那不远处是杭州日报社，可那种舆论大楼自己能去吗？

我想，自己在这省会杭城，好歹也小有名气，以前每年都有记者来采访，报纸上、电视里经常有介绍我的报道，也算是个公众人物。现在突然要去登报征婚，这太丢人现眼了吧？！我蹙着眉头，一脸惆怅，似乎有生以来还没有碰到过这么难堪的事。我像个树桩似的站在那里，环顾左右却不知所措。可是，我能不去报社吗?

自从蕾芳病故以后，由于蕾芳生前有托，以及人家见我一下成了鳏夫，为我感到可怜，很快就替我介绍对象。第一位来介绍的，是蕾芳的顶头上司——《戏文》杂志社主编。那天刚开完追悼会，他就悄悄走到我身边，轻声对我说:“过几天你有空，我来看你。”

我点头谢谢他，只当他是想来进一步劝我节哀。不意过了几天，真的接到这位感人领导的电话，说要来看我。我便在家里恭候光临。哪里知道，这位领导更感人的竟是来给我做媒，说他认识一位在剧院工作的女性，才 40 多岁，前几年丈夫车祸亡故，留下一子，现在很孤单，人很温柔。他已在她面前提起过我，女方说可以见见面。现在就等我回话了!

我听了目瞪口呆，怎么蕾芳的“头七”还没过，竟有人就来提亲了! 这是怎么回事? 可来提亲的，是蕾芳生前的直属领导，他对蕾芳的为人和我的人品都很了解，这绝对是好意。况且他已和女方谈过了，证明他是郑重其事的。这样，我也不能随便谢绝。一则却之不恭，二则有失礼貌，有来无往非礼也。我说:“既然女方已答应见面，那我也只能和她见上一面。但是这七七四十九天的服丧期间，我不随便出行，请她谅解。”

“那行，等你服丧期满，心情好些了，再与她见面不迟，这点我会传达到。告诉你，她那么年轻，如果你们真能结合，那是你的福气!”他似乎已经看到这婚姻定会成功。

我送他出门，只得说声谢谢。可口说谢谢，心里却喝着苦酒。

丧期服完的第二天，这位领导便来电话催我。我实在无奈，只得打电话去和那位丧偶女性约会。我不想跑得太远，讲好在离我家最近的一个公园见面。一天下午，我们两人来到这个公园，女的身材苗条，虽受丧偶打击，眉宇间仍露出安谧。她又在剧院工作，迎来送往的人多，比较大方开朗。一见我，也很热情，常以笑脸相迎。可我觉得与她在年龄上、文化上有些差距，自己心情悲楚，不想发展。但同时也决定绝不伤害她，准备与她礼尚往来地接触几次，让她感到人生还有朋友可以相处，也就够了。

第二位来介绍的，是蕾芳的姐姐。

胞姐年逾古稀，向有沉疴。照理，刚刚失去胞妹，非常伤心，想不到却戴孝说亲，多么痛苦!

我真的怀疑这是蕾芳生前有托。蕾芳临危确实托过青海的老作家王立道。老王因以前曾来创作园写作，与我们夫妇成了莫逆之交，自此每年都要偕夫人来我家小住几天，以叙旧情。这次是金蕾芳叫我写信特地把老王夫妇请来，让他们劝说我，在她逝世后尽快找个淑女成立新家。老王夫妇在医院里听了金蕾芳的诉求，就把这层意思直接转告了我，尤其他夫人对蕾芳此举感佩不已。我感谢他们的关心，包括蕾芳的“临危托媒”，却也备感心酸！

蕾芳的姐姐介绍的，是她早已认识的一位画家，住在桐庐，画艺精湛，颇有成就。我想，此人有两条与我不适合：一是年龄偏大，也是六十以上的人，万一身体欠佳，又要我去医院照顾，难以为继；二来她是画家。画家事业心很强，我的事业心也很强，今后两人生活在一起，我要写作，她要画画，难免又要争抢桌子！于是，我连去见面也免了。不过由此我感到，姐姐思想很开通，对我这个妹夫再婚看来没有意见。这使我在续弦问题上少了些忧虑。

第三位来介绍的，就是青海老王。他因蕾芳有托，在蕾芳逝世不到一个月时，就打来电话说他们青海文联有位女干部，是江苏人，守寡多年，人很贤惠，可以介绍给我。还叫我一定要赶紧续弦，不要拖延。我当时根本无心于此，也就谢绝了。

第四个对象是我自己找的。我想，既然蕾芳生前所托的人都遵嘱来劝我续弦，我不能太让人失望，否则也是辜负蕾芳的遗愿。因为她的遗愿已经包括两层意思：一层是希望我把灵隐房子修建起来，可继续做公益事业；二层是希望我赶快再婚，增加臂助。她知道我这人是把爱情和事业紧密结合一起的，缺一就会失去动力。为此，我也想赶快振作起来，再找贤内助。

我在医院陪护蕾芳时，有一小病友的单身母亲，从形象到气质都还可以。而此人，蕾芳也认识，并且曾对我有暗示，以至蕾芳离世后，她女儿的主治医师也有此意，认为这个女的与我还相配。我想，找对象老是让人家介绍，介绍的又总是不尽如人意，还不如自己出马呢。人类历史常会重演，想想自己的历史也会重演，未免有点滑稽。当年向蕾芳求爱遭拒后，有几位朋友也曾帮我介绍对象，什么越剧团、话剧团的都有。但我总觉不合适，最后也想自己出马。现在有了一个具体目标，不妨试试。于是，我特地去了那位单身母亲的家，坦率地提出了自己想跟她结合的愿望。谁知她开口就说：“我与你，就是你的年龄太大了点（因为我已经 65 岁，而她才 40 多岁），否则的话绝对可以。”这“绝对”两字让我有点欣慰，总算还有个中年女士部分认可自己。但是那个“否则”，是无法逆转的。天意不可违，我只得点头称是。不过这位女士却愿做我的红娘，帮我介绍对象。

据说中国的红娘，出典来自元朝的杂剧《西厢记》，一个千金小姐的侍女，通过自己的聪明伶俐，促成了小姐和书生的美好结合，后来就被作为媒人的代称。其实，这种媒介之物，在大自然中普遍存在，也许是宇宙与生俱来，天经地义。你看，许多动植物都需要媒介来繁衍和发展。现在我不需要繁衍和发展，却需要改变签证表上的婚姻状况，也只得依靠媒介来帮助。这媒介，请人不行，自找也不行，看来只得依靠新时代提供的现代方式了。我蹒跚地向杭州日报社走去。

那报社是在河边的高架桥旁，一幢巍然耸立的新建大厦。这些年，我因无暇写稿，也就从未来过，然而我今天只得来了。问了门卫，方知旁边就有一个广告大厅。我是来做征婚广告，仿佛要出卖自己什么的，慢慢走近柜台，羞怯地问一位正在那里办事的女职员："小姐，做征婚广告在哪里？"

"就在我这里。"

"怎么做？"

"你付100元钱，填100个字。"广告小姐递给我一张表格和一份样表，那上面除了要填姓名、住址、电话号码外，就是下面要见报的广告内容——100个字。

我想，这100个字要把自己的性别、年龄、身高、生平、家境、求偶原因和要求，简明扼要地写下，也非易事。况且登报征婚仿佛是把自己摆上货摊，让人家去左挑右选，这不是给自己出难题吗？想想还是不征算了！

可是，大洋彼岸的小孙女等着我去照顾。不然，一切计划都会乱套。无奈之下，只得来挨这一刀——被报纸的大刀削去自己的脸面，把一个连谈恋爱都没本事的低能人相，整个儿都暴露在光天化日之下。

但是转念一想，我应该在这征婚广告中亮出自己的真实思想。不管这种思想是否不合时宜，让人耻笑，自己想讲的还是要讲，让人去"择"。我在一张桌子旁坐下来，仔细想了一番，然后填着：

> 男，63岁，显年轻，1.78米，丧偶，学者，作家，正高。重情求真。长子定居美国，次子尚在身边。欲觅一愿意同甘共苦相爱到底的成熟女郎为伴。有意者请寄信、照至本市翠苑新村22-1-203室铁坪收，邮编310012。

我对其中三点比较满意：一、提出了"重情求真"，这在当前相对缺少，自己必须强调。二、提出了"同甘共苦"的要求，虽然这条现在已明显过时，但是对我异常重要。一方面，生活中难免会出现危机；另方面，我的骨子里还想做一些社会公益事业，如果爱人不能与我同甘共苦，怎么共同努力？怎么白头到老？三、提出了回信到家里，并用了个笔名做姓名。这样，既免去了转信的麻烦，又表现了直率：有名有姓有住址，这种征婚是可靠的。首先自己壮了胆，也给人家壮了胆，诚信同样是恋爱的基础。

我在广告中，特意用了“女郎”两字。这“女郎”，通常指年轻的女子，如妙龄女郎、摩登女郎，可我自己已经年逾花甲，要找的对象不是年逾花甲，也至少要年过半百，这都算不上是女郎了。但我认为，情人眼里出西施，我就要找一个我认为永远入时的“妙龄女郎”！苦中作乐。

表格填好，随即交了100元钱，拿到一张广告收据，算是征婚开始了。报纸上的消息都是新闻，自己的征婚也成了新闻，而且成了广告，也许时代真的进步了！

我家一楼门口的信箱，这几天变成了聚宝盆，我每天去取信，都取之不尽，不几天就有60多封。字体都很娟秀，一看都是女性寄来的。内容都是看了我的征婚广告后的感想和愿望等。回答的方式也和征婚广告类似，都有自己的年龄、地址、电话和本身应征条件及愿望，完全是一种真诚的回应。于是我对每封信都仔细地阅读，有的要读两三遍。我经过深入阅读，反复思量，觉得这些信都是一颗颗的真心，一道道的金光。照理，都应该直接见面，促膝长谈。但是，这么多人，每人都要见面交谈，显然有一定困难。与这样的人进行这样的谈话，每人至少得花半天时间。如此，60多人全谈一遍，至少要花去一个多月。单是初谈就要这么长时间，万一竹篮打水，还得重整旗鼓，甚至另起炉灶！

现在已是6月初旬，离11月份要去美国只有四五个月了，可连恋爱对象都未有着落，其他赴美事宜更是望洋兴叹了。

应征信，在桌面上排着长队，似乎每封信都有一双眼睛盯着我。我有点急，最后决定，挑选一半与她们面谈。这样，即使每天“三班倒”，上午谈一个，下午谈一个，晚上再谈一个，也要半个多月，时间太宝贵了！

可是这一半的数额怎么选定呢？有些还附有照片，凡是标致照片都有一定的吸引力。不过我这次要把内在放在第一位，尤其要把能否志同道合放在首位，于是我给自己定下“基本不要”的几条标准：

一是有两个儿子的不要。自己已有两个儿子，再来两个势必打架；如果是两个女儿还可考虑，女儿迟早会出嫁，而且妹妹未必会和哥哥打架。

二是超过55岁和低于45岁的不谈。前者太大，容易再次照顾，体力不支；

后者太小，那明显是不慎重。婚姻无儿戏，再婚更不能轻率。

三是有些地方的人不要，自己一听她们的腔调就受不了。这也许已受杭州人的影响。杭州人向以清高自许，看不起有些地方的人。我却因强调情趣成了盲从，似很可悲。可是心态如此，无可奈何。

据此，剩下的也就30多位，其余的只写一封热情感谢信，致以歉意，请她们另攀高枝；个别的打个电话。我有时觉得电话可以马上听到声音，也就知道对方的反应。

待到把30多位“准谈者”的姓名、约见时间初步排定，一个大问题来了：我在哪里跟这些人见面?我与她们素昧平生,从未谋面,彼此什么模样也不知情,如何才能一下认识呢？况且还要通过这次见面，对彼此的情况，甚至底细有所了解，以便定下是否发展，那非得坐下来进行相对深谈不可呀！而这必须有一个比较幽静的地方，不受外界干扰，让两人在短暂的邂逅中，就能约略了解对方的人品、思想等等概况。易求无价宝，难得有心人。求偶是求心呀！

我想，让她们每个人到我家里来谈，显然不合适，人家也未必会来。要进男方家门，不到感情成熟，慎重的女性是不会贸然举步的。我也不能贸然邀请，那会让人家产生不适之感，千万不能草率行事。

那么到公园里去。这公园也要找个适当的地方，我毕竟已上年纪，在花前月下与陌生女郎约会，似乎也太奢侈；但在街头巷尾，似乎又太局促。想来想去，还是相对幽静、大气的地方较为适宜。

最后，我决定，每半天约见一位“准谈者”，地点可以在公园、茶室，或者咖啡厅，如果对方愿意喝咖啡的话，我也愿意奉陪。而这些开销，自然是我掏腰包。男女约会总是男的买单，这是约定俗成的，特别现在是我在约人。为此，我准备破费一笔。想想也很心痛，老了还背这种风流债！我的“三班倒”开始了。

我约见的第一位嘉宾是中学教师。我想蕾芳以前也是中学教师，教师比较有修养，共同语言多一点。两人相约在湖滨茶室，但是茶喝完，话也说完，两人握手道别，也就从此告别。

第二位嘉宾是内科医生。我已对生病产生恐惧，今后如有医生帮助保健，那也是求之不得。两人约好在餐馆见面，她要到下午4时后才空。那么，两人谈上两个小时，就到晚餐时间，干脆找个小包厢聊聊。谁知她一进包厢，既嫌包厢不够通风，又嫌从厨房飘来的油气太重。我想，今后如与这样的主妇共同生活，恐怕这卫生要求自己难以过关。两人虽然谈得很多，因为我已有5年在院陪护生活，东拉西扯还是有不少闲话可谈。最后也握手道别。

第三位嘉宾是机关干部。时间定在晚上，地点约在我熟悉的一个单位的会客室。我觉得与机关干部谈恋爱最好公事公办，晚上的会客室既安静，又舒适，两人即使正襟危坐，也很自然。

这位女干部人品很好，也有气质，可惜即将退休，而对退休后的待遇耿耿于怀。我很想听她介绍一些机关生活情况，以便以后如果与她一起生活，就能互相适应。因为机关文化是当下一种最让人敬而远之的文化。自己没有进过大机关，但很想有些社交经验。她却只是说："我是管好三分三就完了。"也就是说，她除了本职工作以外，其他一概不管。我想，这也比较难办，是否可以培养？想到今后与她可能在社交方面缺少共同语言，味道就淡了不少。最后还是踏着月色送上一程完事。

第二天上午，相约的是一位45岁的企业干部。我想，这样的女士，年轻力壮，最好与她一起去爬山。于是两人就敲定在宝石山的一个凉亭里相见。这天风和日丽，虽然已是仲夏，却不很热。见面后她很热烈，紧紧握手，连连让座。她仿佛愿意站着说话。而我爬上山来，已经气急吁吁，很想坐着聊天。于是两人就在凉亭的一条石凳上相视而坐。

她是离异的。客套一番以后，我便开门见山地问她："你们是怎么离婚的？"我想从这里打开话匣子。

"他是个脓包，没一次满足我。"

我吓了一跳。心想，我已 65 岁，早已气衰阳痿，如果和她结婚，说不定连半次也满足不了她！

在这之前，我对与每位应征者的谈话，其中有三条，我是准备必谈的，不过都是暗示式的。因为这三条如果赤裸裸地说出，会显得俗气。这三条是：一、自己广告中写是 63 岁，那是实岁，这是通常的说法，虚岁已是 65 岁，而且告诉几月几日生，可以让人去拼八字。有些女人找对象，要找算命先生拼八字，以卜是否相配。我觉得这虽迷信，但能提供方便也是好事，家和万事兴。而且年龄必须在见面时讲清楚，否则会落得个"隐瞒年龄"或者"骗年纪"的骂名，那可罪莫大焉！

二、自己因职称较高，工资也较高。但自己以前做了些公益事业，例如办初阳台文学创作园，今后如条件允许，难免还会"旧病复发"，甚至还想办中美友谊民间纪念馆。那时候，家中的钱拿出去公用，如果新来的家庭主妇不同意，自己就很为难。因此也必须在谈恋爱时，事先说明：今后可能仍会"散财"。至少要给对方打预防针。

三、自己有房子，是个大套，三室一厅，可是小儿子还未成家，仍与自己住一起。这在征婚广告中有句话“次子尚在身边”，明眼人可能会看出端倪。但是有些人未必了然，因此，我在第一次“面谈”时也要做暗示，使对方不至误会。因为有否婚房，通常是女方挑选对象的主要条件之一。而我只有这么个拖泥带水的“条件”。

这三条，我都把它们当作硬件。认为硬件通不过，软件就别谈了。否则，有了感情，却因硬件不过关而短路，岂不劳民伤财，浪费感情？因此我在与应征者第一次见面时，都有意识地透露底细。我相信，细心的女性能够明了，粗心的女性也会察觉。无论如何，这样一露底，自己安心了。这也是以前与蕾芳初次谈情时的做法：以诚相见。看来还是老药方一帖。但是对于自己已经阳痿之事，一般不轻易透露。只有某个应征者对我确想发展，我也有同感，才把这一隐衷吐露，看看对方能否委曲求全。这是非常痛苦的。

然而刚才这位企业女将，如此直言不讳，等于明白无误地告诉我：她对性欲是有一定要求的。我觉得，作为一位花期未谢的女性，在恋爱时有这样的愿望无可厚非。我钦佩企业女将的大胆泼辣，坦率真诚。可这个条件，自己实在难以臻美。我只得把这一核心“硬件”也如实相告，无奈地说：“我现在已没有性的要求，也许以后——”我这“以后”，仅仅是一种想望。然而想望不能代替现实，女的霎时沉默无语。我明显感到，自己已在这位女将面前败下阵来，只得鸣金收兵，陪她下山。路上十分懊恼！

下午相约的一位嘉宾，是退休教授。晚上又是一位文化干部。她们人品模样都不错，只是总有这样那样的不对路。最后都是送别而已。

我继续着每天“三班倒”，每天与应征者出入在茶馆、公园、饭店，每天在与 45 岁至 55 岁之间的应征者谈情说爱，迎来送往。这样轮轴转转了七八天，忽然，我想起有位 23 岁的姑娘的来信还没有回复。她是个青涩少女，不是我要求的成熟女郎，但不能简单回绝，于是我想，是不是也找她谈一谈呢？这个“谈”可不是谈恋爱，而是谈心。

这位妙龄姑娘的来信很特别，她称我为“坪哥”。这点她想得比较简单。既然广告中署名是“铁坪”，那我就是这个名字，相当单纯。我想，她是否把我 63 岁的年龄看成了 36 岁，或者也看成 23 岁，与她同年？怎么会突然称我为“哥”？先不说别的，我那征婚广告中明明写着有两个儿子，而且一个定居美国，那证明我的儿子也至少有她那么大的年纪了，这“哥”字用到我儿子身上还差不多，怎么乾坤倒转，阴阳逆变了?!

然而必须给她回信。

我一时没有回信的原因，还因她的来信中提出：第一次约会希望在健身房中举行。她在信中是用了“举行”两字，看来是很慎重的。可这健身房，我压根儿不知为何物。这个在改革开放深化年代诞生的新事物，我一直无缘见识。让我日夜相见的是蕾芳住院的药房，我只知道那里的药物有健身作用，体育场里的运动器材有健身作用，从不知现在还有专门的健身房。这动人的健身房，到底是医院里的针灸房，还是按摩房？可这两种房都是医生忙着诊疗，病人忙着治疗，怎么可以让情人约会呢？而且是第一次约会！

这首次约会，如果是纯情少男少女的话，连约会时的一张糖纸、一个果盒都要保存无遗，作为永久纪念。自己虽然已经 63 岁，但她才 23 岁呀！那她要保存什么？

说到年龄，更使我大吃一惊。我想，自己与她竟是相差 40 岁，实际已相差 42 岁，我几乎可以做她的爷爷了，她怎么连这样一件有悖天伦的事也不当回事?!

我想，她肯定脑子出了问题。但是，征婚相识，未见面就这样猜疑人家，也是不应该的。记得以前我在写一位女文学青年的情场遭际的长篇小说《漂泊的星辰》时，曾给那位女青年做过一副对联：

未识春风先识雨

不留明月只留云

我觉得这雨和云，很可能会在这位妙龄姑娘身上出现。因为她实在不懂人情，不谙世故。如果这样光凭想象找对象，迟早要泪流如雨，烟消云散！

我决定找她一谈。

姑娘回电了，说约会地点就在宝善宾馆旁边的一个健身房里，上午 9 时。还说：“我在脚踏车上等你。”

十分时髦。凭她“我在脚踏车上等你”这句热语，就很有诗意，不亚于现在流行歌曲的歌词，那是准备向爱情奔驰的象征。我决定去拜访她一次，看看这个离奇姑娘到底是怎样一位奇女子。我暗自好笑，觉得现在已不是相亲约会，而变成忘年的拜会了。

9 时整，我准时来到这个健身房。原来就是一个运动场地，不过运动器材都是小巧玲珑、新颖别致。以单个操作为主的器材，有脚踏车、跑步机、拉力器、扩胸机等等。我无心一一浏览，进场先找脚踏车。我以为那是一辆供室内骑的小自行车。原来，那自行车轮固定在车架上，人骑在上面，只能原地踏步。我想，这样锻炼，还不如去室外骑行方便，既自由，又可呼吸新鲜空气，甚至还可环西湖观光。

一个身材匀称的妙龄姑娘，果然跨在一部鲜艳的自行车架上等我，旁边放着一只精巧的挎包。见我进场，就向我频频招手，那架势颇像自行车选手竞赛中刚获得了冠军。

我走近她，互通姓名后，便问她："你每天来这里锻炼？"

"每天。有时一天两次。"姑娘异常欣喜。

我觉得奇怪，她怎么有那么多空闲时间来健身？遂进一步问："你在哪里工作？"我想，她也许就是管理这个健身房的。

谁知姑娘说出工作地点，又让我吓了一跳："在银行。"

银行职工通常是坐班制，而且制度很严，不可能一天两次来健身房健身。

姑娘已看出我有疑窦，便潇洒地说："我搞放贷（发放贷款），可以到处跑。"

原来她还可假公济私！

"那你工作不错，完全可以找一个年纪相仿的帅哥！"

"你也是帅哥。我看你腰骨笔挺，没有老相。"

"我的真实年龄你知道吗？"我不由得问她。

"知道呀，63岁。"

"那是足岁，虚岁已65了。"

"差2岁，有什么了不起。"

"我和你可差42岁呢！"

"这有什么了不起，外国人相差五六十岁都要结婚。"

"你想学外国人？"

"没有别的可学，学学这个也好。"

"你可学学外语。"

"英语我已考出八级，今后你若出国，我可以陪你做翻译。不过我主要想在国内陪你。"

"陪我什么？"

"陪你去游泳、打羽毛球、爬山，这些我都很会。"

"你尽陪我，不就亏了！"

“爱情不能用‘亏’字。都是互相的，我陪你，你也陪我。”话语也像流行歌曲的歌词。

“我陪你?”我被她弄糊涂了。

“你以为我们年轻人很轻松?尤其我们银行工作更不轻松。我的工作很累，就需要一个懂得感情的人陪我玩，我这就找了你。”

“可我不会玩!”

“我教你呀!来，现在踩自行车健身，挺舒服的，当场教你。”她说着跳下车架，要把车子让给我。

我连忙摇手：“我今天是来看你的，顺便聊天。再不然我们去哪里吃餐饭，不介意吗?”

“我怎么会介意?我是准备和你谈恋爱的，只有戒心，没有介意。”

“你有戒心?”

“怕你不要我呀!”

“不要你?”

“嫌我太年轻呀!”

我想再不能跟她对话了，她完全生活在空中楼阁，凭想象在处理事情。我还是用现实去说服她吧，便说：“你能不能去我们家看看?”

“你们家?”她的重音放在“你们”两字上。

“我和小儿子呀。我在征婚广告中，不是写明‘次子尚在身边’。”我想，用这条也可吓她止步。

“这有什么，他年龄如果与我差不多，我们可成兄妹。”她的观念似乎都很通达。

“你还是去看看我那个家。”我家的物质生活很随便，精神生活很丰富。我们还能利用家中的钱和物创办杭州初阳台文学创作园。我的意思是，你是肯定做不了我的家庭主妇的，但我今天必须用严酷的事实来打消你的“忘年恋”。

姑娘不知是胆大包天，还是已坠入情网，竟背起小包随我回家了!到了家里，我请她参观我这个既拥挤又杂乱的家，意即根本不适合她的健身和陪练。我因天天“三班倒”谈恋爱谈得太累了，那天早晨就买了三只马蹄般大的甲鱼，人称“马蹄鳖”，准备滋补一下。这时我就烧了两只，请她也吃一只。还有只没有烧的请她带去给她父母吃，这样也可让她领略到“踏花归来马蹄香”的情景，生活是美好的，但不要马失前蹄，还是稳稳地踏自行车吧。她一出门，我就关门落锁了，也不再给她打电话。

初阳台文学创作园第一期创作班的部分作家和工作人员，后排左一为潘杰

# 第　三　章

# 蓦然回首

送走小姑娘，我心情更郁闷，怎么谈恋爱这么难？见面的尽是些不合自己心意的人！是不是我的要求太高了？还是我还没从蕾芳的阴影中走出来，尽是用她的标准来衡量人家？这是不现实的，可也是很自然的，我总是有意无意地还在追求像金蕾芳那样志同道合的人。这么说，我是不是在浪费时间？但是，这毕竟是最现代化的方式！最现代化总有它的合理性，看来还得坚持。中午坐在书房里，顺便拿出大儿子寄来的小孙女的照片看看。小孙女很可爱，正等着爷爷去照顾她呢！可我这个爷爷，却为给她找奶奶困扰着。照理应该奶奶去照顾她，可她的亲奶奶已到另一个世界去了。唉！你们两人未曾见面就阴阳相隔，而新奶奶又还不知在什么地方？我这个老爷爷，真无能啊！

下午约见的是一位中学语文教师，50 多岁，还在上班，我似乎为之一振。我想，这位语文教师还未退休，可说年富力强，教学应该不错。这样的人，对我今后写作可能会有帮助。我一直以来很想找个亲密的写作帮手，例如能帮我提意见，甚至批改。这方面，蕾芳本来是最佳人选，后来还合编小说写作教材，更为难得。我当年找她，就有这层意思，希望今后成为奇文共欣赏、疑义相与析的文学伴侣。想不到她自从干上编剧，成为专业创作人员后，所有时间都花在自己的创作上了，连我写的文章也无暇顾及。我也不便催她，她的时间确实宝贵，专业编剧必须要有作品上演，否则不能在剧团里站住脚，可这多难啊！最后是连命都豁出去了，还是无济于事。

两人见面后，来到里西湖的一个茶室。原来，这位语文教师，对于找茶室、喝什么茶也是驾轻就熟。她提议的这个茶室，既幽静，又文雅，室前碧波荡漾，室后绿荫婆娑，茶几都是红木，茶杯也是青瓷，茶叶更是上乘，说都是正宗龙井。

对于这点，我不敢附和，因为正宗龙井茶大多供给有关部门了，一般茶室根本采购不到。但女教师说这个茶室老板神通广大。那也只好随她说了。

可在我准备也喝一杯“正宗龙井”时，女教师却一定要我喝菊花茶。我不由得说：“你是想为我省点茶钱？”因为菊花茶便宜。

“不，我是为你身体着想。你现在必须清火，菊花茶就能清火。”女教师坚定地说，仿佛在指导学生做作业。

“你以为我现在每天在约会，正在热恋中？”我想和她开个玩笑。

“你何止热恋，还在热爱中。每天三班倒，够你受的了。”她已从我们见面时的初步交谈中，摸到我这几天的求爱底细了。“不过，”她接着说，“我倒要劝劝你，你首先应该找离异的。”

这位女教师正是离异的。我想，她这样毫不隐讳地显示自己优势，好像排他性太强了一点。不过也不妨听听她的意见，就说：“愿闻其详。”

“这是有哲学根据的。任何事情，都有相吸相斥的一面。你自己是丧偶的，就应该找个离异的；反之，你就要找丧偶的。”

“何以见得？”服务员已给我送来了菊花茶，我用手指在桌上敲敲，表示感谢。

同样，她也在桌子上敲手指，不过敲得更雅致，轻而又慢。那也许是感谢服务员真的给她送来了“正宗龙井”。

她掀开茶杯盖，用盖边在茶水上划了几下，大概是把浮在水面的茶泡划开，就势轻轻地啜了一口，那真是樱桃小嘴啜香茗。然后说：“你是丧偶，必然情丝不断。如果你找的也是丧偶，她也情丝不断，那你们两条旧情丝，不就缠在一起要打架了，你俩怎样建立新感情？”

“很有道理。”我不由得佩服她的精辟分析，便进一步问，“丧偶的应该找离异的，固然有一定道理。但是离异的未必理解丧偶的那种刻骨铭心的痛苦，那该怎么办？”

“这就需要互相体谅了。”

我觉得，仅仅互相体谅还不够，因为存在决定意识，对方如果没有那种生死与共的相爱经历，就很难体会丧偶一方的心头之痛。我歪着头在深思这个问题。

语文教师毕竟敏感，便说：“我叫你喝菊花茶喝错了。你一喝就火气全消，还要深思熟虑。看来我的辅导能力还不够强。”

“不不，我首先要感谢你的哲理辅导，我是要认真考虑。”两人约好下次再见。但临别时，我发现她似乎有点不太在乎。

晚上相约的，是一位航运服务公司的职员，但是个“烦老太婆”，更不用说有慷慨的气度了。

相亲，本来是件轻松愉快的事，现在变成了一种负担，这样夜以继日地超负荷运作持续了十几个日夜，约见了30多位应征者。我想，这些应征者都很优秀，许多方面我不及她们，但要和其中之一结婚，总觉得不很相配，尤其是志向很难一致，因此我没动心。只有一位机关会计，和那位中学语文教师，做了“备取”。看来只得继续努力。……

这已经是第15天了。半个月的“三班倒”征婚，已使我精疲力竭。这天中午，我从柳浪闻莺公园回来。本来，今天上午是与一位县里来的机关干部约会的。这中年妇女身材魁梧，孔武有力，作为家庭主妇操劳家务是很适合的。可我现在想找一个生活型的妻子，也不需要她整天围着锅台转，最好是能下得了厨房，上得了厅堂。她虽然是机关干部，可是没有机关干部的干练和潇洒，反而有点婆婆妈妈，就在公园濒湖的座椅上谈了一些话，较早地请她去附近饭店里用餐。

饭后两人告别，也就是分手。我连忙骑车回家，当我骑了约半小时的快车赶回家时，两条腿已经酸痛不已。勉强上了楼，一进家把门一关，靠在门上叹着气说：“好了好了！我征婚这道门也关上了，从此再也不谈了！”想到这半个月没什么结果，只有两个“备取”等待进一步了解，实在是空空如也。

但是，刚才上楼时，似乎瞥见楼下的自家信箱里，又有一封信在里面。当时实在太累，再好的信也不想去取了，便扶着栏杆上了楼。现在自己已经宣布征婚结束，那也得扫尾，看看信箱里的信，是否与这次征婚有关，如有关系，还得最后处理一下。

于是，我又拖着疲惫的身体下了楼。

从信箱里取出的信，是用一般信封寄的，邮票也很普通，不像有些人用的精致信封，贴了纪念邮票。有些纪念邮票还隐藏玄机，其图案有的是双飞鸟，或者是双蝴蝶，甚至是含情脉脉的仕女，仿佛在邮票上就可认领其人。

然而这封信很寻常。拆开一看，也写得很简略，只是扼要地介绍了她的自身情况：离异，50岁……署名是范祝华。

我对这个名字，似乎有点兴趣。范，是模范的范，祝华，是庆祝中华人民共和国成立，她刚50岁，与共和国同岁是无疑的。

鉴于此，我决定打个电话给她，来信中有她联系电话。可是再看信纸，发现此信写于前几天，而信封上的邮戳却是昨天才盖的，这又是为什么？我摇摇头，不想去细究，只觉得信中的钢笔字还可以，字如其人，人也大概还可以；又加上名字比较有特色，就打个电话问问，她若下午有空，不妨约她出来见上一面。反正已与30多位应征女郎见过面，也不差她一个了，况且已到关门之时。

后来才知道，这一位，我是非见不可的。

武林广场的南面，是繁华地带。一条深巷，再拐进一条深巷，巷底一幢六层楼的第五层，靠西有个小套，一室一厅。厅内的餐桌下，紧铺着一张钢丝小床，由于房间小，只能一半露在外面，一半伸进桌下。这是祝华女儿的“美人榻”。她女儿确是美人，不仅光彩照人，天生丽质，而且毕业于美术学院，从事美术教育。既创作着自己的美术作品，也塑造着学生的美好心灵。

向南的卧室里，就是范祝华自己的“美人榻”。它类似日本人的“榻榻米”（着地铺），又权作古代美人的卧榻。她出生在绍兴，本是大家闺秀，外婆家曾是杭州有名的绸庄老板。新中国成立以后家道中落，虽然随母移居杭城，却没过上富裕日子。她与共和国同龄，在“文革”中自毁古董，把许多价值不菲的珍奇古玩悄悄毁去。有的连夜沉入护城河，让污泥浊水去沉浸那些无价之宝。更使她懊丧的是，“文革”中结婚的丈夫，因为担任了造反派头头，就无法无天，出轨姘人。“四人帮”垮台后，另一派掌权，就把他抓去劳动教养，还威逼姘妇检举他是强奸，这样就可要求法院对他判刑，变劳教为劳动改造，永世不得翻身。范祝华知道后，毅然挺身而出，直接找到丈夫以前的姘妇，对她说：“我知道你们以前是通奸的，我虽然很恨，但是如果有人为了落井下石，逼你违心检举他是强奸你，那我认为这不符合事实。我们都是女人，已经受欺负了，希望你再不要给自己在良心上加重负担，那是一辈子要痛苦的！”

这女的被她一席话说得泪流满面，就坦率说：“我不会盲目屈从，做出违反自己良心的事。”后来，祝华的丈夫以作风不正被劳教，祝华便设法把他保释出来，提前解教。

可是，有些男人，一旦落魄，便会破罐子破摔。范祝华的丈夫就是这样，解教回来，被分配去煤球厂劳动，但他不思悔改，又与煤球厂的一个女工鬼混，结果又被掌权者抓住把柄，第二次把他送去劳教。

这使范祝华非常恼怒。她想，我第一次把你保释出来，是希望你改邪归正，从此安分守己。想不到你屡教不改，自取其祸。但这一次我还是要把你保释出来，让你尽量少吃苦头。不过我事先要与你说明，这次保释出来后，便与你离婚。你太使我失望了，实在让我难以做人！

原来祝华此时已是小学校长，她是靠自己努力，才得以具备才能。她原是初中生，“文革”时，规定“三届生”都要下乡插队落户，劳动“锻炼”，把她分配在萧山沙地农村，让她住进一户最贫困的农民家，一定要与他们同吃同住同劳动。她插队劳动三年，全挺过来了，除了农活样样会干外，还学了一手绣花的巧手艺。那是萧山人的特殊工艺，农村姑娘就靠绣几只花边赚点零用钱。祝华下乡，家中困难，没有钱支援她，靠她自己在大队里刻苦劳动，既挣一定的工分，又赚一点绣花外快，度过那艰辛的岁月。后来，政府把她抽回杭州，问她：“现在，政府可以给你们下乡知识青年安排工作，你们把自己在下乡时做过哪些社会工作写出来，看看有什么特长。”

祝华只在农闲时帮助农村夜校教过几天书，结果就分配她去做小学教师。她直白地说：“我自己只初中毕业，而且是停课闹革命时的初中毕业，怎么可以去教小学？”

领导说：“你在农村里已教过夜校，这就有教学经验，可以胜任。真不行，以后学校会把你送去培训的。”

她想，能培训当然好。苦于“文革”中没能好好读书，如果能去培训，她一定认真学习，争取做个合格教师。

果然，她从杭州师范专科学校培训出来，不仅成了优秀教师，很快就担任了教导主任，直至校长。

谁知，她任教职，没日没夜地工作，而生活不检点的丈夫，却在外面偷腥。“文革”结束，他便两次被送去劳教。

特别这第二次劳教，使祝华再也无法容忍。她已是校长，照理，一切要为人师表，想不到自己的丈夫竟然自暴自弃、自甘堕落！

她想，我的脸面已被他丢尽，他再这样下去，我也只得辞职离校了，内心太受煎熬。她决定和他离婚，但在离婚前要把他再次保释出来，他还有老母、女儿需要抚养，特别不能让婆婆太伤心！

本来，是要说到做到的。谁知她丈夫第二次被保释出来后，年逾古稀的阿婆一把拉住她，流着老泪撕心裂肺地对她说：“祝华，你要和我儿子离婚，我不反对，他太对不起你了。不过，你一定要看在我的脸上，到我死了你再离。那样我也瞑目了，好吗？祝华！”

她一再要求祝华答应她，拉住不放。祝华想，既然阿婆这样绝望地求我，我也只得再忍几年，满足老人家的最后要求。女人的苦难只有互相体谅，祝华心痛不已地答应了她。数年后，阿婆去世，她立即提出与丈夫离婚。丈夫无话可说，连女儿也无脸见，就搬出去了——

范祝华现在住的房子，是学校里分配的，只有30多平方米。她也不嫌小，反正能住就行，只想图个清净，忘掉那不愉快的婚史，连原来的婚房也不要。谁知卧室实在太小，做了大衣橱和电视机柜，无法再放有架的床了。她就买了张席梦思，夜夜席地而梦，梦随思转。

同事来家看她，发现她睡着地铺，既惋惜又无奈。她便特意宣传这地铺的优越：一是可以锻炼腰板。女人腰板要硬，单身女人腰板更要硬。一个人过日子也可以，用不着去买床。二是把床换成日本人的“榻榻米”，着地而卧，心里也舒坦。古代人“扫榻以待客”，那榻还是请客的座位。我现在每晚享受贵客待遇，更加可以安然入睡了。这些理由自然比较牵强，但单身女性，尤其是单身知识女性，就会想出一些离奇古怪的念头，来为自己的“贵族生活”辩解、慰藉！而祝华更会思辨。

果真，这一晃就五六年过去了，她不考虑再婚，只和女儿相依为命。白天带女儿教书，晚上陪女儿做作业，自己也批改作业。经济拮据，就做几天家教，或者帮助人家做件衣服。曾经是下乡知青，什么困难都能克服，还怕单身吗？

当然，她丰姿绰约，虽到中年，仍很秀雅，也有不少人来给她说媒，她都婉言谢绝。有时实在不便推却，只得去看看，有几个还是工程师、大学教授，可自己怎么也不动心，不是缺少这点，就是没有那点，也就作罢。

这次看到报上我的征婚广告，觉得我条件还可以。特别有两点比较有吸引力：一是我系“正高”。“正高”是才高八斗。郎才女貌，天造地设。

第二点吸引她的是我的身高，我是1.78米，她是1.65米，郎才女貌，加上可以并肩上街，那是美满姻缘了。

她简单地考虑了这两条，觉得可以给“铁坪”回一封信，管他是不是征婚者本人。既然有具体地址就可以一试，这比那种八竿子打不到一个点上，尽是虚无缥缈的征婚大话要实在得多，仅凭这点就值得回信。

但是，当她真的把信写好，又觉得多此一举。总觉得征婚广告不可靠，骗局太多，何必去冒险呢！有些人就利用征婚骗取人家感情，到头来一场空。她仔细想想，现在内心比较平静，何必再去自寻烦恼呢？感情这东西，是经不起多折腾的。她把写好的信压到枕头下了。

她的床是着地铺，枕头更是着地枕，那信放在枕头下，也变成着地信了。许多天纹丝不动，几乎要在地上生根了！

女人多忘事，单身女人更加多忘事，范祝华已把这信忘记了。

然而，温馨的地铺，既是躲避寒心的暖巢，又是滋润感情的温床。枕下的书信，更容易发芽生长。虽然祝华把它忘了，但那曾经撩起的情丝，还是会时不时跃动飘拂的。不过对于受过打击的女性，尤其是多思的女性，这情丝的跳动，开始是很微弱的。

她想，信已写了多日，再寄，明显是马后炮了，说不定人家早就捷足先登，这个男人已与某个甚至某某几个打得火热了，我何必再去凑热闹呢？再则，我是做教师的，尽量在这种场合少露脸。万一给学生知道，他们说不定会笑话我："我们范老师，也在报纸上找对象！"他们都很爱我，只怕我上当受骗。

想到这，就把寄信的事又丢一边，还是睡自己的觉吧。

梦里不知身是客，
一晌贪欢！

夜深人静，女儿在外厅酣睡，也许也在做着美梦。祝华想，她已大学毕业，且已工作，也希望我这个老妈找个对象，重新成家，那么，她也算安心了。女儿肯定在想，妈妈已经为我付出了许多，我已自立，她应该成立新家了！

儿孙自有儿孙福，
莫为儿孙作远忧。

这晚上，祝华发现心情有点异常，半夜醒来怎么也睡不着了。她坐起来拍拍枕头，想让枕头松软一点。可是枕头是有托举作用的，许多沉思积想都浮上心头，甚至泛滥成灾。如今有一件紧迫事，使她不得不考虑要不要寄这封应征信。

这些年来，祝华因为既要工作，又要培养女儿，劳累过度，而且心情抑郁，得了心脏病，医生检查后，说是冠心病。这种病一般都需要静养和治疗，最近就去住了一段时间的医院，刚刚出院不久。也就在出院的第二天，买来一份《杭州日报》，偶尔看到"西湖月老"栏内有人在征婚，第一个就是我这个"请寄信、照给铁坪"的人，她便好奇地看了一下，还真有点新鲜，63 岁的男人还征婚！想到我 63 岁是属鼠的，她 50 岁是属牛的，牛和鼠可以和平共处，而且可以同睡草堆，是比较相配的。基于这点，她就写了这封信。可这毕竟有点迷信，婚姻不能靠排八字来定，因此，她把信搁下了。

她想，现在，自己身体不适，找个老伴互相照顾也未尝不可，女儿也在催促，因为她迟早要出嫁。那时我孤单一人待在家里，也太寂寞和冷清！我本来是喜欢热闹的人，也会跳舞，现在就感到缺少真正的伴侣。尤其这几天躺在家中休养，更感到孤单。她这么一想，又想把信寄出。最后想想，既然信已写了，就不差这点邮资，寄出吧，反正不抱希望，逢场作戏也好！早晨去买菜的路上，就在小店里买了张市内邮票贴了，往旁边的邮筒里一扔，心里叫了一声："寄了！"感到很轻松。

第二天中午刚过，我就打电话给她。她刚准备午睡，忽然电话响了，拿起话筒就问："哪一位？"

"我是登征婚广告的铁坪，不，我实际名字叫潘杰，三点水一个番字，杰是豪杰的杰，不过我不豪，没有霸气，可说是个土佬，你的来信收到了，非常感谢。怎么样，今天下午有空吗？"我在电话里照实说。

"你有打算吗？"祝华礼貌地回答。

"我想请你见个面。"

"可以呀，在什么地方？"

"就在湖滨华侨饭店门口，2 点左右。我骑车过来有点路。"

6 月中旬的一天，午后的太阳斜照在华侨饭店的门口，明亮的阳光给饭店门前的街景打出一个清晰的轮廓。由于天气炎热，此时行人稀少。在那宽阔的人行道旁，只有一些低矮的草木意兴阑珊，等待清风的光顾。

我骑着自行车，汗流浃背地来到华侨饭店北边的停车处，把车子迅速放好。就在锁车时，抬头看见饭店门口的人行道旁，单独地站着一个身材苗条的中年女郎。

那女郎穿一身黑衣裙，亭亭玉立，华容婀娜，拎着一只手提袋，像在等人。我想，难道她就是来信中的范祝华？如果真是人如其名，那么内涵会是非常丰富的，今天见面，将有另一番景象。此情此景，也有点天作之合。

这时，我心中忽然涌起辛弃疾的名句：

众里寻他千百度，
蓦然回首，
那人却在，灯火阑珊处。

我不由得迈起长腿，快步来到女郎面前。就在此刻，祝华也瞥见饭店北面有个瘦高个儿的男人向她走来。我这男人穿着白衬衫，长裤子，脸上光洁，似乎是个中年人，可在征婚广告中，我是63岁的人呢！她想，难道这人今天打扮了？

可是当我走近时，她发现我穿着一双旧皮鞋，裤脚管也是一只放下一只卷着，大概那是我骑车怕被齿轮卡住卷起的，现在竟然见到这么一位美人在等候，忘了放裤管就奔去。祝华忙把眼光移上，除去女人通常先看男人鞋裤的通病。就在这时，我们两人的目光碰上了，我笑容可掬地说："你是？"

"我是范祝华，你是潘杰？"

"对，中午给你打电话的。"我随即伸手去握。

她也大方地和我握了握手。

我掏出手绢擦去脸上的汗水，那手绢也够脏的，机械地说："我们到对面六公园的茶室去坐一下好吗？"这些天，这类话已成我的套话，这方式也成我的套路。

祝华微笑着点了一下头，便举步随我而走。那儿刚好有一条斑马线，我们两人并步而走。这时，两人的脚步走在一起，肩膀也稍微并了起来，我发现，她比我稍矮一点，走在一起，十分相称。而且觉得，她的气质、风度、仪表，都称得上上乘，看来这对象也许就是她了！

她也有同感。尤其觉得我那长腿，跨起步来要让人追赶。这就是好男人的表现，值得追！

旁边的路人，看到我们这对走在一起的中老年男女，虽在年龄上有差距，其他都还相称，难免想，他们是一对好友，还是什么关系？

穿过斑马线便是六公园，西湖近在面前。我们没有去湖边观景，而是一个劲地往湖畔的茶室走去。那儿西湖月老正在等着，喜笑颜开，遍散情丝。

我俩来到茶室的南厅，这儿比较安静，且有小南风徐徐飘拂，这在仲夏的午后十分需要。尤其是小南风会带着"软情丝"袅袅飘来，分外惬意。我们两人在一张长方形的茶几两旁，相向而坐，等待相亲。我觉得征婚颇有好处，双方的需求似乎都是展销品，在一个平台上议价论价，但必须货真价实，不能讨价还价，想不到相亲也有展览学。我就在坐下的一刹那，悄悄地端详了祝华的整个面容：弯弯的娥眉，盈盈的明眸，椭圆的脸庞，白净的粉颈，乌黑的短发往后梳着，显出教师的风貌。黑色的套裙（我对布料一概不知其名）相当合身，展示着女性的风韵。

我叫了两杯绿茶，觉得她没有马上叫我喝菊花茶，显得比较大度。这些天忙碌下来，我真有火气上升之症，应该喝喝菊花茶。她也看在眼里，只是这是初次相见，怎可马上好为人师？我估计她把对男人的关心，先放在观察之中。

两杯清茶摆好，我就准备开腔。我觉得她有点符合成熟女郎标准，为之一喜。由于她已在信中告知“离异”，谈话本可以从这点切入，然后生发。但我一转念，谈话如果一开头就问对方的离异问题，应是相亲之忌。我已从半月普谈中吸取了一些经验教训，不能张口伤人。看来相亲是相看相悦，还是任其自然为好，我便随口说：“你叫祝华，无疑是祝人好运，华丽转身。只是我叫潘杰，只晓得戽水种田，钻木取火，怎么与你的好心肠对称呢？”

想不到这话倒是活跃了气氛，消除了彼此的拘谨。可是也给对方出了难题，马上要对我猜度心思。

她略作思考，便说：“好运要靠自己争取，转身更靠自己努力。你是有水有田，有木有火，要比我实在得多，成熟得多，也就是有望得多！”

“现在女的，大概都有希望之心，不过我是无望之人。”于是，我先把自己每谈必提的三个“硬件”，用较含蓄的话暗示道，“比如，我在征婚广告中登的是63岁，其实那是足岁，我的虚岁是65岁，属狗。”

“属狗！”她一听吃了一惊，心想怎么我会是65岁？ 65虚岁是属狗呀，可狗与牛是相冲的，这在婚姻上很犯忌。因为狗无论有事无事，经常要去调弄牛的，牛就反抗，这样常要抵牾，说不到一块。后来一想，我与她已相差15岁，也就是相隔一肖。根据命相说法，隔一肖就不会太冲了。也许距离拉开，矛盾也会解除，甚至产生美感。她再看看我的相貌，腰板还挺，脸无皱纹，头发虽有花白，但不成片，看来确实显得年轻。这与我在征婚广告中的“显年轻”三字相符，由此也证明我没有在为自己贴金。便对我嫣然一笑，喝了一口茶后轻声说：“狗讲义气，大概你不但重情，也还重义！”“重情”也是我的征婚广告中的原话。

我就坦率说：“重情是蕴藏的，重义是外露的。如果你现在讲我一位好友的坏话，我会立刻和你翻脸。我觉得友情比面子重要。”

“那真危险，你的好友我都要一个个记住。”她故意撒了点小娇，随后说，“你还有比喻吗？”

这正中我的下怀，我便把第二个“硬件”和盘托出：“我因为职称（正高）还可以，工资也还可以，我以前做过一些社会公益事业，也许以后还想做，这叫熟门熟路。不过现在有点犹豫——”

她已听出我在暗示自己的工资今后要自己派用场。就想，我如果同你结婚，我自己有工资，开销也就够了。这种问题我不当回事。她这些心理活动，都是我们结婚后她告诉我的。

我见她没什么反应，就接着说："我的小儿子没有成家，与我住在一起，为此我这次征婚，对这婚房问题也很头痛。"顺势抛出了第三个"硬件"。

她想，这个男的尽说傻话，好像人家来相亲，先是来相你的工资和婚房的。我自己有个小套，你如果和我结婚，只要我的女儿出嫁，你不嫌小，也可住到我那里去，为什么一定要住你的婚房?！但她也没说出口。她觉得真要讨论这些事，还早着呢。现在仅仅是初次见面！初交才相识，相知在后面。

我见她对三个问题都避而不答，看来这位女郎有点城府。女人有点城府难能可贵，我的生活虽然平淡，但是人生难免有不测风云，主妇有城府，也许能帮我镇住风云，尤其我如果办中美友谊民间纪念馆的话，可能真会遇到风云。我喜不自胜，急于想把第四个"硬件"抛出，可是这个硬件是有关自己的生理问题，实在难以启齿，就改口说："请问，你来信中说是离异，是在什么情况下的离异?"

这是个必须问清楚的问题。虽然谈话开头不宜先提，但现在已是时候，我冷静地等候着她的解答。

"我的离异说来话长。"她又喝了一口茶，抿着嘴思索。我忙叫服务员来续水，待到服务员把两人的茶杯都续满，她却说："我只讲一个结局给你听。我的丈夫因作风问题不思悔改，第二次又被弄去劳教。我就再去把他保释出来。但我有言在先，因为我实在难以做人，决定与他离婚。谁知这时阿婆要求我，一定要我在她死后才离婚，这样她才瞑目。她平时特别疼我，我也就同意了，又拖了一段时间才离婚。"

这一简明的"结局"，却给我以很大震撼。我已对结局的前因后果有所明了，便想，这个女的真不简单，为了家庭和道义，两次去把本来已成冤家对头的劳教丈夫保释出来，这可谓仁至义尽；又因阿婆的要求把离婚日期推迟，以安慰婆婆暮年对子之怨，这是孝顺之道。再则，第二次把丈夫保释出来后，为了实现自己的诺言，决定与不思悔改的丈夫离婚，表现了她的做人原则：可以委曲求全，但不苟且偷生。这样的女性，难能可贵，令人感佩。也就在这时，我顺水推舟地对她说："你的爱人因作风问题犯了错误，这种错误我不会犯。"

"你那么自信?"她戳了我一句。

"不瞒你说，我已经没有性欲。"我把声音放得很低，羞愧难当。

"那为什么?"她不由得追问，略有惊异。

"我爱人生重病以后，在医院里整整住了五年。我因抑制了五年，自然退化了。"我如实交代，仿佛小学生在老师面前交代情况。

“喔!”她听懂了，不加评论，但也有些震动，只是此时表现得若无其事。

我把四个“硬件”和盘托出，又见她是如此贤惠之人，觉得与她可以进一步谈，就单刀直入地问：“请问，你自己觉得，你的最大特点是什么?”

她略作思索后，大声说：“疯!”

“啊!你的最大特点竟是疯?!”我也大声叫了起来。

旁边在喝茶的人，都朝我们二人看看，心想：这对男女，那么激动，在谈什么?

蓦然回首，那人来到了身边

教育卷·八划

奖;《改革教法、促进学生思维能力的发展》一文获市级奖。1985年被评为省级教坛新秀;并多次评为市、县两级为人师表优秀教师。

**范祝华** 女，1949年出生，小学高级教师。现任杭州市竹竿巷小学教导主任，宁波劳动技能教育器材研究所兼职研究员。承担省级教育科研任务，进行了小学劳动教育研究。共同撰写的《小学生劳动观念及劳动心理素质调查》等2篇论文获省级普教科研论文三等奖。有关研究成果多次在全国及省市级会议上交流。参加省劳动教材和参考书的编写工作及全国、省的手工劳动材料的审定工作。

她可让同伴笑弯腰，也可让《名人辞典》登一条

# 第四章

# 求神保佑

奇语惊四座，也震撼了我。我想，这个祝华，最大的特点竟是疯！这疯通常是指神经错乱、精神失常的行为，她怎么会选择这么一个贬义词来形容自己？似乎有点出格。也许正是这样的出格，才有这样的惊人语言，真是语不惊人死不休，她可以成为诗人！便笑着说："你说疯，我还想请你具体说说疯的表现。"我太欣赏这个"疯"字。

她自己也咯咯笑着，便说："我举个例子，我和一帮子同事出去旅游，我保证让大家不得安宁。"

"哦，你还有这样的本事？"

"我可以说笑话，逗乐子，甚至让大家出洋相，反正只要我在，就不会寂寞，不会安耽！"

"你是能解人烦恼，又能随时助兴的人？"

"可以这么说。你说我疯不疯？"

"有点疯。这疯我倒很需要，因为我对许多事情都是一本正经。即使在家里，过去两个孩子老是批评我，说爸爸一回家，家里就鸦雀无声了！"

"你是一只高山秃鹰，小鸟都怕你的。"

"只有我爱人，她是一只森林鹦鹉，能把林中的肃穆气氛调节过来。"

"这么说，我如果到你们家去的话，还得学学鹦鹉的本事。"

"那不是鹦鹉学舌，而是鹦歌燕舞。"我故意把"莺"字说成"鹦"字，这样就突出了鹦、燕的作用。

她觉得很开心，大概感到我不全是个土佬，还有点风趣。于是想，我这样的人，倒是可以做伴的。只是我说的做惯了社会公益事业，觉得有点蹊跷，便直率问我："你做公益事业，是哪方面的？"

"我以前做的，是请写作条件有困难的作家到杭州来住园创作，费用都由我们提供。"

"你有那么多钱？"

"我没有钱，就是和前妻的一点工资。"

"用工资做社会公益事业？"

"是的。今后说不定我还会这样做。"暗示她要很好掂量掂量。

她半明不白地问："今后仍要请写作条件有困难的作家来住园创作？"

我说："可能还不只这样，还有更大的打算。好，这事现在不谈，再谈就要把你吓跑了！"我想转变话题。如果把那个花钱办纪念馆的事借兴披露，类似吹牛，实在不合时宜。

她笑笑，心想，你以为我是小气鬼？不过现在我也不想多问，反正我与你今后到底怎样，还是未知数，何必未雨绸缪！

说到情投意合处，两人的话就说不完。尤其是我，今天好像碰到了知音，滔滔不绝地谈个不停，一看手表已是5点钟了，忙问："你该回去烧晚饭了吧？"

"我是要回去烧饭，晚上女儿还要来吃饭。"她起身拎提包。

我连忙去付账，并且道歉："耽误了你那么长时间！"

她还想问我一句：到底下一步怎么样？但这话没有说出口。我估计她想，我这次征婚，肯定有不少中意的等着我回话，自己何必去鸠占鹊巢呢！便装作萍水相逢似的点了下头，连手也不握就走了。

我仍去跨我的自行车，那车已破旧不堪。这些年，我就是靠这部"飞车"每天给蕾芳送菜买药。现在，蕾芳去了，却用这部单车在重新求偶相亲。我想，这相亲要相到何年何月？今天下午这一个，看来可做重点相看，我的眉毛挑动了一下，似乎前景光明。但愿相看两不厌……

晚上，她躺在地铺上，回想今天下午的相亲一幕，很有点戏剧性。怎么他真会"显年轻"？那么，我与他相差15岁也问题不大。我说"疯"，他却比我还疯，一个劲地称赞我疯得有意思、有魄力、有噱头。还说这疯是体现一种风格，人要有自己的风格，那才是独具一格。甚至吟起诗来：什么"独上高楼云渺渺，天涯一点青山小"，形容独特的好处；什么"独立小桥风满袖，平林新月人归后"，说明独处的奥妙；什么"连林人不觉，独树众乃奇"，表示独步的不凡。下午的后半场，几乎都是他唱主角。反正酸不溜丢的，把我也酸倒了。让他酸吧，男人能在女人面前表现文才，要比摆阔的好，那才叫酸枣呢！

但是，他那羞答答透露已没性欲的话，倒要仔细考虑一番。我毕竟才50虚岁，月经也很正常，各方面都还很好，难道我与他结婚，也从此望梅止渴了？这是不可能的吧！过早地把自己变成修女，也是没必要的吧！但是，我的再婚就是为了这个吗？仔细地想，反复地想，总觉得这是最大的问题，也是最现实的问题。因为年龄不饶人，再过几年，人老珠黄，激素消失，要想享受一下也成了梦想。那时，我要懊悔莫及，而且是遗憾终生！

然而……她不敢想下去了，也觉得没有必要去想了，反正……她在糊里糊涂中睡着了。

这晚上，我睡在床上，也想得很多，我在想这个女郎真是玉郎。玉郎在古时，本是女子对丈夫或情人的爱称。现在我要把它倒过来，称她为玉郎，或者泛作美称。她年已半百，风韵犹存；她虽做教师，却风趣盎然；她虽离异，却不世故；她虽应征，却又从容。这从容意味着她胸有成竹，或者临阵不乱。这样的女性，是可以做点事情的。我明天再去找她谈谈，看她有哪方面的特长。

上午8时，我就打电话去，接电话的正是她，便问："你上午有空吗？"

"怎么啦？"

"我还想再与你谈谈。"

我等待她的回音，在电话里似乎听到对方在吃吃地笑。

过了好一会，她回说："下午行吗？上午我要去医院里复查一下。"

原来，她刚出院不久，冠心病基本得到控制，但不能激动。昨天和我天花乱坠地谈了那么多，还丢出"疯"的包袱让四座吃惊，自己想想也后怕，怎么在一个初次相亲的男人面前，会说出这样让人意想不到的话，真有点肆无忌惮。有些男子，恐怕一听这个"疯"字就给吓住了。但现在他又来约我，"还想再谈谈"，这句话多好，显得十分得体呢！

我约她还在老地方见面。

"那太远了，能不能换近一点的地方？"她和蔼地说。

"那你定吧。"

"就在武林广场的树荫下，那儿风凉。"

我想，她是在为我节省茶钱吧？这让我多没面子？便说："我至少要买几杯饮料，你喜欢喝什么饮品？"我似乎已把她当女友了。

"我不喝饮品，那儿离我家很近，我喝了水出来。"

看来她是喜欢喝水的，怪不得她的皮肤那么白嫩！

下午2点，两瓶矿泉水摆在树荫下的石凳上，我与她分坐两旁，虽然不是面对面，肩并肩，而且中间隔着两瓶水和一包茶点，可已进入一种新境界。

“你买这些干什么？”她笑着说。

“现在天气炎热，喝水是必需的。至于茶点，也是必需，我的胃口较大。”我在许多场合都要透露自己消化力强。

“你的腹部好像很瘪呢！”她有意识地注意了一下我的肚皮。肚皮对中年以上的男子来说，有时会是风度的标志。

“我还没有发福，因为福气未到。”

“你大概门上福字也没贴，一贴就会福到。”人们常在春节时用倒贴“福”字表示福到。

“这些年我都不在家过年，而是在医院里‘哭’年。尤其今年过元宵，真是号啕大哭。”那是指蕾芳在元宵晚上逝世。“好了，不说这些与你不相干的话。我想问你，你的‘疯’，还有什么疯劲？”

“你对‘疯’字倒挺有兴趣？”她诧异地说。

“兴趣浓着呢，我觉得这是你的一个缩影！”

“你别老是拿我出洋相了，告诉你一件疯劲的事吧！”她环视了一下周围，这是广场最安静的时刻。过一会，太阳西斜，居民们就会来这里散步，纳凉。在这车水马龙的市中心，有这么一个绿树林立的广场，仿佛是沙漠中的一片绿洲，尤其在这夏日炎炎之际。她也挺了挺胸，呼出一口暑气，然后喜笑颜开地说：“你知道我们小学都要开展劳动教育吗？”

我觉得奇怪，以前，劳动在农村小学是必上之课，放学回家就帮助家里劳动，放牛、割草，甚至干农活。城市小学情况不了解，但现在居然要开正式的劳动课，我想这也是最自然不过的。

不过她没等我作答，就自己说下去了：“我们学校接到这个新任务，就认真研究。我是教导主任，就说：‘现在劳动教育确实很重要，要搞，就要搞好。’‘当然要搞好。’老师们一致说。但是怎么搞呢？既没经验，也没处可观摩。我就说：‘那让人家到我们学校来观摩。’大家说：‘你疯了，自己还没搞，就要人家来观摩！’你说我疯不疯？”

我听得津津有味，忙说：“疯，疯，你是有点疯！”

“最疯的还在后面。”接着她说了自己没日没夜地和大家一起研究，一起摸索，以至搞出了一整套可以推广的教学经验。

“人家真的来观摩了?”我迫不及待地问。

“何只观摩，宁波一个企业家，还把我们创作的许多劳动教学的教具都包去成批生产呢!”

“哦，我想起来了。以前我采访企业家，编写‘当代中国企业家’丛书时，是听说宁波有位企业家，由做劳动教具而发家致富的。”

“何止发家致富！他现在已上国际富人榜，据说是‘福布斯’中国富人榜第五十几名!”

“那你有什么收获?”

“我有两点：一是发表了论文，得到高级教师职称；二是被提拔为校长。不过我现在要求，坚决不再当校长，只当教导主任!”

“这也是疯劲，坚决不要当官!”

畅谈耗时最快，不觉日已西沉。她站起来告辞，我一定要她把那包茶点带走，她也就带了。这使我分外欣慰，仿佛与这位女郎牵上手了。

这时，我想到还有两位“备取”的应征对象在等待答复。如果决定与范祝华发展关系，就要与那两位尽快说明，不再见面。否则耽误了人家也不好。

我送走祝华，赶到展览馆去打电话，这是自己退休的单位，传达室的电话可以随便打，我就与那位担任机关会计的“备取对象”取得了联系，说好晚上湖滨见面。

湖滨的座椅已坐满了人，我俩只得边走边谈。那位会计终于告诉我说：“我小女儿说，你的年纪大了点。”这会计才 50 多岁，还未退休。

我连忙说：“那就算了。”我觉得她有两个女儿，其中一个女儿对我有意见，以后也不太好办，这关系还是趁早停止吧。

这可是顺水推舟。不过我也有点伤感，觉得这是第一次因子女的不爽迅速停止的。那么，范祝华也有个女儿，那又会怎样?

第三天，我又打电话给范祝华，问她今天晚上有没有空。我觉得谈恋爱最好是晚上，在夜幕笼罩中，可以畅谈各种问题。她说有空，便在白堤的大柳树下见面。这次我一早去抢了位置，刚好有张双人椅空着。

两人坐下，她只是笑。是笑我这个男人现在天天要找她谈，有那么多话可谈吗?她想看来他是对我有意思了，可我还没做好准备呢!

范祝华自从离异后，对爱情产生了怀疑。认为男的在谈恋爱时都会对你山盟海誓，结婚以后就见异思迁。自己前夫就是这样，难道后夫就保证不这样了?从这点来说，宁可找个年龄比自己大的，甚至大得多的，现在他正合这种情况，而且他说已有性障碍，我如果真和他结婚的话，一方面希望他永远障碍，这样他就不会去拈花惹草了，平安无事；另一方面我有心治好他的性障碍，这是需要用感情去慢慢治疗的。我教学有方，这不也与教学有关吗?!

白堤是最适合谈情说爱的地方。杨柳的温柔，桃花的艳丽，这两种情景虽随季节而变，但具有人文意蕴的风景是永恒的，你只要身处其境，那联想就会翩然而至。因此，具有诗情画意的翠柳和红桃，总是不分季节地在逗引你的情愫和美感，恋人也就随时情意绵绵了。

我看到她把两手并放在两只膝盖上，挺直腰板，做了个舒展的动作。我通过这几次紧锣密鼓地追她，已对她产生一种钦羡之意，也就自然地注意起她的一举一动。刚才这一舒展，使我感到这是一位成熟女郎的内心独白，她在说：生活还是幸福的，在这优雅的环境里，还有一位重情的男人来奉陪。那么——我转念一想，我今天就要打听她女儿对我的态度。现在看来，她自己已经认可了，女儿肯定会支持她的。我虽然没有见过她的女儿，但是听她说：女儿美院毕业，现在又在省艺校里教美术。这样的女儿，绝对不会来干扰母亲的婚事，更不会来计较继父的年龄。她们都把人生艺术化。艺术地看待问题，是一种最高的审美。

范祝华一直在等待我提出新的疑问，她觉得我这次征婚，好像在做作业，一道题目做好了，又做下一道。这些问题不解决，思想上就通不过，自己成了我的作业本。她想，我要是来个釜底抽薪，突然不理他了，看他这作业怎么完成?不过他也许以为我这又是一种疯的表现。其实，他太不了解我了，我的疯，是疯在给人快乐上，我哪里会让真正的恋人去担惊受怕呢?!这是我后来慢慢了解到她的人品实质才知道的。

这晚上，我仿佛是白堤的王子，无忧无虑地度过了一次美好的约会。尽管我这样接二连三地约会，生怕招致她的厌烦，但是她始终不厌其烦地赴约，反而使我们的感情不断加深，这正是征婚的需要——快捷地进行。

月已西沉，我站起来送她。两人走在白堤的中央，两边的湖水拍打着堤岸，似乎都在为我们歌唱。那一树桃花一树柳的春日美景，也仿佛在为我们重现。我觉得今晚的脚步很踏实，这半个多月的疲劳，已在慢慢转化为收获。

第二天，我不由得去了一个亲戚家，情不自禁地向那位亲戚吐露了这些天在忙碌的喜悦——终于找到一个比较理想的可人儿!

“那行，我的妹妹就在那个区工作，让她去了解了解范祝华的情况，这样你就有比较全面的了解了。”亲戚说。

我钦佩亲戚的老到，就等待亲戚妹妹的消息。不几天，消息果然传来，说已去范祝华学校里了解，同事都说："她是个典型的贤妻良母，谁娶了她谁就幸福！"

"幸福真会降临到我的头上吗？"我抚着胸脯，喜不可抑地对天问着。

我连忙把另一位"备取对象"停摆，专攻范祝华。自此几乎三天两头要找她"再谈谈"。有一次，她跟我开玩笑，说："你这样再谈谈已一而再再而三。我记得你曾经对我说过，你是'再思可矣'派，怎么现在变成'多思'派了？"

"多乎哉？不多也！"我用孔乙己的话耍了个滑头，博得她莞尔一笑。

酷热将至，暑假开始了，我想，应该带她出去走走。看来她"上得了厅堂，下得了厨房"，估计没有问题。但是，她能陪得起游逛吗？虽然我不是旅游迷，但难免要出去优游。那时，如果夫人不想奉陪，或者俗不可耐，那也是大煞风景的。现在既然在"择优录取"，干脆把录取标准再提高一步，最好是"进得了画廊"。

然而到哪里去旅游呢？太远，既费时间又花钱，不可取；太近，老是在西湖边兜圈子，也没意思。西湖月老已用红绳将我们拴住了，那就带着红绳去优游，岂不悠哉乐哉！

我觉得，这旅游还应包含一层意思，就是让范祝华去见见我的主要亲戚。看看在他们面前，我这个"续弦"是否与前妻相当。如果差距过大，那也会遭诟病，至少要能过得去。这样最好是去温州的婶婶家。不过这样做实在不应当，但是男人是自私的，我也不例外。

婶婶已70多岁，是我父辈剩下的唯一亲人。她又是相当关心我的续婚事宜，生怕我今后得不到幸福。老年人总是为晚辈愁这愁那的，仿佛他们一旦撒手人寰，晚辈就会陷入水深火热之中。所以婶婶已几次托人带信来，甚至打电话来问我，最近过得怎么样？

我想，这次我要带一个新的"准侄媳"去见她，听听她的意见。

这似乎真的把范祝华当作习题来做，谁都可以批改、点评。不过，丑媳妇总要见公婆。婶婶虽不是婆婆，但这道无形的关是要过的。今天不过，以后也会卡住。在这方面不能暗度陈仓，最好是能皆大欢喜。再则，这次突击征婚，也有人在背后议论，说我老婆刚死几个月，就急于找对象再婚。言外之意是薄情。甚至有人说，老潘大概早有相好，只是想通过表面的征婚来掩饰事实，达到偷梁换柱的目的，其实是对发妻的一种忘恩负义！

明目张胆的谴责却是没有听到，但风言风语还是有所闻，不过我都付之一笑。心想，你们看着吧，我是怎么把前妻和后妻的感情形成一贯，并统一到一个高度上。以前，我曾把穷困人家和大户人家的门当户对妥善解决（金家新中国成立前是义乌首富，我家是贫农）；也把工厂的支援和作家的努力统一到推动文学创作中。现在，我要把两位阴阳相隔的妻子，都变成我的终身伴侣！

主意一定，这晚上我又找范祝华“再谈谈”了。

范祝华一听要去旅游，拍手欢迎，原来她倒是个真正的旅游迷。可以说自从改革开放一开始，尽管那时经济拮据，她还是从每月的生活费中省下若干元，到了暑假，都要带了幼小的女儿一起去旅游。这女儿，从虚岁6岁开始，就成为她形影不离的亲密旅伴，每年出游，每游必带。

然而，这次要去温州婶婶家，我很难启齿，生怕这是强人所难。一般说来，未婚女人是不太愿意马上去男方亲戚家的。这有诸多不便，也很被动，万一以后恋爱谈不成，却去了男方亲戚家，这算什么呢?!

范祝华似乎不太在意这类困境，她已从我的口中了解到婶婶是个非常通达的人，在子女面前也是很有权威和影响的人。去与这样的长辈见面，不是很好吗？也可使自己早日有个归属感。

我们坐了特快列车到婶婶家，时才中午。婶婶一见有一位未过门但已肯定的新侄媳，喜笑颜开，立刻张罗大女儿家给安排房间。大女儿问：“这怎么住？”“就把你们那个空房间给他俩住。”婶婶毫不犹豫地说。

“给他俩住？”

“当然。不要紧，有事我负责。我的眼睛看过不会错，侄儿有眼力，又找了这么个好妻子。”

“他们还没登记呢！”女儿提醒说。

“没登记怕什么？现在开放了，只要他们俩合得来就能住一个房！”婶婶的思想比年轻人还开放。

“那好，我去铺床。”女儿上楼了。

我一听要把我和范祝华安排在一起住，开始有点害怕。我事先没提这个要求呀！我忧虑地望着楼梯。想不到婶婶已来到我面前，大声说：“宗荧（我的乳名），今天是婶婶撮合的，你要谢谢我。”

我连忙双手作揖，激动地说：“谢谢婶婶！”把她作为大媒了。

旁边的人都哈哈大笑，只有范祝华红起了脸。

婶婶的大女婿也说：“在我们温州，像你们这样的情况，老早吃喜酒了！”

说得我和范祝华都喜滋滋的。

有人立刻把我俩的行李搬上楼去，放进那个房间。我们也跟随上楼进了房间。当他人全都退去，只剩我俩以后，我一把抓住范祝华双臂，不由得把她拥抱入怀。

这是我自认识她以来第一次这么冲动，并付之行动。她不拒绝，且也抱住了我。就在这火热夏天，只剩一身单衣蔽体，两个成熟的男女紧紧地抱在了一起。那温馨的体温，对我立刻产生了火辣辣的传导作用。

我发现自己的下身有一股热流在涌动，居然有勃起的感觉！

这是奇事！自从蕾芳罹患重症，我们不再过性生活，以后，五年的理性抑制，已使我自认是阳痿之人，因此在征婚中，我准备把这个"硬件"全都暗示给对方。打算让对方一听此话就退避三舍，甚至嗤之以鼻，自己承受矮男之辱！然而今天奇迹出现了，难道我还有"还阳"的可能?!

我不敢想象，只把这秘密深藏心中，在范祝华面前也不敢透露。

吃完午饭，我提出要去给叔叔上坟。叔叔一表人才，是我幼年就崇拜的偶像。上世纪50年代中期，我在金华团石农场开荒去黄岩学习柑橘栽培时，经过温州，特地去叔叔家住了三天。那三天，是我成人以后与叔叔朝夕相处的三天，亲眼看到了叔叔在政治上遭遇不幸后的艰难度日和乐观向上，而且富有感情。他在1963年时拍了一张全家福，照片背后用毛笔题了一首《寄家》诗："故乡虽非千里远，每欲欢叙举步难。手足之情人皆有，深情留影亲人还。"十分感人。新中国成立后他定居乐清虹桥，我曾经想，在这美好的地方，叔叔也会乐见河清，虹起桥头。今天，婶婶也为我和范祝华之间架起了一座鹊桥，这是虹桥的辐射。

叔叔的坟墓就在他们家不远处的山坡上。墓前砌了两条大石坎，状似抱着的两手，也把坟墓变成了一把太师椅，显示了这是风水宝地。陪我们去上坟的堂弟说："大哥，我还要陪你们两个去拜我爸爸的菩萨。"

"你爸爸的菩萨?"我莫名其妙。

"是的，我爸爸升天了，现在成了我们南山上的一个菩萨，拜他的人可多呢！"堂弟欣喜地说。

"那要去拜，现在就去。"我毅然说。

"你们爬山吃得消吗?"

"我是烧炭出身，爬山是老本行。"

"我是下乡知青，爬山也没问题。"范祝华说。

三个人就往南山跑，不一会来到一座古庙前。我们一看，叫"潘将军庙"，难道真有这回事？进了庙，只见一个非常威武雄伟的古代将军，捋着美髯端坐上方，显然是有功之人，受到百姓的顶礼膜拜。

范祝华轻轻问我："这是叔叔吗？"

我笑着说："你看可能吗？他明显是古代将军。"

堂弟立刻解释说："是这样的，我爸爸去世以后，因为他生前为人好，人家就把他神化了，说他是潘将军投胎的，现在仍旧回到南山庙来做将军了！"

我附和说："这有可能，反正都是姓潘的，五百年前是一家，也许我们就是潘将军的子孙。"

稀里糊涂的解释，可以说明一个问题：为人好，人家就会传颂你。我和堂弟，都有点飘飘然，仿佛真是潘将军的后裔。堂弟立刻说："大哥大——"他本来想叫大哥大嫂，一想我们还没结婚，叫大嫂太唐突，就改口说："大哥，你今天到了我爸爸的庙里，也要求签，看我爸爸是怎样保佑你的。"

"对，我要求签。"然后对范祝华说，"你求吗？"

她随和地说："求呀，万一你叔叔不同意，我明天就回杭州了！"

我一下紧张起来，万一她真的求了个下签，那不糟啦?！我面色发白，甚至心跳也有所加快，似乎她已求了个下签。

但是，这签是必求的，只有有求，才能必应。我相信叔叔或者潘将军都会开恩的，就鼓励范祝华说："你求，即使求了下签也会变上签。"

"哪有这样的事？"她讶然。

"我的生肖，本来是与你相冲的。可是偏偏与你隔了一肖，这下就不冲了。你说这事奇不奇？"

"难道这也是神助吗？"她半喜半忧地问。

"吉人天相。你放心，我们两人的事，肯定会得到神助的。"我说完就走到菩萨面前，在香案上取了签筒，那里面插着数十根签子。然后来到祭坛前，双膝跪下，恭恭敬敬地叩头祷拜。拜完，就捧起签筒，口中念念有词，那是求告神灵保佑。然后把签筒握在手中上下摇动，终于跳出一根签子。签上有可对的号码，堂弟立刻抓过，说："我给你去对！"他正要走，与我在一起求签的祝华也跳出一根签子，堂弟也一把抓过，说："都让我去给你们对！"说完就跑到佛座旁边的对签处。那儿挂着不少长长的小纸条，每张小纸条上都印有签语，不是吉，就是凶，或者平平淡淡，那也说明平安无事。唯独上上签和下下签是两个极端，前者是大吉大利，后者大凶大亏。不一会，堂弟拿了两张小签纸，喜出望外地跑到我俩面前说："我都对了，你们俩抽的签都是上上签，也就是上上大吉了！

最好的签语!”

我连忙接过签纸读起来，范祝华也随即凑过来一起阅读，我俩仿佛是两个小学生，在一起阅读两条最令人兴奋的新闻。堂弟在旁边讪笑，我们也不去怀疑他是真的对上上上签,还是他尽拣上上签由自己拿,反正好事成双,已够欣慰。无论是神佑还是人助，都是在祝福我们这对恋人将成美满姻缘。下山时，我信心满满，步履轻盈。想不到，晚上的情况急转直下。

那是我们上床以后。

照理，我和范祝华，一个已“抑制”五年，一个已离异五年，这样两个对性欲应该如饥似渴的大男大女碰到一起，那火花是会直上云霄的。想不到我迫不及待地爬上她的玉体后，那应该雄赳赳气昂昂的阳具，竟无动于衷，像个瘪三似地痿倒一边。任凭怎样“敲打”，它就是不肯站起，伏在那里一动不动，气得我直骂山门：“见鬼，我怎么这样无能!”

我强行施压，揉搓拍打，同时努力往下身鼓气用劲，让血液去狂充，无奈始终无济于事。我想，这下完了，一切美好都离我而去了!

整个房间里，只听到我的叹息声和哀怨声。

过了好一会儿，我只得从她身上慢慢爬下来，然后像一座肉山似的，“砰”一声倒在床边，痛心疾首地捶打着床铺。

她转过身来，慢慢地搂住我，伏到我身边，轻轻地对我说：“杰，不要急，慢慢会好的。”她第一次对我用了爱称。

“唉，出师未捷身先死，长使英雄泪满襟!”我叹息着。

“不对，我要批评你了，根本不是出师未捷，也根本不是身先死，这都是你杞人忧天,大可不必。来，亲爱的,”她第一次叫起这个珍爱的昵称，“转过身来，抱抱我。”

我不由得转过身与她面对面，但不敢抱她。那会刺激她，却不能满足她!

“抱呀!”她把我的一只手拉到她的腰上，让我去抱。可我还是僵着，心想，我怎么能抱呢?抱了，那是猥亵她，后果不堪设想。我还是起床吧!我缩回手，想坐起来。

“你想干吗?”她一把拉住我，严肃地说。

“我想起床。”

“你想离开我?”

“不，我想与你保持一定距离。”

“你真是个书呆子。你还说学过美学，拉开距离可以保持美感。告诉你，在夫妻分上，是没有距离，也不应该拉开距离的。”她嗔了我后，又紧紧地抱住了我。

我只是感到惭愧，内疚，然而两手还是抱住了她的腰身，只是不住地唏嘘！……

这晚上，范祝华也没有睡好。这情景是她后来告诉我的。当时她想，我到底要不要与这个男人再婚？他以前曾经暗示有阳痿，我还以为那是他在试探我的心情。现在看来他果然如此。他的人品是可以的，我也不会从此懊悔。但我要仔细了解他的“病因”，看看究竟是先天的还是后天的。如果是前者，那无药可治；要是后者，无医我治。我不信这样的好人这样的年龄就给命运击倒。不过我若当面问他，那会给他增加压力。好像我在关注这个问题，万一不能如我心愿，我就会离他而去。甚至对我产生疑惑，即使结婚我也会离婚。男人对自己的缺陷是很敏感的，尤其是生理上的问题，简直是致命伤！

她想，这可能会给自己的后半生带来不幸。据说清朝末代皇帝溥仪也有阳痿病症，因此三宫六院没一个女人是幸福的。那么，这种疾患连皇帝都医不好，凭我有什么办法医好他的难症！

她感叹着：太阳从西边下山了，只有等到第二天才从东边升起。可我已经站在西山岗上，看到的只有渐渐下山的夕阳！人家说，夕阳无限好，只是近黄昏。我们这黄昏恋竟会是这样悲惨?!

范祝华想到这里，不由得猛一转身，把已“睡着”的我让到一边，忽然感到这时的我就在东边，也就是说，我这轮太阳已转到东山了。那么，东山的太阳不是照样可以冉冉升起吗？她兴奋地想，我应该有信心让他恢复雄风！我曾经把生活中许多无望的事变成有望，难道碰到这样一件与情感有关的事就束手无策了?! 不可能。她在被窝里重重地拍了一下手。

第二天早晨醒来，范祝华发现来了月经，格外高兴，觉得这可让我与她在以后相处的几天中安心睡觉，免得担心我有不快。她同时发现我的情绪依然很低沉，她决定不要问我，这是很自然的。她还想，知人者智，自知者明。这也是我的品格表现。现在反正有婶婶在，我会振作一点，别让这次旅游失去游兴。

果然，这天早晨下楼后，我们依然与婶婶一家人有说有笑。堂妹有意无意地问我：“昨晚睡得好吗?”我忙说：“好，好。你们的房子很凉快，连汗也没出。”到底为什么没出汗，只有我自己知道。

祝华想，这也亏我，在亲戚面前还得强颜欢笑，不过也说明我毕竟是个成熟的男人，我以后好好帮他，或许真能“还阳”。晚上，她就把自己已来例假之事告诉我，我果然庆幸可以得到几天安心，完成这次旅游。

在婶婶家住了三天，受到了几位堂弟妹们的款待。叔叔有两子三女，都已成家，他们就轮流招待我这老大哥和未来的新大嫂，几乎每餐都是盛宴，尤其多海鲜。温州人不吃死鱼，所吃海鱼都是活的，这比偏离海湾的杭州人要有口福得多。为此我特地带祝华到鱼市场上去参观，只见各种各样的海鱼，都是鲜蹦活跳，养在水里在优游，抓在手里会蹦跳，放到锅里还要跳几下。曾见杭州楼外楼的西湖醋鱼，从厨房端上餐桌时，嘴巴还会张，尾巴还会动。温州的海鲜虽然达不到这样的奇妙，但其新鲜和美味，是胜过杭州所有鱼宴的。这使祝华十分开心，她是个鱼嗜，最喜欢吃鱼，这次来温州，享尽了口福。这点也是我选择来温旅游的因素之一。

祝华整天笑眯眯。第四天，她和我由第二位堂弟陪着去雁荡山。这里我以前曾来过，这次看到夫妻峰，更有感慨。我想，那与世长存的夫妻拥抱景观，也许就是人世浓情的象征。现在，我与祝华，也能如此浓情吗？我看看站在旁边的祝华，她对我的感情没有丝毫变淡，反而日见其浓。看来，我们也会如此发展。到了下一站——天台山，我俩就在一个大菩萨面前，并肩深深地叩拜。还请人在背后给我们当场留影。我俩那弯腰曲背并肩叩拜的情景，好像是在拜天地，又像是在谢恩。

雁荡山夫妻峰

竖在"耕读家展"中的叔叔的手迹诗碑

# 第五章
# 双喜连办

8月中旬，已成全国四大火炉之一的杭州，气温升至37摄氏度，整天闷热难当。我陪祝华从台州回到杭州，就分头钻入各自的小火炉：她是五楼小套；我是二楼大套。可我心情烦躁，感到二楼比五楼还热。

我很想去祝华那里"避暑"。这次与她一起旅游，尝尽温馨凉快之味，尤其两人已在乐清同床，哪怕再与她同居也未尝不可。然而，那个性障碍的致命伤，使我不敢再越雷池半步。我想，还是老老实实地待在家里吧！如果我再硬要追求她，那会受到良心的谴责。"宁可人负我，不可我负人"啊！

那张在天台寺大菩萨前与她的合影洗印出来了，效果还好，很像两人在拜堂。可这将是一个悬念，两人真能结婚吗？我把照片放到书柜里。那儿有一张我与蕾芳当年在一盆插花旁的合影。我们结婚30多年，一直没有拍过结婚照，这张已届中年的伴花合影，成了我们夫妻恩爱的缩影，因此特地放在书柜里，以便一到书柜前就能看到，增加美好回忆。

现在，我把与祝华的合影也放在旁边，与那张恩爱照并列，只是与祝华的留影是背影。我本想拍这样一张让人遐想的合影，预示着以后会华丽转身，成为正面的合影，那时我们就是正式夫妻了。可是，现在成了未知数！

那天，祝华汗流浃背地回到家里，立刻把前后窗户统统打开，她用双手捋了一下头发，决定明天去理发店，把头发尽量剪得短一些。然后坐下来洗脸、打扇。电扇她不想开，那样会着凉。

徐徐的清风，从窗户、从扇子，四面八方向她送凉，她感到心旷神怡。对这次与我去温州旅游非常满意，既得到潘家长辈的认可，也得了菩萨的恩赐——

抽了上上签。虽然我暴露了性障碍，她想，我会设法帮他克服。而且不可能是先天的，他有两个亲生儿子总是事实。

这晚上，她又抓过床头边的一本厚书看起来。那书叫《春华秋实》，是我与她第二次见面时就送给她的。当时我还说："这本书，别的应征者我都没有送，唯独送给你。"她很高兴，还以为是一本什么宝书。可一看，却是我和前妻办创作园的资料汇编。她想，我送这种书有什么意思？后来看了，几乎爱不释手。特别是其中有篇《潘杰立说》的文章，她看了非常感动。

那是青海老朋友王立道写的。由于他与我们家过往甚密，对我们夫妇知根知底，文中不仅介绍了我怎样在钱学森的指导下创立了展览学，也讲述了我与蕾芳相濡以沫的恩爱情深。祝华看后，浮想联翩。她想，这对夫妇感情那么深厚，如今女的不幸去世，留下了一个鳏夫。而这个鳏夫又是那么厚道，那么善良，让我去顶替他的前妻，做做他的贤内助吧！因此，她有空就抓过这本"资料集成"翻阅几页，那儿确实还有许多有关我和蕾芳为人处世的资料，使她更加深了对我的认识。现在，她在临睡时刻，又要从中分享一些我的喜怒哀乐！

我还是经常去她家，可情绪没有以前那么热烈。祝华知道，那是我心有忧虑。她自己也没以前那么热烈，一切都在等待我主动。她想，现在还是恋爱阶段，千万不能由于女方过于主动而把好事弄糟。她要看看我到底有没有信心和耐心，而这也是婚后生活的基本要素，尤其是老年再婚。

酷热的暑气还没退去，假期即将结束，教师们便要提前忙碌了，祝华的小姐妹们约她去湖畔喝茶。杭州人拉帮结伙去西湖边或风景区喝茶，已成新的习尚。这也是托改革开放的福，大家口袋里有了余钱，就想享受清福。现在其他没什么可以消受，唯有西湖风景可以尽量享用，许多地方是免费开放的。于是一有空闲，就组织伙伴，不是以同学会的名义，就是以老同事的借口，甚至是打出老邻居、老街坊、老相识的种种幌子，反正花样百出，名目繁多，几个人凑一起，就可想出一个聚会的理由，约个时间，花上半天或一天，去到某个茶室、餐馆或农家乐，大家占下桌子，不一定坐满一桌，然后实行"敲瓦片"（AA制），掏点小钱就能消遣一天。既喝茶，又吃饭，菜也还可以。横竖主要是来聊天，打扑克，甚至搓麻将消磨时间，成为西湖周围，包括许多僻静的风景区一道道新的风景线。加入这种风景线队伍的，除了女性外，男的也不落后。似乎杭州真是福地，大家可以很悠闲地过日子，因此有人正在大力提议杭州要成为世界一流的休闲城市！

这天的活动，是在玉泉茶室。上午10时，小姐妹们就齐集茶桌。祝华来到她们中间，大家看她笑容可掬，气色焕然，就问她最近有什么好消息。

她是个直性子人，这一问，就彻底端出，说："我已经找了一个对象。"

"是老头子吗？"

"年纪有点大，人可不老。"她兴奋地说。

"他是怎么样的？"小姐妹们围桌坐下后，当作正事儿一齐问她。

"他是丧偶的。"祝华也居然成了主宾，侃侃地说，"他与原来妻子感情特别好。两人既是大学同学，又是编剧同行，还一起创办了杭州初阳台文学创作园，人家称他们是模范夫妻。妻子死后，他一直想念她。……"

"哎呀，祝华，这个对象不好的，你不要和他结婚。"小姐妹们操着杭州话，没等她讲完，就一致劝导她。

"为什么？"祝华诧异了。

"你刚才不是说，他与前妻感情特别好，又一起办过不少事，那他以后一天到晚想念前妻，把你全忘了。"这是她们一致的意见。

大家注视着祝华的脸色，看她会不会接受这些金玉良言。想不到她却嬉皮笑脸地说："大家放心，他想念，我与他一起想念。"而且声音很大，似乎很坚决。

"不可能。"小姐妹们发急了，甚至发怒了，怎么这个姐妹这么不听好话？于是有人语重心长地说："人都是自私的，爱情更加自私。你与那个老头子结婚，却让老头子成天去想前妻，你这不是活见鬼！"

"我就要活见鬼！"祝华还是嬉皮笑脸地说，似乎来了"疯"劲。其实她胸有成竹，她与我已有将近三个月的接触，加上那本资料集成中的资料，她对我的为人已经了如指掌，可以说我肚皮里有几根筋都已一清二楚，这是她多年任教培养的眼光。尤其是我对待爱人的态度，她是根据我现在的想念情况和资料中反映的情状，反复揣摩得以深刻了解的。她掌握一条看人原则：人都有本心。本心好，就会好。我对前妻那么好，以后对她也会好的。至于我要想念前妻，这是好夫妻的基本表现，也是人之常情。况且我的前妻人品确实不错，见贤思齐，当然要和我一起想念，那才能加深我们的夫妻感情！

这天回到家里，已是傍晚时分，她就给我打电话："晚上有时间吗？请来我这里一趟。"她特地用了个"请"字，仿佛真要与我相敬如宾了。

可我听了电话，倒是吓了一跳。她请我去，是要与我商量重要事情，还是划清感情界线不再情意绵绵？如果是后者，那是她要与我分手了！

我想，结婚毕竟很现实，像我这样有许多缺陷的人，人家是要认真考虑的。

如果祝华不接纳我，我也只好认命了！

祝华住在五楼，楼梯足有数十级。我以前来时，一跨两级，从楼下到她门口，几分钟就到达。今晚的登楼，比古人《登楼赋》中描写的还难，“楼高高兮似在天庭，梯级级兮陷于脚底！欲举步兮维艰，望攀登兮绝谬！”

我喘着粗气，好不容易来到祝华家门口，谁知门已打开，祝华满脸堆笑地等在门内，并且伸开双臂，做了个舞蹈的请姿。我想，你是“疯”透了，可我是蔫透了，大概总要从这楼梯上滚下去。我想往回走。

祝华一把拉住我，喜气洋洋地说：“今天请你喝桂花茶！”

“哪来的桂花？”

“你不是很欣赏白居易的诗句‘山寺月中寻桂子，郡亭枕上看潮头’吗？我今天特地给你收来了新桂子。”

“你怎么收的？”我一听这种风雅事情，情绪就好了不少。于是坐下，慢慢地品尝这杯含有诗意的桂花茶，并且很想了解这一灵感的源泉。

“收桂花很简单，我用报纸往桂花树下一摊，然后猛摇花枝，那桂花就纷纷落下了。”

她说得很雅致，索性扭动腰肢，做起婀娜多姿的摇枝动作，逗得我眉开眼笑，以为今晚是在看演出，用艺术诠释了灵感，忙说：“再来一遍，再来一遍，我好久没有看到这种演出了！”

“那你去剧场！”祝华故意“怼”我一句。

“你是要赶我吗？”我以为她是将我一军，立刻转为忧虑，哭丧着脸！

她看我表情沮丧，索性再“怼”我一句：“你疯了，我在赶你吗？”但是旋即走到我的对面坐下，温文尔雅地说：“告诉你一个好消息！”

我睁大了眼睛，但还是忧心忡忡：“会有好消息吗？”

祝华就把今天和小姐妹们一起喝茶时，她们对她的担心和劝导，如实地告诉了我。我一边听，一边想着心中那个自打的心结：离异的未必会理解丧偶的心头之痛！看来我这一忧虑今天恐要应验了。谁知我的胡思乱想还没想完，祝华却大笑着说：“老潘，你知道当时小姐妹们都劝我不要与你结婚，怕你一天到晚想念前妻，便把我全忘了，这当儿我是怎样回答她们的？”

“这我怎么知道。”我迟疑地说，十分木讷。

“嗨，我对她们大声地说：‘他想念，我与他一起想念！’”祝华这时的声音也很响，仿佛是在再次表态。

我倏地站起：“你真的这样说？”我想不到她竟有这样的深情和雅量！

“这还有假？不过我是嬉皮笑脸地大声说的。”

“这真是你的疯劲了！哎呀呀，我的祝华！”我一把抱住她，就在她的脸上重重地亲了一下。

我和祝华从民政局出来，各人手里拿着一本红红的结婚登记证，我随即交给她一起保管。她笑着说：“这下你放心了吧，要不要办喜酒？”

“喜酒暂时不要办，等我美国回来再办吧。”

“这么说，正式结婚也要等你美国回来再说。”其实这些都是我们已经商量好了的，她故意提醒一下，以让我可以安心地去申请赴美签证。

在申请签证之前，我还需拿了今天的结婚登记证，到市公安局去改表格，把原来婚姻状况栏内的“丧偶”改成“有配偶”。我很感谢那位图书馆朋友的指引，不然说不定真要让签证泡汤。而美领馆对签证很苛刻，一次拒签，说不定下次、再下次都会遭拒。为此，中国很多人都有意见，据说有人签了八九次也不成功，就发火说：“等我们中国强大了，让你们到中国领馆去签证，也尝尝这种懊恼的味道！”

但愿不要被拒签。准备当即去市公安局改表格，待新表格换到，就向上海美领馆预约签证日期。我掐指算算，说：“一切顺利，也许还能赶上11月11日赴美。”我实在是想念小孙女。不过我回头对祝华说：“我还有件事很想与你再聊聊。”

“你的再聊聊、再谈谈，从第一次见面到现在，大概不止几十次了。还有什么可再聊，你尽管说。”她坦然地说。

我笑笑说：“这件事恐怕你有一定困难。”我边走边说，步子迈得很慢。

“不要紧，今晚与你畅谈，反正今晚到我家去，我烧几只好菜给你吃！”

“那叫你女儿也来，算是我们的登记宴！”

“女儿一来，你的难题就没法谈了，除非我们到外面去谈。”她的房子实在太小，一处谈天，全屋皆闻，毫无遮拦。

“我有机会的话，也想把这件事讲给你女儿听听。”我说。

“我女儿心胸比我还宽广，你尽说无妨。”

“这不是宽广的问题，而是要冒一定的政治风险。”

祝华站住定睛注视我，心想这个老头怎么扯到政治上去了？便说：“政治的东西我也不要听。”

“那好，凭你这句话，我反而要讲给你听。我相信你肯定会听！”我用逆反思维衡量了祝华的智慧，随即挥手叫她赶快往前走。

祝华不解地笑笑，跟着我走了。我信心十足地向祝华家方向走去。

两人来到祝华住家附近的巷里，那前面有个大菜场，我忽然撒腿冲去。

祝华忙说："你干吗？"

"买菜。"

"菜我会买的。"

"我买条鱼，你喜欢吃鱼。"我已把祝华当妻子了。

"鱼我也会买的。你赶快去换表格。"

"下午去换，据说当天就能拿，我已经去问过了。"我毕竟已很着急。

丰盛的晚餐吃完，收拾干净，我请祝华到外面去走走。

"你不是要和我谈重要事情么？"

"我们边走边谈。"

"那谈不好，重要事情要在家里谈。"

"这事情要到外边去看。"我说着向她做了个邀请的手势。

"你现在好像很懂礼节。"

"礼多人不怪。"我已开始与祝华说俏皮话了。

两人来到离祝华家不远的耶稣堂弄。这是一条长弄堂，小店林立，人流如潮。我俩一直往东走，将近巷口，在路灯的照射下，我指着弄口旁的一幢西式洋房，故意问："这房子是谁的？"

"据说是司徒雷登的。"司徒雷登出生在杭州，又曾做过杭州的荣誉市民，上了年纪的杭州人都知道他的名字，但新中国成立以后很少有人提及他。祝华对他不是很了解，不过住在这一带，街谈巷议自会传入耳鼓。她接着说："听说他已经在美国去世了，临终还立了遗嘱，希望把自己的骨灰葬到杭州来。"

"是的，他本来希望葬到北京，那儿他曾经主持过一个挺有名的燕京大学。北京不行，葬到杭州也可以。"我有意识地说着。

我俩来到武林广场的花坛上，找了个石凳坐下。借着柔和的华灯，发现大家脸色都很红润。祝华也格外开心，兴奋地说："那他为什么要把骨灰葬到中国来？"

"他爱中国，他说他是半个中国人。"我紧挨她坐着，放眼四周，踌躇满志。

"半个中国人？"她迟疑地说。

"这是很高的境界。他把中国与美国同等看待。我们能做到吗？"

“我如果有他那样的思想，我也会有那样的境界。”

“思想可以学呀！我们一起来学怎么样？”

“你想学？”

“我早就想了。”然后我把自己写《中国展览史》时，发现中美两国早在清朝乾隆年间就有商贸交流，也从此开始了友好往来；以及蕾芳在临终前夕的遗愿，原原本本地都讲给她听。她低着头，边听边想，觉得别的不听都可以，唯独蕾芳有遗愿，这不能不听。自己不是要和我一起想念吗？那么，蕾芳的遗愿当然是我最要想念的，而她，必须与我一起想念，方是心心相印。便问：“你打算具体怎么办？”

“我想办一个杭州中美友谊民间纪念馆。”

“你以前办了杭州初阳台文学创作园，现在又要办纪念馆，不嫌累吗？”

“有你支持，就不累。”这是实话，与亲爱的一起努力，再吃力也不累，这也是我的经验和信条。

她已知道，这段时间，我有空就写文章，而且一篇又一篇地写。我这写作，也是跟她的感情有了发展后才动笔的，爱情的促动呀！这些文章都是有关中美友谊的，我很想结集出书，作为办馆前的理论准备。先虚后实，稳扎稳打。前些日子还特地托一位擅长作旧体诗的朋友写信到美国去，请宾州大学的顾毓琇教授题写书名。顾教授既是文理大师，又曾在浙大任教，更是爱国人士，对我想办中美友谊纪念馆的事肯定会支持，想不到他真的不吝指教，很快给我题了“彩虹飞架太平洋”七字。题词早已寄到，我准备做书名，也作为对自己的精神召唤。现在我要办中美友谊民间纪念馆，已经箭在弦上。她想，对于这样有事业心的男人，无疑应该大力支持，于是她像小学生在人前表态那样举起一只手来。我也立刻举起一只手，并在她的手掌上拍了一下，表示一拍即合。这无言的动作胜过千言，两人会心地笑了。

在我眼前，仿佛立刻出现了一条飞架太平洋的彩虹。难道顾老先生的越洋“诗教”和金蕾芳的临终遗愿，真会在我的生活中实现？……

更巧的是，我在前些天撰写清朝的中美友谊史迹时，发现1868年春天，清政府做出一个前所未有的决定：聘请原美国驻华公使蒲安臣先生，担任中国巡回公使，率团访问美国、俄罗斯等国。这个使团到达美国后，受到第十七任总统安德鲁·约翰逊的亲切接见，约翰逊总统并在欢迎宴会上说：“美国原与中国相隔一水，实比邻也！”这使我非常兴奋，中美两国早在100多年前就在太平洋上架桥了！

第二天，我取来新表格，立即写起两张申请书：一张是寄给美国驻上海领事馆的，那是申请赴美签证；一张是交给浙江省文物管理局的，申请创办杭州中美友谊民间纪念馆。这张牵涉到中美关系的报告，本来很难写，可我早已成竹在胸，今天也是一挥而就。

这天下午，祝华穿着我们第一次约见时的黑色连衣裙，和我一起来到省文物局。我俩走进局长办公室，递上报告。局长陈文锦是我的朋友，50多岁，戴着深度近视眼镜，对这一破天荒的举措，边看边称赞。特别对我早已深思熟虑，把创办目的、资质、馆址讲得很充分，他都认可。但是看到报告中说“办馆经费由我们夫妇用退休工资开支”时，便问我：“老潘，用退休工资办馆，你爱人同意吗？”

这使我想起当年申请创办初阳台文学创作园时，省委宣传部的文艺处长也这样问我，只是当时是“办园”。我便用与当年同样的口气说：“局长，我的爱人就在旁边。”随即拉过祝华和局长见面。

“你的爱人？——”陈局长的近视眼朝祝华上下端视了一会，疑窦顿生，因为金蕾芳他也认识。

“金蕾芳已去世，现在是她——范祝华，祝中华人民共和国成立。”这时祝华含笑点头，气质非凡，颇有新一代气概。

“哦！”陈局长对她刮目相待，便说，“与新中国同龄，那是最优秀的人才。怪不得胸怀如此宽广，真是女中豪杰呢！老潘，你们是双杰合璧呀，哈哈哈！”

不到一个星期，省文物局正式批准这个纪念馆可以筹办。一颗大印，盖在一个文件上，我把它在祝华面前摊开，兴奋地说：“我们的学习生活开始了！”两人同时举起双手拍掌，颇像排球运动员在赛场上的得胜交流。

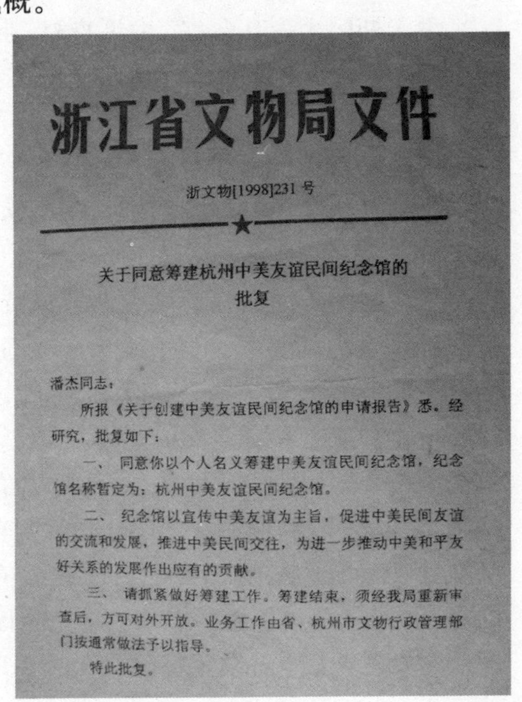
浙江省文物局文件

浙文物[1998]231号

关于同意筹建杭州中美友谊民间纪念馆的批复

潘杰同志：

所报《关于创建中美友谊民间纪念馆的申请报告》悉。经研究，批复如下：

一、同意你以个人名义筹建中美友谊民间纪念馆，纪念馆名称暂定为：杭州中美友谊民间纪念馆。

二、纪念馆以宣传中美友谊为主旨，促进中美民间友谊的交流和发展，推进中美民间交往，为进一步推动中美和平友好关系的发展作出应有的贡献。

三、请抓紧做好筹建工作。筹建结束，须经我局重新审查后，方可对外开放。业务工作由省、杭州市文物行政管理部门按通常做法予以指导。

特此批复。

结婚登记的第二天，即向省文物局打了申办纪念馆的报告，很快获批

# 第六章
# 中美精神

1998年11月11日，我终于到了美国。儿子来机场接我，顺便把他的岳父母送到机场，这样我算接班了。

一个周末的上午，儿子带了我，驾车驰骋在纽约市郊的一条山道上。山上林荫蔽日，山下一湾清水，碧波荡漾，鸟语花香，显然这是人居胜地。车子转了几个弯，很快来到一座豪宅前。刚下车，豪宅主人已在门口迎接我们了。

主人刘国生，50多岁，中等身材，胖胖的脸，粗粗的腰，一副福相。见我们父子到了，就马上打电话让他儿子把桑兰从附近一个地方护送过来。

桑兰是中国的一位体操运动员，还是少女，因为跳马成绩优异，这年秋天，入选赴美参加第四届世界友好运动会。谁知在跳马热身时，不幸头先落地，造成颈椎神经断裂。幸好抢救及时，美国医疗技术先进，保住性命，但已高位截瘫，双手麻木僵硬，后来一直在美国治疗。可她才17岁，尚未成年。美国有规定，凡是未成年的外国人在美国生活或治疗，必须要有监护人，而且这监护人必须是有经济实力的美国公民。桑兰在美国举目无亲，到哪里去找这样的监护人？多亏中国体操队领导努力，刘先生一家仗义，全体侨胞支持。刘先生和太太谢晓虹女士，毅然承担了监护人的一切责任。在她出院，但须继续留美治疗的紧急关头，刘先生不仅与夫人一起张罗她的留美医疗事宜，上至政府，下至医院，帮她筹资续医，跑遍有关各方。同时叫自己的小儿子阿森成天陪护，还把小儿子在寸土寸金的曼哈顿街上自己住着的一个房间竭力隔出一块，让桑兰和她的母亲安身，那里离医院较近。桑兰的母亲虽从中国赶来服侍，可是少气薄力，无法帮女儿出门。而桑兰每隔几天要去医院复查诊治，她的上下床、上下轮椅、上下车，都需要有力气的人抱着行动，这差事就全落到阿森身上。阿森眉清目秀，正在读大学，但他愿意放弃许多学习时间，义不容辞地全力照顾，对桑兰比对自己的妹妹还好。

我在来美国前，已从电视、报纸上了解到桑兰的伤情，以及她那受伤后的灿烂微笑带给全世界的积极影响。还特别了解到她受伤后，全美国，从总统到平民，都对她表示极大的关怀。她住院抢救后，那慰问信、慰问品雪片似的涌来，据说为此医院特地腾出两个房间，专门陈列这些慰问信和慰问品。不几天，这两个房间就陈列得满满的了，医院只得再腾其他房间。

美国前总统卡特，受现任总统克林顿之托，带了夫人专程去医院看望桑兰。卡特在看望她时激动地说："你的精神和美国精神是一致的，所以我们美国人都很感动。我们今天也是受你感动而来的，愿你早日康复，重返体坛！"

我对此也很钦佩，觉得中美确实都有伟大精神。决定到美国后一定要去采访桑兰，让双方的崇高精神在中国传扬。我是搞展览出身，现在又获准可以筹建中美友谊民间纪念馆，这是最新最好的题材，因此打算给桑兰举办一个事迹展览。

我一到美国，除了照顾小孙女外，就想找司徒雷登和桑兰。司徒雷登无影无踪，无处可找。要见桑兰，必须通过她在美国的监护人来安排。此刻，在刘先生的豪宅前，我将如愿了。我左顾右盼，和儿子等着桑兰来到。刘先生为人很乐观，趁这空当，带我们父子去参观他们家的室内游泳池。这在我也是见了世面，我看到一个 100 多平方米的室内游泳池上，竟用篷布盖着，而篷布下冒着一阵阵的热气。我想，这一大池热水，要花多少电来烧啊！

然而，豪宅就是豪迈，豪宅主人为祖国受伤运动员做了义举，这豪宅也体现了爱国侨胞的仁义。而那游泳池中冒的，便成了一股股令人敬仰的义气！中国人最恨为富不仁，可是在美国的侨胞却当仁不让，这使我格外兴奋。

不一会，桑兰到了，真是刘先生的小儿子从他驾驶的小车上把她抱下来的。由于要接受我们的采访，他又把桑兰抱到一个客厅里。那儿有一架电脑，准备让她在电脑上直接表现她的坚强和智慧。

此次（2017 年 3 月间）为了正式出版此书，我看到这里，不由得想起前几年桑兰的生活中，又发生一次不幸：她控告了刘先生一家，并把刘先生小儿子也牵涉进去。对于他们的具体案情，我不了解。但我此刻掩卷思之，对当年情景依旧感佩不已。

我非常感动，问了桑兰许多可歌可泣的事迹，包括美国对她的友好事迹。桑兰始终微笑着作答，仿佛是在用微笑征服世界！这时，看她真的在电脑前用已经麻木僵硬的手指，夹着一根小棍，在键盘上慢慢敲击要学习的东西，甚至说在学英文，以后要读大学。我想，这“桑兰精神”真可贵，而且是在美国体现了！

我儿子当即掏出两百美元递给她，说：“你的精神很让我们感动。”

采访桑兰结束，我约刘先生谈谈。他很爽快，不仅答应我，只要我把展览提纲搞出来，自己就可按照提纲提供能有的全部照片，而且现在就可回答所有问题。还说大家的时间都很宝贵，要宣传桑兰的事迹也很难得。表现了海内海外人士同心同德。

我直截了当地说：“刘先生，我对卡特总统说桑兰的精神与美国的精神是一致的这话很感动。我想请问你，什么是美国精神？”

刘先生毫不犹豫地说：“美国精神就是进取精神。桑兰在跳马上表现的是进取精神，她受重伤后更表现了笑对厄运的进取精神。这是和美国精神一致的。美国人很顽强，也很乐观。你看，许多世界纪录，包括科技纪录，都是美国人创造的。当然，美国是移民国家，我们也是移民来的。”说时他也很自豪，仿佛这世界纪录中也有他的份。这是真实的。他接着说：“这次桑兰的不屈不挠精神，也给美国人以很大鼓舞。我还可告诉你，根据我的看法，美国的进取精神还与中国儒家的治国平天下精神是一致的。”

“这怎么说？”我儿子插问。他也觉得很新鲜。

“你看，”刘先生摊开双手继续说，“所谓治国，就是治理国家，要把国家治理好。美国人很讲究把国家治好，不过他们实行的是民主制度，三权分立，用这些办法把国家治得一步比一步好。所谓平天下呢？美国人是要天下太平。”

我觉得刘先生的说法言简意赅，也许正是他这些年旅美生涯的深切体会。便说自己回国后，除了举办桑兰展览外，还要举办一个全面反映中美两国友好历史的大型展览，这也是中美两国精神的交流。刘先生满口称赞，与我们握手道别。

归途中，我儿子深有所感地说：“刘先生一家，这次为桑兰肯定花了不少钱，而且还在继续花，这精神也值得我学习。我那两百美金，也算我的一点心意。”这又是一种中美精神互相辉映的表现。

车子在柏油马路上快速地开着，我望着窗外美好的美国大地，联想起这些天接连遇到好多位友好人士，有华裔，有白人，还有已故的美国旅华女作家赛珍珠，她是因写中国人民誓死抗日的三部曲《大地》而获诺贝尔文学奖的。我在美国图书馆中找到了她的书籍，也算是和她的在天之灵见了一面。不论天上的和人间的，都在以自己的努力传扬着中美友谊！

车子快速前进。儿子的开车技术已很娴熟，平稳无声，让人入睡。我闭目遐想，想起刘先生对美国精神的解释。那么，这种精神是从哪里来的？

我又想到前几天，随儿子去参加一个派对。那是一些世界各地来美深造后留下工作的年轻人组织的。可谓都是精英，个个意气风发，踌躇满志。谈论的问题，也是天南海北，从宇宙天体到微生物，无所不谈。我就想，他们为什么都要到美国来发展？从他们海阔天空又风趣诙谐的谈话中，我感到是一种理想在促使他们来美寻梦。可是，这种梦的背后，又是一种进取精神在激励他们寻幽探胜。而这种寻幽探胜，又源于美国的理想主义和现实主义的结合。如果问，美国对世界最大的贡献是什么？也许就是这种精神力量。它是巨大的，精彩纷呈的，是可以点燃人们的美好热情的。我由此得到启迪。

小孙女是个非常倔强的孩子，虽然才三岁，可玩起来不知疲倦，尤其喜欢跳跃。她往往在长沙发上从这端跳到那端，来回跳个不停，那架势很像虎崽下山，小熊扑食。我很怕她发生事故，一不小心碰到茶几或者跌到地上，因此在她跳跃时，总是紧张地站在旁边，目不转睛地严密监护。因为这时，规劝和诱导都会作废，唯有她的童趣逗你发笑。我也就因势利导，即用怪相逗她发笑，让她在转移目标后自己慢慢停下来，再在沙发上想别的玩法。

我一边担心她会出事，一边欣赏她的野性。我觉得女孩子从小倔强，长大后就能经受各种考验。联想到金蕾芳，新中国成立后，由于地主家庭出身，八岁就被迫代母上街敲锣，接受政治惩罚，造成从小胆小怕事，连一片树叶掉下来都要吓一跳，因此在后来的社会变革、政治风浪中经受不住，最后由于身患癌症不治身亡。虽然她的死不能完全归咎于社会，但那时的环境确实让她成天担惊受怕。其实，像他们那种家庭出身的人，很多都有这种政治恐惧症。

我由于那么多年和蕾芳生活在一起，又和她心心相印，因此凡是她担忧的，我也担忧起来，例如政治运动。本来我是红根子，贫农子弟，历史清白，工作勤奋。可是运动一来，她本能地愁这愁那，我也产生条件反射，跟着心事重重。“文革”后，虽然大风大浪没有，可是突然的惊涛时有发生，例如“反精神污染”“反自由化”这类骇浪一来，作为编剧的她胆战心惊，编展览的我也提心吊胆，生怕什么地方出了问题，也要被骇浪卷走。

现在，我在儿子家里，这种恐惧好像烟消云散，这是自己在做客没有工作牵累，还是周围很平安，用不着无事惊恐？我想来想去，还是后者的因素。我现在正在从事中美友谊的资料搜集工作，严格来说也与政治有关。外交无小事，要挂钩，都可连上的。可我在这里没有一点顾虑，但在自己家里，就会生怕触犯什么。在国内时，我曾把省文物局批准我们筹办纪念馆的批文，情不自禁地给要好的朋友看看，他们的脸色似乎都有点紧张，觉得怎么去与美国搭界？

这又使我想起前些天，儿子驾车送我去费城，拜访那位曾经给我题写书名的文理大师顾毓琇教授时，这位将近百岁的大师，看了我们办纪念馆的批文复印件后，很欣喜，想不到我们真要为“彩虹”添彩了。但接着也说：“你们这事好是好，中美友谊是要发扬光大，可办纪念馆这事，与许多行业都不搭界，看来很难。”为此，大师告诉我一个办法，要我回国后去找浙大校长，说现任浙大校长潘云鹤是他学生的学生，要我跟校长说：“今后凡是有美国学者、教授去浙大访问，就请他安排他们去中美友谊民间纪念馆参观。这些美国专家学者参观后，就会写文章宣传，那时你们纪念馆的影响就大了。”

这是大师的建议。我想，他建议我们去搭界，可国内的朋友害怕我们去搭界。这到底是怎么回事?!

看来是环境决定一切。美国人具有进取精神，中国运动员具有进取精神，自己也得具有进取精神，不然办不了中美友谊民间纪念馆。

尤其是顾老先生，他不仅用为我题写书名来鼓励我去实现美好的理想，还实实在在地帮我想出一些具体做法，实在是知行结合的风范，也是进取精神的最具体表现。……

正在联想时，忽然有人来敲门。小孙女立即跳下沙发，扑向房门，一把拉开，见外面站着四位老太太。第一位已年逾古稀，小孙女连忙叫：“赵奶奶好！”同时去扶她进门。老奶奶一把搂住她，也叫：“西西好！”我一见也喜出望外，连忙请大家都进来坐坐。

原来这几位不速之客我都熟悉。我来美后，住在儿子家，被赵奶奶他们家的查经班知道了，于是每到星期二上午，赵爷爷便开了车子来把我接走，让我一起去参加他们的查经班活动。

美国的查经班，是基督教徒的家庭教会活动，也是作为教堂活动的补充，主要是听听讲道，读读《圣经》，有人做做见证，其他人谈谈感想。然后一起吃一顿可口的午饭，便散会，查经班有车子的人把大家送回家。赵爷爷家的这顿午饭，都是赵爷爷他们奉献的。他们夫妇俩原籍台湾，多年前移居美国，在这一带开了一家饭馆，赚了一些钱。后来年迈体衰，店不开了，家里办起了查经班，两个相连的加起来有数十平方米的客堂和餐厅，正好用来招待数十位兄弟姐妹。他们有一个做法相当可贵，平时打听到有世界各地的中老年华人到美国来，住在他们社区附近，不论这人是从哪个国家来，也不管他是不是基督徒，都要竭力请来参加他们的查经班，并且每次都用车去迎接。他们这个查经班已办十数年了，接待的人不计其数。我受邀时，觉得自己将要创办中美友谊民间纪念馆，对美国的社会生活应该尽量多接触，就答应去参加。但是每天照顾小孙女，分身不得，查经班叫我把小孙女也带去。到了他家，赵爷爷就专门负责照顾小西西，让我安心听道查经。我已去了多次，他们都熟悉，连小西西也认识赵奶奶，这时一见面就格外亲切。

我给她们四位泡了茶后，欣喜地问："四位姐妹今天到这里来很难得。"

"是难得。"赵奶奶第一个接话说，"今天我们是专为你的婚事来的。昨天听你见证，你说因为去年刚刚丧偶，心情不好。这次来美国，参加了几次查经班很有收获，心情也好了不少。我们四个姐妹就想，我们教会里有一位很好的姐妹，她原是一个中学教师，来美国后一直没有结婚。现在50多岁，在教会工作。我们想把她介绍给你，不知你——"说到这里她停住了。

我连忙解释说："赵奶奶，诸位姐妹，非常对不起，大概我在昨天见证时没有说清楚。不瞒你们几位说，我的前妻是去年元宵逝世的，可我在这次来美国前，就通过登报征婚找了一位小学教师，已经登记。在我们国家，登了记就是结婚，所以我已经有爱人了。"台湾的旅美华人叫妻子为"太太"，而我还是用了大陆的叫法，叫爱人，一个既好听又含糊的称谓。

"喔！是这样！"四位老太似乎都恍然大悟，大家有说有笑待了一会，便站起来告辞。

我送她们到门口，让小孙女也向她们道歉："索雷索雷！"我说着英语的歉词，小孙女却对她们大声说："呗呗！呗呗！"

我那次在查经班上做见证，是因为自己将要离美回国，对大家有个好的交代，也就说了自己的心态。不料误引来四位老太为我登门说媒。这使我很感动，她们确是把别人的困难当成大事，千方百计助人为乐，这也成了美国精神的一部分。

正在友好运动会上做助兴表演的美国少年演员，听到桑兰遭受重伤，一齐跪下为她祈祷

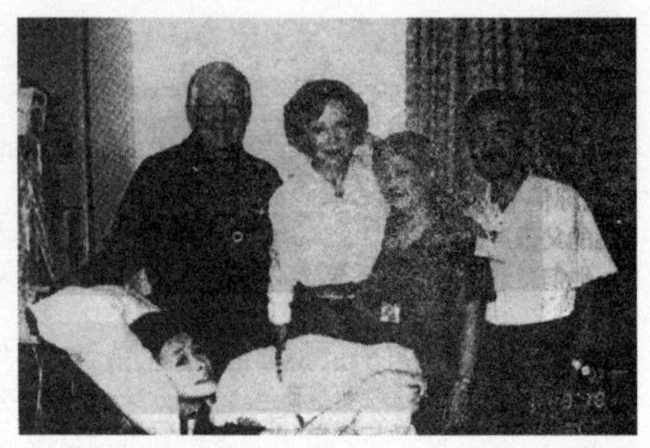

美国前总统卡特夫妇看望桑兰，畅谈中美两国精神，旁边为桑兰父母

# 第七章

# 戏水碧涧

在美三月，收获颇丰。一件牵肠挂肚的事，也马上可以放下了，那就是对范祝华的思念。这次出国，严格来说是对她的失礼。领了结婚证就出国，仿佛这是一种利用。爱情怎么可以这样呢？实在无奈！

此外，我还感到分外内疚的，是自己感情上还没有完全转过来，总觉得妻子还是金蕾芳，而范祝华似乎是个影子。每到这时，想想也发慌，我怎么会这样的呢？尤其夜深人静，一个人睡在床上，眼睛睁得像丝瓜花，搜索着金蕾芳的身形，而对范祝华的想念却打了折扣。特别是给祝华写信时，那些甜言蜜语似乎难以启齿……

自从我赴美后，祝华也感到很蹊跷，怎么老潘越洋写来的信，都像流水账，干巴巴地汇报一些事情，毫无诗情可言，更别说缠绵悱恻。本来，他是作家，我还等着读他的精彩情书呢！唉，是他确实忙，还是——？

她不敢多想，也不去多想，她只相信自己是爱他的。既然爱他，就不要计较。爱人要互相体谅、互相尊重。他也许确实忙，他是个事业心很强的人，现在省文物局批准纪念馆可以筹备，他会一门心思考虑这件事。祝华总是体谅着我的一切。

春节一过，她就在想我回去。其实我买的是往返机票，回去的日子是固定的。可她盼星星、盼月亮地盼。昨天我打电话给她说，几月几日一定能到！

然而，我回去以后，我们到底怎么住？

这个问题，祝华已焦思苦虑很长时间了。照理，我们两人已登记，也就成了法定夫妻。而且曾经同床，我回国后与她住在一起，名正言顺，情容理合。可是我有阳痿问题，上次我已对她躲躲闪闪，现在肯与她日夜同居吗？她认为我是责任心和自尊心都很强的人，估计我对她，这方面还会退避三舍。

她想，如果让我依然单独住，那我们的结婚算什么？我们迟早要洞房花烛。张灯结彩，他未必有兴致，我也不想搞这一套。但夫妻同居是天经地义，否则倒是不可思议，甚至是天理难容。那人家会对我怎么说？尤其我的小姐妹们会怎么说？那我真要让她们笑掉大牙，我也变成无脸见人了——你看，她找了个新丈夫，结婚后却连同居都谈不上，还有什么夕阳红、晚晴好？简直是日落西山，永远抬不起头！

我在回国的飞机上，也在为这个住的问题忧心忡忡。我想，看来我这次回去，只得与她同居了，不然，一切都不可想象，人家马上会讲我是骗子，骗取了祝华的感情。

然而我能同居吗？总不能同居以后像祝英台与梁山伯那样，在床铺中间放一碗水，谁碰翻水就罚谁?!

既然不能同住一室，岂不让祝华做了活寡妇?!

可是，我能同居吗？这次在美国，也很想与儿子商量，说我有性障碍，能否在美国找医生看看。据说美国医学很先进，儿子也在从事医药研发，完全可以让他打听打听。但是，这是做父亲的隐疾，羞于启齿！尽管儿子媳妇对我与祝华的再婚都很赞同，甚至还感到欣慰，但要他们帮助我解决这个疾患，那是过分要求了！这是一杯苦酒，这苦酒只能自己喝，而且只能偷偷地喝。

飞机在太平洋上空飞行，离上海越来越近，我的心却越来越沉重了。据说小儿子会来机场接我，而祝华留在家里为我烧饭做菜。这个家，是我与小儿子同居的家，不是祝华与女儿同居的那个家。她这样安排，是煞费苦心的，也就是说，是为了证明她已是我的妻子，而且已在夫家亲手做羹汤，捧于夫婿尝。这是一种美满婚姻的宣示，也是人生一种新的美好理想的体现。可我，当下还在忧虑是否与她同居！

飞机终于在上海浦东机场降下了，小儿子在出口处很快接到我，连忙帮我拎皮箱、拿行李，乘了大巴直达杭州。到了自己家里接近黄昏，果然祝华已在桌上放好几碗她十分拿手的时鲜菜肴。她一开口就说："吃了三个月的美国菜，赶快来尝尝家乡菜，看看口味有没有变。"

由于说话很客气，惊弓之鸟的我想着是否有弦外之音？是不是祝华怕我对她这个新妻还不认可？自己总觉得对她爱得不够。自惭形秽常觉丑，自愧不如总感疚。

再婚而且一登记就长期分开的新婚夫妇，很容易出现这样那样的匪夷所思的问题，甚至产生芥蒂。我也很注意这些生活小节，经常提醒自己不要过于敏感，更不要轻易生疑。即使真有芥蒂，也可网开一面。况且祝华心胸开阔，善解人意，确是一个典型的贤妻良母。你看，我刚从美国回来，一进门就请我尝尝她亲手做的好菜，这比一见面先拥抱、亲嘴还寓意更深呢！

吃饭时，祝华唯一抱怨的，就是家里（她已把我的家作为她的家）的水槽太脏了。她几乎用了半天时间，用泥水师傅的三角铲、油漆师傅的刮刀，才把它弄干净。那水槽两边及底部的油渍、污垢，都已结成硬块，而且粘在一起，厚厚的一层，一般工具根本无法撬动。

我笑笑，知道那水槽大约自金蕾芳生病住院后，五年多了没有认真擦洗过，这下难为她了，便夹了一块鱼肉到她碗里，这是她最爱吃的。祝华连忙称谢，反主为宾。小儿子在一旁看着也很感动，觉得这位后妈确实很贤惠，就轻轻地叫了声："老妈！"这是他第一次这样叫她。原来是叫阿姨的。

祝华立刻应声。而我喜出望外，小儿子也成熟了！

饭后，我整理带回来的行李，给祝华、儿子送了礼物。当我进入书房时，祝华来到我的面前，轻轻地对我说："晚上可以去和我睡吗？"

"晚上？"我立刻迟疑了。但要去，必须是今晚，迟去一晚就不妥当，那就是不尊重。可是这能答应吗？……我犹豫着，最后说："你女儿在家吗？"

"女儿出差了，要几天才回来。"

"那行，我今晚到你那里去。"我说得很轻，仿佛情人"偷荤"似的。

一个10多平方米的小房间，铺着一个四五平方米大的地铺。一边是一排顶天立地的衣橱，一边是一通到底的矮柜和几案。地铺的前面，又有一个半米多宽的电视机长柜。在长柜与地铺之间，留着一条一尺来宽的空地作为从餐厅到阳台的过道，大人需要通行，要么踩着地铺的边沿经过，要么侧身挨过。因为电视机柜的中间面板，还突出一块圆形护板，人们只得侧身来让它。这台彩色电视机，现在是这户人家最奢侈的装饰和最重要的财产。

在微弱的灯光下，我走进了这间既神秘又渴望的卧室。它是祝华的闺房，又是她的禁地，除了女儿之外，是不允许任何人来"侵犯"的。去年我在与她长达5个多月的恋爱中，不下数十次地往她家跑，门槛都踏烂了，可一到这个"闺房"门口立刻止步，决不擅自跨进。有时趁祝华在厨房里烧饭，我坐在餐厅兼客厅的小方桌前休息，不由得探头悄悄张望一下，总觉得这里面的一切都很奇妙，尤其主人的动态：她怎么会与地铺做伴的呢?!

今晚，我要与这张只见铺盖不见床板的地铺为伍了，而且是祝华特地邀请的，那意味着我要在这张婚床上与她正式成亲了。可这“成亲”究竟会带来喜悦还是绝望，实在使我忐忑不安。

这张地铺，十分简单，无非在地板上垫上一张席梦思，铺上一块床单，然后是盖被。盖被也不过是一般的棉被，由于祝华怕热，这时才是仲春时节，她已改用中等厚薄的棉被，不过大概是淑女专用，被子上悠悠地散发着一股香气。是什么香？我辨不出来。我的鼻子一向不太灵，很多是想象而已。

本来，我想坐在这张地铺上，与祝华谈些这次在美国的观感和收获，尤其是美国精神。自从傍晚见面后一直忙于杂事，还没有安静的时间和地方，只有这里，看来是天赐之地，真的可以促膝长谈，甚至可以并坐床头，斜靠墙壁，膝盖碰着膝盖地密谈。那是地铺的最大优越性。

然而，这新婚爱人之间的膝盖是不能随便触碰的。尤其久别重逢，那两个膝盖是两块吸力很大的磁铁，立刻会把我俩的四个膝盖都吸到地板上，然后要把我俩的身子也吸进被窝去。两人不知受了什么情意的驱使，不由自主地迅速脱下衣服，然后一齐钻进被窝。初春的晚上凉爽宜人，被窝也为我们准备了可心的常温，我俩就在温柔窝里搂抱起来。馨香的情感立刻拉动了我们的肉体，只觉得双方的肌肤是那么的光滑、那么的美妙，尤其祝华的玉肌，简直成了诗的泉源。我稍作触碰，那美妙绝伦的诗情源源而来，让我低吟，让我浅咏！

说也奇怪，那个又爱又恨的“下身”，这时似有蠢动。我想，你别作怪，到时候又成了瘪三，我不许你越境，严格把守。可是它不听话，那长势已碰到祝华的玉腿上。祝华突然下了一道命令：“上来！”

这时，我不知是色胆包天，还是遵奉皇命，便一跃而上了。而且，那“下臣”立刻进入了宫殿。

这一奇迹的出现，使我忘乎所以，决定豁出命去也要遵奉不违。

祝华成了玉皇大帝，她不是在下面，而是高高地在御座上微笑、品赏，然后推波助澜……

在随后的几天中，我一直高奏凯歌，祝华始终满心欢喜，深感现在的我已成她的玉郎，这双璧之合，该是上帝恩赐的。

我也有同感。我想，这奇迹到底怎么出现的？自己在美国的这段时间，既没有就医，也没有服药，连调养的资料也没看。美国即使有这方面书籍，也全是英文，我在40多年前学校里学的英语知识，全已还给老师，在美国成了“文盲”“音盲”“瞎子”和“哑巴”，一点社会交流能力都没有。我百思不得其解。

从那晚开始后的性生活一直很好，而且都是超级的好。特别有一天，那是周日，她在家休息，中午除了别的菜肴以外，又烧了一条鳜鱼。她劝我吃一点酒，鱼加酒，热炕头，意即喝了酒睡觉就很暖和，暖和就有性要求，也能补身体。我说：“你不吃酒，我也不吃。”她说：“我从不喝酒。”两人仅以鳜鱼和其他菜肴过饭，但是这种热情关怀已产生安慰剂效应。在午睡时，两人都想先快乐一下再睡觉，因为这些天此事已成家常便饭，几乎每天上床和起床都要“执勤”，也就顺水推舟了。谁知这一“执勤”，蝶飞鱼游，龙腾虎跃，继而莺啼鹂啭，鹿鸣狼嚎。两人在地铺上做尽各种姿势，左翻右转，前仰后复，甚至抱着坐起，又抱着躺倒，始终如胶似漆，云翻雨覆，居然持续了两个多小时。当我最后大笑一声，戛然而止时，她却哭了！她想不到我竟会恢复得那么超强，而让自己一辈子心满意足了！

这使我更觉惊奇，到底是什么让我变得如此神奇?!

不久正是清明节，我请祝华一起去上坟。

我和金蕾芳的坟墓，筑在杭州东郊龙居寺背后。那儿有一片坐北朝南的青山，半山腰一个庞大的公墓陵园，花团锦簇，肃穆幽静，仿佛是人间外的另一个天堂。我拎着两只手工制作的精巧礼篮，和祝华款步登上墓道，径直来到一个两旁栽有茶花的墓穴前。这儿是我将和金蕾芳永远居住的地方，如今带着新婚的续弦，来一起祭拜原先的爱妻。我想，今天实在为难祝华了。照理，在继室面前讲前妻的事，在新夫妻的情分上是大忌。可我没有办法，不仅这关一定得过，而且要过得顺畅，既能让亡妻含笑泉下，又可使新妻安度良宵。暮春的上午已很炎热，我见祝华额上渗出汗珠，便说：“你先在旁边坐一下，我把供品陈列起来。”

供品有菜肴、水果和糕点，都是蕾芳生前所爱。而菜肴也是祝华问了我后，根据蕾芳生前口味烹制的。当所有供品在祭坛上一一摆齐，我点起两支小红烛，分别在两段自带的萝卜块上插住，再用一束神香在烛火上全部点燃，然后分了一半给祝华。两人便在坟前并排而立，各自双手执着那些青烟缭绕的神香，一齐向蕾芳的墓碑深深鞠躬。那高高的墓碑上也刻着我的名字，虽然是用证明我还活着的红漆填就的，我还是把它当成与蕾芳长相守的标记。这时，也躬身向这个标记虔诚行礼了。

祝华也在行礼，但她庆幸我就站在她的身旁，而且一齐向一位对她来说是素不相识却已相当敬仰的女士亡灵默哀。此刻，不由得向蕾芳许起了早存的心愿：

蕾芳大姐，你放心好了，我一定会把老潘照顾好的。而且我们会相爱到老，以后一起来见你。

我在旁边听得异常真切，立刻被祝华这番肺腑誓言震惊了：祝华是如此深情地爱我，情深无比！我也赶紧对蕾芳许愿说：

蕾蕾（她生前我一直这样叫她。为此她曾声明只能家里长辈这样叫她，可我没听），你走了，祝华来了。她带着一片爱意来到我的身边，她将与我一起，再建起你给我留下的爱巢。望你地下辛劳，随时保佑我们，以及随时保佑全家幸福快乐！

说完，又是深深一鞠躬，那深度比前面鞠的要大。

两人许完愿，就分别把手中的神香一齐插到蕾芳的坟前。又合掌拜了几拜，感激之情，难以言喻。

我感激祝华的非凡贤惠，竟能在新夫的亡妻坟前许愿永结同好，那比亲口对新夫海誓山盟还贵重十倍。一般人，尤其是本分的女性，是决不欺骗鬼神的。

而对蕾芳，我也是感激涕零。蕾芳临终前曾托多人给我物色新妻。今天，一位如愿以偿的新妻就站在我的身边，而且一同拜祭前妻的亡灵，这都是超群拔类的奇事啊！

天赐的蜜月，一切都是美好的。初夏的一天，气候和暖，正是开始穿衬衫和裙子的时节，我一见祝华又穿起那件非常合身的蓝底白花的富春纺绸衬衫，立刻回想起去年夏天的一次婚前郊游，那是一次使我燃起对新的爱情和事业最大憧憬的富春郊游。

在杭城的佛门梵刹灵隐山麓，有一幢我与金蕾芳购买的旧房，虽然破旧不堪，几将倒坍，但那是我们事业的希望所在。金蕾芳在临终前曾经说过，希望把那幢单门独户的菜园旧房修缮一新，楼上可做创作园，继续邀请写作条件有困难的作家住园写作；楼下则可陈列一些中美友好资料，成为一个小型别致的中美友谊民间纪念馆。一园一馆集于一舍，岂不美哉！

我在与祝华恋爱中，一直念叨着这个纪念馆能否办起来。仲夏的一天，我请祝华一起去灵隐山麓玩玩，看看那个旧房是怎么个情况。

她女儿一听，也要跟去一起欣赏，然后顺便到那一带玩玩。她是第一次陪我这个未来爸爸去郊游。

灵隐山麓，不仅是个佛教福地，也是游览胜地，连它边上的普福岭下，茅家埠上，都是风景如画，引人入胜。就在上茅家埠151号的一道断裂围墙里，掩藏着一幢单门独户、门前有园子的破房。前几年我们刚买下的时候，一位美国诗人也来观赏，他叫风人，说这里能产生灵感。这房子足有两百多平方米，可已东倒西歪，千孔百疮。楼板都已腐烂，瓦片也已破碎，许多地方开了天窗，任凭雨雪侵袭。人进房子，立刻感到整幢危房就要倒下，赶快逃离。可是我却带着如花似玉的未来新娘和女儿来欣赏了。

她们这对母女，一见这房子那么破败，腐烂不堪，门前的园子也是那么荒凉，茅草丛生，不仅没有却步，反而争先举步。既登楼，在摇摇欲坠的楼板上跳跃，求取着雅兴；又进园，在遍地芒刺的园内踏青，寻觅着野菜。我看愣了，问她们："你们这是干什么？"

"这是在菜园子里收菜呀！"祝华笑着说。

"那是野菜。"我说。

"野菜有营养。"祝华继续笑着说。

"野菜没污染。"女儿笑着补充说。

我惊喜了，这对母女，一个说野菜有营养，一个说野菜没污染。两人都道出了一个真理：野的比种的生命力要顽强。那么我们这幢破房，以后要办成创作园和纪念馆，从某方面来说，它也是野生的，不是官方来种植的。这种民间作为，完全是草根的。它要在这以官本位为主的土地上萌芽、成长，是需要相当的顽强精神才能奏效的，我期待这对母女能成为我的得力臂助。

看罢破房，我们三人便向灵隐大殿方向进发。从这破房到大殿，有一里多路，原是进香古道。以前香客要去灵隐拜佛，从杭州市区的湖滨，搭船往西到茅家埠上岸，然后沿着一条一丈多宽的山路，蜿蜒前进。这山路中间，全铺着一尺多宽的石板，一块紧接一块，仿佛一条玉带，既平坦又光滑，那是千百年来无数香客用脚甚至用手造就的业绩。例如西藏喇嘛来进香，就一步一跪拜，或者一步一扑倒，匍匐前进，手拍地后再叩头，虔诚非凡。可是这些年实行现代化，从西湖到灵隐已造了公路。而从上茅家埠到下茅家埠的石板，全已拆去做什么了，只有上茅家埠到灵隐寺口的一里多路上，依然是“玉带”平展，悠然物外。然而两旁竹木蔽天，泥泞潮湿，已经很少有人光顾。前些年我和金蕾芳刚买到这幢破房时，曾想把它修成诗画碑廊，以展示中华文化的瑰宝。为此我还特地去北京拜访了三位文化名人——文化部前部长夏衍和老作家姚雪垠、老诗人艾青，征求他们对此创意的意见。三位文坛耆宿都很支持，各抒高见，让我和蕾芳兴奋不已。

现在，金蕾芳告别人世，遗下宏愿，我想让范祝华一起续这根碑廊之弦。今天先让她来见识一下，以后条件成熟了再和她细谈，那也是件既风雅又创新的事。三人就在古道上一齐踩着光滑石板，沐着从路旁密林中洒来的阳光，同时闻着不远处茶园飘来的清香，还让女儿给我俩拍了张呈现吉兆的合影。

三人并没有去灵隐大殿，而是翻过龙井来到九溪十八涧。祝华一见湍急的溪水清澈见底、游鱼可数，把裙子拉起往腰上一扎，就脱下鞋袜，焕发当年下乡知青的爽性，三步并作两步奔到一处小飞瀑下，掏出手帕洗涤起来。然后又拍打水面，和水中鱼儿戏耍。她女儿也跃跃欲试，欢叫不已。

我一看，这是一幅美人戏水图，其情致又与我当年在农村时的天趣相吻合，连忙掏出相机，偷拍一张，并且吟起《诗经》中的《兼葭》篇章：

所谓伊人，
在水一方。
……

回到家中，连忙去洗照片。拿到照片，又在小照背后题诗一首：

戏水九溪中，
烦愁一扫空。
洗得尘埃去，
长留清泉涌！

由此，这张照片和这首小诗，成了我的最爱，经常从相册里取出来看看。这次从美国回来后，也少不了要重睹一番。这时，我突然觉得这里面还有什么奥秘值得探寻。尤其对自己诗中“烦愁一扫空”之句，似有新的感悟，那是道出了一种范围广泛的因果关系！原来，这次美国回来后的性功能突然奇好，这一方面与美国的环境有关，那儿使自己心安身闲，得以休养。但这仅仅是外因，关键还是照片中这个人。她心胸宽广，乐观向上，特别是我们结婚后她对我宽厚真挚，全身心地爱着我，使我也豁然开朗，心情愉快，与她在一起，一切忧虑都可抛弃，一切困惑都可解除。再看看照片，清泉不仅洗去尘埃，还滋润肌肤。再联系自己，这“清泉”早已在提增精神，于是出现了这样的奇境！

我把这份感激之情，深深地藏在心底，使之成为永远爱她的源泉。

改革开放中的钱塘江，两岸的建筑也涌起了热潮，到处都在造房子。可是在离梅家坞口不远的江北岸，一片平坦的田野中，却耸起了一座新建的“古城”——宋城，成为杭州最近非常热闹的新景点。

“古城”的城里，又造起了一个洋宫——与美国白宫一模一样的中国白宫，或者说是杭州白宫，甚至可说是宋城白宫。1999 年 8 月中旬的一天，秋高气爽，我与祝华来到这里参观。我们因为自己要办中美友谊馆，对与美国有关的事物格外关心，也格外感兴趣，因此首选参观白宫。我们路遇宋城管理处的一位中层干部，他知道我们的身份和来意后主动陪同参观。这“白宫”分上下三层，足有数万平方米，里面全是花岗岩地板，房间结构也与美国白宫一模一样，连总统专用的椭圆形办公室也毫无二致，外壳和内层都已装饰完毕，唯独如何布置，听陪同的干部说，还在构思中。

我想，按目前看，偌大一座宫殿，全都空空荡荡，要布置成丰富多彩的观光胜地，也非易事，不禁感叹说：“总不能是光房子别致，或者仅以房名新奇，来招徕观众吧?!”

陪同干部接过话题说：“这问题是存在的，我们也正伤脑筋。不过我们大老总，已从美国搞来一些风景图片，什么大峡谷、黄石公园等的都有。”

我说：“光靠这些也不行。这种图片，画册上都有。人家到你们‘白宫’来，还是想看看美国的风土人情，尤其是想看看美国与中国的友好关系，这样才能增加亲切感，也有利于你们的旅游业。”

“这可难了，这种资料我们一点都没有。”

“这种资料我们倒有一些，而且还不少。”我切实地说。祝华也点点头。

“这太好了，我们真是求之不得呀！我马上向我们大老总汇报，让他直接与你联系。”这位干部有一定文化，人很文气。他立即打电话到管理处。不一会，管理处派来一辆黑色轿车，把我们夫妇送回家。

刚进家门，我就接到一个电话，来电者就是那位宋城大老总。他兴奋地说：

“我们管理处的干部已经向我汇报了，我觉得你们有中美友谊的资料很好，能不能借给我看看？”

“你是要看一部分，还是看全部？”我热情地说。

“全部。最好统统拿来，今天晚上就拿来，拿到南山路美院旁边，我们的一个制作处。”

我想，怎么拿到这种地方去？便问：“什么制作处？”

“就是我们公司的图片制作处。我晚上就在制作处办公室等你。”大老总说得很真诚，也很恳切。

“那好，我 7 时左右可以到。”我没与祝华商量，就答应了。祝华想，这事主要我在做，她听着，也不问我什么。

可我在整理要带的资料时，发现一份 10 多页的展览提纲，已由祝华用十分娟秀的字体抄了一遍。

自从美国回来后，我就搬来祝华家住，一方面可与她过上如胶似漆的新婚生活，另一方面在这里可以专心工作。白天，祝华和女儿都去上班，小小的安乐窝成了我的专用室，既安静又舒适。其实，这里唯一可以写作的写字台，是一张十分狭小的二斗桌，而且就挤在小阳台的西边角落里，日晒雨淋都不能避免。那楼下弄堂里，人来车往的嘈杂声也直达阳台，一天到晚并不安静。况且，只有 3 平方米的小阳台实在太局促，我就把它取名“紧身台”，可以振作精神。6 月间，我应浙江人民出版社编辑郎忆倩先生之约，一个月内完成一部 8 万字的报告文学《她用微笑征服世界——桑兰的故事》，出版时后面就署上作于“紧身台”。后来我认为，这里可以“前不见古人，后不见来者。念天地之悠悠，独怆然而涕下”，把鸟巢似的小阳台变成了唐代大诗人陈子昂叱咤风云的幽州台。我觉得现在与祝华在办这个纪念馆，实在是前无古人，后无来者——至少迄今为止还没听到全国还有人也在办这样的纪念馆。而怆然涕下者，是我为孤军奋战、才疏学浅、经济拮据而伤感也！不过它是一种临危不惧又勇往直前的行为，是一种居安思危、先忧后喜的表现。我虽然还没有意识到中美的“两超关系”将会决定地球命运，但是隐约感到中美关系在当今的世界事务中太重要了。天下兴亡，匹夫有责。自己要正确估计这是一个非同小可的壮举！

为此，我是带着一种历史的使命感和时代的紧迫感，来从事这一“前无古人”的活动的。我斗志昂扬，乃至喜极而泣，这悲也是喜的表露！

许多天来，我都在为这些中美友谊的资料而欢欣鼓舞。不少事情，不知为不知，一知吓一跳。当这些从清朝乾隆年间（也就是美国独立）以来，到中国改革开放后的中美友谊珍贵史料，通过遍搜广寻，从浩瀚的其他材料中一一翻找出来，成为一张张可供展出的历史珍品，它就是一幅气势恢弘的中美友谊的历史长卷，其价值和意义不同凡响。

我决定要像搞文学创作，甚至像以前办创作园那样，夙兴夜寐地来办这个中美友谊馆的重点展览。尽管目前馆舍根本没有，但是可以借鸡生蛋，先把一个一个的展览办起来。所以，我对是不是马上有馆舍并不担心，努力发扬自己以往工作时的干劲，一干就猛干，干完为止。这时，我把所有可以制作这一展览的资料整理齐全后，随即编写起展览纲目。尽管它的名字还未确定——那是需要认真推敲的，但是展览要表现什么已胸有成竹，因此编写提纲也是手到擒来，笔到意到。不过我写字一向十分潦草，尤其是构思阶段的初稿，更像巫师画符似的，谁也看不清，有时连我自己也不知写的什么字。

暑假里老师相对比较清闲，祝华因为燕尔新婚，对新郎的一切备感亲切，有空就走到我在小阳台的办公桌前，来看看我最近又在写些什么。那天一看，桌上一个神道符似的提纲跳入眼帘。她喜不自胜，虽然一时看不清我所写的许多字，但基本情况可辨，这是一个展览提纲，而且是反映中美友谊的展览提纲。那在中国历史上，或许也是破天荒第一次！她决定坐下来仔细看看，实在看不完全，索性耐心研读起来，最后总算读通。她想，现在老潘已经写了提纲，他那么忙，干脆我把它抄写出来，让他以后也省力一些。于是，她就利用我去跑图书馆白天不在家的空间，悄悄地帮我抄了一遍。一份清晰明了的展览提纲，突然出现在我面前，我也愣住了，对祝华赞不绝口，把提纲塞进了资料袋，随即带走了。

浙江美院（今中国美术学院）在南山路上，面湖而立，且有一个柳浪闻莺公园铺陈于院湖之间，让学院平添不少优雅之气。宋城旅游公司能在这个学校旁设一制作场所，不知何意，反正我觉得宋城这位大老总挺有能耐。今晚要去见他，也许可以一谈。

我踏着月色走进制作处时，那位大老总果然已坐在一张办公桌后，日光灯照得雪亮。他见我来了，就站起来迎接，连忙叫业务员泡茶，我也就在他的对面坐了下来。

“是骑车来的还是坐车来的?”大老总和我握完手后客气地说。

“坐车，刚好从我家到这里有辆公交车，挺方便。”我也兴奋地说。我已把祝华的家当作了自己的家。

“请你先把资料给我看看。”

我毫不犹豫地全部取出，那是装在几只大信封里的一些照片和剪报，都是有关中美友谊的历史资料，十分宝贵，而且好多都是从美国搜集来的，我特地在信封上注明。

大老总就拿起一个注有美国搜集字样的信封，然后抽出信封内的所有照片，一张张地仔细看。

他看了一会，皱着眉头说："照片内容是好的，可惜都是黑白的。"

"有些照片大概还是几十年前拍的，那时都是黑白照。"我不假思索地说。

"这我知道。我的意思，这种照片制作成展板，不太能吸引观众。"

"如果观众重视内容的话，也许这更有历史感。"我解释着。

大老总又抽看了其他信封内的照片，特别是一看提纲，似乎对我肃然起敬，忙说："这些都很好，你们为办纪念馆搜集了这么多珍贵资料，连提纲也有了。怎么样，我们两家合办好吗？"他没有明确用合作两字。

"好啊！"但我已把"合办"当作"合作"两字，而且想不到大老总会主动提出这种美意。

"我的意思是，你们出资料，我们出场地。制作全由我们，管理也由我们，这样的话，就是大部分由我们负责。"

"那这种合作？……"我迟疑了。

"这样好吗？我们先不要谈合办形式，先把事情做起来。反正我们办这个展览是为宣传中美友谊，你们更是这个目的。既然目的一致，一切好办。我们又是大公司，不会亏待你们的。我还告诉你，我也是文化干部出身，以前是在县文化馆里工作，现在来到杭州发展。你以前是在展览馆工作，也是文化干部，我们两人可说是殊途同归！"

这句突如其来的类比，让我十分感动。可不，以前同是天涯沦落人，相逢何必曾相识。现在同是一地文化人，相逢何必太计较！就说："在展览上我会把关，在宣传上你们多努力，这样就好办了！"

"是的是的。"大老总满口称是。然后两人又谈些文化逸事，似乎十分投机。最后大老总提出："你就把这些资料和提纲都放在这里，可以的话，我们马上动手。"

"那么急？"

"哎呀呀，我们这'白宫'，就想赶在国庆节前开幕，现在离国庆只有个把月了，时间非常紧张。这展览就放在'白宫'的一楼大厅。哦，对，你给这个展览取个响亮的名字，要醒目一点，一上展板就能抓住观众眼球。"

我听了他这几句话，似乎觉得大老总还有点展览知识。他刚才说的都是展览题目的要求啊！就说："好，这题目我回去仔细考虑一下。"我对这种事很有把握，一看手表，夜已很深，便起身告辞。

大老总送我到门口，可我赶到公交车站，到家的班车早已没有了。那就走吧，这"11"路车是长在自己腿上的，趁着路灯，迈开长腿，我的"11"路车开动了！

祝华一直在家等着，一直到11点钟，才看我推门进来，见我满脸喜色，便问："怎么谈得那么晚？"

"第一次见面，又是第一次谈工作，话就多了。"说着就把今晚的约谈情况详细说了个遍，末了说："我把展览资料和展览提纲都留给他了！"

祝华惊愕地说："你把资料和提纲都留给他了？"

"他要啊，他说他们很急，要在国庆节前让'白宫'开幕，那展览就得在这前三五天完成；还要请领导审查，时间相当紧啊！"

"可他跟我们合作，连个合作协议也没有签啊！"

"他说这一切好办，以后都可谈。"

"你听他的！到时候会出岔子。"祝华抱怨说。

"不会，他也是文化人，我相信他。"

祝华朝我看看，似乎再不能批评我了。她记得我第一次与她见面时就说过：自己属狗，狗讲义气，如果听到她讲我朋友坏话，我马上会与她翻脸！这文化人也成了我的朋友啦！但是，要合作必须要签合同，这是现在许多事情的运作方式，便坚持说："我认为你必须先和他们签合同。"

"哎呀呀，我正在考虑这展览叫什么题目呢。展览题目是一展之目，除了醒目，还要醒神，要让人一看就知道这展览主要说什么！刚才我离开他们制作

这条铺着青石板的灵隐古道，我们想建诗画碑廊

与美国诗人风人先生合影于破房大门中

处时，大老总一定要我想出个响亮一点的题目。你当过校长，概括能力强，也可以帮我想想。”

祝华略有不快地说：“题目我也想了。晚上你把资料拿去，我就在想，这个展览很有气魄，展览题目就叫‘中美友好二百年’！”

“好极了！高度概括。”我立刻鼓掌通过。

# 第　八　章
# 挺直腰板

9月下旬的一天清晨，范祝华从衣柜里取出一件我的短袖衬衫，叫道："老潘，你过来，今天去参加美国城开幕典礼，衣服穿得好一点，你穿这件的确良衬衫吧！"她研究过劳动教育，对穿衣服的方法也有讲究。

我正在刮胡子，连忙过来试穿，并用她的反手伸袖法把衣服一下穿正。这清晨出行的准备，充满愉快和紧张。而今天又是"中美友好二百年"展览与美国城中的白宫同时揭幕，更使这次出行富有庆贺之意。这个展览是纪念馆与宋城集团合办的，又是整个美国城中的主题展览。

两人吃完早餐，就去乘公交车。从龙翔桥到宋城，经过的都是耐人寻味的风景区。优雅的湖滨，让你有一种淡定的感觉；秀丽的南山路，让你欣欣然；幽深莫测的净寺、虎跑，让你有无穷的遐想。我们夫妇俩来到美国城入口处，领到两张印有"贵宾"两字的彩色小缎片，那是让我们挂在左边衣袋上的，这样可以免费入场，其他人都要买票入场。两人来到举办开幕式的广场上，发现不少人都挂有这样的小缎片。我们为之一喜，怎么今天有那么多贵宾！

原来这是招揽观众的一招。"贵宾"进入开幕式的场地后，并没有一处可坐，只能站着作陪。

开幕式设在"白宫"的门口，一长排盆景后面竖着几架麦克风，在麦克风下面是一大块红地毯，就是别具一格的主席台。我带了相机，很想拍几张有纪念意义的照片，便和祝华一起站在主席台的正前方，而且离台较近。但这里人群拥挤，更感天气炎热。我没带扇子，从拎包里找出一张报纸代扇子，祝华用手帕代扇。

国庆前夕的杭州，还是“桂花蒸”的天气，特别是临近中午，热浪难当。那火热的太阳直晒会场，微风也被四面的楼房挡住，与会人员个个满头大汗。尤其那些身着大红露背长裙，又浓妆艳抹的礼仪小姐，个个被晒得汗流浃背，频频地用手帕去擦粉颈。我既是主人，便怜香惜玉似的对祝华轻声说：“今天真难为她们了！”祝华也点点头。

不一会，开幕式开始，鼓乐齐鸣，主席台上站起了一排特邀贵宾，他们的小缎片上还有绢花，显得更尊贵。大老总站在最中间，容光焕发。我一看，站在他旁边的就是陈香梅女士，立刻指给祝华看：“那就是我们纪念馆的顾问陈香梅女士！”祝华喜不自胜，忙说：“她气质真好，既有大家闺秀的仪态，又有社会活动家的风度！”

我更庆幸的是前几天知道她要来出席这一隆重仪式，特地写了一篇短文，叫《桂花时节又逢君》，投给宋城集团的一张小报，既表示自己对她的热烈欢迎，也为宋城集团造点款待舆论。我去年在美国，也专程拜访了陈香梅女士。陈女士是美国援华空军飞虎队队长陈纳德将军的遗孀，现在年逾古稀，仍是著名社会活动家，担任美国国际合作委员会主席。前些年访华，都由中央首长接见。我到她华盛顿市区的别墅去见她，她知道我们夫妇要办中美友谊民间纪念馆后，就主动对我说：“你可以在我的陈将军纪念室中拍摄任何照片。”这纪念室设在她别墅中的地下室，装潢十分考究，连楼梯两旁都精装细饰，照片、锦旗、指挥刀琳琅满目，拍不胜拍。拍完，陈女士又送我一本精致的《画传》，书中收录了陈女士自己慷慨一生的许多重要照片，有她与陈将军“英雄美女”的结婚照，有与美国多届总统的合影，也有与中华民国、新中国领袖的合影，异常珍贵。最后，她又欣然答应担任我们纪念馆顾问，并为纪念馆亲笔题词：

中美友谊
日月常新

那是题在一张两尺见方的宣纸上的，正可裱褙后做成一个大镜框，悬挂在以后的纪念馆中，为纪念馆揭示旨意。

她的《画传》，我也给宋城大老总看过。他今天之所以请陈女士来出席，是否与他看了这本《画传》有关，例如了解了陈女士原是一位享誉世界的赫赫名人，不得而知。反正在这以前，我和他谈起陈女士，他似乎对她很不知情。

桂花时节又逢君，君今就在眼面前，自然应该马上前去，问候、道贺和感谢。

可我只挂着普通礼带，不能随便迈前，那儿有侍者“把守”。一转念，待会总会有见面机会，我们毕竟是那个主题展览的合作方。

开幕式在一片诵词中开始，也在一片诵词中结束。这时，我看见大老总带着陈香梅女士直往“白宫”里走，估计会带她去看那个主题展览，忙叫祝华一起跟去。果然不出所料，大老总陪陈女士来到多功能厅，并且直接到有关飞虎队的展板前面。这时观众已有不少，我随即挤上前去，喜不可耐地向陈女士汇报说：“这些照片，都是您提供给我们的，让我们的展览增色不少，而且具有深刻的震撼力。因为在那中华民族的危急存亡关头，美国飞虎队不惜牺牲，毅然来与中国人民并肩抗日，终使中国转败为胜，两国人民结下了血肉友谊，这在世界战争史上首屈一指，也是中美友谊史上光辉一页！”

陈女士连连说：“是，是，你们搞得很好。”

周围观众都为之动容，也对陈女士肃然起敬，纷纷举目致意。

我还想向陈女士再汇报一些展览中的其他情况。她是纪念馆顾问，今天好不容易光顾展览，必须多多请教。祝华也喜形于色，一脸笑意。可是大老总立刻把陈女士带走了，而且带出了展厅，很快不知去向。

这时，涌进展厅的观众越来越多，两个专职讲解的小姑娘已应接不暇。我对祝华说：“我们也帮助讲解一些吧！”刚才我那富有感情的汇报兼讲解，已使许多观众也在等我讲解。夫妇俩忙了好大一阵，都已唇干舌燥，便来到“白宫”门口休息一下，祝华去找水喝。我发现旁边一块广告牌，上面有关于这个主题展览的举办说明，便走过去看看，谁知一看，立即惊呆了。

通篇说明，只讲他们集团如何制作这个展览，只字不提中美友谊民间纪念馆的合作，连资料来源也不提一字。我想，这分明是把我们纪念馆排斥在外。他们为什么要这样？大老总一直拖着不肯签订合作协议，难道就是有意这样！

我很想马上去找大老总，可这时他肯定在款待特邀贵宾，找了也无用。正在窝囊时，祝华买了两瓶矿泉水来，给了我一瓶，我喝着水，却想着这件气事，叫祝华也去看看那块广告牌。她看了后说：“看来他们早有打算，过几天我们去找他们问问。”

夫妇俩下午回到家里，我一直闷闷不乐，总觉得这次办展，在合作事情上确实上了一个当，虽不能马上下结论，但事情已很明显。由此，我又想到下一步怎么办？

本来，我打算展览开幕后，要天天去展厅听取观众意见。这展览完全是宣传源远流长的中美友谊历史的，自己还是第一次尝试，正需总结经验，稳步发展。

现在连合作的名分都没有，再去多与观众接触，人家就会生疑，以为盗名窃誉。可是，自己能不去听取观众意见吗？

晚上睡在榻榻米上，我辗转反侧，长吁短叹。

武林门是闹市区，即使到了半夜，大街小巷的各种车辆声，仍然沸腾不已，而五楼更为清晰，故我越发难以入眠。

祝华睡在旁边，也在唉声叹气，她也想不到事情竟会这样。

这半个多月里，我是没日没夜地在帮他们办展。展览的内容虽已批准，可我自己还在反复推敲。尤其在制作时，我必须随时督导。我知道，举办这类展览，首先要有气势，让人一进展厅就感到气势雄伟，值得一看，这就需要把有些重要照片放大，并放在最醒目的地方。而这，一般制作人员是不太讲究的。其次，展览需要耐看。除了内容扎实以外，许多版面需要精雕细刻，适当美化，照片都要做适当修正。而这些都需要编辑与设计、制作一起研究解决。为此我经常回到家里已半夜了。

所有这些，祝华都看在眼里，留在心中。这时她转过身来，对我柔声地说："明天，我去找美国城的分管老总，他比较好说话。上次我与你一起去看布展时，他特地对我说：'想不想来美国城工作？想来的话，就让你管理这个主题展览。'他指的就是让我去管理"中美友好二百年"展览。"

我立刻问她："他问过你这些话？"

"他问过。还说：'我们很需要像你这样的人来管这个展览。'也许我的气质比较适合管理这类展览。"

"你想去？"

"我想去。"

"你在教书呢，还没退休！"

"我想提前退休。"

"开玩笑，提前退休，工资要打折扣，而且你不久就可评特级教师，那是副教授待遇，这都要考虑。"

"这些我都不在乎。"

"那你在乎什么？"

"在乎你，在乎你的工作。"祝华语气十分坚定。她接着说："我一去，成天在那里工作，就能听到观众的各种意见，这就解决了你的后顾之忧。"

我一把搂住她，激动地说："你太好了！……"

半个月后，我站在多功能厅里，愣愣地看着正在擦拭展板的祝华。她一忽儿站起，一忽儿蹲下，用抹布努力擦着，累得直喘粗气，可还是不停地擦着。

这是灯箱展览，全靠灯光把装有玻璃的展板照亮，因此展板上不能有一点灰尘。祝华自从到这里工作后，也把展板的清洁工作抓起来了。她叫两位小姑娘讲解员尽量保持展板的光洁度，而她自己处处以身作则，身体力行。

我看在眼里，疼在心里。心想，她虽然为了我，可这是个悲剧，一个委屈从事的悲剧！

初冬的清晨，凉意渐浓，榻榻米上睡觉，又进入一个“冬暖”季节。

这天是祝华休息日，我为了让她多睡一会，一早起身了。我自个儿悄悄来到小阳台上。

然而我一动，祝华还是被惊醒了。这些天她由于要赶去宋城上班，一大早就起床，要比以前去学校上班提前一个小时出门，才能赶到远在南郊的宋城。管理展厅必须站着，这一站就是八个小时。下班后又要花一个多小时才能赶到家，而且来回乘车都是站着的。因为从湖滨到宋城一带已成旅游热线，每辆公交车上都挤满了人。上下班高峰期间，更是人挤人。为此腿都发肿了，她还是坚持着。

难得的假日之晨，她很想再睡一会儿，也让肿胀的小腿多休息一会。可是我的抽身离去，让她总有点旁边空荡荡的感觉。随着蜜月的不断延长，两人的甜情蜜意也越来越浓，因此最好是相拥进被窝，相抱出被窝。现在，我一个人去了小阳台，是去看书，还是写作？

这种小夫妻的琐碎关怀，也让老年夫妇，特别是再婚老年夫妇平添乐趣。祝华不由得仰起身来，看看窗外阳台的书桌上，我到底在干什么。

然而书桌上没有我的人影。再听听声音，整个小阳台寂静无声。祝华想，奇怪了，明明觉着我起床后是去阳台的，怎么会既没人影又没声音的呢？

她赶紧起身拉好睡衣睡裤。但是又一想，我也许在做一件新鲜事。我曾说过，那是我自己发明的。今天，她可要看个究竟。

餐厅里女儿还睡着，没有起床。

祝华悄悄走近阳台门边，探头往阳台上搜寻。哇！我正在做“吸壁站”呢！

就在门边的阳台上，我身着简单的衣裤，身体笔直地贴墙壁站着。我为了使脚跟、臀部与后脑三点成一线都要贴着墙壁，必须挺胸缩肚，昂首闭嘴，连气也不能大透，两手也保持立正姿势，手掌紧紧贴在大腿上。因此，一点声音都没有了。

祝华看得发愣，惊叹我竟有那么大的决心。她仅仅是向我提了一点小意见：你的背稍微有点驼。我马上想出这样一个绝招，通过做苦功来挺直自己的腰板。可我已经66岁，马上就要67岁，离古稀也只差3年了！

她悄悄地退回到自己的被窝里。感谢这张榻榻米，给我们不断带来幸福。

——那是祝华刚刚管理“中美友好二百年”展览不久，一位戴眼镜的老先生模样的观众参观完展览后，特地找到她说：“我想找你们领导谈谈。”

祝华热情地说：“你想找什么领导？”

“就是办这个展览的领导。”

“这个也可以和我谈，我们也是合办这个展览的。”

“你们是什么单位？”

“杭州中美友谊民间纪念馆。”

“有这个单位吗？我活70多岁了，又一直住在杭州，从没听说过有这样一个单位。”

“是刚办的，而且还在筹备阶段，不过这筹备也是经过省文物局批准的。”

“那好，这样的单位太需要了。现在改革开放如火如荼，就靠中美友谊拉起来的。”

“老先生这话有点过分吧？”

“一点不过分。你知道杭州刘庄有个八角亭吧？”

“当然知道。我和我爱人还特地去参观过。”

“对了，你们办中美友谊民间纪念馆，那是新中国成立后中美友谊的一个发祥地，你们是要去看看，而且要大力宣传。友谊馆同志，告诉你，要是没有当年的尼克松访华，没有周总理与基辛格在杭州敲定的中美上海联合公报，也就是没有那一次把中美关系的坚冰打破，哪里会有今天的改革开放？”老先生似乎很激动，额头沁出了汗珠，他从裤袋里摸出手帕，很仔细地擦擦额头，又擦擦眼镜。他继续说：“美国是世界大国，中国也是世界大国。这两个大国，为什么不友好相处？只有友好相处，才能相互促进，才能对世界也有好处！当年毛主席、周总理就看到了这一点，我们今天要发扬这种以世界利益为重的友好精神。你有名片吗？”祝华摇摇头。他就接着说：“那好，等你们把纪念馆正式办起来后，我一定去看。”说完就点点头告辞了。

现在看来，这位老者确有先见之明。2006年11月7日《参考消息》上的一篇文章说明了这个问题。加拿大历史学家玛格丽特·麦克米伦在一本有关1972年尼克松访华的新书《尼克松在中国》中指出：“从冷战的角度来看，这是一次地震，意味着东方集团不再坚决反对西方了。但在热情的接待、盛大的宴会和媒体的大肆报道中，隐藏着共同做出的促进学术接触和贸易的承诺。”她还说，“基辛格和尼克松都对这些话题不感兴趣”，但是“事实上学术交流很快帮助中国积累了必要的知识和技能。而进一步开放美国市场的承诺是至关重要的”。我觉得这种分析有一定道理。像中美两国这样的“破冰”交往，其影响必然是十分深刻的。

祝华回家，把这事告诉了我。我异常激动，觉得祝华去宋城管展的目的达到了——听到了观众对中美友谊的最真实的心声，便说：“你可以回来了。”

“回来干什么?”

“办我们自己的流动纪念馆啊!”

“这个?”她一时丈二和尚摸不着头脑。

“我们可以把桑兰展览办起来，拿去巡回展出，送展上门，更受人欢迎。”

“这很好，可我们也要解决馆址问题，同时不断地举办中美友谊专题展览，这是纪念馆的腰板。腰板不硬，就挺不直。”她说到这里，就微笑着说，“我看你自己的背脊也稍微有点驼了。你要注意休息，不要太劳累，那样容易驼背。”不想这话给我听进心里了，而且发明了“吸壁站”的“平背功”。她不由得十分感叹：恭敬不如从命，证明我是深爱她的。

我大约坚持了半个多小时，似乎听到肩胛骨咯咯地响。我想，这就是腰背在拉直的响声，其实是肌肉在拉动，分外高兴。又感到额头似有汗珠沁出，那是确实用了功夫。我虽然从小没跟父辈学过武术，但挺胸缩肚的基本功是看到过的。今天，让我恢复童年吧!

做完“平背功”，我又一溜烟跑回卧室，钻进被窝，见祝华已醒，便说：“我的稍微驼背也许会慢慢消除，请你等着吧!”

祝华语意双关地说：“我在等你一点一点地消除。”意即一个一个地举办友谊展。后来，挺胸和办展成了我的习惯生活，因此，腰骨一直坚挺着。今年(2017年)我已84岁了，人家还说我腰骨笔挺。

她确实很高兴，以前刚参加教育工作时，感到学校教学是那样的引人入胜，人家说儿童是祖国的花朵，自己成了祖国的园丁。现在成了中美友谊馆的人，人家说友谊是两国的桥梁，自己成了架桥人。以前顾老先生给我题写书名“彩虹飞架太平洋”，还以为那仅仅是一种美妙诗意的抒发，殊不知成了一种现实情景的描绘。中美友谊不正像彩虹一样美丽吗?飞架太平洋，这些年的中美友谊不正在飞速发展吗？看来自己也应再到大洋彼岸去看看。我静静地偎依在她的旁边，似乎在恢复刚才因“吸壁站”而疲劳的体力，她便和我说起了悄悄话：“亲爱的，你知道吗？最近我觉得，展览已成我生活的一部分了！”

“有这样的事？”

“不只是生活，连情感都给俘虏了！”她接着说，“我最近在展厅里，发现许多展览图片，确实在与我说话。我第一次与你一起看布展时就有这种感觉，但我那时以为这是一种错觉，没有跟你说。现在通过这段时间在展厅里与它们朝夕相处，这种感觉越来越强烈。好的展览，不仅百看不厌，还会和你说话。”

“这就是艺术的本质在起作用，正如钱学森所说，展览是一门人们喜闻乐见的艺术。”我俨然给她上起了展览美学课，“展览是把图片直立起来，正如画廊把绘画悬挂起来一样，让艺术产生了强烈的直观效果。又由于好的图片、绘画、书法，也就是好的展览，都能怡情悦性。这时，由于你主观上就有愿意怡悦的性情，把你的情感外射或感入展览，因此产生你所说的互动情况和共鸣，也就产生了移情作用。这种移情，还是人类产生博爱的基础。”

“那是怡情，不是移情！”祝华故意和我抬杠。

“当然不是移情别恋，而是移情普恋，让艺术也成了恋人。”我伸手抚摸一下她的脸蛋。

2000年初夏，杭城繁花似锦，桑兰展览经过紧锣密鼓的筹备，作为纪念馆的第二个展览，决定在浙江展览馆开幕。

这个展览馆，是我原来的工作单位。我在这里，从鄙夷展览，拒绝调来工作，到热爱展览，终于初创了展览学说，出了两本厚厚的专著，声名鹊起，成为当时全国展览界职称最高的人员，到最后退休为止，经历了许多悲愤的憾事和激昂的胜事。我在这里，曾经为招待作家而被一个租用单位的门卫无端打成耳朵鼓膜穿孔，一时造成失聪；又在这里的三楼大厅，举行自己创办的文学创作园的隆重开幕式，中国作家协会也派员莅临；又在这里，与一个混充内行的展览馆领导拍桌争执；更在这里，让自己用《满江红》词牌填写的大型展览“前言”，概括浙江解放四十年成就，获得省委领导审查时当场表扬。我觉得这些已“俱往矣，数风流人物，还看今朝”！我和新的爱妻，要在这里举办一个史无前例的、表彰中国体操运动员和美国人民感人事迹的大型图片展。这个展览因为意义重大，我们夫妇决定拿出所有积蓄，请人设计、制作成一个既可在大型场地展出，也可去学校走廊展出的两用展板，展板足足有80块。展览的名字，叫“桑兰之歌”！

浙江展览馆的领导，一见我退休以后还要发挥余热来本馆租用场地，举办这么一个重要展览，觉得我是喜民之喜，老有所为，更要支持，便把一个最好的展厅以最便宜的价格租给我。

这展厅在二楼南面，有500多平方米，东南两面全是4米多高的落地玻璃窗，光线充足，温度适宜。尤其当下正是季春时节，窗外树影婆娑，厅内展板生辉，两相呼应，互为映衬。我深知这一地理条件的优越，特地聘请展览馆的老设计师黄亚南来营造气氛。老同事果然出手不凡，不仅把展板设计得富有诗情画意，而且在每块展板和展墙上，剪贴一些体操运动员凌空飞舞的投影，使版面十分活跃，增加了动感，让人觉得运动员都在翩然起舞。

而我，竭力让爱情和事业一起共舞。我觉得没与第二任夫人举行婚礼，十分内疚，总感到欠她许多情。现在第二个展览要展出，可以补偿一次。就对祝华说："我们结婚将近两年了，至今还没举行过婚礼，连给单位里的喜糖也没分一颗。这次'桑兰之歌'展出，好好地办它一个开幕式，既为大力传扬中美友谊鼓动一场，也为我们晚晴再婚庆祝一番。"

"这点子很好。"祝华是个乐天派，凡是开心的事都会赞同。

我接着说："结婚仪式前，总要做些筹备，我希望这个仪式搞得既隆重又省钱，既活泼又热闹。而且，你既是这个仪式上的新娘，又是它的主持人！"

"好，统统包在我身上。"祝华似乎又来了疯劲。

我受她的疯劲鼓舞，便把省市有关领导都请了。去年桑兰在美国受伤时，这些领导很多都发表了十分关切和钦佩的谈话。桑兰家乡的宁波市领导，还特地去看望她在市区的家长。

为了让全社会都来学习桑兰精神，我们又向省市共青团、妇联、工会、老龄委及所有媒体都发了邀请书，请他们派员光临。祝华更是别出心裁，利用她以前在教育界的优势，把一个省重点小学的铜管乐队和鼓乐队都请来了。

更让人高兴的是，一位负责全省体育工作的副省长，答应在开幕式上讲讲话。这将让开幕式提高不少规格，媒体报道起来也更有分量。我们夫妇一大早就进厅布置会场，喜笑颜开，欢乐的心情仿佛真像办喜事一样。祝华恨不得在宽敞又光滑的展厅里，先与我跳一阵探戈，可惜我什么舞都不会跳。

开幕是在9时半，有关部门的领导大都准时赶到，特别是桑兰家乡的领导，头天晚上就赶来杭州，以便准时出席这个非同小可的展览开幕式。可是，离开幕只有一刻钟了，忽然传达室的一位管理员赶来找我，说有紧急电话。

我连忙赶到传达室，一接电话，对方说："我是省府办公厅的，告诉你，副省长不能来你们那里了，他有要紧事情。”

我急忙叫道：“我们的开幕式马上要开幕了，请副省长来几分钟也好啊！”

“那我也没有办法。”对方无奈地说。

我怏怏地回到会场，对祝华说了突发情况。祝华一听，也脸色发青，不知所措。可是，开幕式马上要开始了，而主要首长的致辞成了空缺！

祝华说：“那只有请桑兰家乡的负责人来致辞了。”

我只得收起哀容，到这位领导面前，以非常抱歉又十分诚恳的态度说：“报告首长，省府刚才来电话，说副省长有急事，上午不能来出席开幕式了。我们想请你在会上说说话好吗？”

这位负责人正色道：“你们怎么准备工作没做好？”

我连连说是，接受批评。真是哑巴吃黄连！

总算这位领导开恩，在会上致了词，也让媒体的报道好做不少。我和祝华看到开幕式能办成这样也就满足了，连忙给大家送一本去年出版的《她用微笑征服世界——桑兰的故事》。这书让我获得国家新闻出版总署颁发的“全国优秀青年读物奖”。

5 月中旬，桑兰的家乡宁波，一听我们纪念馆要来展出桑兰的事迹，都很激动，加上桑兰已从美国回来，还可坐着轮椅来家乡剪彩，觉得是双喜临门。市体委不仅愿意资助这一活动，还特地安排在全市一个民营企业助建的体育馆内展出，以让桑兰看看家乡人对发展体育事业的雄伟气魄。这体育馆就由助建企业冠名，叫“雅戈尔”，既高雅，又新鲜，很有号召力，无论对于企业名声和体育赛事都有好处。

我和祝华提前两天就拉了 80 块展板，坐了火车赶到这个体育馆布展。宁波市体委领导来找我们，说最好请市外事部门领导也来参加开幕式，这样更显隆重。

我想，外事部门能参加是求之不得，因为举办这个展览，实在也是一种外事活动。如今桑兰享誉世界，她的事迹在她家乡展出，中央电视台也会向海外转播，那不更有影响了！况且桑兰家乡是中国沿海发达城市之一，这些年经济腾飞，民营企业能助建规模宏大的体育馆，要是电视镜头能扫过这座建筑，也可说明中国是在腾飞。

宁波市体委派了一位老同志，让他头天上午就陪我去邀请市外事部门领导，而布展全由祝华在张罗。

外事部门的房子，都是高楼大厦。8时整，我们两人来到他们的办公楼。说明来意后，一位办事员告诉说："中层以上干部都在对面会议室里开会，会议还没开始，你们有急事直接去与他们说好啦！"

我们两人走进会议室，果然，一张长方形的大会议桌旁，坐满了西装革履的人员，大都是年轻人，气宇轩昂，目光炯炯。我想，从事外事工作的人，的确不同凡响。我就格外恳切地说："我是杭州中美友谊民间纪念馆的负责人，他是贵市体委的老同志。明天有一个'桑兰之歌'展览在贵市雅戈尔体育馆开幕，恳请贵部门领导莅临指导，能多去几位更好，十分欢迎，因为这是传扬中美友谊的……"

那体委老同志也在旁一个劲地点头称是。

"不去不去，与美国有什么友谊，只有战争！"想不到我的话未讲完，几位外事干部就不约而同地嚷了起来。气氛顿时十分紧张，仿佛真要爆发战争似的。

我愣了。我在这种时候经常发愣，呆呆地看着大家，一时不知所措，只觉得耳朵里嗡嗡作响。他们还在抨击，甚至抨击这次的展览活动。

外事同志都是很有修养的，我很想解释一下。可会议桌旁的人都是怒目以对，大有指责之势。那位老同志连忙拉着我的袖子说："走，走！"把我拉到走廊上后，轻声对我说："我们还是照样展出！"

我想，展览是可照样展出，因为这不是他们这个部门所能左右的。但从这里反映出来的情况，委实让人心惊肉跳：现在还有人把中美关系看成战争?!

就在本月8日，以美国为首的北约军队，用三枚导弹袭击了中国驻南斯拉夫大使馆，造成中国三名记者身亡。这一下，全国上下群情激愤，齐声讨伐美国的罪恶行径。许多人摩拳擦掌，恨不得也放它几个飞弹，以达到血债要用血来还的目的。

晚上我和祝华睡在旅馆里，双铺房间正好一人一铺，我在自己床上辗转反侧，目不交睫。

"你眼睛张得像丝瓜花，还在想什么?"祝华隔空问我。

"我在想，怎么中美关系成了战争?"我至此还没想通。

"是战争。不过不是军事战争，应该是经济战争。"祝华随口说。

"应该是经济战争，这话怎么理解?"我一字一句地品味着。

"中国和美国，如果是军事战争，两败俱伤；如果是经济战争，就会双赢！"

"你越说越玄了，经济战争也可能引发军事战争，怎么可能双赢?"

“我说的经济战争是指在公平交易的基础上用商品打仗，谁消耗商品和多得商品都是赢家。例如交易商品，都带有战争的气味，但都是双赢的。不信你可试试，你买了许多东西，或者推销了许多东西，说你都输了，天下哪有这样而讲输的？”

“这么说你是主张加强经济交流来消除政治战争？”

“可不，我们办中美友谊民间纪念馆就是这个目的，让友谊转化为经济交流、文化交流乃至军事交流，这多好！你以前不是这样对我说的？你忘了？”

“呵呵，今晚是范老师在给潘学生上课呢！”法国启蒙思想家孟德斯鸠曾经说过：“商业自然会带来和平。”虽不尽然，但有了友谊，再加上智慧和良知，会使问题解决得更好。我兴致勃勃地蹬动被窝。

谁知祝华压低了声音说：“我还要告诉你，听说这次桑兰是提前回国的。其原因据说也是为了反对美国轰炸中国驻南斯拉夫大使馆。如果真是这样，我觉得大可不必。”

“我还写过一篇文章，叫《桑兰的和平意愿》，写她在去年元旦前，为纽约时代广场主持大苹果的降灯仪式时，曾经许下一个伟大的心愿：希望世界和平。但愿她不要为一时的冲动，而失去在体操上的优美舞姿！”

“对，希望她永远保持体操运动员的进取精神！”

因布展很累，不一会我们就呼呼入睡了。

“中美友好二百年”灯箱展览在宋城“白宫”一楼展出。祝华提前退休来管展厅

为了给侨胞树碑立传，我到浙江大学办展和开讲座

# 第　九　章

# 内外交困

初夏的清晨，我在祝华的小阳台上做完“吸壁站”的“平背功”，轻轻走过祝华的卧室，走过女儿的卧室（小客厅），再轻轻地开了门；跨出门后，又轻轻地把门关上，落锁。因为她俩都还睡着，我尽量让她们多睡一会。然后放开脚步，轻快地走下楼来。那五层的楼梯，仿佛是活动腿骨的健身梯，我走得既快捷又轻盈，健步如飞。

我来到离家不远处的一条河边，那儿有一个新造的运动场，是一所中学因校园太挤购地筑造的，那跑道全用彩色塑胶铺垫，雨天不会积水，晴天更是松软。我看中这点，只要晚上睡在祝华的爱巢里，第二天，清晨练背后便飞来这里练翅健身，让爱巢的温暖和跑道的松软相互延续，使整天的生活在轻松愉快中开始。

偶尔，也有个别中年人，同来这里晨跑，我就和他们打打招呼。这也是从美国学来的。上次去美国，住在儿子家，早晨也去小区跑步。我觉得这里很奇怪，凡是在清晨遇见的路人，不论男女老少，只要他的眼光与你的眼光相遇，对方就向你打招呼，不是“勾特冒林”，就是“桑克，友”。我开始不懂为什么要这样。儿子告诉我说，这是美国人的礼貌，也是习惯。早晨与你见面，不论是否熟悉，他们都要和你打招呼，做“早晨好”或者“你好”的问候。我觉得这很有亲和感，比我们文明古国的中国还讲究，应该学习。因此我回到中国后，特别在晨练中，碰到一起晨跑的，自然要效法这一礼仪了。

我跑了数圈，觉得肺清肠热，血液畅通，筋骨活络，便去买菜。还没到菜场，路边有个报摊，随手买了一份小报。一看，头版头条竟是这样一个大标题：

司徒雷登故居昨遭野蛮拆毁

上面还有个两句并排的肩题：我们要创文化名城，他们正在糟蹋文物。

我愣了，怎么会有这样的事？紧接着，我自己觉得心在收缩，气在发喘，我必须赶去现场察看。

我和祝华是昨天傍晚才从桑兰的家乡赶回杭州的。在那里展出10天，被美国轰炸中国驻南斯拉夫大使馆的事弄得心神不宁。尤其是外事部门的人说中美没有友谊只有战争，那战争的阴云仿佛一直笼罩在我心头，尽管祝华劝我不要过虑，还是挥之不去。为此，回到家里，只想休息几天，谁知又碰到了这样的突发事件。好事多磨，现在变成磨难。

司徒雷登故居在耶稣堂弄，我直奔故址。果然，原来的楼房已经只剩断墙残壁，满地都是破砖碎瓦。许多拆下的梁柱檩子，全都乱七八糟地堆放着，而且很多已断裂或砸坏，不能再用了。这些已在这里为人们效劳了近百年的古老建材，一齐在风中瑟瑟发抖，以无声的语言，诉说着这场不测的浩劫。

那是前天下午，先是在故居的墙上贴出一张告示，说“经上级有关单位批准，要彻底进行大修”。不想到了晚上，这里的居民都已酣然入睡，突然听到大院里有砸东西的声响。开始以为人家在干私活。这几年到处在大兴土木，小区里也不例外，有条件的人家在自己小院子里搭个小屋、架个阳台不足为奇，因此许多人对今晚的砸声都不在意。城里人尤其不爱管人家闲事，“各人自扫门前雪，莫管他家瓦上霜”，这是中国人千百年来的陋习。现在都顾自己发财，这种自好观念更加理直气壮了。人们听到夜半吵闹，也就翻个身，还是睡自己的觉吧！可是，不多久，突然“轰”的一声，似乎房屋倒塌了，这才有许多人起床推窗看看。一看，原来司徒雷登故居整幢楼房屋顶都塌在地上了。而地上有不少身强力壮的人在利索地装拉梁柱，汽车也在旁边发动，人们立刻从四面八方来到现场。开始，人们对这种野蛮拆毁很有看法，但看看那纸公告，就误以为他们是合法的。可是，只见这些拆房的人竟把一些较为完整的梁柱装上汽车拉走了，人们愤愤不平，议论纷纷，认为这不是大修，而是粗暴拆毁。有人打着手电筒从废墟中找出一块铁皮小招牌，那上面明明写着“司徒雷登故居　市级文物保护单位”。

杭州是个文化城市，出于对文物的珍惜，有人就向市府写信，对这种糟蹋文物的做法表示抗议。

次日，一位实习记者闻讯赶来，察访后写了一篇惊心动魄的报道，今天早晨就见报了。

我拿着报纸，如丧考妣，失魂落魄地在废墟上走着。只见还有不少市民也急急来到这里，凄婉地察看前晚发生的一切。

大家都在问为什么，诅咒这种非法行径不人道，尤其对司徒雷登产生极大的怜悯。都说司徒雷登虽然被“别了”，但他在杭州做过不少好事，新中国成立前还由市政府授予他“荣誉市民”。虽然这是国民政府授予的，但现在改革开放，许多国民党统治时对人民有好处的人和事也在恢复名誉呢！何况司徒雷登还是美国友好人士。不管怎么说，他在中国确实做过不少好事。

我在废墟上怅然若失，不知所措。看着那些哀怜的断砖碎瓦，叹息咨嗟，痛苦悲酸，可又无奈。最后，我只得捡了两块断砖，用手中的报纸包了，一步一步走回家来。

祝华家离司徒雷登故居不过一站多路，可我痴痴呆呆，足足走了将近半个小时。回到家里，祝华和女儿不仅早已起床，而且早饭也已烧好，就等我回来一起进餐。母女俩一见推门进来的我神色木然，不知出了什么事，连忙来扶我。可我递给她们母女俩的，是两块断砖，那报纸倏地掉在地上。

女儿连忙捡起报纸，一看头版头条的大标题和旁边两张惨不忍睹的现场照片，也吃了一惊。再看我一直盯着那个大标题和照片，知道其中奥秘，便和妈妈说：“爸爸现在精神恍惚，还是让他先去休息一下吧！”

祝华也看到了我的忧伤神情，又见那个报纸版面是那么惊人，知道这两块断砖与它有关，就把砖头在桌上轻轻放好，连忙扶我到里面榻榻米上躺下。

我在床上长吁短叹。过了一会，女儿端了一碗泡饭和一碟小菜来到我面前，说：“爸爸，你饿了，还是先吃一点吧！”

我摇摇头，又说：“我等会吃。”女儿便把饭菜端回厨房，仍在锅里热着。

祝华一边吃饭，一边看那条报道。看完，饭也吃好，便来到里间，对还躺着的我说：“这事看来比较严重，要好好了解一下，现在竟会出现这样的事！”

原来，这是一个市里机关因为拥有故居房产所有权，想给本单位职工造宿舍，便来个先斩后奏，通过强拆造成既成事实。殊不知弄巧成拙，引起了民愤。

给我当头一棒的，比这早，还有一件事。我刚从美国回来时，得知我们在灵隐的房子也要被强拆。

我去年回国的第二天早晨，祝华告诉我说：“你回来得正好。现在市里要保护灵隐，将灵隐景区的所有居民全部搬出。我们那房子，也属拆迁之列，‘拆迁办’已来找过多次，说我们再不自己搬迁的话，马上要强拆了！”

“什么叫强拆?”我惊愕地问。

“就是用推土机把你的房子推掉呀!”祝华很自然地说。

“你怎么不早说?”

“你反正这几天要回来了，我想等你回来再说。”

“我昨天晚上到家，你也没有说。”

“我想你刚从美国回来，一定很累，先让你休息一晚上。”

我对这当时有点安慰，幸亏昨晚没有烦心事打扰，不然和祝华的做爱不会有那样的奇迹。但一想到灵隐房子要被强拆，立刻想到要办纪念馆的房子没有了，便说：“那怎么办?”

“政府要拆，只得让他们拆。据说根据我们房子的面积，有 20 多万元可以补贴，那就只得另外买房子了。”

“可要买一套能做纪念馆和创作园的房子，怎么买得起?这辈子不要想了。”我无奈地说，“现在若能买到可以办馆的房子，那还马马虎虎。”

“这也不可能。而且办馆必须是单门独户，同时是街面房子，那都多贵呀!简直是天价!”祝华也叹息着。

“这个天价我们是无论如何买不了的。可我们的纪念馆怎么办?我这次从美国搜集来许多资料，准备先办一个中美友谊历史展，再办一个桑兰事迹展，这都需要馆址啊，而且是有一定面积的馆址啊!”我的肝火又上来了。

“你不管怎么样，先把办展的准备工作一个一个做起来。船到桥头自会直，到时候总会有办法的。”

机遇是为有准备的人而留的。果然，第一艘展览的“船”到了宋城就直了!第二艘展览的“船”到了浙江展览馆也直了!虽然那都不是自己的馆址，可都能展出。当然，这也更加深了我们想有自己馆址的狂劲，我决定向省文物局再打报告。以前批准的是筹备，现在要正式建馆，必须要有正式馆址。

为了馆址，我已焦思苦虑了许多时候。自从灵隐的私房被征用，我似乎自己想做公益事业的理想也被征用了。尤其是纪念馆的馆址，成了我最大的忧虑。我想，自己是无论如何买不起展馆的，唯有依靠政府提供免费用房，否则这纪念馆只能像无根之木，树不起来。又从建馆的意义考虑，能借用司徒雷登故居做馆址是最理想的，史迹和新义，可以相映生辉。为此，到了 2000 年春，凭借春气萌动，我就向市府领导写了一信，询问市领导是否可把在做一般宿舍使用的司徒雷登故居借给我馆暂做馆址。那时我们馆已有两个集中传扬中美友谊的展览在展出，就是没有馆址，仿佛随水浮萍。

这时，看到司徒雷登故居的不幸被拆，衰伤之余，也估计这故居会由政府修复。因为司徒雷登毕竟对中国有过贡献，伟大诗人闻一多也在《最后一次演讲》中盛赞司徒雷登，说他“是中国人民的朋友，也是教育家……他是真正知道中国人民的要求的”。而且中美友谊也会被日益看重，因此我决定再向省文物局打报告，并在报告中也提及希望借用司徒雷登故居。

想不到省文物局领导看了报告后，也觉得，如果司徒雷登故居修复后，能给我们纪念馆做馆址是好事。还说：“到时候我们可以跟市里沟通一下。”我们喜不自胜。

后来，这事被市人大的几位代表知道了，他们觉得这是大好事，有 10 位代表联名向市府提了议案，市府就把议案转到市园文局。园文局研究后很快做了答复，这复函我们纪念馆也收到一份复印件。今录如下：

**对市九届人大六次会议第4类147号**
**议案的复函**

张清森等 10 位代表：

你们提出的“关于要求建造杭州中美友谊民间纪念馆的议案”收悉。经研究，现将有关情况和我局意见函复如下：

早在 1998 年，省文物局就批复同意筹建杭州中美友谊民间纪念馆，我局对该馆的情况也有所了解。总的来说，该纪念馆的建立，对促进中美民间友谊的交流和发展，进一步推动中美友好关系的发展等方面确实可起到一定作用，但馆址选择一直是个问题。

今年 2 月，我局曾收到市信访局转来杭州中美友谊民间纪念馆潘杰来信及仇保兴市长、项勤副市长批示，从潘杰先生的来信中可以看出，他建议将纪念馆放在司徒雷登故居，考虑到杭州目前还没有其他闲置的适合建中美友谊民间纪念馆的旧居，且司徒雷登故居与中美友谊民间纪念馆的性质也较吻合，故我局认为，利用司徒雷登故居作为该纪念馆馆址是较合适的。目前司徒雷登故居的修复方案已确定，修复工作即将开始。但是鉴于司徒雷登故居产权属杭州市基督教“三自”爱国会，该单位修复司徒雷登故居后拟解决若干住户的住房困难，故我局已建议政府协调宗教等部门，妥善解决其住房和产权置换等问题。

欢迎常对我们的工作提出宝贵意见和建议。

杭州市园林文物局

2001年3月30日

这也是范祝华的功劳。她是市“民进”组织成员，我们办馆的企望很快被她的组织知道了，也就很快在市人大代表中传出，因此出现了这样的议案，我们把这称为奇迹。只是不知这奇迹是否有奇效。到了年底，我们在美国的媳妇生的儿子已经六个月了。在这之前，是她妈妈爸爸在照顾的，现在轮到我们了。飞越大洋，我俩到了美国儿子家。

一天晚上，我们的小孙子“吵夜”，半夜里哭个不休。外面下着鹅毛大雪，美国东部的12月，是严寒季节。

小孙子就躺在我们床边的摇篮里大哭，我和祝华束手无策。因为美国有规定，不能打骂孩子，我们又没有其他办法，只得让他哭。

可是，这时一辆警车冒雪开来，停在我们屋前的社区公路上，那儿也积着厚雪，车上下来两个穿呢大衣的警察。他们在雪地上站住，看着楼上，倾听这小孩的哭声。

北风呼啸，雪花飞舞，两个警察在风雪中默不作声，只是静听小孩的啼哭。过了好一会，小孩不哭了，两位警官互相点了一下头，开车走了。

媳妇来到我和祝华的房间，轻声对我们说：“刚才来了警察，如果小孩一直在哭，他们就会把小孩抱走。”

“为什么？”我惊恐地说。

“孩子老是哭，人家以为我们在虐待他，邻居就会报警，警察就会来监视。如果属实，他们就把孩子抱走。”

“抱到哪里去？”我们夫妇都很紧张，仿佛孩子真被抱走了似的。

“抱去警察局喂养啊！然后判你罚款，甚至剥夺你的抚养权。”

“我上次来怎么没听说？”我转身侧睡，对媳妇说。

“上次你来，女儿已大，晚上也不吵。可这个儿子就是吵夜，这次让你们操心费力，晚上也睡不好。”

“没关系，晚上睡不好，白天打瞌睡，反正现在成天在家里带他，挺轻松的。”祝华说。

我还陷在刚才的惊恐中，嘟囔着说："美国这社会，在这方面管得那么厉害！"

媳妇见孩子已睡熟，就在我们床边坐下说："美国这个社会，是孩子的天堂。孩子从生出到成人，能享受许多优厚待遇。"

"那么成人呢？"祝华好奇地问。

"是成人的战场。成人整天要为谋生、事业打拼。即使是百万富翁，也要不断打拼。"

"那么老年呢？"我也来了兴趣。伸出一只手，枕着听趣闻。

媳妇却一时迟疑，觉得下面的话不便说，但想了想，还是说："老年的坟场。"不过语气很委婉。

"怎么会是坟场？哈！"我听了并不介意，反而更感兴趣。我想，美国人的晚年生活，不是过得挺好吗？即使是没有工作的，也有优厚的社会救济金，每年还能去国外旅行呢！便说："这个坟场是个福场。"

媳妇解释说："那是指老年人享受着丰厚的社会福利，许多老人整天无所事事，就在等死。"

"那是休闲到老。这比中国要好，中国的老人，退休后还要帮助子女成家立业，休闲不了。"我说。

祝华连忙说："过几年，中国经济发达了，老人也就休闲了。"

"难道也就进坟场？"我联系自己，觉得从没考虑过休闲的事，这坟场在哪里呀？尽管我已立好了墓碑，金蕾芳等待我去同穴。

祝华说："这是人生规律，谁也逃不了。你还是安心睡觉吧。"

媳妇帮我们熄了顶灯，地角灯仍开着，然后说："阿姨，以后孩子哭长了，你还是把他抱过来，让我们带。"

"你们白天上班很累，晚上还是让我来带。我真的很喜欢这孩子。"祝华坦然地说。

自从来美后，她心情格外愉快。一是室内成天有暖气。尽管室外温度很低，经常刮风下雪，但是室内楼上楼下都有暖气，而且是中央空调，一天 24 小时不断。祝华夏天怕热，冬天怕冷，这里始终是恒温。二是小孙子特别可爱。他虽然才六个月，刚满半岁，可成天挂着笑脸。一遇逗笑，更是笑不可抑，前俯后仰，几乎要笑出眼泪。祝华专门逗他玩，小孙子成了她的开心果。

只是我很怕影响她的身体，尤其她的心脏，前几年就生过冠心病，要是到美国来旧病复发，那看病是个大问题，就叫她尽量注意休息。谁知祝华说："我一到美国，环境那么干净，空气那么清爽，特别空旷和宁静，使我心情更加开朗，现在连胸闷也很少了。”的确，每次一开门，只见满眼亮丽，空气格外清新，禁不住要“哇”地叫一声，连心扉都打开了！

每天早晨，我总是第一个起床，按照杭州人的习惯，把一家人的泡饭烧好，自己吃完后，就出门健身了。

这是儿子新买的小别墅，二楼一底，全是地毯，屋外同样有自己的草地、花坛，看起来很雅致，住起来也很舒适，连五岁的小孙女都单独一间。我们特别喜欢周围环境，它与美国许多市郊一样，都是花园别墅，在社区的柏油车路两旁依次分立，各具特色。眼下，绿树和芳草被白雪覆盖，但车路旁的两条人行小道，却玉带似的随路延伸，而且都是用高级混凝土制成的厚板铺就，既平整又雅观。每户人家门前这段小道，也由每户人家及时扫雪，因此即使下雪天也可让人跑步。我在儿子家门口的台阶上做了几个热身动作后，就开始沐着阳光，吸着富氧，沿“玉带”小跑一大圈。

待到大圈跑完，我便站在高坡上环视四周，纵眼远眺，既眺望寥廓天空，也遥望祖国大地。中国和美国，虽然隔着一个浩渺大洋，其实，从天空俯视，也就一衣带水，两个近邻。真像一个半世纪前美国第十七任总统安德鲁·约翰逊在接见中国第一个访问团时说的：“中美两国，实比邻也！”他还说：“中国农人有稼穑善法，美国人可学；而美国有耕种省力机器，中国也可仿。是则两国择其善者而从之，岂不日见其盛哉。”这两个世界大国，若能友好相处，天长地久，岂不给人类造就无量福祉！

我现在所处之地，叫凤凰谷。凤凰本是东方神鸟，中国人把它尊崇为与龙并举的图腾，美国人也用它命名了！据说还不止一处用此美名，岂不中美文化也在深层交流，甚至交融?!《诗经·大雅》中有一诗：“凤凰于飞，翙翙其羽，亦傅（至）于天。”说明凤凰之志在天，那么，中美两国共用此名，也有某种程度的志同道合。

我愉快地注视着蓝天，很想看到一只凤凰出现在碧空。果然，一架银白色的喷气式飞机，从东方翙翙飞来，穿过一碧万里的高空，后面刹那间展出一道洁白的云气，那是凤凰留下的翠尾，让我遐想无穷！

然而就在这期间，2001 年 4 月 1 日，在祖国南海上空，一架美国间谍飞机出现在我国领空，中国两架军机立刻上前阻拦。可是，这架美机故意擦撞过来，我们的一架军机不幸被撞失落，飞行员王伟坠海殉职。而美机也迫降海南岛上，我国政府立即把机上的24名美军人员留置旅馆。

这是美机故意侵犯我国领空，全国上下严词谴责，向美国政府提出抗议，要求赔偿。

美国人一看24名机上人员被中国政府留置，以为那是故意扣留人质。人质往往是美国人最敏感的问题，他们认为人身自由神圣不可侵犯，就有人也提抗议。

这些情况，我在随后的中文报纸上都看到了。我对美国这种行为也很气愤，但考虑到这类事政府肯定会很快处理，而自己正在加速创办中美友谊民间纪念馆，就决定继续收集中美友谊资料。

过了两天，我去纽约。以往，凡是出远门，都是儿子开车送的。这次，知道儿子很忙，自己心里又急，就独自坐长途汽车来到纽约唐人街。可一下车，看到街上许多华人神色紧张，忧心忡忡。特别是店铺，昔日都是招徕顾客，店门敞开。而现在，有的在匆匆打包，有的竟在玻璃门和柜窗上装厚木板。我走去问一位老板模样的华侨："先生，你们为什么要把好端端的玻璃店门用木板盖起来？"

"你没看电视？电视上有人在煽动排华！"老板忧戚地说。

美国的电视，都是英文的，我说："我从中国来，不会看英文电视。"

"你搞什么工作的？"

"我办中美友谊民间纪念馆的。这个纪念馆是民办的，也就是我和我太太办的。"我没有名片，只得自我介绍。

"纪念馆办在哪里？"

"办在我们杭州。"

"那好。我是苏州人，都是天堂来的人，请进店里坐，我跟你说说。"想不到老板那么热情，让我切实看到祖国亲人的亲情。我就进了他的店堂。那是一家专卖中国大陆和台湾名优特产的商店。老板让我在账房间先坐下，并叫一位伙计泡了一杯茶，自己再去把那木板装完。

不一会老板进来，气呼呼地说："就在前天，一个美国电视台主持人，在电视上公开说，"他模仿那主持人的腔调和手势，"你们中国大陆来的华侨，说起来已经宣了誓，成了美国公民。可是美中关系一有问题，你们的屁股就坐到北京去了。什么抗议、游行立即掀起，立即攻击美国政府。如果老是这样，你们还是回中国去吧！"随后，他把主持人的挥手变成自己的挥拳手势，继续说，"你看他混账不混账？简直是大混账！据说有个联邦议员也这样说。他们这些话，明明是排华言论。一排华，可不得了啊！”

美国历史上，曾经有过严重的排华事件。早在中国清朝，美国的种族主义者就一度煽动不明真相的群众焚烧华侨的商店，抢掠华侨的财物，甚至屠杀无辜华侨。而美国国会也曾于1882年5月6日通过一个排华法案，使排华具有一定合法性。虽然这个法案，61年后在“二战”中，由于中国积极参加抗击法西斯侵略战争，被美国政府于1943年11月6日废除，但余毒还有。那些有种族主义残余思想的人，很多时候还要散布排华言论。这些情况，我以前在撰写《彩虹飞架太平洋》一书时就有所了解，现在不由得问：“先生，像你刚才讲的，那个电视台主持人说了那种排华言论，后果会怎样？”

“后果会不堪设想哪！你想想，他在电视上公开一说，就会煽动有些人趁机起来反华排华。美国是自由社会，有时很难控制。他们一起来，就先打砸抢我们华侨的商店。所以我今天要趁早把店门装上木板，以防万一。”

“这能行吗？”

“这只能稍微防一防，因为来打砸抢的人也心虚，捞一把就走。我先堵一堵，就能不让他们马上得手！”

我很为这位老板的未雨绸缪而感叹，也为他们的岌岌可危而担忧。我觉得再搜集中美友谊资料已不合时宜，闹不好还要被侨胞批评。于是站起身，谢谢老板介绍新形势，也嘱他千万注意安全，然后怏怏告辞，一种说不出的痛苦又袭上心头。

我在唐人街的大街上，看到像这位老板那样惶恐的人不少，情况确实严重。他们既要在这里谋生，又在这里受威胁，一种华侨命运的坎坷现状陡然显现，使我顿生悲情。路过孔子的铜像前，感到孔子也无能为力。华人把儒家文化的鼻祖请到美国来，光是文化就能改变这种状况吗？越想越哀怜。

在回儿子家的路上，我一直在想，这排华思想如此根深蒂固，肯定会在各方面表现出来。回到家里，在沙发上坐下，儿子下班回来，我把祝华也叫过来，然后问儿子：“你们单位有排华现象吗？”

儿子想了想说：“明显的现象是没有，大多相处得很好。不过中国人在美国公司里，透明的天花板还是有的。中国人哪怕再优秀，做到一定程度的职务，比如部门经理，再要往上升，就比较困难了。大多数到了中层，就被透明的天花板挡住了。”

“这是为什么？”我追问着。

儿子解释说：“这有多种原因。其一是你的视野不大。中国人总喜欢和中国人扎堆，久而久之，这样生活圈子就小，眼界就不大。而美国人喜欢耳听四方，眼观六路，八面玲珑，那才有很强的创造力，他们希望你也这样。其二是语言不过硬。由于中国人的英语口语水平差，讲起话来总有这样那样的中国口音，人家一听就知道你不地道，对你的看法就打了折扣。”我想，这有一定道理，正如我们看一个乡下来的打工仔，他怎么学也总会有地方口音，我们对他的才能、品性也会有看法。以貌取人和以音取人，都是通病。

祝华听了儿子的一番话后，很震惊：“这么说，还是有一种变相的种族歧视！”

儿子说：“这是难免的。种族主义和民族主义一样，都有广泛的影响。”儿子说完去忙他的事了。但是我的心却给揪紧了。我想，那么严重的问题，华人在美国怎么生活？我看看儿子媳妇，他们都很勤奋地工作着，头上却有一块透明的天花板挡着。看看祝华，头上没有透明的天花板，她却自己不要当官，不要做领导。从这点来说，还是中国自由！

但是，我立刻想到纽约那些惶恐不安的侨胞面孔，不论是从大陆来的，还是从台湾来的，凡是华人，此时都受到威胁，心就揪得更紧了。

第二天早上，春光明媚，祝华抱了小孙子，来到草地上玩。草地刚好新草齐长，分外青翠，很像一块绿绒织的新毯铺展，小孙子一下草地便乱爬。她也席地而坐，逗着他玩。我忧心忡忡地走去，在她旁边坐下。

祝华抱怨说：“你能不能高兴一点？看这风光多好，来美国还愁这愁那。”

“唉！”我叹了口气说，“现在美国政府迟迟不做解释，也不肯赔礼道歉，看来中美形势还会持续紧张，要是再这样下去，我们怎么办？”

“什么怎么办？”她知道我动辄要犯愁。

“我们的纪念馆怎么办？”我口说心头话。

“照样办。我们已不止经历一次了。”祝华坦然地说。

“中美之间，这几年年年有事，似乎关系越来越紧张。”

“这说明中美两国关系在不断改善。这叫不打不相识，一较量就知道对方的分量，可以取长补短。这样关系反而会融洽起来。”

“这又是你的诡辩逻辑。”

“这叫透过现象看本质，我们不是都学过哲学？小孙子，来，让我们飞！”她去抱他，而他却满地爬。

我还是唉声叹气，甚至看到小孙子那么活泼可爱，更加悲悯地想：“他们多幸福啊，但是幸福能长吗？美国是孩子的天堂，难道这天堂有时也因人为的事而遭破坏？”我戚戚地看着，感到自己处在内外交困中。

这时祝华已抱起孙子，就坐在草地上，喜乐地双手托着抛着，抛着接着，孙子似在飞翔，祖孙俩乐不可支。

我忽然觉得这草地像一块魔毯，可以载着孙子飞翔，那电影中不就有这样的表演吗？美国是可以让幻想成为现实的。同样，现在杭州也是莺飞草长的时候，它也可以成为让人飞翔的魔毯。

次日中午，我突然看到刚来的《世界日报》上，一篇文章分外喜人，几乎要手舞足蹈，连忙拿给正在做饭的祝华看。祝华被我的神情感染，就接过去看了。一看，也眉开眼笑地说：“顾老先生能给中国国家主席写信，那当然好！”

顾老先生就是华裔文理大师顾毓琇教授，他是时任中国国家主席江泽民读大学时的老师。这次他以个人名义给主席传真致函，主要内容是希望中国宜从中美关系的长远利益出发，从速放人，免得事态继续恶化。

我说：“如能这样，那太好了。”

果然，中国很快将24名美国人放走了，美方也表示愿意赔偿损失。一场严峻的军事危机顿时化解。这天晚餐时，我叫儿子拿出酒来，说：“干一杯！”

最近几天，儿子看我寝食不安，生怕我为中美的紧张关系愁出病来，有关时事也少与我说了，包括那个美国电视台主持人的排华言论，所以我到了纽约才知情。我想这也是儿子和媳妇为我好。我们办中美友谊民间纪念馆，本想为他们在美国安居乐业也尽点力，如今反而给他们带来了麻烦，这是意想不到的。现在他们能理解，我也就很安慰了。

一杯红酒落肚，我脸色绯红，简直像关公。我确实兴致勃发，心想这顾老先生三年前就给我题写了《彩虹飞架太平洋》书名，又毅然担任我们纪念馆顾问，成了我们纪念馆的指路人。今天，他似乎又给中美领导人指了路！他这种胸怀，这种智慧，这种胆识，只有具有高度中西学养的人士才能臻美。这使我又想起那年在儿子的陪同下，去费城拜访他时的情景。

顾老住在费城街上的一个公寓里，我和儿子到他家时，他已坐在书房里迎候，那年他98岁，夫人坐在旁边。那书房，其实是个大客厅，眼下却满地是书，而且都堆成一垛一垛的，人在中间穿行都有困难。

他让我们父子在一张大沙发上坐下，说那年江主席来，也是坐在这里。而我们看了他背后墙上挂的两幅立轴，就感到他气宇非凡、胸怀宽广。一幅是江主席盛赞他高山仰止的为人风范；一幅是他自己题写，准备送给一位台湾要人的警语："大道之行也，天下为公。"

这是中国古圣的哲言，也是孙中山先生的宏愿。现在，他希望台湾政要借鉴。我想，此刻，顾老先生也是在向中美两国领导赠言，希望他们都能行"大道"而"天下为公"！这是中国儒家文化的教益，也是中美有识之士的器识。那篇报道他给中国国家主席写信的文章中还说："顾老发信前告诉一位在旧金山湾区的友人，表示他基于既爱中国，又爱美国，希望两国永远维持友好，促进世界和平而有此举。"我觉得，自己又找到了一位榜样。

今天回想顾老此举，更觉他有深谋远虑。要是当时任凭中美两国的关系不断恶化，真会出现不可想象的后果。那么，中美"两超关系"决定地球命运之说，也许不是妄议了！由此也想到联合国门前的两座雕塑：一位勇士把利剑打折；一把钢枪被卷起枪管。它们都有深刻的含义。

陈列在联合国门口广场上的卷枪和折剑，我一一留影

# 第十章
# 魔毯纷飞

午后的阳光分外明丽，整个凤凰谷仿佛沐浴在金色的光雨中。所有树木、花草、房舍，乃至停在路边的小汽车，都映射出一种柔和而绚丽的光彩。而这光彩，又在徐徐的清风中轻轻跳动，似乎随时都会飞翔起来。

我站在儿子家门口的草坪上，两手握着一份刚到的《世界日报》，兴奋地环视了四周，又仰视这无垠的蓝天。在那一碧澄澈的高空中，我觉得有一块彩色的魔毯在翻飞，有时平展双翅，有时剪翅俯冲，并且发出和悦的欢鸣。

我已经从报上知道，最近一段时间，从美国白宫、国会山，到硅谷、核工业基地、曼哈顿，乃至好莱坞、国际科技研究院等，都有不少白人、黑人精英在运筹帷幄，挥斥方遒。就在这些美国的精粹地方，也有一些黄皮肤、黑头发的华裔精英在思考。他们当务之急的思考，是这次在美国又暴露了种族主义残余思想后，对华人的潜在威胁到底有多大？以及该怎么办？

美国有个特点，两党总统候选人在竞选时，互相攻讦，不遗余力，这是为了让人民了解未来总统是个怎样的人。而平时人们不会轻易批驳攻击自己的人，反而会细心研究攻击的内容，从而取长补短，提高应变能力，以图不断前进。这些华人精英，也吸收了美国这种优良的精华营养。

这些华裔重量级人物，有一个著名的无党派社团——“百人会”，是荟萃了全美最优秀的华人社会活动家、实业家、科学家、艺术家等专家名流的杰出人才组织。平时主要是互通信息，搞些社会调查，增进友谊和情感，尤其对华人的处境更为关心。当时，中美撞机事件虽未发生，但华人遭遇种族歧视的情况常会出现，未雨绸缪，对其潜在威胁的程度必须有所了解，以便对症下药，他们就以“百人会”的名义，从这年3月1日到3月14日的两周内，利用电话方式，抽样访问了1216名美国民众，了解他们对华裔和亚裔的态度。

调查结果显示，只有32%的受访者对华裔持正面态度，43%的受访者对华裔持或多或少的负面态度，25%的受访者持十分负面的态度。而这份触目惊心的调查报告，就在这一华人普遍惶惶不安期间在报上公布了。广为华人阅读的《世界日报》，也特地发表社论，明确指出“过去美国歧视华人的历史仍然未死”，为此“要做彻底清算。同时，也把华裔对北美的历史贡献加以发掘并且树碑立传，比如最近把华人参加美国南北战争的历史寻找出来，有力证明了华人在北美的奋斗就是主流历史的一部分……”

我看到这份报纸，犹如黑暗中见到明灯，霎时照亮了自己的眼睛，觉得调查报告揭示了美国辱华言论的症结所在，报纸社论指出了解结方向。这时祝华刚好从屋里出来，我便对着她大呼道：“你看看报上登的，对我们纪念馆的工作也有很大启发!”

祝华说：“你前几天问我怎么办？你看，美国的魔毯让你也飞了!”

我向着蔚蓝的天空搜寻飞翔的魔毯，似乎搜寻到了，浮想联翩。

傍晚，儿子又从公司里带回一本杂志，叫《化学化工新闻周刊》，欣喜地递给我，说：“爸爸，这是刚出版的，一位美国学者写了一篇《旧梦重温》，我把一段很重要的话译成中文了，就写在书眉上，你可看看。”

我立刻找到那个译文，是说：“前不久经‘百人会’调查，被调查的美国人中，34%的人认为美籍华人在美国的高科技领域发挥了巨大作用。”我随即想起，可不，有几位美籍华裔科学家还得了诺贝尔奖呢！“啊!”我又大呼一声，欢跃地说：“这是从另一个角度，说明华人不仅在历史上对美国有过丰功伟绩，而且现在也做出巨大贡献。好!”我立即跑到正在做饭的祝华跟前，喜不可抑地说：“我要写一篇文章，用传真发给《世界日报》，越快越好。”祝华知道，我这个急性子人，一旦心血来潮，是无法阻挡的。就说：“你写完让潘柯看看，这是在美国投稿，美国有美国的要求，可不要瞎写。”

“我是睁着眼睛写的。”我说完就去楼上写了。

待到开饭时，我从楼上“蹭蹭蹭”地下来，那有绒毯包着的楼梯，走起来格外轻松愉快，仿佛乘着魔毯下楼。潘柯已在饭桌旁，我就把一篇用钢笔写的繁体字稿子交给他。

“你那么快写完了？”儿子喜悦地说。

“就一张纸，几百个字。你看看，如果可以，就帮我用传真发出，字也不要打了。”我自己不会用电脑，连传真也发不好。

儿子看完又递给祝华和妻子看，她俩看完只是笑。

晚饭后，儿子照发了。

我又把原稿放回楼上去，那魔毯已飞了。

第二天是周日，这天上午，美国人除了进教堂做礼拜外，都要去买菜。华人对买菜尤为重视，他们要开车到华人菜场，在那里东拣西挑，然后装满一车开回家，再把所有菜肴一一放进冰箱。一般家庭通常都备有两只大冰箱，以装可吃一周甚至两周的蔬菜。而且菜中有大鱼大肉，非冰不可。

我和祝华，都是跟了儿子一家去的。祝华和儿媳一起挑菜，我帮助推网丝车。儿子带两个小孩到附近公园或儿童俱乐部去玩一会，然后大家一起在饭店里用餐，算是每周的郊游。其实是城游，他们都是由郊区进城去买菜的。

回到家里，已过晌午，从门口公路边的信箱里取回信件和报纸，然后过起休闲生活，仰天躺在沙发上阅信看报。而儿媳主要拆看有账单的信件，那是主妇的职责。

我和儿子一起坐在沙发上看报。儿子忽然指着一篇文章说：“唷！爸爸，你昨天的文章登出来了！”

祝华闻讯也带着孙子走了过来。她和孙子通常形影不离。

“这么快，昨天晚上刚投稿，今天就见报了！”我连忙接过报纸看。

我以一目十行的速度一下子看完，又递给祝华，沾沾自喜地说：“你看看，一字不改，全文照登，连我们纪念馆的署名也照登不误，看来美国的报纸真自由。”

“真民主。”儿子纠正我的话说，“你们是民间组织，更要登了。”

“好，我们来开个家庭民主会，请你们诸位都谈谈，我这文章中的要求怎么样实现。”

儿子说：“华侨看到了，他们肯定会把你要的资料寄来。”

媳妇说：“爸爸又要忙了。”

祝华接着说：“他反正一年忙到头，国内忙了，到了美国还要忙。他已经把自己嫁给中美友谊了。”

“那你是陪嫁。”儿子取笑说。

“何只陪嫁，还赔本呢！连我们的退休工资都赔上了。”

我对儿子说：“连你们也陪了不少嫁！”儿子家为我们搜集资料，确也花了不少精力和财力。

大家在嘻嘻哈哈中把那篇文章一再地传阅着。

这是篇号召旅美华侨向中美友谊民间纪念馆赶快寄送资料的文章。标题就叫《发掘华裔对美贡献》，意即侨胞们在美国做了许多贡献，为了纠正部分美国人对华裔的偏见，彻底清算辱华历史，希望你们赶快挖掘自己在美奋斗和贡献的事迹，然后由我们纪念馆在国内为你们树碑立传。文章最后说："友谊不是恩赐的，是互爱和博爱产生的，是国家全体人民的光荣和骄傲，值得大家继承和发扬。"我把这次征集资料，当成一种探寻与侨胞相爱的途径，我要让纪念馆和旅美侨胞结成互爱的集体！

很快，我们就收到了侨胞们从四面八方寄来的资料。一位在美国圣地亚哥州立大学任教的华裔教授，叫朱葆瑨，寄来一本《从陕北难童到美国教授》的自传体专著。我们不胜欣喜，连忙回信致谢。

紧接着，我又接到一个加急电话，问："像我岳父那样的人，是否也可以参加展出？"

"请问你岳父是怎样一位人？"我机械地问着。

"他原在联合国里工作，不过那是国民政府任联合国常任理事国的时候。"

"不要紧，只要你岳父做的事是体现华人在美的贡献的，不管哪个朝代的都可以。请你先把你岳父的材料寄来看看。"我干脆地说。

祝华在旁说："看来我们真的还得一碗水端平呢！"

不几天，那材料寄到了。这位老华侨叫彭万硕，他在联合国派驻非洲工作时，其功绩也如他的名字那样硕果累累，得到联合国的多次表彰。我立刻和祝华说："我们要专门为彭老先生做一块展板，一块必须赶紧树立的丰碑！"他已经 90 多岁了，祝华随即把那些材料放进一个大信封。

更可喜的是，又飞来了一块魔毯，那是一张国画《百鸽图》的彩色照片。我一见欣喜若狂。这《百鸽图》，是 1940 年时，中国政府为祝贺美国总统罗斯福三届连任，由著名花鸟画家张书旂作画，经蒋介石题词"信义和平"后直接送美国的，等于是国礼。而这位画家，又是我的同乡浦江人。我从小仰慕这位画家，可他的许多作品从未见过，今天得此一见，虽是照片，也如见原作。我对祝华说："你看，他画的一百只鸽子只只活灵活现，栩栩如生，足见功底的深厚，而今天能把照片寄给我们，岂不又是魔毯的功劳！"

"老潘，快来看，他们邀请我们去做报告！"一天中午，祝华从信箱里拿来一叠信和资料，其中有张请柬，一看是纽约华人工商总会邀请我们夫妇俩去介绍纪念馆情况。

我看了请柬后，深为这种邀请所感动，颇有“他乡遇故知”的感觉。然而对于做报告，我向有怯场之弱点，就叫祝华去。

祝华说：“耳听为虚，眼见为实，我们还是在会场上送一些书吧！”

这是个良策。上次顾毓琇先生接见我们时，曾跟我说：“最好能把中美友谊民间纪念馆的事打进美国主流社会，那影响就大了。”这是个高瞻远瞩的建议，我回国后立即行动。“中美友好二百年”展览办成后，我就和祝华商量，不仅要把这个展览的内容全部印成中英文对照的精美画集，还要给美国国会议员每人送一本。祝华对这类事一向很“疯”，拍手赞同。随后我们花了不少钱，请人翻译并印成了书。这次夫妇俩来美，飞机上不能带那么多，便干脆再花一笔钱，由邮局寄了500本，连邮局业务员都对我们刮目相看，那是很大一笔邮寄费呀！可是这些书寄到美国后，一了解，我们才知道给每位国会议员寄资料，首先要了解每位议员的名字和通讯地址，这在美国并非易事。况且要寄，还得再花一大笔美金。夫妇俩实在是哭笑不得，只得给克林顿总统、一位议长及个别了解名字和地址的议员寄了几本，其余都堆在儿子家里。这次去纽约我们要介绍纪念馆情况，倒是最好的一次送书机会。

两人就带了几十本《中美友好二百年纪念画集》，又由儿子开车送到纽约。我们进了会场，发现原来是一个宴会。纽约工商总会要宴请一位中国大陆来美洽谈项目的企业家，前些日子看到报上登着我的文章，惊叹我们办了这么个纪念馆，要为旅美华人树碑立传，这可真是史无前例的。不少侨胞很想见见我们这对“头上出角”的退休夫妇，遂请我们也来赴宴叙谈。

席间，我们夫妇一边祝酒，一边分送画集。人们拿到画集，便请我们签名留念，甚至合影留念，大家忙得不亦乐乎！

我俩当晚坐儿子的车回到家里，已是半夜时分，颇感疲劳，准备上楼睡觉。突然，电话铃响，我儿子拿起话筒，对方说是杭州打来的，要找我们夫妇，告知一个特大喜讯。

儿子忙把电话给我，原来是一位杭州好友打来的。他叫徐荣华，在电话那头大声说：“今天《杭州日报》下午版，头版头条登着：司徒雷登故居即将修复，有望成为杭州中美友谊民间纪念馆馆址。”

“哇！”我叫了一声后，立即说，“老弟，让嫂夫人也乐一乐，请你在电话里给她再说一遍。”遂把话筒交给祝华。“嫂夫人”听完，忙对他说：“等我们回去庆祝一下。”

这一夜就不睡了，索性去行李箱里找出司徒雷登故居的三张老照片，那是前年我发现故居可以给纪念馆做馆址时拍摄的，后来当成宝贝。特别是故居突然被暴拆后，我只得把这几张照片与那两块“遗砖”放在一起。祝华发现后便说：“你是想让照片烂掉？砖头是潮的，怎么可以和照片放在一起。”

我沮丧地说：“这照片也潮了，让它们一起入土吧！”

祝华当然不依我，就把照片放进箱子里，而且这次来美国还特地带了来。她想，也可让司徒雷登的亲属们看看啊！想不到时来运转，这故居又可见天日了！

我很感谢祝华的鼎力臂助。保存故居照片是小事，与市民主党派许多人一起为故居的被拆奔走呼吁，这才惊动了杭州的各界人士。现在政府不是在号召民主党派参政议政吗？无故拆毁司徒雷登故居也是政治，他们要“参议”一下。特别是几位人大代表更加积极，于是在市人代会上，作为一个正式议案提出：既要修复这个故居，又建议把修复后的故居借给我们纪念馆使用，认为“是非常恰当和有相当意义的”。而且因为我们纪念馆冠名杭州，其“性质又与故居比较吻合”。

这晚上祝华也不想马上睡。不一会，我们又接到小儿子从杭州打来的越洋电话，说他在报纸上也看到了这一消息，我们更为小儿子的参与兴奋，因为他平时不太过问父母的所谓大事，今天也有感而发。我们立刻叫他去找先前打电话来的老朋友，设法把那份报纸的这条消息，传真到美国阿哥家。

第二天我们拿到这份报纸传真后，决定要在美国报纸上再登一篇文章，一定要找到司徒雷登在美国的住地。于是，我便写了一篇“天问”：

### 司徒雷登先生，您在哪里？

——天问

司徒雷登先生：

我这已是第二次来美国找您了！

第一次是1998年秋天，那是浙江省文物局刚批准我们可以筹办杭州中美友谊民间纪念馆。文物局领导问我们馆址在哪里，我们说我们在灵隐有幢旧房，但最理想的是设立在您的故居里，因为您为中国人民做了不少好事，您是中国人民的好朋友。您诞生在杭州，又是杭州的“荣誉市民”，纪念馆在您的故居里开展中美友好交流，是相得益彰的。可是我在美国到处打听你在美国的踪迹，怎么也打听不到。

第二次是这一次，这次是我们夫妇一起来找您的踪迹，还是找不到。

可是，现在，我们非要找到您不可了。因为从杭州传来消息，说报纸上已登出报道，您的故居修复方案已敲定，而且我们纪念馆有望设立在那里。这真是令人欢欣鼓舞！

为什么您的故居要修复？那是因为前段时间有人把它连夜拆毁了。第二天早晨附近居民发现后立刻向杭州市领导反映，市领导也大为震惊，责令拆毁单位赶快修复。现在修复方案已敲定，看来马上可以动工。

当我听到您的故居遭到野蛮拆毁时，十分难过，立刻赶去察看。只见那栋别致的故居已不见踪影，而地上只剩破砖碎瓦和被肢解的断梁残柱，一片狼藉，非常凄凉。万般无奈，我只得捡了两块比较完整的砖头带回家，作为永久的纪念。

随后，我向市领导写了报告，要求恢复你的故居。我提出这是一位世界文化名人的故居，且不说它的历史意义，就是现在杭州要建设世界旅游城市，也应该尽快将您的故居恢复啊！

现在您的故居终于将要恢复了，可是我们在美国还是找不到您的踪影。我们想，您一定在天上，因此我向天堂发问：司徒雷登先生，您在哪里？您能不能尽快给我们一个信息，以便我们找到您在美国的故居和遗迹？这些，我们都要在你杭州的故居中陈列展出啊！因为杭州市民很想了解您离开中国回到美国后的许多情况。司徒先生，赶快告诉我们吧！我将尽快赶回杭州去筹建有关您的展览和纪念室。

中国杭州市民　潘　杰

2001年3月于费城凤凰谷

## 發掘華裔對美貢獻

潘杰（杭州中美友誼民間紀念館館長）

世界日報五月六日社論中指出，為了切實糾正部分美國人對華裔的偏見，在徹底清算辱華史的同時，「也把華裔對北美的歷史貢獻加以發掘，並且樹碑立傳。」這種建議很好，不僅能夠明確昭示華人在美國的巨大貢獻，也能給世人以追求和激勵。

為一個國家做出的豐功偉蹟，是值得全體人民永遠學習和敬仰的。但是，這種屬於民族史蹟的碑和傳，還應該在太平洋兩岸共同樹立，而在中國的「岸」，更應包括海峽兩岸，只有這樣，才能使國人和華裔同心相應，同氣相求，也才能在中美兩國之間造成一種互相尊重平等友好的氣氛。

而且，這對海峽兩岸的青少年也是一種深刻的教育，因為華裔在美國的所有貢獻都是通過艱苦奮鬥才具有的。

而這種在異國他鄉的艱苦奮鬥精神，更值得國內的年輕人學習。

杭州中美友誼民間紀念館就有這方面的內容，除了大量介紹源遠流長的中美傳統友誼以外，也強調了華裔對美國的重大貢獻，如十九世紀的華工用血汗和智慧幫助美國建設太平洋大鐵路和開發西部等等。

這次，該館人員來美國進一步搜集中美友誼和華人在美艱苦奮鬥的史料。

友誼不是恩賜的，是互愛和博愛產生的，是國家全體人民的光榮和驕傲，值得大家繼承和發揚。

这是发表在2001年5月17日美国《世界日报》上的短文和我俩在纽约赠书情形

# 第十一章

# 寻访司徒雷登

文章写完后，我又向美国一些朋友打电话，务请他们帮助寻找司徒雷登生前住地。

一天晚上，突然来了电话，说："找潘杰先生。"那是一位女士。

在美国儿子家，我一般不去接电话，因为他们的来电，大多是讲英语的，我去接了反而会误事。只有当儿子媳妇听了电话，叫到我时，我才跑去接。那通常是小跑的，我觉得在异国他乡接电话分外有趣，光听听声音也是好的。

我抓起听筒，对方问："你是潘杰先生吗？"来电话的女士是位华人。

这我已习惯了，在美国华人中，称呼成年男人一般都叫先生，不像中国国内那样，称呼丈夫为先生，似乎很时髦。可是我知道，在新中国成立前，只有称老师为先生，或者称医师为先生，甚至称相命、算卦、看风水的人为先生，现在却给有妇之夫独占了，这原因我也弄不清。但现在听到"先生"两字很温馨，对方虽是女的，可不会误称。便说："你好！贵姓？"我不知道在美国该怎样称呼对方，尤其是跟女性说话。

"潘先生，"对方亲切地说，"我从一位朋友那里听说，你要找司徒雷登以前在美国的住地，这我也说不出。不过我认识司徒雷登在美国的一个干孙女——大概是叫干孙女的，一位姓傅的女士，我有她家里的电话号码，你可以打个电话去问问她。"

我接到这个电话，真把它当作天堂的回应。找到了司徒雷登的干孙女，不就找到了司徒雷登以前的住地吗？这只有上帝才能告诉我，现在上帝也对我这个非教徒显灵了！

我连忙记下司徒雷登干孙女家的电话号码，一再地感谢这位"天使"！

原来，前些天儿子陪我到华盛顿去观光，突然在华盛顿唐人街，看到一个宣传旅美华人事迹的展览。我很兴奋，就和儿子进去看了。来接待的，是一位坐着轮椅的华人女子，三十多岁，非常客气。她叫孙文影，人很热情，温柔，我们就攀谈起来，后来她又介绍了他们的负责人，我儿子还与她交换了联系电话。想不到她就是天使，那电话是福音。

当天晚上，我们就与傅女士通上电话，并把司徒雷登故居即将修复一事告诉她。她开始很愕然，后来就很喜乐了。然后十分热情地说："司徒先生就是在我们家升天的。他1949年从中国大陆返美后，一直跟我们住在一起。他的遗物也都在我们家里，欢迎来看看！"

这又是一个福音。没几天，我又与儿子去了华盛顿，找到傅女士家。可我们一到门口，还以为这是在中国。她家住在DC区，是华盛顿市郊的一个著名社区，到处花树草地，鸟鸣鸽飞。虽是隆冬，白雪铺地，可也绿意盎然，每户人家的花坛里，盆栽土种都很繁茂。

那门前的台阶旁，一对青灰色的石狮子静静地坐望着，仿佛在为主人张显门第。这只有中国才有，而且只有豪门贵宅才有，美国是无论如何没有的，可是这里偏偏有。

我儿子揿了门铃，一位年近花甲的华人妇女便来开门。儿子立即把我介绍给她，她热情地说："您就是大陆来的潘杰先生？二位请进。"美国许多华人把中国分成大陆和台湾，似乎是两个世界，泾渭分明，不能混淆。可是我们听了很不舒服，怎么把自己祖国分割了？不过今天是来拜访，不能有这种怨尤思想，就满面笑容地说："您是傅女士吧？"

"是的。欢迎欢迎，请两位里边坐。"她一口京腔，显然是从北京移民来的。

我们父子被延至中堂，只见这户家庭，又像是中国以前的名门望族，客堂上挂着名人字画，摆设都是红木家具，甚至还有不少古董，连兵马俑那样的头像都有。一了解，原来傅女士家以前开过古董商店。

这使我发生新的兴趣，就问为什么要在美国开中国古董商店。傅女士说："我们到美国后，别的不懂，就这方面有些知识，这就开了。"

一听说话，很有来头，我便索性问："请问傅女士以前是做什么事的？"

我儿子朝我眨眨眼。我立刻意识到，在美国，是不能轻易问人家私事的。但是话已说出口，无法收回，只得一脸傻笑，等待人家批评。

谁知傅女士很了解自己国人的脾性，对这种问长问短习以为常，甚至觉得这是亲热的表现。她给我们泡了两杯花茶以后，也就来桌旁坐下，和我们一起聊天，而且随即拉起家常，和声静气地说：“我们家，原是清朝贵族，正红旗的。”

我们父子俩一听，对她肃然起敬，且都感到格外新鲜，马上洗耳恭听。

傅女士侃侃而谈：“我父亲的名字，还是我们的老祖宗——慈禧太后亲自给取的呢！他叫傅泾波。为什么叫泾波？中国不是有句成语吗？叫泾渭分明。泾河水清，渭河水浊，清浊不混，界线十分清楚。老祖宗要我们子孙也清浊分明。我们是大清帝国的子孙，把我爹的名字取名泾波，就是要像泾水之波，永远是清的。也就是这天下永远是属于清朝的。”她说时也略带微笑。

“那你们清朝时就移民来美国了？”我感到气氛很好，越发好奇地问。我还估计，这些古董，也是清朝时运来美国的呢！

“哪里？我们是新中国成立前夕，和司徒先生一起来到美国的。那时司徒先生本想留在中国，与共产党中央领导见见面，沟通沟通。后来毛主席的一篇文章，让他只得‘别了，中国’！”

“那你们怎么和他一起来到美国？”我还是旧习未改，尽问“隐私”。

“我爹原是基督教徒。一次去听道，讲道的就是刚到北京，准备创办燕京大学的司徒先生。他原是南京神学院的教授，以前又是杭州教堂的牧师。我爹一见司徒先生，看他风采非凡，而讲道又出神入化，摄人心魂，以为他就是上帝的化身。在他讲完道做祷告时，我爹就跑过去跪在司徒先生的脚下，一定要司徒先生给他赐福！”

“后来司徒先生真的给您爹赐福了？”我们父子俩不约而同地说，感到气氛越来越活跃。

“可不，不仅赐了福，还收留了我爹到他那里去办公。”

“去办公？”父子俩感到丈二和尚摸不着头脑。

“那时司徒先生正要创办燕京大学，很需要一个‘北京通’做他的助手。我爹原是清朝贵族，和许多清朝遗老遗少都有关系，在北京很兜得转。他觉得能跟随司徒先生那是上帝的旨意，就义不容辞地做了他的私人秘书。”

“私人秘书？”我们父子俩又惊奇地问。

傅女士就解释说：“教会学校用钱很节省，不能多雇人。司徒先生既需要我爹这样的人，又不能擅自增加职员名额，就把我爹聘为私人秘书。我爹在燕大做了司徒先生那么多年的私人秘书，他的工资都是司徒先生自己的钱开销的。他从不向学校报销一分钱，而且对我爹非常尊重，两人关系像亲兄弟一样的好。这使我爹格外感到，司徒先生真有上帝那样的谦卑！”她几乎一口一个

“先生”，就像很多基督徒一口一个“上帝”一样。

说时仿佛就有上帝在面前，整个家里的气氛很祥和。傅女士接着说：“所以司徒先生要从中国返回美国时，就请我爹和他一起同行。我爹觉得与上帝同行求之不得，就一起来到美国居住。”

“那你们的生活怎么样？”我还是陋习不断。

“后来的生活就是这样。”傅女士快速地说，“我们不会做别的事，就开中国古董店，这样赚点钱过日子。司徒先生么，他虽然做过美国驻华大使，但那公职不到一定年限，也就不能享受养老金。他那时已经80多岁了，别的工作也做不了，生活就很清贫，全靠教会接济他一点。他出生在中国，父母一直在中国传教，在美国根本没有家产，也无家可归，于是就和我们住在一起，而且安之若素，这是基督徒的生活态度。喏，后来我们买了这幢房子，司徒先生就住在楼上，可他日夜想念中国。来，你们两位跟我上楼去看看。”

既然主人邀请上楼，我就很想看看美国富裕家庭的楼上情况。谁知一上楼，发现同样有一二百平方米的楼上，有的房间基本上空空荡荡，仅是卧室比较宽敞而已。由此可见，美国人并不在乎储存旧物，而是喜欢新鲜，因此购买力特强。

我们来到楼头拐角处的一个房间里，傅女士说：“司徒先生以前就睡这里，其实他成天在这里。他的生活很俭朴，这些东西都是他生前使用过的。”我仔细一看，一张单人床小而狭，一张写字台也很普通。而箱架上放着的一只旧皮箱，很有特色，箱面上贴有不少海关印花，足见曾经漂洋过海。傅女士指指说：“这皮箱，就是当年司徒先生父母从美国带到中国的，后来司徒先生又从中国带回美国，大约在中国放了几十年。反正他1876年诞生于杭州，1949年回美，这样算算，光是他的一生中，这箱子在中国就放了70多年！因此司徒先生对它很珍惜，他把许多与中国有关的东西都放在里面。而且，生前还立了正规遗嘱。”说着就从箱子中取出一张英语文书，那上面确有司徒雷登的亲笔签名，我们看后更为感动。傅女士接着说：“我们想，如果你们杭州市政府能来个公函，我们可以把整箱遗物和这只箱子都交给杭州！”

我一听，似乎我这次来美变成“特派大使”了。我想，我把这些消息带给杭州市政府，这不是给杭州的中美友好增加一大批非常珍贵的纪念品吗？而且还有司徒雷登愿将骨灰埋葬杭州的遗愿。我这次来美，光是为了这一件事也值得。我不禁在心中呼喊起来：司徒先生，我找到你了！你不仅在天堂，也将在我们，也是你的杭州的人间天堂！同时默默祝愿他的遗嘱能够实现。

儿子看我异常兴奋，就说：“爸爸，你回国后一定要把傅女士的这个美意带到！”我心想，这不仅是傅女士的美意，也是美国人民的美意，美国人民肯定希望司徒先生一家的遗物送去中国，以做纪念。我注视着宝箱，这既是无价之宝，也是名人心迹。我要赶快把福音传到杭州，做一次杭州市政府的“天使”，甚至大胆承办他的骨灰迁葬事宜！

傅女士看到我还在注视那只箱子，就说：“潘先生，所有箱子里的东西和这只箱子，都等你们杭州市政府的公函来了再发送。不过我今天可以送你一件司徒先生的特殊遗物。”她说着就去那张旧桌子的抽斗里取来一柄小小的开信刀。那是象牙做的，半尺多长，小巧玲珑，雅致美观。她深情地说：“这是司徒先生生前在用的。他很想再用这刀开启一封中国大陆的来信——有关中美和平的来信，可是一直等不到。我小时候经常看到他坐在这个房间里，手拿着这柄开信刀长吁短叹，那时他已 80 多岁了。我想请他把刀给我玩玩，他不肯，这是他唯一不让我玩的一件文具，生怕我玩丢了。我估计这是上帝不让我玩，我也从此不再向他要求了。可他还是经常拿着这柄小刀在叹息，直到临终。我们也仍旧把它放在他自己的抽屉里，以便随时开启与司徒先生有关的信函。”她说得非常动情。

我们父子都很嘘唏，暗暗叹息。下楼时，就在楼梯上，傅女士又说：“司徒先生晚年身体很不好，不能走路，要去医院或外出，上下楼梯都是我哥哥背他的。他的个子很高大，我哥哥却是小个子，小个子背大个子，你看上下这楼梯多难啊！可他总是很喜乐，伏在我哥的背上轻轻说：‘两个人总比一个人好，因为两人劳碌同得美好的效果。若是跌倒，这人可以扶起他的同伴；没有别人扶起他来，这人就有祸了！’这是《圣经·传道书》中的故事。”

我出门后，情不自禁环顾四周，流连忘返。兴奋之余，我邀请傅女士与我们父子在石狮前合影留念。那是想让古狮和今人一起欢腾！

回到儿子家，我对祝华说：“你在这里继续照顾小孙子，我已待不住了，真想立刻飞回杭州！”

我要把飞机也当成魔毯，而且在魔毯上吟李白诗篇：

朝辞白帝彩云间，
千里江陵一日还。
两岸猿声啼不住，
轻舟已过万重山。

坐在回国的飞机上，口里吟着李白的《早发白帝城》。这诗主要表现事物的飞速发展、变化无穷。我现在的心情，也觉得世事如白云苍狗，瞬息万变。司徒雷登故居已给拆毁了，马上又将修复，而且修复以后有望给我们纪念馆使用，这岂不是上天造化吗？也许真是司徒雷登的佑助。

这当儿，我又想起前几天那篇短文在《世界日报》一字不改发表时，与儿子的一段有趣谈话，更说明神在眷顾。

儿子见我兴致勃勃，就边看报边问："爸爸，那你们纪念馆更要办了！"

"可不，"我踌躇满志地说，"我们要加快速度，只是现在馆址还没落实，纪念馆无法登记。"

"办馆还要登记？"

"在国内，任何民间组织都要在民政部门登记，而且必须要有政府部门主管，否则都是非法的。"

"非法就得取缔？"

"这哪里够？严重的还要负刑事责任。"

"怎么会变成刑事？"

"扰乱社会治安呀！维持社会稳定，这在国内，是头等大事。"

"那你们这纪念馆与维稳有矛盾吗？"

"纪念馆是传扬中美友谊的，但如果没有经过登记，那就会变成影响维稳事件。所以我们要抓紧解决这个问题。"

"你们去登记过吗？"

"哎呀呀，我们现在连馆址都没有，根本无法登记。所以我现在最急的，是落实馆址问题。"想到这里，我忧心忡忡，在美国登报说要为侨胞树碑立传，可这碑到底树在哪里呀？连个碑址都没有！

儿子说了一句宽慰话："美国人是相信上帝的，你为的是中美友谊，上帝也会眷顾你的。"

……我在机舱里想，现在，上帝可真的眷顾了！

飞驰的火车在杭州城站停下，我立刻下车。一到家，立即给几位好友打电话，约他们晚上来家叙谈。

这是个新家，由于小儿子已过而立之年，必须成家立业，因此把原来的住房给了他。我和祝华就在去美国前夕，用灵隐征房的补助款匆匆买了一套二手房。只有两个房间，可是客厅很大，以后可以开展纪念馆的一些接待工作。馆址没有，接待还得开展。我没有重新装修，就按原来住户的装置，把家具杂物、书籍、床铺全部搬进，回国就能入住。

好友都来了，尤其那位曾向美国给我打电话、发过传真的好友徐荣华，是位市文化局的创作干部。他喜气洋洋，精神焕发，大谈纪念馆今后真能在司徒雷登故居开张，不仅可以使司徒故居蓬荜生辉，将司徒先生的事迹在故居中逐一展现，为他恢复名誉，而且纪念馆也能借光大放异彩，成为一个全国独一无二的中美友谊馆！然后他发挥自己原是编剧的特长，奏起畅想曲："那将提升杭州国际旅游城市的人文档次，甚至提升中国在国际上的友好声誉！"

我补充说："不仅如此，还能实现一种人间愿望。我们中国人讲究白头到老，入土为安。外国人，尤其是美国人，死后都是土葬，而且很讲究夫妻为邻。所以人间都有个共同愿望，就是热爱生养之地，夫妻生死相守。司徒雷登生前一再声明：我是半个中国人。因为他生长在中国，后来又一直在中国工作。而他夫人就葬在燕京大学，现在的北京大学未名湖畔。他临终立下正规遗嘱，这次我在美国傅女士家看到了真正遗嘱，希望死后遗体火化，如有可能，把骨灰安葬北京或中国其他地方。这副担子，我们纪念馆也准备挑一挑。"

大家异常兴奋，都觉得这纪念馆工作很有意义，都说愿意义务帮忙。我谢谢大家的热情支持，只是今晚也是清茶一杯，连点心也招待不了。

七嘴八舌商谈的结果，一俟司徒雷登故居修复工程粗见规模，就请司徒先生的干孙女傅海澜女士前来参观，让她亲眼看到司徒故居已在修复，而且即将竣工。再由市政府发出公函，那么，她自然而然会把美国家中的司徒雷登遗物，悉数捐赠给这个故居。市政府肯定要把这些遗物在故居中展出，既了却司徒先生的一个心愿，也实现杭州市民的一个期盼。

海阔天空地谈到后来，这邀请的任务就落在我们友谊馆的肩上，也即我们夫妇的肩上。我当即表态："我爱人在美国自会从中努力，我这里全力以赴，哪怕借债，我们也要把这次邀请傅女士的事办好。"

秋雨沙沙地下着，灵隐景区外面的一片丛林里，2001 年 9 月初旬，我陪着傅海澜女士，在茅家埠一位老茶农欧大伯的带领下，撑着雨伞，穿着胶鞋，踝蹬在荆棘丛中。

这是一个很有意思的镜头：清朝的一位贵族后裔，和两位新中国的古稀平民，一起冒雨进山，披荆斩棘，共同寻觅着一对美国传教士夫妇的古墓，不是为了淘宝，而是为了承情。我们都想为一位中国人民的老朋友、杭州的荣誉市民、这对古墓主人的儿子，完成一个遗愿。

这里古木参天，浓荫蔽地，尤其公路旁的几株两人合抱的大樟树，显示着此处曾是非凡之地。欧大伯指着地上说："我清楚记得，司徒先生父母的坟墓就在这一带。可现在，一点痕迹都没有了。"

地上不是没有痕迹。我仔细看看，凭我农村出身的阅历，荒草地上明显有几个坟坑，可是现在仅仅是几个挖了没填的坟坑，其他标记荡然无存。

欧大伯说："本来，司徒先生父母的坟前，是有几块石碑和石板的，石碑刻着名字，好像中文英文都有。石板铺成祭坛，耶稣教徒虽然相信他们的灵魂已在天堂，可每逢清明、冬至，教徒们还是按中国的风俗来这里扫墓。我小的时候，就亲眼见过他们扫墓。他们不跪拜，却是双手合掌，在坟前向死者鞠躬，这也很新鲜的。"

我听欧大伯这么一说，心里十分难受。这次我们请傅女士来杭州参观司徒雷登故居和他父母的坟墓，还有一层意思：我在拜访傅女士时，曾经说过，如果司徒先生的骨灰在北京不能放，那就放到杭州来，每到清明、冬至，我们纪念馆可以代为扫墓。这使傅女士很感动。可现在，司徒先生父母的坟墓却被捣毁殆尽了！

"这都是'文革'造的孽！"欧大伯愤愤地说。

"不要说了。"傅女士插话说，"我在'文革'中来过杭州，连岳飞的墓都给砸了！"

"你'文革'中来过杭州？"我和欧大伯不约而同地急问。

"当年尼克松总统第一次访华，为了表示美国华人也热爱祖国，他就带了几位在美国较有影响的华裔名流子女一起来华。我们当时先到北京，再到杭州、上海。后来我也到北京参加过国庆观礼。"

"那你对中国情况应该有所了解。"我说。

"只能说有所了解。不过你们两位，特别是你们对中美友谊纪念馆的努力使我很感动。我们今后一定要把司徒先生和杭州有关的遗物，捐赠给你们。"

我十分兴奋。我想，到那时，纪念馆里，既为旅美华人树碑立传，也为旅华美人树碑立传，岂不美哉！

欧大伯看到傅女士的衣服已经淋湿，就心疼地说："快到我家去歇歇，喝杯龙井热茶。"

我也劝她先去休息，说以后再托人寻找司徒先生父母的准确墓地。哪怕在遗址上竖块碑也好，然后再让司徒先生的骨灰葬在碑旁，也是一种安慰。

欧大伯已走在前面，就等傅女士跟上去。

傅女士说："欧先生，我想与你合个影，然后我就回旅馆去了。我要把中国平民对司徒先生的厚爱带回美国去。"

"不，我与司徒先生，以前是'坟邻'，现在与你是友邻。这个面子，你要给的，快到我家去吧。"欧大伯诚挚地说。傅女士听了更为感动，想不到中国平民，对美国友人的感情是那么深厚！

我想，这"坟邻""友邻"两词用得多好啊！生当为友邻，死当为坟邻。这是中美友谊的新意境。杭州人多有"楼外楼""天外天"的新境界！

与傅女士合影于她家门口

司徒雷登曾亲临父母坟前扫墓

# 第十二章

# “9·11”惊魂

沙沙的秋雨，依然不停地下着。虽未到深秋，还是添人愁绪。

我陪着傅女士，告别了古道热肠的欧大伯，坐着公交车回来。我在车上，一脸惆怅。心想，今夜这顿晚饭如果不能落实，该怎么办？这虽是小事，可闹不好也会影响纪念馆的成败。这是傅女士昨天一到杭州，市人大常委张清森先生，以个人名义来陪同时，特地向我提醒的。他单独对我说：“这次傅女士来杭考察，十分难得，除了陪她考察故居修复和司徒先生父母坟墓外，还得让市有关部门出面招待她一次。这一方面是常礼，作为招待与杭州有关系的美国友人也应该；另一方面是态度，如果市政府有关部门能招待她，说明他们是认可了纪念馆借用司徒先生故居的事。这样，你们就可直接与傅女士商讨有关司徒雷登故居修复后的安排情况，甚至可请她提出具体布置方案，那她肯定非常欣慰。”他深谋远虑地说。

我说：“你这建议很好。可很难请有关部门出面啊！因为现在有关部门对司徒先生故居的产权还在置换中呢。这你知道，政府部门对还不确定的事，是不会随便出面的。”

“是呀！”张先生也曾虑及这点，但总想要争取，感叹地说，“我是从全局来考虑这件事的。”

我连连点头，说：“你一直为我们纪念馆想方设法，所以祝华经常向你求助，你总是有求必应。”

“这样吧！”他又要“应助”了，笑了笑说，“我去找市委统战部，请他们出面招待傅女士。不过，此事他们也要研究，我只能到明天中午才能明确告诉你。”

“不要紧，我等着。”我连忙点点头。那敢情好，就算不谈故居借用的事，也在接待规格上够格了！我深为纪念馆是民办的，许多事情都要低人一等而感慨。……

今天一天都在陪傅女士，上午冒雨游湖，下午又怕雨越下越大，便提前去找古坟，临走也没法与张先生取得联系，凭借侥幸心情只得先外出再说。可真的外出了，又时刻惦念。那时我们都没有手机，无法随时联系。生怕此事不成，那对傅女士很不体面，对纪念馆也是一种打击。我总觉得市园文局不肯正式出面接待傅女士，似乎有些蹊跷，甚至隐藏危机。我与祝华为馆址已经伤透脑筋，而我更有些多愁善感了！

我惴惴地陪傅女士回到旅馆。服务台小姐一见我俩，惊喜地说：“哎呀，你们可回来了。有个电话一直要我们转告你们，可就是不知道你们下午去哪里了。”

我忙说：“是不是市委统战部——”

还没等我问完，那小姐就说：“是呀，晚上就由市委统战部招待傅女士。”

我立刻看了下手表，对傅女士说：“现在 4 点半，你休息 1 小时，5 点半我们出发。”

“去哪里呀？”傅女士问。

“具体饭店我会去问清楚的，你先休息吧。衣服湿了——”我没说完，意思是怎么办？

“衣服我有带着，你也找地方休息一下。”傅女士就进自己房间了，她看到我的愁容舒展了，而且马上转愁为喜，也许会想这统战部的招待那么重要吗？为什么临时通知呢？她知道，接待通常是事先全部安排好的，而且安排个饭局是最简单和起码的事，难道民办单位办事是要难一些？！

我心花怒放，随即打电话向张先生问清了晚宴地点。这晚宴似乎又点亮了我们的希望之灯。

服务小姐叫我去付傅女士的旅馆费，因为她明天一早要走，而且晚上去赴宴不知什么时候回来。

我连忙跑去预付，心想，这次的钱花得值，只要馆址有望，什么都舍得。

可是就在我第二天送别傅女士后，从园文局方面传来消息，由于我们纪念馆是民办的，要想借用司徒雷登故居有一定困难。这一方面是公私不能混淆；另一方面是不能开这个口子，否则其他民办单位也向公家要房子，那怎么办？

我想，这些话是对的。可我们这个自费在办的纪念馆，完全是个社会公益事业，难道这里就没有“公”字了？！政府部门虽然有政策杠子，但要看实质呀！

两相衡量，也可适当变通呀！我真希望大家本着深化改革的心态，来突破这种不能与时俱进的政策杠子。我还天真地想，我办这个纪念馆，其中一个原因也是为了响应钱学森院士要创建展览学的倡导。我特地送了两本我正式出版的展览著作《展览艺术——展览学导论》和《中国展览史》给园文局，希望同行在学术上也支持一下我这个退休干部的"余热"。

我依然做着美梦，又规划起司徒雷登故居修复后的具体布置：在主厅展出司徒雷登一家事迹，让观众一进纪念馆就看到故居原来主人的风貌，这是他在中国的摇篮和学宫！

几天的中雨，把闷热的秋气洗去，也把天空洗得更净。9 月 11 日的晚上，我站在家中北窗前，遥望深邃的夜空。我想，傅女士说今天乘机回美，那么，现在应该在飞往美国的途中。此时，中国是晚上，美国是白天，现在她坐的飞机飞到哪里了？

然后我又到南窗看看。如水的月光从窗外倾泻而来，分外诱人。我掐指算了算，离中秋不远了，东天的明月也将满圆了。为此遥想远在美国的祝华、儿子一家，他们将按中国的风俗习惯过中秋吧。

我很想念祝华。自从和她结婚以后，我们把与爱情有关的节日，诸如中秋节、情人节都过得很认真，事先买好各种礼品，到时美美地吃上一顿。以前，我和蕾芳整年忙于工作——主要是创作，许多节日都是马虎了事。尤其是中秋节和情人节，前者认为人能团圆就行了，吃不吃宴席不要紧；后者认为是洋人节日，中国人过不过无所谓。而且觉得老夫老妻还过起情人节，似乎有点肉麻。在我的机械概念中，情人是指恋爱对象或外遇，怎么可以与爱人相提并论呢?!

今年的中秋节，将是我一个人过。我想，到时候就把小儿子叫过来，或者把小儿子的对象也叫过来，过一个准团圆节，并在那时向美国儿子家打一个越洋电话，报告准团圆节的欢度情况。

壁上的挂钟，时针已指向 10 点，我想，该休息了。这些天，一方面忙于接待傅女士，并且提心吊胆，生怕招待不周，辜负初衷；另一方面忙于考虑"华人在美国的奋斗与贡献"展览提纲。我想，为侨胞树碑立传的事要赶紧办，他们都翘首以待呢！

我去卫生间洗脸、刷牙、洗脚，完成每晚临睡时的必修课程，准备上床睡觉。我把窗帘拉上，遮住月光，免得它长洒床前，半夜醒来低头沉思。最好能一觉睡到天亮，饱享这秋夜的凉爽和安宁。

秋虫唧唧，挂钟嘀嗒，我熄去顶灯，很快合上了眼。

突然，电话铃响了。我慢吞吞坐起，开亮电灯，走去客厅接电话。电话机放在厅角一只大樟木箱上，附有传真功能。电话铃声响个不停，我心跳也随之加速，连忙抓起来听，一个急促的声音冲入耳鼓：“爸爸，你快打开电视机，美国出事了！”

这突然传来的声音真使我莫名其妙：怎么美国出事了？我想，我刚从美国回来，那儿一切好端端的，会出事吗？可这是小儿子的声音，他不会吓唬我的。紧接着，又听小儿子说：“你快打开凤凰台！”

香港凤凰台是可以看很多国际新闻的。我这个小区由于有台湾和香港商人入住，有关部门特许可以收看香港台。我战战兢兢地打开了凤凰台，果然，一股浓烟出现在屏幕上，那浓烟是从两座高耸入云的大厦上冒出的。我定睛一看，这两座摩天大楼是纽约曼哈顿的世界贸易大厦，又叫双子座大厦。哎呀！这大厦，我和祝华不久前去参观自由女神，在哈得孙河坐船路过时，两人还以它为背景拍了一张合影呢！可是，这当儿，只见双子座慢慢地下落，一座轰然倒下，紧接着，另一座也轰然倒下！

这是怎么回事？不会是美国的惊悚片吧？这些年，美国好莱坞为了满足观众的娱乐要求和从悲剧中认识世界，的确拍了不少惊心动魄的恐怖片，难道现在又拿双子座做题材？

可是，电视在滚动式播放。当镜头回到开始时，只见一架飞机从半空中飞来，突然向一座大厦直撞，整架飞机都钻进了大厦，顷刻间这座大厦冒出火光和浓烟。紧接着，又一架飞机飞来，向另一座还未受损的大厦撞击，这一座大厦也立刻冒起了浓烟。这时，电视声音也有了，有人在地上奔走呼号，有人在旁边失魂落魄，手足无措。从屏幕上，也可看到许多消防人员和民众带着各种器具冲进大厦，但不久，大厦还是轰然倒下，腾起一片巨大的烟团！

我两眼紧盯着屏幕，一遍一遍地看着惨状。心想这双子座前几年刚遭恐怖分子袭击，那是恐怖分子利用汽车炸弹撞向大厦一楼，引起爆炸，当场死了不少人。现在恐怖分子竟用飞机来撞击它！这双子座里，都是金融机构和大公司，这一下有多少人要惨遭残害！不料此时，电视上又播出华盛顿五角大楼遭袭的消息，那也是恐怖分子利用客机撞击的，也造成很大伤亡！这一切，我几乎不能相信，我一再怀疑这是真的吗？但是，凤凰台主持人一再说明：这是美国刚刚发生的飞来横祸！

这晚上，我怎么也睡不着了，于是我连忙给美国儿子家打电话。那正是美国的中午时间，儿子和媳妇刚从单位里回来。儿子接电话说，今天一上班，就听到纽约、华盛顿被袭击的恐怖消息，据说死了不少人，全美国都对恐怖分子很愤怒。单位领导叫大家赶快回家，与家人在一起，互相安慰。他又讲了一些飞机袭击的事，也安慰我不要太紧张。儿子知道我，自从这几年与阿姨一门心思创办中美友谊民间纪念馆以来，对美国已有特殊感情。美国的遭难，我会非常痛心。

我确实非常痛心，听了儿子的电话后，更加寸心欲碎。我想这下美国该有多少家庭惨遭劫难，这些都是无辜的人啊！我痛恨恐怖分子那么恶毒，竟用客机撞击双子座和五角大楼。那么，飞机上也惨死了不少人啊！

我越想越愤慨，越想越哀痛，陷入了极度悲愤中。

从太平洋上空飘过来的阴云，笼罩了皎洁的明月，天空立刻变得阴沉晦暗，大地也顷刻阴暗黑黝，毫无亮色。即使路灯照在地上，也显得幽幽惨惨！我像木头人似的站在电视机前，屏幕上不断地滚动着那些悲惨画面……

天色蒙蒙亮，东方刚刚吐出鱼肚白，满脸悲悯的我，骑车来到武林广场。这儿有一个昼夜值班的全市最大的电信局。我跑到国际窗口，把一份写在方格纸上的稿子，迅速交给一位女营业员，说："请发一份加急电报。"

"发到哪里？"她擦擦惺忪的睡眼说。估计她不知道昨晚的紧急新闻。

"发到美国白宫。"

"发给谁？"

"布什总统。"

"那你这地址要用英文写啊！"

"我不知道英文该怎么写，请你帮我翻译一下好吗？"我知道国际窗口的业务员懂英文。

"翻译？"女业务员犹豫着。但她看了电文，脸色霎时雪白，比头上的日光灯还白，连忙说："好，我给你翻译地址。"立即数起稿子上的字数，收了钱，便说："我们会尽快发出。"

我连忙谢谢她，拿了一张发报的收据走了。

一颗悬着的心似乎稍微放下一些。我略展愁眉，走到门口，一阵清风吹来，脸又瞬间绷紧了。我想，不对呀，即使这电报很快送到白宫，但内容是用中文写的，布什总统也未必能很快看到。我痛苦地想着，美国人民遭受了那么大的灾难，我们中美友谊民间纪念馆必须赶紧发份电报，让布什总统尽快知道中国人民也在极大地关注这场恐怖袭击。美国的灾难，也是我们的灾难。当年，日本法西斯侵略中国，美国人民毫不犹豫地赶来支援中国抗日。今天，恐怖分子袭击美国，我们中国人民也要义不容辞地去慰问美国，声讨罪犯。而且要越快越好，越直接越好。急人之急，方为本色。可我不会英文怎么办？

武林广场，是我最熟悉的地方，电信大楼的斜对面，就是我原来工作的浙江展览馆，可此时此刻，这一带除了电信局的人，很难找到会译英文的人。

天色已经大亮，为了那份急于要发出的并且应该用英文翻译的电报，我在心里呼天喊地，但无人回应。我在电信大楼的台阶上，跑下又跑上，想去把刚才那份电报取回，请人去翻译，可已经交付了，不能再去要回。也许现在报务员正在敲打键盘发报呢！

我向广场四处扫视，心想这时最好能碰到一个会译英文的熟人。突然，脑子里闪出一个人来，这人就是司徒雷登故居旁边，耶稣教堂里的余牧师。这是我不久前认识的，是个年轻人。为了司徒雷登故居的事，我们两人一见如故，谈了不少话。我立刻骑上自行车，飞快地来到教堂门口，大门还关着，我就猛敲，也顾不上求见礼节了。

不一会门开了，来开门的是一位中年妇女，她和悦地说："才 7 点呢，今天不做礼拜呀！"

"我来找余牧师。"

"他要 8 点钟才来上班，进来坐一下。"

我进到前廊，里面是一个大会场似的教堂，两旁有走廊，那是很神圣的地方，我不知坐哪里适合。正犹豫间，中年妇女端来一杯水，又和蔼地说："喝点热水，一大早来肯定口干。"

我连忙接过，并说："谢谢！我能在教堂里坐一下吗？"

"可以呀，你尽管坐好啦！"她发现我不是教徒，否则不会这样拘谨的。

我确实不是教徒，但在美国曾去教堂听过讲道，那是纯粹想了解基督教的真义及美国牧师的讲道内容。自己在从事中美友谊工作，总想了解美国文化的各个方面，宗教活动是必须涉猎的。但我现在坐在这个教堂的长椅上，感觉比受洗礼还严峻。受洗是从此把一生交给了上帝，我现在很想把一个最大心愿交给上帝。我知道，那讲坛壁上挂着的十字架，是耶稣受难的象征，架上的耶稣十分悲悯和哀怜。他虽然上了十字架，可关切着天下所有黎民，企望着大家平安和友好，他用圣血为世人赎罪，为世人求得安宁。这时，我不由得双手合十，低下头来，向他默默祷告："主啊！请你赶快拯救蒙难中的人民哪！纽约，华盛顿，他们都在遭受劫难啊！请你赶快去救护他们！……”祈祷着，祈祷着，我的眼泪滚了下来。我一个在父亲的丧礼上也不掉泪的汉子，今天在耶稣面前饮泣了！

其实，美国正是最信耶稣的国家。此时此刻，估计全体教徒都在向主祷告，祈求神的保佑，化解人们的悲伤！

一直到8时多，余牧师才姗姗而来。我一见他，连忙迎上去，红着眼对他说："余牧师，我想请你翻译一篇电文，我要发一个电报给美国布什总统。"随即递去那个电报的底稿。

余牧师看到稿子下面有张发报收据，便说："你的电报不是已发了？"

"哦，我真糊涂，把电报收据也给你了。余牧师，我今天一早是发了一份，可那是中文的。我怕白宫现在很忙，一时不能马上翻译给布什总统看。"

"是的，现在美国出事了，肯定许多人都很忙。"

"你也知道了？"我感到惊奇。

"知道了。我们国家的电台，今天早上也转播了，我也向主祷告了。这太残忍了，恐怖分子怎么可以滥杀无辜！"他愤愤不平，只是语气比较平稳，表现出牧师的修养。

我哀痛地诉说："我早上也在这里祷告了。这是我平生第一次。我太悲伤了。"

余牧师看完电文后，忙说："好，我马上回家去给你翻译，并用电子邮件发出。"

"这么说，布什总统马上能收到？"

"只要他们一打开电脑，就能收到。"他说完转身就走，又骑上车子向家里飞去。随着余牧师身影的飞去，我的心又飞向了美国。

我依然失魂落魄似的回到家里，随手打开电视机。那里已成我的关注焦点，连早饭也不想吃。

谁知电视屏幕上，出现了伊拉克总统萨达姆幸灾乐祸的镜头。他在接受记者采访时，竟说恐怖分子对美国干得好，还说有人能用客机袭击美国重要建筑物，是一大创造。他趾高气扬，仿佛那就是他的胜利，毫无怜悯之心。我想，萨达姆完了。在这举世触目惊心沉痛哀悼之时，他竟这样飞扬跋扈，违反人性大放厥词，他迟早要垮台。

萨达姆这一嘴脸的出现，似乎给我心里戳了一刀。我想，世界上竟有这样置人生命于不顾的总统？这不明明是助桀为虐吗？人民生活在这样的暴君统治下，日子是不会好过的。

但是我也立刻想到，难道美国也是咎由自取吗？我在努力筹建中美友谊民间纪念馆，从某种程度上说，也在为美国唱赞歌，这也错了吗？我感到震惊。

我在沙发上坐下，深深地思考这一至关重要的问题。我通过这些年的努力，已对美国做了不少探究。那书房里的一个书架上，其中长长的一格，全是有关美国和中美友谊的资料。尽管有不少是揭露美国所谓丑恶行径和本质的书籍，我也买来看了。兼听则明，偏信则暗。这是做学问的基本法则，更是研究国际事务的重要原则。自己谈不上研究，但毕竟在从事中美友谊活动，也属外交范畴。外交无小事，是马虎不得的。特别对美国的社会本质和中美友谊的要义，必须一清二楚。而我，只是从一个实践者和体验者，在肤浅地考察中美间的许多事情。今天的事，太使人深思和焦虑了！

美国是一个世界强国，纵观它立国以来，第一次世界大战、第二次世界大战，它都是站在反侵略者这边，与侵略者做了殊死斗争，才赢得世界人民的爱戴。那么，恐怖分子、萨达姆为什么那么痛恨美国呢？除了以前的积怨，还有种种原因，但这都不该让一个和平民主的国家遭受残酷的暴力袭击！

我想，世界事务是复杂的，但道义是基本的。今天，美国遭受了那么大的打击，我们纪念馆，除了发电报慰问之外，还应把自身工作做得更好，这就是把“华人在美国的奋斗与贡献”展览赶快办成。这既是对旅美华人的支持，也是对美国友人的支持，帮友人克服身上的缺点，例如那次中美撞机事件后，有些美国人流露的美国种族主义残余思想，也许正需彻底克服。于是我马上又打电话到美国儿子家，叮嘱祝华，在美国抢救世贸大厦遭袭的行动中，必有华人奋勇救灾事迹，包括中文报纸上披露的，要统统收集起来。道德是一种团队项目，向善是至高无上的。这是华人在美国所做贡献的最新资料。

我打完电话，想睡又不想睡。昨夜躺在床上，脑子里尽是双子座、五角大楼被袭的镜头，尽是浓烟、火光、呼号、遇难的人一个个从双子座的高层窗口跳下来……

这时我发觉肚子饿了，就去烧了一碗泡饭，随便吃了一点。我觉得还是去街上走走，看看其他人到底有什么反应吧，这是震撼人心的事！

我没有骑车，走到一个街角，那儿正有一些人在谈论美国遭袭事情，我便有意识地走过去听了。人们大都对美国遭袭表示同情，但也有个别人说：“这回轮到美国在本土遭报应了，让他们也尝尝挨袭的味道。”我十分气愤：怎么会有这种不分是非趁机发泄的人？人家这么多人无辜遭殃，不管它是哪个国家，都值得同情！值得怜悯！而且越是这种时候，越应该跨越国界同心相连，并且守卫和平。但我又想，这也不奇怪，有这种想法的人还不止他一个。自从抗美援朝以来，很多中国人就与美国结仇了。加上我们把它定为世界上最反动的帝国主义，几乎与当年的希特勒法西斯主义等同。这是最要不得的仇美心理。它正需要提高对事物本质的认识，也正是我们纪念馆要做的工作。

双子座被袭

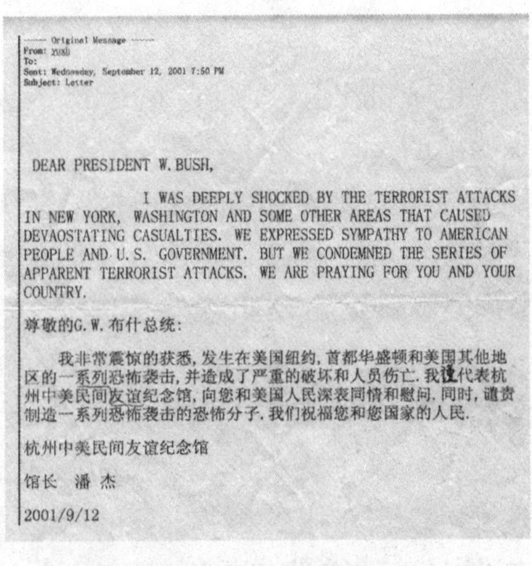

------ Original Message ------
From: yuxd
To:
Sent: Wednesday, September 12, 2001 7:50 PM
Subject: Letter

DEAR PRESIDENT W.BUSH,

I WAS DEEPLY SHOCKED BY THE TERRORIST ATTACKS IN NEW YORK, WASHINGTON AND SOME OTHER AREAS THAT CAUSED DEVAOSTATING CASUALTIES. WE EXPRESSED SYMPATHY TO AMERICAN PEOPLE AND U.S. GOVERNMENT. BUT WE CONDEMNED THE SERIES OF APPARENT TERRORIST ATTACKS. WE ARE PRAYING FOR YOU AND YOUR COUNTRY.

尊敬的G.W.布什总统：

我非常震惊的获悉，发生在美国纽约，首都华盛顿和美国其他地区的一系列恐怖袭击，并造成了严重的破坏和人员伤亡.我谨代表杭州中美民间友谊纪念馆，向您和美国人民深表同情和慰问.同时，谴责制造一系列恐怖袭击的恐怖分子.我们祝福您和您国家的人民.

杭州中美民间友谊纪念馆

馆长　潘杰

2001/9/12

我给布什总统发的第二份电报

# 第十三章
# 总统来鸿

电视机里，“9·11”的恐怖镜头一直在播放着，这已是第五天了。我和祝华的电话，也已经打了第五次了。每天一次，每次都是互相慰问，互相通报。祝华通报美国新的灾情，我通报中国新的友情。尽管有人幸灾乐祸，但大多数人还是同情美国和谴责恐怖分子的。报纸似乎表现出中间立场，在评论事件的原委时，仿佛还是美国的错，完全咎由自取。

这使我很伤心。报纸是人民的喉舌，为什么在这样的大是大非面前，不能多些温暖的声音呢?!

自从双子座被炸后，我的心也被炸了。每次在电视里看到双子座在恐怖分子的袭击下轰然倒塌，我的心也轰然倒塌。这时，我只有去抽屉里，取出那本《旅美掠影》的自拍影集来回顾，那里面有一张是我与祝华在哈得孙河的渡船上，以双子座为背景留的合影。那拍摄，仿佛是一次上帝的召唤，让你非拍不可。美国有许多象征国家特色的景点，如自由女神、华盛顿纪念塔、白宫、国会山，但双子座——这两个110层400多米高的摩天大楼，不仅曾是世界高楼之最，还代表着美国的繁荣和富强。里面有银行、电讯、保险、海关、商贸等等1200多家公司，每天有5万多员工上班，游客更是不计其数。能把它做背景留影，是一种荣耀和机遇。那天，我和祝华在渡船上笑容可掬，意气风发，眼睛直视着前方，一手扶着船上栏杆。而那背后，就是巍然耸立的双子座，虽然距离较远，但双座映双人，分外亲切；情与景交融，意象万千。这是一个难能可贵的镜头，可是，现在双子座已从大地上消失了！

我每想到这里，心就往下沉。久而久之，心脏早搏也出现了。这是我当年在白血病房里长期陪护引发的，现在又复发了。我连忙去药店里买来切好的黄芪片，煎汤服下，这对我是有特效的单方。

在我心目中，那两座高耸入云的世贸大厦，是永远不会倒塌的，可现在竟然倒塌了。我在心里呼号，哭泣。我一个人在家里，呼叫到后来，突然像发疯似的喊道："我要在纪念馆里竖起双子座——两座同样能让人仰慕的精神大厦！"一座是以中国精神为主的大厦，一座是以美国精神为主的大厦，而这两座精神大厦的具体表现，是办两个迫在眉睫的中美友谊展览！

一个展览，我和祝华已在筹划中，那就是"华人在美国的奋斗与贡献"。华人能在美国奋斗并做出贡献，这无疑是中国精神的具体表现，也是震惊世界的。例如，华工帮助美国建造了第一条横贯北美大陆的中央大铁路。但这也是美国精神的体现，没有美国提供的环境条件，也谈不上做出贡献。不然，为什么华人在世界各地都有，可贡献就没有在美国的那么巨大？例如许多华人科学家在美国取得诺贝尔奖。另一个展览，主要是反映美国精神的，同时又反映了杰出的中国精神，也是震惊世界的，它就是基辛格博士展览。

早在 2001 年 8 月，我和祝华正在儿子家享受天伦之乐和办馆之乐。一天，突然在报纸上看到基辛格博士因病住院了！

基辛格博士是中国人民的老朋友，他在打破中美关系坚冰中做出了特殊贡献，不仅有助中国为抵御来自苏联的军事威胁增加了回旋空间，也使中国正陷在"文革"动乱中的国威有所提升。而这，首先是美国尼克松总统和基辛格博士等一班政治家表现了美国的进取精神，同时也体现了中国毛泽东主席、周恩来总理等领导人的进取精神，两相结合，不仅"巨人握手"，而且震惊世界，从此让许多不怀好意的人不敢小觑中美。这种友谊，是最能体现中美精神的。我想，我就要办这样一个展览，来传扬不同凡响的中美友谊。而这，就办一个当代中美友谊史上最有代表性的美国人的展览，此人就是我们备感敬佩的基辛格博士。

可他现在病了，我们作为中美友谊民间纪念馆的创办人，今天又在美国，应该去看望他呀！基辛格博士今年 78 岁了，这么大年纪住院，我们更应该去床前问候呀。探病问痛，是友人间的常情。可他住在哪家医院呢？我和祝华都很焦急，生病的人一定很寂寞，美国人生病同样会寂寞，夫妇俩决定给他写封慰问信。可信往哪里寄呢？我请儿子在电脑上查找。

我们说干就干，信刚写好，儿子潘柯也从电脑中找到基辛格的地址了。他在纽约曼哈顿，有一个专门为国际投资提供咨询的事务所。我便把信交给儿子，儿子一看信是中文，便说："这不行吧？"

"没关系，他既然有国际事务所，里面肯定有中文翻译。他要研究国际事务，中国这块是少不了的。"

儿子朝我看看，心想，你对中国那么自豪，也对基辛格那么自信，我就给你寄吧。

谁知祝华走了过来，急忙说："再附一张照片去。"说着就把一张6英寸的彩照递给潘柯。

这是我和祝华不久前去费城公园玩时，与小孙子一起拍的一张三人合影。潘柯迟疑地说："寄这个？"

"这个很好。见照如见人，就感到亲切。再加上有我们小孙子，你看，你的儿子多可爱，基辛格一见，保证为之一笑。不说别的，单是为这个小天使，也要赶紧回信哪！"祝华总是别出心裁。

儿子想，阿姨毕竟当过教师，对心理学很有研究。

其实，这还是一种人类学，也是一种伦理学。

人类对人的生命格外珍惜，尤其对孩子格外疼爱。他们是人类的未来。成人也在为孩子奋斗。创办中美友谊民间纪念馆，从某种意义上说，也是为中美两国的花朵共同欣欣向荣。这个小孙子，天真活泼，整日爱笑，真是人见人爱。我们想，基辛格博士是位外交家，对国际友人的孩子也会喜欢。人家是名人，名人难持平常心。但我们从事中美友谊工作，友谊不分贵贱，只要真心诚意，人家自会感动。我在信中就大胆地提出两个要求：一是请基辛格博士担任纪念馆顾问，他高瞻远瞩，肯定能给纪念馆出好点子；二是请他寄一张有他签名的肖像照，以便为他举办一个有特殊意义的展览。友谊馆主要是举办反映中美友谊的各种专题展览的，这个展览将在明后年展出，现在就要先做准备。

冰岛有句谚语："一千个朋友不嫌多，一个敌人不算少。" 好像毛泽东也有过类似论断：广交友。我们就竭力在美国多交朋友。早在给卧病的基辛格博士写慰问信前，我和祝华、儿子，就先后给美国两位总统写过信。美国总统是民选的，中美友谊民间纪念馆是民办的，我们觉得，两个"民"字搭在一起，比较亲切。而且，美国总统，老百姓是可以随便给他写信的，哪怕三岁小孩都可以，甚至大多数还能收到回信。我想，既然这样，我们何乐而不为？我第一次到美国，就想给当时的总统克林顿先生写封联系信，可我不会写英文，也不知给美国总统的信该怎么写，是不是有公文格式。另外，纪念馆刚开始批准筹办，八字还没一撇，只能报告些情况。我就请儿子代写，告诉儿子，在给克林顿的信中可以说这些情况：一、这个纪念馆不是空穴来风，是实有其事，有批文为凭。我叫儿子把浙江省文物局的批文复印件也附上，以此为证。二、这个纪念馆是有感于中国改革开放的非常需要和中美友谊的十分重要，并经过深思熟虑后决定创办的。它是中国一对中老年再婚夫妇，结婚的第二天就向有关领导部门打申办报告的，是作为人生的“老来红”阶段的进行曲。中国人向有“天意怜幽草，人间重晚晴”的优良传统和老骥伏枥志在千里的积极心态，这与美国人的不服老精神相一致。三、这个纪念馆，是我们用自己的退休工资创办的，没有向国家要一分钱。中国人的退休工资并不高，同美国人比，即使同样的数字，也只是美国人的八分之一。但是我们不在意钱，只是需要精神上大力支持，为此也请总统题词指导。

我在儿子面前洋洋洒洒地讲了一大篇后，儿子笑着说：“爸爸，我如果照你刚才说的全写的话，恐怕可以作为一篇国情咨文了。许多词汇，例如你引用的两句古诗，我一时很难译成英文。我只能把你的讲话大意告诉他，不过不会偷工减料。”我连忙说：“听便听便，以讲清事实为主。但一定要热情。这是友谊信，不是国情咨文，以真情为主。”我实在啰嗦，儿子只好窃笑。

这封给美国白宫主人写的信寄出后，不久真的收到白宫回信：

亲爱的潘博士：

我谨代表克林顿总统感谢您寄来的有关介绍您父亲的信件。

遗憾的是，总统先生无法直接支持那些他已经注意到的人士的要求。但是，总统先生非常感谢您告诉他有关您父亲——一个令人敬佩的老人，并向您父亲致以美好的祝愿。

真诚的

丹尼尔•W.博克哈特

总统助理兼总统对外联络处主任

2000年5月23日

我和祝华看了儿子的译文后，喜不自胜，分外开心。特别是信封上写着寄409格林路，凤凰谷，宾州19460，说明“凤凰鸣矣，于彼高岗；梧桐生矣，于彼朝阳”。传说凤凰非梧桐不栖，而只有向阳的地方才长梧桐。我立刻自信地说：

"这棵梧桐树我们栽定了，今后会有更多的凤凰来栖。"

第二封是写给小布什总统的，那更是离奇和有趣。

我第二次去美国的前夕，2000 年 11 月，是新当选的总统小布什上任之时。据说美国有传统，凡是新总统上任，民众都可送礼物或寄贺信，礼物不在大小，即使小摆设也行。这也许是因为总统亲民和民爱总统的关系。我觉得这是个机会，中美友谊民间纪念馆，向美国新总统祝贺应该是情理中事。如果不去祝贺倒显得冷漠薄情。就和祝华商量，该送什么礼物。祝华说："美国人喜欢创新，要送有新意的。"

按照惯例，杭州人送外宾都送丝织品，这既有东方韵味，又有艺术成分。丝绸之路，中国人一向引以为豪，仿佛用丝绸就能打开国际关系。但要找一种有新工艺的丝织品也不容易。改革开放毕竟也促进了丝织工艺改革，经人介绍，说现在有一种丝织品，在丝绸上用毛笔绘有山水花鸟，既像国画，又是丝绸，十分雅致，外国人看了一定欢喜。

我找到杭州新世纪公司的经理，其实他也是一位画家。他慨然允诺就用自己的国画艺术，在丝织品上绘制成焕然一新的挂轴。我挑了一幅他画的帆船航海的丝绸国画，并请画家亲笔题上：

祝贺乔治•W.布什总统

**一 帆 风 顺**

下面署名是杭州中美友谊民间纪念馆和画家单位。

画的意思是，帆船是两百多年前美国第一次来华经商时使用的，具有象征中美友谊源远流长的意义；题词"一帆风顺"，是中国人习惯使用的贺词，比较吉利。而且美国总统放眼全球，必须乘风破浪，求得一帆风顺。谁知这礼品送给小布什后，他就遇到了空前的惨剧"9・11"事件，差点让他的宝座倾翻！不过这是后话。天有不测风云，谁也难以预料。

当时我们夫妇为了把这一珍贵礼物及时送给新总统，委实费了不少周折。夫妇俩带了这件重礼来到美国时，离小布什上任只有一个星期了。我和儿子商量后，觉得这礼物即使用特快邮寄，也未必能在总统上任之日送到白宫。因为估计这类礼物会很多，邮局忙都忙不过来，白宫收发室也忙不过来。即使收到，也不会在上任之日陈列出来，让来宾观赏。可是我们这样好的礼物，不能让参加新总统就职典礼的嘉宾观赏，那多可惜！还是儿子知道美国情况，说："小布什上任，老布什一定出席仪式。他原来也是总统，是嘉宾中的嘉宾。不如将这件礼物直接寄给老布什，托他带去白宫，说不定还会马上让小布什、第一夫人劳拉亲自收到呢！”

我们夫妇非常赞同，但怎样才能以最快的速度寄给老布什呢？

又是儿子、媳妇想出了主意。说，在美国，每位卸任的总统，都有一个私人图书馆，这是国家帮助建立的。老布什的图书馆，肯定可以在网上查到。他们说着，媳妇就去打开电脑查阅了，一查就有，于是立即由儿子用英文给老布什写了一封委托信，并附上一本《中美友好二百年纪念画集》以表祝贺，然后将重礼打包，再由儿子驾车去邮局用特快寄出，说不定明后天就能到达老布什手里呢。

大家放下一桩心事，几颗心也飞到白宫的总统就职典礼上去了。

我还估计白宫的总统礼物收发室，从老总统布什先生手中接过这件礼物时，看了信后，会感到这几个中国人真是神通广大。

文人是易发联想的，诗词更容易让你浮想联翩。我在回国的飞机上，真像坐着飞翔的魔毯，情不自禁地吟完诗圣李白的《早发白帝城》一诗后，不断地感叹着事物的瞬息即变，美国到上海一万多公里的空中航程“一日还”，司徒雷登故居废墟上瞬间出现一幢新房，然后请傅海澜女士来实地考察，纪念馆就在这里正式开馆了。这些愿望，正在我随后的努力中逐步实现，唯独司徒雷登故居修复后，最终能否真正给我们纪念馆做馆址尚难定夺。这也像白云苍狗，变化无常。公家的事，民间组织实在无能为力。但是白云也罢，苍狗也罢，司徒先生的故居修复了，那么司徒先生的事迹总可展出了。这也会是莫大的欣慰。

中美之间，始终有一块魔毯在飞翔。9月底，我来到原先祝华的住房，这儿已租给人家了，榻榻米也变成棕板床，是一位单身女人住着。据说她很可怜，原是外地人，由于丈夫被杭州作为优秀人才引进，她也随之来杭。谁知丈夫找到新欢后便把她遗弃，法院又把儿子判给男方，只有星期天方可让儿子来她这里聚一聚。但她表现了一个母亲的深爱，为了让自己能看到儿子上学时的身影，就在学校附近租房居住，因而祝华的小房成了她的住房。我从美国回来，与她说：“凡有信件，请你先收下，然后打电话通知我，我会来拿的。”今天，魔毯又一次飞进了杭城。

我敲开门，这女人递给我一大叠信，足有十多封。我随手翻了一下，其中有封是美国来的英文信，粉红的邮戳。我对这种颜色很有好感。这可并不是红粉知己。我是把它当作“红杏枝头春意闹”，凡是美国来信，肯定有好消息。大概美国邮局采用这种暖色邮戳，也是这种用意。正如邮递员是绿衣天使，粉红邮戳是上帝福音。从某种意义上说，收到好信，回信也多了，邮局的业务也多了。资本主义国家处处讲金钱，但君子爱财，取之有道，也未尝不可，如果能与美学、心理学结合，那更值得提倡。

我把这封好信轻轻拆开，非常小心，生怕拆坏信封，那也是一种损失，万一这是一件无价之宝呢！这时，我很想先回家，用家中珍藏的那把司徒雷登曾经用过的象牙开信刀，来开这封也许含义非凡的红戳信。可我是急性子人，哪里能等到赶回家去用那把宝刀呢？须知那也是无价之宝，司徒雷登先生等到老死也等不到中国去的一封红戳信，连黑戳信也没有。那把宝刀英雄无用武之地，哀叹着岁月的消逝！

我慢慢地把信拆开，抽出信纸，是一张类似中国明信片那样的厚纸片，上面印着一行英文，下面有一个草体的英文署名。那一行字仿佛是题词，而那署名又仿佛是落款，两者构成一幅美妙的艺术作品。我突然看到信笺上方，竟有一个烫金的美国国徽。这国徽我认识，但在信笺上从没见过。我在儿子家见过不少美国朋友来信，信笺都很讲究，甚至有暗花，但都没有国徽。难道是什么公司寄来的，因为美国讲兴趣，兴之所至，可把国旗做在衣服上。那么，用国徽沟通业务，兴许是可以的。

这么一想，我觉得这封信也没什么特殊，就把它放进拎包，去忙别的事了。

但我总觉得这封信有点蹊跷，特别是那个国徽，那是可以随便使用的吗？

第二天，我去拜访余牧师，便把这封信让他看看。谁知余牧师一看信封和信，竟欢叫说："是布什来信！"

"啊！美国总统布什？"我也不禁笑着问他。

"你看，这就是布什总统的署名，还是亲笔签的呢！"

"可那上面这行话是印刷的。"我说着外行话。

"这是打印的。"余牧师纠正我的话后即说，"它的意思我译给你听。"

我肃然起敬，仿佛在听什么"圣旨下"，那是中国古代臣子接受皇帝圣旨时，太监宣读的开场白。由于我本是编剧出身，而且编过不少古装戏，这类台词很熟悉，很想体验一下这种"接旨"生活，虽然来信的是美国的总统，你不高兴时还可骂他几句呢！

余牧师一本正经地说："你听，布什很亲切地说：'谢谢你们的亲切慰问，我赞赏你们的良好愿望。'就这两句。"

"就这两句？"我总觉得言犹未尽。

余牧师已看出我的疑惑，便说：“人家总统回信，不可能给你长篇大论，况且目前正要急于处理‘9・11’事件，能有这么两句已很不错。它是言有尽而意无穷哪！”

我想想，这两句确实含意隽永，任你咀嚼。

我回想起这半年多来，给布什总统的两次致信，一次是为祝贺，一次是为慰问，而后者连发了两封急电。不管他有否都收到，今天他来信了，而且言简意赅，情真意切，是一封我们求之不得的喜信！我仔细地品味着，这前一句“谢谢你们的亲切慰问”，显然是对我们慰问美国人民的感谢；而后一句“我赞赏你们的良好愿望”，完全是赞赏我们创办纪念馆，并致力于传扬中美友谊。这是我们的愿望，也是美国人民的愿望。老布什在20世纪70年代，中美未建交前，在北京担任美国驻华联络处主任时，跟中国人民有很多接触，经常与夫人芭芭拉一起骑车逛天安门。天安门广场是中国人民的游览和瞻仰胜地，中国人民祈望天安、地安、世界平安，这与中美友谊相一致。

红邮戳变成了一只鸿雁，款款飞来！

我欣欣然地揣着布什的信回家。突发奇想，既然美国总统来信，我何不写篇报道，让大家知道一下。

我立即动手写了一篇千把字的报道，又骑车到《杭州日报》下午版编辑部。这里有位编辑叫哈米，与我熟悉，熟人好办事，我先找熟人。

哈米一看报道和布什的来信，他懂英文，觉得这个报道可以发表，连忙编发。

阳光，朗照全球；魔毯，漫天飞舞。就在我收到布什总统的来信不久，祝华也在美国儿子家收到了基辛格博士的回信，那是一个大信封，里面除了有一封热情洋溢的回信以外，还有一张A4纸那么大的彩色肖像照。这张照片，很像一幅油画。儿子打电话给我说：“照片我们暂时不寄，过段时间阿姨要回国了，让她带回比较保险。这信我现在传真给你，你把家里的传真机打开。”

我欣喜若狂，赶紧打开传真机，不一会，只见一张既有英文又有译文的传真纸吐了出来，那译文是儿子帮助译的。我连忙看信。这是一封非常可贵的信，基辛格博士首先感谢我们告知他建立杭州中美友谊民间纪念馆的消息，接着说：“但我无法接受贵馆顾问一职之殊荣，因我恪守的一个信条，是不能对未亲身参与的任何事情随意冠名。”然后他特地附了一段情长谊深的寄言：

我谨向杭州人民致以亲切的问候和美好的祝愿。深切希望中美友谊纪念馆能永远成为增进美中两国友好和相互了解的桥梁。

我对这段寄言越看越兴奋，连声慨叹：这是既写给我们纪念馆，又写给杭州人民的。既如此，那我要把这事向省市有关部门汇报，求得他们对纪念馆的最大支持。心想，他的病体痊愈了，他也为“9·11”事件激愤了，他要化愤怒为力量，为大爱。而这，首要的是世界人民要注重友谊，因此在寄言中特别强调：“深切希望中美友谊纪念馆能永远成为增进美中两国友好和相互了解的桥梁。”这桥梁就是友谊啊！

我也激动起来了，在房间里来回踱步，搜索着关于友谊的论述和诗章，刹那间，立即想到美国的先哲爱默生。

爱默生，是19世纪中叶美国最著名的诗人和演说家，也是哲学家。那时美国完成了产业革命，经济、政治一片繁荣，他第一个直接阐述了美国精神。1837年8月31日，他在波士顿剑桥镇——哈佛大学所在地，对全美大学生荣誉协会发表了一篇题为《美国学者》的著名演说，这是在美国文化史上一颗点燃了熊熊之火的火星，被称为“美国思想的独立宣言”。尤其对美国年轻人的影响巨大，几乎使人着迷。他到处发表演说，虽然是个先验主义者，相信“超灵”，有一定的幻想成分，但他始终巨人般地站在神奇的美洲大地上，审视着美国这个新兴国家所面临的一切，以充满智慧的思想，对当时美国人奉为经典的欧洲大陆古老的文明及历史，进行富有激情的批判，对北美大陆即崭新的美国文明的建设，提出了空前的迷人的设计。人们称他为“美国文明之父”。他对友谊，也有极其精辟的见解。我急忙跑到书房兼卧室里，从书柜中找出爱默生的一本著作《美国的文明》，孙宜学译，翻到他的《友谊》一文，文前有一篇脍炙人口的序诗，我在房间里高声朗读起来：

一滴鲜红的男人之血，
胜过波涛汹涌的大海；
变换不定的世界来来往往，
只有固定生根的爱人永存。
我幻想他已经消失，
许多年后，
他又出现了，闪耀着永不枯竭的友善之光，
就像每日初升的太阳。

我忧虑的心又自由了——
噢，我的朋友，我的心在说：
只因为你，天空成了苍穹；
只因为你，玫瑰才有自己的鲜红；
只因为你，世界万物，才有那样高贵的形式。
看呀，在遥远的地平线上，
我们命运的磐石已经出现；
你的美德铺就了一条通向太阳的大道。
你的高贵也已将我教导，
我也用它来控制我的失望；
我潜在的生命源泉，
源源流过你美丽的友谊！

“啊！美丽的中美友谊，我们用爱情为你伴奏。这乐声虽然微小，它发自草根的歌喉！”我吟完爱默生的名诗，情不自禁地拨动了自己的心弦。那雄浑的男中音，在房子里绕梁三匝。特别是爱默生诗中“我们命运的磐石已经出现”一句，我似乎可以借喻为“我们地球的磐石已经出现”，这就是牢不可破的中美友谊！

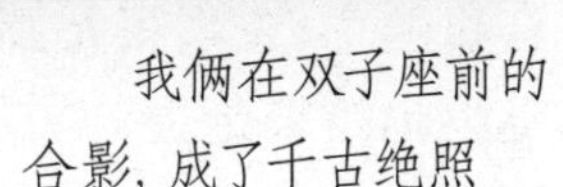

我俩在双子座前的
合影，成了千古绝照

一张有小孙子的照片
让基辛格博士在病中一笑

# 第 十 四 章

# 请单身老外过年

2001年圣诞节前夕，上海浦东国际机场整日机声轰鸣。起降的飞机络绎不绝，一架接着一架，像候鸟似的停满机场或飞翔蓝天。

一架大型客机从美国飞来，它像大鹏鸟似的搏击长空，以超音速航行万余公里后，来到上海机场上空，对准跑道，放下起降架，慢慢地在空中下降，下降。接着，“砰”的一声，飞机着陆了，在跑道上向着前方顺利滑行。紧接着，机舱里响起一阵热烈的鼓掌声，人们欢呼飞机的平安到达，完成航行，一颗悬着的心也终于放下了！自从“9·11”以后，据说凡是美国飞向世界各地的飞机，每到平稳降落时，乘客和机组人员，都会情不自禁地一齐鼓起掌来，庆祝航班的顺利到达，人生旅程又一次得到安全。这掌声，是对恐怖分子的有力回击，也是对善良人们的热烈赞颂。

在这掌声中，有两个小朋友的掌声特别清脆，他们是我的孙女和孙子。今天，这对小天使，也从美国回来了。他们是随母亲和奶奶一起回来的。小孙子在机舱中，表现得特别可爱。他不怕生，利用刚学会小跑的小腿，在机舱过道上，哒哒地跑来跑去，与两旁坐着的乘客，不论认识与不认识的，都一个个去亲热，不是对他们笑笑，就是用小脸去贴贴他们的身子，仿佛都是亲人似的。京剧《沙家浜》中，阿庆嫂有句脍炙人口的唱词：“来的都是客，过后不思量。”他却是见的都像是家里的亲人！因此，凡是被他亲热过的人，都对他十分喜欢，他真的成了机舱中的小天使！

他们是回国来过农历新年的。因为，他们的父亲——我的大儿子潘柯，也已回国了，而且在上海一个刚组建的医药公司里工作。这个公司，是由香港的大实业家李嘉诚投资开办的，他为了把中国的祖传医药推向世界，同时搞活香港的经济，就出巨资开办了这个带研发性的医药公司。众所周知，中药在中国是治病良药，而且是主要药物。可是外国人不大相信中药的疗效，因为中药讲寒啊热啊，外国人讲微量元素，认为这才是科学的，真正适合治疗人的疾病。然而，中药毕竟也有科学性，中国数千年来就靠中药治病救人，保护人体健康，只是缺少进一步的科学研究。而我的长子，在美国正好从事西药研发工作。他在美国获得化学博士后，就在美国一个享誉全球的强生医药公司里领导一个实验室，短短两年中，获得四个专利。虽然这专利是在实验室上班时获得的，不属个人，但由此声名鹊起。而这声名被香港这位伯乐实业家知道后，就把他以高薪“挖”来担任公司技术总监。

薪水高低还是次要的，能回来为祖国医药事业效劳，那才是真正的荣耀。中国的有志青年，都想报效祖国，尤其在国外学到专业知识后，很想寻根归国，把这些知识贡献给祖国人民。

我知道这一消息后，更为高兴。我把儿子的回国效力，与清朝时的“西学东渐”做了对比。那时，一批有志的中国知识分子，留洋后很想把外国的科技知识带回国，以拯救华夏。可是清朝腐败，特别是统治者横暴对待爱国者的热情，致使许多已经流入中国的西洋科技不能很好发挥作用，或者半途而废。例如清政府买来了许多欧洲出产的自鸣钟，结果只成了皇宫贵族们的玩物。因而当年许多有志之士，只落得慷慨悲歌，徒叹救国无门！

现在，儿子带了真才实学回到祖国，这不仅可以振兴中华，而且还是中美友谊的一个有力见证。如果没有中美友谊，中国人能去美国学习吗？如果没有中美友谊，中国人能把美国先进科技知识带回祖国服务吗？

而且，我现在正在筹办“华人在美国的奋斗与贡献”展览。我觉得，儿子的工作也可算是一种奋斗与贡献。因为他在上海从事的医药研发，将来也有利于美国的医药事业。医学是为全人类服务的。

我很兴奋，在机场和儿子一起接到从美国回来的家人以后，就叫媳妇和孙女孙子，先在上海和儿子一起过圣诞节，然后到杭州来一起过春节。而祝华，就随我直接回杭了。

祝华回到家里，连忙从箱子中取出一大包资料。看到这些资料，我眉飞色舞，似乎比带回许多美国礼品还高兴，随即一份一份阅读起来。有些编了号，有些做了归类，忙得不亦乐乎。

祝华问我："你叫我带西洋参，怎么你没向我要？"

"带来了吗？"

祝华递给我一大包："是媳妇送你的！"

"那要谢谢她。"

祝华认真说："儿子走了后，媳妇许多事都跟我商量。回国的时间将到，她问我你平时吃什么补药。我说你不吃补药，只吃饭。媳妇说，那就买西洋参，让爸爸胃口更开些。我说，我也想买参，是准备送给亲戚朋友的，一斤西洋参，可送不少人家。媳妇说，原来你们那么精打细算。我说，你爸爸只有为纪念馆花钱不精打细算，一次就用去成千上万。媳妇说，怪不得你们到美国来，还是那么几件老衣裳。我说，老衣裳穿了舒服。她说，那不行，这次还得给爸爸买件新衣服。"祝华津津乐道着，又从箱子里取出一件T恤衫递给我，接着说："喏，这是媳妇的又一片心意。"

我十分欣慰，妻子带回那么多资料，媳妇送了补品和新衣，都是为我呢！特别对其中一份资料，我看了爱不释手。

那是一叠剪报，记载了"9·11"那天，纽约一位华人青年，正在双子座中办公，忽见大厦上部被袭，还没影响到他办公的这一层，就给家里打电话，告诉妈妈说："我们的大厦被人用飞机袭击了，我受过消防训练，马上去抢救。"说完，电话搁了。他妈妈从此再也没有接到儿子的电话，也没其他信息。她苦苦地盼望着，眼泪不知流了多少！那些天，电视屏幕上尽是有关"9·11"的消息，包括个人用录像机拍下的片段消息，电视台都尽量放映。他妈妈每天都含着眼泪看，寻觅着儿子的音讯。一天早晨，忽见电视屏幕上出现一个镜头：一个华裔青年背着一个伤员从大厦里出来，他把这个伤员交给门口正在接应的人后，又立刻返身冲进大厦。这时，大厦倒塌了，他再也没有出来，他牺牲了。妈妈立刻认出刚才背人出来的那个人正是她的儿子，她连忙请人去电视台核实。电视台说，这一镜头是一位路人用个人录像机拍摄的。后经反复与他儿子生前照片对照，确认就是她的儿子。他叫曾喆，是大厦中的一个职员，立刻被人尊奉为一位舍己救人的华人英雄。纽约《侨报》《世界日报》等纷纷报道。我看了所有报道和报上的照片后，觉得这是一座反映华人在美最新奋斗与贡献的丰碑，必须在展览中占有重要位置。我想，华人和美国人确是同呼吸共命运的，那些轻视甚至侮辱华人的种族主义言论，在这事实面前不攻自破。我们就要通过这个展览来正面歌颂华人在美的丰功伟绩，歌颂中美友谊，发扬人类良知。

更可喜的，在祝华带来的许多材料中，有华人在"9·11"事件后，与美国人"同仇敌忾斗顽敌""同挂国旗颂美国"等等各种闪耀着两国友谊新精神的资料，它充分体现了华人与美国人血肉相连，生死与共，既爱祖国又爱美国，遵循美国宪法精神的高尚情操。

我准备举办一个有几百张照片的史诗般的展览。

冬去春来，我和祝华一直忙于这个展览的筹办工作。这样一个大型展览，如果是公家单位举办，起码要十几个人花上一两年的时间。他们要组织一套班子，从出国搜集资料到编辑、设计、制作等等，都要成立专门工作组，然后按部就班，亦步亦趋地进行着。而钱，起码要几十几百万，反正都是政府拨款的。以前我在浙江展览馆时，就是这样工作的。现在，纪念馆是民办的，而且是我们夫妻俩用退休工资在办的，人家形容为"夫妻店"。本来"夫妻店"是小家子气的意思，被人看不起的。可现在因为我们做的是有国际意义的事，一般人不敢小看，但好些人却冷眼相看。我们夫妇对这些都无所谓，因为这份工作不是为某个人做的，而是为大众谋幸福的。唯一焦急的，是司徒雷登故居已修复，但能否借用做馆址一直杳无音讯。

一天，我在家里接到一个电话，说他是杭州市名人纪念馆筹备处的，很想来看看我们的中美友谊资料。

我一听喜出望外，以为借用司徒雷登故居做馆址真的有望了，因为听说这类故居以后都属名人纪念馆管辖，就满口答应，请他明天就来。

第二天，他真的来了，是一位年轻人。我益发喜出望外，认为与年轻人更有话说，他们的观念新，便把有关中美友谊的资料和盘托出，尤其那个"华人在美国的奋斗与贡献"展览小样，是放在一个全用塑料薄膜套子装订的文件夹里让他看，这样既完整又系统。这位青年干部一看，愣住了，他说："这么多资料，你们是从哪里搜集来的？"

我说："主要是美国，也有国内的。"

他边看边点头，赞不绝口，说："你看，从清朝，也就是大批华人赴美淘金开始，然后帮助美国开发西部，帮助美国建造中央大铁路，把大西洋和太平洋通过铁路连接起来，以及第一位华人哈佛教授，第一位华人州长、联邦议员、白宫部长，多位华人科学家荣获诺贝尔奖，到第一位华人钢琴家、舞蹈家、歌唱家、作家、诗人，以至调燮鼎鼐的华人大厨师，反正从政界、商贸、文教、科技到军事、外交等等，几乎应有尽有哪！华人在美国真是人才辈出，业绩非凡呢！潘馆长，我觉得你们这个展览对中国青少年也很有教育意义，看看我们的侨胞是怎样在美国奋斗的，人要有奋斗啊！我看了就有这种激情产生！”接着他又反复地看，反复地品赏每张小样的内容和设计，然后说：“潘馆长，就凭这个展览，你们纪念馆不仅首屈一指，而且在全国独一无二。”

“真的吗？”

“我敢打赌，我最近也在搜集这方面的信息，以让名人纪念馆能有新意。但是，可以这样说，就传扬中美友谊来说，你们纪念馆将是绝无仅有的。”

我开玩笑说：“那比名人纪念馆还要名人了！”

“可不，名人纪念馆，一个馆是纪念一个名人，你们是纪念成百上千的名人，在世界上也是无与伦比的！”

“呵呵，你的评价太高了。”我也有些得意。

“潘馆长，”年轻干部突然很为难地说，“我对你们的办馆精神非常感动，正因为这样，我不得不告诉你，修复后的司徒雷登故居，我估计你们要想做馆址，基本上不可能！”

“真的？”我立时愕然。祝华听了，也从房间里跑到客厅来，同样惊愕地望着这位年轻人。

“反正公家的房子，是不可能给你们民办单位白用的，这是体制问题。不过你们还是可以继续要求，也许局领导会考虑。唉，你们的纪念馆太好了，也太需要馆址了！”年轻干部说完就走了。

我们夫妇俩面面相觑，五味杂陈。后来了解到，原来这位干部不久就要去外国进修，临行他来考察一下，这个中美友谊民间纪念馆到底有多少分量，以便帮助其在国外宣传。我们对此十分感激。

但是，我冷静下来后，心情还是很郁闷，对祝华哀叹说：“怎么我们尽碰钉子？”

“不要紧，”祝华总是鼓励我，“你不是说，没有馆址也要办展览。还是老办法，先向浙江展览馆租展厅，春节期间就展出这个‘华人在美国的奋斗与贡献’，让大家节日乐一乐！”

我摇摇头说：“那可来不及。”

两天后的一个消息，让我们夫妇俩怎么也乐不起来。

我总是很天真。我想，这个展览就是为华侨在国内树碑立传，尽管资料已有不少，但难免还有遗珠，特别是本省有贡献的旅美侨胞的事迹不能遗漏，否则对不起他们。于是直接跑到省侨办，找了有关部门，告以实情。谁知有关部门说：“这种事迹资料不能随便提供，否则给有些人知道了他们的地址，就去拉什么赞助，岂不给他们添了麻烦！”

我哭笑不得，这是内外有别造成的。纪念馆要办事真难啊！可我想，少一个就少一个吧，以后搜集到了再补充。

可是，这一来，纪念馆变成与省侨办也不搭界了！

从春到秋，我们一直在忙这个展览。到了10月间，总算可以展出。就在浙江展览馆又租了最好的二楼五展厅，在那里举办了开幕式。一天下午，一位白发苍苍的大学教授参观完后，特地约我们夫妇在门口的大型标题牌前与他合影。他说：“我叫陈刚，这是我终生的幸运。我一生从事国际史教学，讲到中国与外国交往中，很多事都很窝囊。只有你们这个展览，才展出了中华侨胞的非凡才能。华人能在美国做出那么多那么大的贡献，真是不敢想象的。今天你们全都如实陈列了，这真是华人的丰碑啊！”

我送走陈刚教授，把展厅的管理工作委托给临时雇员，就跟祝华说：“走，今天我们去西湖边走走，轻松一下。”

祝华陪着我，边走边说：“总算一仗打下来了，我看你人也瘦了些。”

“千金难买老来瘦。我还求之不得呢！”办这个展览也确实有点像打仗，简直是日夜奋战。这一年多来，从美国忙到国内，到处奔波，绞尽脑汁，时时处在紧张状态中。主要是那些与有关部门打交道时的纠结，一刀一枪，刺得你遍体鳞伤，还让你哭笑不得，委实比打仗还难受！

两人边走边说，不由得一起来到苏堤。这著名长堤虽有六座吊桥，很像西湖水面的一串珍珠，可我俩以前很少来这里散步。今天借着秋光和桂香，特地在堤西的一条水泥长椅上坐下。我们望着对面丁家山下的刘庄，那儿有个八角亭。我歉疚地说：“我很想向基辛格博士道歉，所以到这里来坐一下。”

“是呀，从去年他寄给我们信、题词和肖像照后，你一直没有给他回信。”祝华似乎也很歉疚。

“没法回呀。你看，馆址一直不能落实，一直不能登记，纪念馆也就像个无根之木、无证之店，我们不能搞空头纪念馆呀！”

“他对我们是一片真诚，否则不会那样题词。”然后祝华引用基辛格的题词念道，“深切希望……”

我沉静地说：“我最近在看他的回忆录，发现有两点很值得我们深思。一是他在与毛泽东、周恩来会谈时，说：‘美国人民是与中国人民友好的。’这话非同小可，说明他对美国人民是了解的。我们去了几趟美国，看到的情况可以印证他的话是对的，这更使我们办纪念馆有深刻意义，任何事情要顺民心，否则不可能成功。二是他对人的生命比较看重，这也许跟他是犹太人，老受压迫有关系，受压者更热爱生命，觉得生命的可贵。我这是从他为一个德国孩子保存蛋糕的故事中感到的。”

“这故事你讲给我听听？”祝华也像孩子似的竖起耳朵。

我一本正经讲起了故事：“基辛格出生在德国，‘二战’爆发，希特勒屠杀犹太人，他就随父逃亡到美国。后来美国加入反法西斯同盟国，一起抗击法西斯，急需兵员，他就参了军。盟军打到柏林城下，那时基辛格是美军中的一个德语翻译，而他所在的84师又是先头部队，攻进德国的一个中等城市后，部队要征用一幢私人别墅，作为司令部指挥所，派基辛格带几个士兵去打扫这座房子。这时，他看到厨房的桌子上，有一个用巧克力写有‘祝你生日快乐’的蛋糕，上面插有八支小蜡烛。他就找来一块干净的餐巾，把蛋糕仔细盖好，放进冰箱。

“第二天，一个中年妇女匆匆赶来，惴惴不安地站在别墅门口。正在收拾房子的基辛格接待了她。原来，这中年妇女是这家的保姆，叫玛格丽特·德林克太太。昨天他们一家正准备给小主人约亨·维里希庆祝八岁生日，听到美军进城，一家人匆忙逃离，一时就把蛋糕忘了。可现在，小维里希想吃生日蛋糕，德林克太太冒着生命危险回家来取蛋糕。基辛格了解情况后，二话不说，带着德林克太太来到厨房，从冰箱里取出那完好无损的生日蛋糕，完璧归赵。德林克太太十分感动，连忙在胸前画起十字。”

祝华接过说：“是我的话，也要画起十字。”

“更感人的事还在后面呢！”我继续说，“战争时期，食物十分紧张，可基辛格又给了她两个美军的食物配给包。”

“这不是违反军纪吗？”

“对呀，大概美国人都相信基督教，上帝不允许让人饿死，所以必要时犯点军纪不要紧。更奇怪的，正当德林克太太对基辛格千恩万谢时，他还请德林克太太转告主人：‘我们美军不会损坏他们的任何东西。一俟找到合适的房子，美军司令部就会马上搬走。他们如果愿意现在回来，美军也会立即搬出的！’”

“真的！”祝华也很感动。

“所以我想，明年基辛格博士80岁，我们可以给他办个祝寿展览，你看怎么样？”

“太好了，这叫好人有好报，我们来报答他。”

“后来维里希自己报答他了，那是后话。现在我们也要报答他。”然后我指指隔水相望的八角亭，“就在那八角亭里，他与周总理敲定了中美第一个联合公报，不仅打破了中美关系的坚冰，也为后来的中美友好关系奠定了基础。我们今天能够创办中美友谊民间纪念馆，也得益于这一公报的诞生。”

我俩都很兴奋，仿佛今天见到了基辛格，他就坐在八角亭里，向我们招手致意。

据说数年前，基辛格博士又来过杭州，并在八角亭中重温旧事，亭中还挂着他那次进亭的照片。他在亭中分外感慨，因为当时与八角亭有关的几位美中领导人尼克松、毛泽东、周恩来都已相继谢世了！

我们也深深感到，如果在八角亭附近办个中美友谊民间纪念馆，那会更有意义。可现在，我们的馆址不知在哪里！我又想起了《诗经·蒹葭》：

所谓伊人，
在水一方。

现在，基辛格在美国关注着我们夫妇俩，可我们是“溯洄从之，道阻且长”！

什么时候才能见到他？什么时候才能在纪念馆里见到他？

回来的路上，我异常兴奋，想起前年曾经游历金华八咏楼，楼中有李清照等一批南宋文人学士的题咏，联想当天和祝华的闲游，随口吟起一首小诗：

**望刘庄**

——与祝华共眺

昔日曾登八咏楼，
文人墨客竞风流。
壮志豪情托塞外，
半壁江山仍难收！
而今共眺八角亭，
垂柳拂水景色幽。
窗明几净茶飘香，
春风习习达美洲！

2003年新年来临，我们夫妇俩去买了梅花和水仙。梅花是我挑的，意味着梅报春讯；水仙是祝华挑的，象征着仙气新意。这水仙原是我和金蕾芳的定情之物，前些年我一直在养，这几年有所疏忽。祝华虽然怕皮肤过敏，不太爱花，但为了我们的感情，可以代我续养，也是一种雅兴。逝者和生者，都一样值得挂念。我就在左有梅花右有水仙的写字台上，给基辛格博士写了一封长信。先是对迟迟没有回信表示“十分抱歉”，然后告诉他：“震惊世界的‘9·11’事件之后，人们对友谊和人生更加珍惜了。今年5月27日，是您八十华诞，为此我们决定在美丽的西子湖畔，为您举办一个祝贺您生日的艺术展览！……”

灾难凝聚感情，悲悯增强人性。我们在酝酿为基辛格博士举办祝寿展览的同时，又想为春节期间在杭州的一些单身老外做点事。

我的老家浦江农村，按照传统风俗，新中国成立前每到年三十这天，家家户户都要用煮熟的猪头、全鸡或全鸭，在天井或厅堂里供奉起来，焚香祷拜，进行“谢年”，感谢老天保佑，风调雨顺获得丰收。这很像美国的感恩节。美国人最早有这个节日，是合家欢聚，感谢上帝，同时也感谢当年开发时期印第安人对他们移民祖先的真诚帮助。印第安人也会送来食物一起欢度节日，表达友好情谊。我就想，既然年三十这天的活动具有感恩意义，那么，我们就在年三十晚上，邀请在杭州工作和学习的单身老外来家同吃年夜饭，也是一种感恩。

为此，我和祝华商量后，就向《都市快报》投了一篇短稿，谈了我们的意图。报社记者很感兴趣，马上来家采访，很快发了一条不同凡响的新闻，标题是《世上的人都希望节日快乐，杭州老夫妻想请单身老外过年》，还说愿意去的，可以直接打我们家的电话。电话号码也登在报上。

有人就对我们说：“你们自费创办中美友谊民间纪念馆，已够奇特了。中美友谊是国家的事，要你们操心干吗？可你们已办多年了。而这次请单身老外吃年夜饭，似乎又把友谊扩大到世界各国了。”

许多人认为这个活动很有人情味。甚至有人来打听准备得怎么样，似乎他们也想助一臂之力。

这年夜饭，是中国人一年中最隆重的一顿晚饭，不仅菜肴丰盛，而且必须全家一齐上桌，围坐而吃。有些在外地工作的人，为了赶回家去吃这顿团圆饭，不管路途多么遥远，交通多么不便，天气怎样恶劣，都要千方百计日夜兼程赶回。一家人团聚在一起，团团圆圆地一起举杯畅饮，觥筹交错，既是一户人家兴旺发达的象征，也是亲睦祥和的表现。

吃年夜饭还有许多讲究，例如南方人在充满荤素的大餐中，必须有一道菜是鱼，最好是全鱼。而用餐时不能吃光，要有剩余，以寓年年有余（鱼）。这是个吉兆，必须遵守。而北方人一般都吃饺子。中国农历用天干地支“子、丑、寅、卯”等来纪日并划分时间段，除夕的子时，是从夜里11点钟到1点钟，正是新旧交替之时，因此人们这时候吃饺子，就取亥时交接子时之意，即有除旧迎新之义。这也是种吉兆，大家需要遵守不渝。现在我们夫妇邀请单身老外来家吃年夜饭，既是个创举，又是种情分。杭州有孤山不孤、断桥不断的奇景，现在又有“单身不单”的节日。

报道登出后，一下子有了10多人报名，都是单身的，有美国的，也有欧洲的，非洲的。忽然，浙江工业大学一位翻译打来电话，说他们学校有位美国来的女教师，叫曼勒妮，她生性活泼，又疼爱孩子，很想让小女儿过个中国年，不过不是单身老外，能否来参加?

我和祝华商量后，觉得可以不拘一格，就同意了。曼勒妮和她丈夫史蒂夫先生，对这样的破格接待格外高兴。到了年三十那天，天还没黑，夫妇俩带着小贝比出发了。这时正下着瓢泼大雨，他们打了的士来到我们小区门口。门口已有人在迎接，陪他们登楼入室。

我们家是中等户型，只有两室一厅。不过客厅较大，有30多平方米。一张长沙发是主座，旁边摆了不少椅子、方凳，有些方凳是向邻居借来的。厨房门口摆着一张长方形的餐桌，上面放满了各式烧好的菜肴。我们夫妇和一位自荐厨师及几个志愿者姑娘都在厨房内外忙碌，有的在烧菜，有的在包饺子。我们想，既然请老外吃年夜饭，就要把中国年夜饭的特色一并端出，这就是“南北合璧”，既有南方的全鱼，又有北方的饺子，而且还可叫老外一起包饺子，学学中国餐饮的手艺。至于要不要把鱼菜剩下，也可看老外的兴趣。如果他们想吃光就让他们吃光，吃光可以再烧，一切要以高兴为前提。

曼勒妮他们一进屋，只见满屋是人，足有数十位，有男有女，有老外有老中，原来除了单身老外，还来了不少记者、访客和志愿者。特别是在杭的几个电视台，几乎都派了记者来，他们全扛着像小钢炮似的摄像机。吃年夜饭还没开始，这些小钢炮已在多个角落架设就位。它们不是发炮弹，而是吸炮弹，要把今晚这顿前所未有的年夜饭的奇特画面，统统吸进炮筒子里。

我见曼勒妮一家冒雨来了，立刻把他们迎至客厅中央，请大家腾出几个位子让座。其他来客见这是一对夫妇，也不介意他们不是单身。一位来华帮助火电厂脱硫的美国专家布朗先生，据说当过越战大兵，还吹起陶瓷鸟哨欢迎。反正同是天涯游子，来者都是朋友。年轻漂亮的曼勒妮也不顾头发已被下车时的大雨淋湿，就抱着孩子和大家握手言欢，贴脸道贺。祝华连忙放下手中活计，挤过去接抱孩子。她很喜欢小孩，尤其是一两岁的，觉得最好玩。

本来，要请老外也包包饺子，学学手艺。可是现在人太多，已不可能开展这一活动了，只得以吃为主。我就在开场时对大家说："今天这年夜饭，由于人太多，只得将大会餐改成自助餐了。不过有些风俗习惯，还是得向外宾们热情介绍，下面请翻译讲解。"我们已物色了两位英文翻译，一男一女，都是义务帮忙，也凑热闹。

两位翻译，一位讲南方年夜饭的特点是什么，一位讲北方年夜饭的特点是怎样，言简意赅，提纲挈领，很快就把情况介绍完了。老外一听中国的年夜饭还有南北之分，真是中国之大，无奇不有。大家笑逐颜开，都期待着尝一尝南北风味。他们大都是年轻人，虽然单身，可并不感到寂寞，尤其在这天堂杭州，关怀的人真多呢！

吃年夜饭之前，照理要放一阵鞭炮，这一是宣布春节开始，二是除旧迎新。"爆竹一声除旧，桃符万户更新"，向为中国老百姓所熟知。今天在老外面前，也应该把中国年俗和盘托出，让大家尽情赏玩。不料我从柜子里取爆竹时，有人忽然建议别放大炮仗，那会吓着曼勒妮一岁多的女儿。

谁知曼勒妮了解后，竟说："我们小贝比不怕炮仗，她哭起来的声音比炮仗还响呢！"

翻译一译，大家笑个不停。

于是决定大小炮仗一起放，让大家彻底乐一乐。可是外面下着大雨，几个"炮手"急得团团转。这时，只见曼勒妮丈夫挤出人群，走到门边拿起一把雨伞，比画着说："你们去放炮仗，我给你们撑伞。"

有人说："放炮仗不能撑伞，一不小心就会把雨伞炸破！"

史蒂夫摸摸雨伞，看看大家，不知为什么会炸伞。他实在不知道怎么放炮仗！只觉得这五颜六色的炮仗很好玩，便笑着坐回原位。

年轻人不怕淋雨，刹那间冲下了楼，就在雨中把大小炮仗放得山响。不一会整个小区也响起了排炮似的炮仗声，人人乐开了花。

就在这爆竹声中，我宣布吃年夜饭开始，但已取消"单身"两字，并且嬉笑着说："今天这年夜饭，人员是中西合璧，年饭是南北合璧，还有，性质是单双合璧。今年的单身，明年都会成双身！"这算是新年贺词。

有人立刻抢着说："老潘，那你们明年还办吗？"

"办啊！我想年年办，最好能成一个年夜饭节。中国节日很多，不妨再来个节中节。”说得大家又开心欢笑。

有人大声说：“明年的年夜饭节，到我家去搞。我今年已经买了一套180平方米的大房子，那客厅有50多平方米，可以接纳几十位单身老外。”

“好，明年我们一定去！”有人欢呼起来。

不一会自助餐开始，大家端着盘子在餐桌前、茶几前各取所需，有的拣荤菜，有的夹素菜，自由排队，乐不可支。曼勒妮已学会用筷子，她丈夫还不会，就用叉子对付。大家吃着各种菜肴，一边啧啧称赞味道不错，一边去找更好吃的，弄得满屋人群挤前拥后，大呼小叫，真是兴高采烈地过大年。

大家吃着各式主食和菜肴，喝着饮料，唯有对那条清蒸鲥鱼不动一筷，约定俗成变成了“中外合约”。我们夫妇觉得大家对这条鱼“可望不可即”，实在有点难堪。祝华便对大家说：“年年有余不是不能吃鱼，而是要有多余。大家还是吃吧！”

人们还是看着笑着，总觉得整鱼（余）更好。

这鱼便成了一件供品，供奉着一种信仰。人们相信明年会比今年更好，变成鱼水欢歌！

然而曼勒妮的小贝比指指那鲥鱼想吃，也许她觉得那条“盘中餐”很好玩，想去抓一抓。

祝华知道，不能给小孩随便吃鱼，因为有鱼刺。尤其美国人吃鱼，都是吃剔了刺的鱼肉的。她用筷子头蘸了一点鱼汤，放到小贝比嘴边，让她用舌头舔一舔。谁知她很爱舔，祝华就再给她舔，如是者三，弄得周围宾客都来围观小贝比的“嗜鱼瘾”。这时，一位杭州客人从口袋中取出一个鱼玩具逗着送给她。那是一条塑料电动鱼，尾部装有开关，只要轻轻一揿，鱼肚就会发光，鱼鳍就会扇动。背上有条线，提起来就是鱼灯，放手上就是“活鱼”，十分好玩。小贝比看了心花怒放，连忙拿在自己手掌上玩起来。

有人就问曼勒妮：“你明年春节还在杭州吗？”

她笑着说：“在不在不要紧，我已经在杭州结下许多终生朋友了！”

大家只知道美国有“终身教授”，现在又多了“终生朋友”的称谓，十分开心，感到她真够朋友！

年夜饭活动结束时，曼勒妮邀我们夫妇次日去他们家，说有件事可以商量。

最激动的要数布朗先生。他回到宾馆后，立刻给布什总统发了电邮，说：“中国人民真是友好，而且真是聪明勤奋。要是美国能与中国人民合作，也许‘阿波罗号'航天飞机不会掉下来了。”话虽夸张，却也表现了美国人的直率性格。后来他还要求见杭州市长，我们也帮他联系了。金胜山副市长亲切接见了他，他很感动。此后数年，他都来杭州看望我们和纪念馆，看来这个越战老兵对友谊自有不同认识。

被《都市快报》称为“赤脚大仙”的布朗，要我们陪他去见杭州市长，市长果然见了

# 第十五章

# 议长考察

第二天，我们夫妇应邀来到曼勒妮家。他们也请了临时翻译，是一位英语助教。曼勒妮说："我父母不久要来中国考察投资农业和渔业项目，我妈妈对丝绸也很感兴趣，他们很快就会从美国出发。"

我一听，兴奋地说："那到我们浙江来投资，我们浙江是鱼米之乡、丝绸之府，在这里投资最好。"祝华也补充说："浙江正在造萧山机场，以后可以直飞美国。"

"那我们父母怎样才能先到浙江来?"美国人办事都很认真。

"你去说啊，你是女儿，他们肯定听你的。"我和祝华不约而同地说。

"我们美国人不是这样，都要根据实际情况，还要有一定的条件。"

这下我和祝华都愣了。

"譬如，"曼勒妮接着说，"要有浙江的政府去邀请，他们才能来浙江。"

"那请我们省经贸厅去邀请。邀请美国投资商，他们肯定很高兴。"祝华想当然地说。

"不一定，"我说，"政府部门办事都要按部就班，尤其是邀请外宾。现在曼勒妮父母马上都要出发了，我们省经贸厅还会临时邀请吗?"但我进一步想，曼勒妮父亲这次要来投资，机会一定要抓住，纪念馆也可尽一份义务，就说："曼勒妮，如果你的父母到了杭州，再请有关部门出面招待，那是可能的，这是礼节。"

祝华立刻说："对，先由我们纪念馆出面邀请，请到后，再请省经贸厅接待。我们纪念馆本来就是牵线搭桥的。"

对“牵线搭桥”几字，翻译一时找不到适当的英语词汇，倒是曼勒妮从翻译含糊其词的翻译中听懂了一些，比画着说：“是不是将一条线的两头接起来？”

大家说：“对对，就是这个意思。”

“OK，那么这条线就由我来牵吧！”她说着笑起来，向旁边在玩的小贝比重重亲了一下。

大家都觉得她的性格很可爱。

接着，她灵机一动，肯定地说：“还是按照我们美国的方式来办，我先给你们一份我父亲的个人资料。你们看了认为可以，那就邀请。”说完从皮箱里取出一份材料，那是一份有中英文对照的她父亲的个人简历。

我接过来看，简历非常详细，她父亲叫艾尔·金，原是俄勒冈州众议院老议长，连任两届，现在是RBC公司副总裁兼投资执行官，具有26年投资经验。太太丹妮丝·金，为日本裔美籍退休中学教师。而“家庭背景”一栏中，竟写着“第五代俄勒冈人，祖先（第一代）曾参加俄勒冈州首届立法与组织大会”等等。我想，美国人真实在，比我们以前审干时“查三代”还详细。可他们是自觉填写的。我想有了这份材料，去与省经贸厅商量也比较实在，就爽快地说：“曼勒妮，可以由我们纪念馆先邀请，不过这邀请书还是要请你提交给你父亲。”

曼勒妮也很干脆地说：“没关系，我可用电邮发给我父亲，很快就到。”他们已经现代化了。

数天后，曼勒妮打电话来，说她父母亲同意先到杭州，一方面是看看我们的小贝比，另一方面看看浙江的投资环境。

这年初春，新学期刚刚开始，我便带了个新办的“华人在美国的奋斗与贡献”展览，去到浙中、浙西一带，找大学、中学或有关部门进行巡展，让旅美华人的丰碑也竖立在中国青年的心目中。想不到这种展览并不为有些人欢迎。我特地跑到浙江师范学院（今浙江师范大学）去联系，这里原是我的母校，不意竟被拒之门外，管事人说：“与美国有关系的展览，容易搞乱学生的思想。”我哭笑不得，只得作罢。但有些学校相当欢迎，认为这不仅宣传中美友谊，有利于改革开放，而且对扩大学生眼界，增长国际知识也有好处，因而组织学生参观，甚至请家长也来观赏。这使我非常感动，我就亲自做起讲解员。

更使我高兴的是，这样的展出，还能为纪念馆增加收入。纪念馆的经费，都是我们夫妇俩的退休工资在支撑。特别是今年，要为基辛格博士八十华诞举办的祝寿展览，一开春就动手筹备了。

我一边巡展，一边物色省内外的各种艺术精品，甚至请工艺大师特制礼品。

东阳的木雕大师陆光正，是我老朋友，热情接待了我，并说："基辛格博士也是我所敬仰的人，给他送寿礼很应该，我决定自己动手雕刻他的肖像，请你送一张他的肖像照给我。"我立刻想到，两年前基辛格博士有张十分英俊的肖像照送给纪念馆。那张照片有A4纸那么大，他穿着黑色的西装，扎着红色的领带，昂首挺胸，目光炯炯，深沉飘逸，一副超级智者的风度。整张照片色彩凝重，很像一幅油画。大约摄于他的中年时期，也是他的风华正茂时期，是他的得意之作。他在照片下方有给纪念馆的亲笔题词和签名，书写刚劲潇洒，并且富有艺术性。我精心翻拍了一张寄给陆大师。

2月下旬，曼勒妮的父母从美国来华了。当他俩在上海浦东机场出口处出现时，看到前面接机的人群中，有人举着一块纸牌，上写欢迎他俩的字样，就一起走向那位举牌者。这举牌的是我的长子潘柯，英文名字叫凯文，这时已在上海工作，这天是我让他去做接客的临时翻译，接完仍去公司上班。他向艾尔·金介绍了他旁边的两位中美友谊民间纪念馆的副馆长，一位是常务副馆长范祝华女士，也是他的继母，还有一位是古董商胡龙官先生。

走出机场，请他们坐进我向浙江展览馆借用的轿车。一个单位去接外宾，要向以前工作过的单位借车，这在艾尔·金夫妇听来，就像天方夜谭。反正在中国，什么新鲜事都有。尤其我们民办单位，什么都得变着法儿做。

更新鲜的是，他们到了杭州，已是晚上9时，我带个新的翻译来迎接。在香格里拉大酒店住下后，我一定要请艾尔·金夫妇去杭州最热闹的一家"不夜店"用餐。

这店在湖滨。天下着大雨，外面模糊一片。我原想让艾尔·金夫妇看看西湖夜景，增加对杭州的美感，谁知这时黑茫茫只有一片雨景，哪有西湖特色！而来到"不夜店"，只见人头攒动，摩肩接踵，连找座位都困难。我请大家在门口等着，自己直接找到经理室。刚好经理在，我就说："今晚我们是陪一位美国州议长来用餐，这议长又是来浙江投资的大亨，请你务必安排个餐桌。"经理一听，忙说："给你们一个包厢，欢迎明天再来。"

这包厢仿佛是经理用魔术变出来的，旁边的服务员也感叹。

餐桌上，我和祝华竭力向艾尔·金夫妇介绍浙江优越的投资环境，尤其是农业、渔业方面，可说全国第一。只是我们讲的许多都是外行话，艾尔·金夫妇也似乎听出了一些，只觉得这对中国夫妇对中美友谊有种赤诚，一个劲地牵线搭桥，竟把儿子、原单位都动员起来，还自己掏钱接风。

第二天，省经贸厅出面接待，安排他们夫妇去浙东、浙西考察。3月初旬，我带了两大箱展板，去市场经济全国最活跃的温州市。我除了也请温州的黄杨木雕厂厂长给基辛格博士送一件珍品外，又找了这里的大学老同学，请他们帮助联系展出学校。这些老同学都是中学教师，现在均已退休，但至少可以介绍他们曾经工作过的学校，让我去展出一两天。为此，我又把刚从小学教师岗位退休的弟弟，从浦江老家叫来帮忙。

弟弟赶到温州，我们便准备在城中的一所中学展出，这是我大学老同学张廷初联系的。学校为了照顾本校退休老师来联系的面子，同时也是为了欢迎这类有利于素质教育的展览，答应展出两天。我喜不自胜，一大早，就和弟弟打的把两大箱展板拉到这个学校。在女校长的亲自安排下，便在校园的一条长廊上展出。

长廊两旁，长着不少美丽的荼蘼花。那花茎攀缘长廊而上，开着朵朵白花，香气扑鼻，十分雅致。这当儿，学生正在上课，要到他们下课或中午休息时，才会一窝蜂涌来参观。我叫弟弟先去附近街上走走，难得来趟温州，看看这里突出的开放情景有好处，展览暂时可以由我一人管理。

我悠悠地坐在荼蘼架下，想起苏轼的《荼蘼花菩萨泉》诗："荼蘼不争春，寂寞开最晚。"便想，我也不争春，但来温州宣传中美友谊还是比较早的。这些年，温州人跑遍天下，凡是有集市的地方，都有他们的人去做生意。近几年去美国经商的温州人也不少，但真正对中美友谊有所了解的不是很多。有一次，我在美国汽车上碰到一位温州商人，问他对美国感觉如何，他说："没有什么感觉，反正我们是来赚钱的。"

"赚钱也要了解当地国情呀！"

"哪有时间去了解！反正他们需要什么，我们就生产什么，提供什么，做生意呗！"说得很轻巧。

我想，这样赚钱固然可以，不过如能了解当地国情，可以找到更大的商机。现在来到温州，仿佛也是传经送宝。兴之所至，摸出小本写略带寓意的小诗：

### 荼蘼

小叶棱茎平地长，
有栏即攀满回廊。
素花洁白迎风笑，

最是高处最飘香。

正当我诗兴勃发，还想再写一首时，校长神色紧张地来找我，说："潘老师，对不起，刚才市教育局来电话，说杭州发现了'非典'，我们温州也要提高警惕，规定我们学校三条，第一条就是学生不能在室外集体活动。参观展览就是集体活动，所以我们这个展览到此为止，请你赶快收起来，今天的钱我们照付。"

"那明天呢?"

"明天当然不展了。"

"那还有几条呢?"我想索性问个明白。

"第二条是不准外面人进校，尤其杭州来的人。你们是杭州中美友谊民间纪念馆的吧?"

"那第三条呢?"

"这第三条就不要问了。凡是进出学校都要戴口罩。你没有带口罩吧?我给你一个。"说着便从口袋里取出一个递给我。

我看着口罩莫名其妙，怎么情况会突变成这样?前几天是说广州、北京一带已有"非典"病人，一种非典型性肺炎，危害性很大，而且目前还没有特效药可治。怎么现在杭州也有了?我想这口罩只得接，否则校门也出不去了。又一想，还有个弟弟在街上溜达，他回来也要戴口罩呀！只得向校长再要一个。

两个口罩拿在手上，乍见校长还站着不动，看来是在催我赶快拆展。我忙说："我这就拆展，等会再来找你。"那是为了收取几百元展出费。

校长说："我在办公室等你，越快越好。"返身走了。

我觉得自己仿佛一下子变成了瘟神，要被尽快驱逐，无奈地收着展板。心想这是怎么回事?杭州发现了"非典"病人，连温州都要这么紧张。可仔细一想，也只能这样。"非典"这疫病传播极快，只要受感染的人到了哪里，哪里就会迅速传播开来。现在火车、汽车、飞机到处跑，人员流动很大，也就是说，杭州有病人，说不定曾与那个病人接触过的人，现在已到温州了。这么一想，自己也要赶快回杭州，否则一旦温州实行管控，连温州也出不去，杭州就更别想回去了。

两只手飞快地拆着展览。不一会弟弟回来了，我连忙告知情况，叫他帮助拆展，自己先跑去校长室取钱。

当我从校长室回来时，弟弟已把所有展板全都拆卸完毕。两只 1 米长 80 厘米宽 30 厘米高的大布箱，刚好把 60 多块展板全部装进。我指指箱子对弟弟说："看来这展览不会再在温州展出了，我只得把它带回杭州。现在给你200块钱，算是你来回的路费和一天的工资，实在抱歉。我本想多给你一点，现在捉襟见肘了！你也赶快回老家吧。"说时鼻子也有点酸。

弟弟却说："我还要去乐清一趟，见见几个堂兄弟。"乐清紧贴温州。这几位堂兄弟都有感情，多年不见，现在顺道去见见也很自然。

我又给他100元，他不肯接，说回家的钱有着。就这样，兄弟俩只合作了一天，又东分西散了！心情都很沮丧。我想，天有不测风云，可这一不测委实打击很大，没有钱，基辛格的祝寿展览还要办吗？

更使我焦急的是，艾尔·金夫妇的情况怎样？他们是我们贸然请来浙江考察的，要是他们在这里也感染上"非典"，那我们怎么对得住他们？我坐在火车上，如坐针毡。火急火燎地赶到家里。祝华在家，赶忙问她："有艾尔·金他们的消息吗？"

"昨天曼勒妮请翻译打来电话，说她爸爸妈妈已经结束浙东、浙西的考察，回到杭州了。情况还不错，准备进一步洽谈。"

"他们有没有感染上'非典'？"

"大概不会吧，他们是从乡下回杭的。"

"现在杭州不是已经有三例病人了？"

"是有，而且市政府对这三例进行了严密隔离。这三例病人住的小区，已经全部实行管控、封锁。凡是这些小区的住户，一律不准外出，他们要买东西，只能托外面的人代购，然后把代购的东西用绳子从窗口吊上去，自己不准下楼。"祝华又讲了些有关"非典"的消息。

我忧心忡忡地说："我真担心艾尔·金他们也染上这个病。我知道美国人最怕感冒，好像一感冒还会危及生命。唉，尤其对不起曼勒妮。"

"是的。这次是我们托曼勒妮把她父母贸然请来浙江考察的。不过我们已成了好朋友！"

我了解到艾尔·金夫妇现在的住址后，赶紧请了懂英语的朋友来家给他们打问安电话，谁知老议长提出明天想去参观我们的中美友谊民间纪念馆。

这可为难了，我们忙叫翻译先等等，待会儿再回话。我想，明天能去吗？现在"非典"横行，少出门为妙。可是，政府也没有叫外宾不出门，要是自己去与艾尔·金说"最好你们还是待在宾馆里"，那分明是把他们拴在宾馆里。这样故意滞留客人，很不礼貌。在这风云突变的关头，更不能造成人为的紧张。可是自己又想不出两全之计。

祝华正在准备晚饭，我来到厨房，困惑地说："现在真的左右为难。"

"我想还是请他们去参观吧，几个人参观展览，不算大型集体活动。好在杭州城里，除了已发现的三例以外，其他地方还没发现新的病人，总的还是安全的。"祝华提出了肯定意见，翻译朋友也觉得可以，就这样做了邀请。

艾尔·金接到邀请电话，分外高兴，还说非常感谢。这"非常感谢"，开始我还以为是客气话。后来了解到，也是肺腑之言。

我听省经贸厅的同志说，他们夫妇这次去浙江农村考察，不仅了解了浙江真是鱼米之乡、丝绸之府，而且还发现了农民在水田里也养鱼。艾尔·金就说："这在我们美国也能养啊！"后来范祝华又陪他们去拜访了中国美院的洪世清教授。洪教授不仅擅长绘画中国的国宝熊猫，誉称中国画熊猫第一人，而且精于海边岩雕，创作天人合一的不朽作品。艾尔·金夫妇看了洪教授的许多岩雕照片后，就对他说："我想邀请你到我们州的海边去雕刻，那儿也有许多岩石，可以成为一个海边公园。"后来真的邀请洪教授去美国访问了。

老议长当时之所以提出要来参观我们纪念馆，其实还想进一步考察我们纪念馆的实情，这也许太让他们感到好奇或者兴奋了。

第二天，他们果然来了。两辆的士开到了城南鼓楼，下来艾尔·金一家人，小贝比也照样来。他们似乎对"非典"并不十分害怕，也许认为是病就有药可治，殊不知我们中国当时应对这类突发情况还不行！

我们夫妇早已等在那里了。同来的还有副馆长胡龙官和一位经商的胡海燕女士，他们都对艾尔·金夫妇很感激。到那时为止，艾尔·金可算是光临纪念馆身份最高的外宾。我们请了一位临时翻译，是位大学生，英语还不错。

要参观的展览就是"中美友好二百年"，它已成我馆的当家展览，常展常新。

这个展览布置在城南鼓楼上。从前这里是击鼓鸣金的点将台，现在成了旅游景点，可中国人已对这类封建时代落后守城方式不感兴趣，观众寥寥。我们就通过关系把这地方借来办展，但只能借用一段时间。

鼓楼中间有个大厅，四周都是花格子的门窗，展板就挂在每扇门窗上，既显眼又雅致，古色古香中透露着洋味，因为展板上有不少是美国人画面。展览内容丰富多彩，80多块展板都做成90×60厘米长宽，整齐划一，色彩鲜艳，中英文对照，外宾也能自己看懂。从清朝康熙年间到当代，凡是有关中美友谊的史迹基本齐全。我们夫妇，就陪艾尔·金一家从头看起，先由我用中文简要介绍，再由翻译直译或意译。艾尔·金不厌其烦，兴致勃勃地看着，听着，专心致志，逐一参观。他既像政治家又像学者，看得很认真。当他看到华盛顿总统亲自写了采购单，托来华美商在华代购中国土特产时，觉得格外新鲜。紧接着又看到华盛顿任总统期间，中国对美国的茶叶出口直线上升，觉得这就是政府应该做的，历史成了一面镜子。看到后面，又发现鸦片战争时，一家美国公司从不向中国出售鸦片，因此赢得林则徐的赞赏，请他们出席销烟仪式。他觉得中国人很实在，是非概念清楚，并不一概而论。又看到辛亥革命前夕，一位美国的女传教士帮助中国人把秋瑾的遗骸保存下来，他很惊讶。这是我们从野史中挖掘出来的，连其他观众也很惊讶。我们把这一情况也介绍给艾尔·金后，他连连点头，觉得这个展览能够把野史中的事实也给挖掘出来，让历史更全面，这很不容易。他就深情地看了我们夫妇一眼，好像在说：用这种态度办中美友谊民间纪念馆，难能可贵。许多照片，他反复地看，似乎在琢磨其中奥秘，按今天的话说，也许正在琢磨其中的正能量。

他参观完，郑重其事地对大家说："这个展览很好，许多美中友好事迹，我也是第一次看到，一下子让我懂得了许多事情。非常感谢。"他深情地环顾着整个展览。

我说："许多中美友谊事迹，我们国家年轻人也不了解，所以我们要送展上门，有时把展览送到各个学校去展出。"

丹妮丝·金一直笑眯眯地跟着丈夫参观，这时轻声细气地对我们说："这种展览，你们也可以拿到美国学校去展出。不过有些英文翻译要改正，不太准确。"她是教师，既实在又热情。

我连忙解释，自己和夫人对英语一窍不通，都是请人翻译的。虽然请了个英语八级的人翻译，但还是有很多差错，可惜自己改正不了。

这一说让艾尔·金一家都很激动。他们认为一对对英语一窍不通的老年夫妇，却在如此热情地从事中美友谊事业，而且摊子很大，一面办展览，一面招待外宾，连个车子也没有，都靠脚跑，真是奇迹。曼勒妮丈夫特地伸手与我紧紧地握了一下。

艾尔·金这时感慨万千。他走到展厅的后面，那儿刚好架着一个硕大无比的直径有3米多高的大鼓，旁边放着几只鼓槌，他礼貌地问翻译："这鼓可敲吗？"

回答可以敲，而且可以重重地敲，越响越好，鼓是激励斗志的。

他似乎深有感受，2002年时，他曾经率领俄勒冈州一批立法委员访问中国，温家宝总理亲自接见他们。他决心参与中国投资工作，后来女儿要来中国实习教书，他就竭力支持。这次女儿要他先来浙江看看，他也来了，也考察了。也许现在又考察了这个纪念馆的种种情况，既真诚又厚实，觉得周围都响着阵阵鼓声。他就叫太太、女儿、女婿、小外甥女，都到大鼓面前，先是一起合影留念，然后他抡起鼓槌，在大鼓上重重地敲了一下。大鼓立刻传出洪亮的声音，回音缭绕，仿佛是对他这次来到浙江的一大鼓舞。

曼勒妮见老爸神采飞扬，也抱着女儿拿起鼓槌，叫女儿和她一起敲。一岁多的女儿用双手去捧鼓槌，在她的扶持下，也在大鼓上轻轻地敲了一下，余音袅袅，这是美国新一代的声音！大家拍手致谢。

我从挎包里取出一本书，恭敬地递给艾尔·金，说："这是我们纪念馆印的，请你留作纪念。"

那书从封面到内芯，都是中英文对照，艾尔·金一看，是本《中美友好二百年纪念画集》，书虽不大，却是珍品，就十分感谢。我讷讷地说："这前面是这个展览的汇集，照片、文字全在里面了；后面是我写的有关中美交流的四篇小论文，也有译文，请老议长多多指教。"

老议长不由得翻到后面去看标题，第一篇是《华盛顿总统支持中美贸易——兼谈中美早期贸易盛况》，第二篇是《华工心血铸丰碑——十九世纪中叶华工帮助美国开发西部事迹》，他立刻对我说："你还是学者！"

我解嘲地说："普通学者，报纸上也这样称呼我。"那是指前些年《光明日报》头版头条的一篇文章，标题是《大科学家与普通学者》，讲钱学森院士如何指导我创建展览学的事。

"你们中国人都很谦虚，做了很多事不肯多说。"艾尔·金沉稳地说。

"爸爸，"曼勒妮接过说，"中国人有句话：要做老黄牛！"

艾尔·金深沉地看看我们夫妇和其他中国人，觉得确实有老黄牛的精神，便对女儿说："你对中国人已经很了解了？"

"我要做中国人的终生朋友呢！"

"哦！"艾尔·金夫妇都亮起了眼睛，亲切地看着女儿，会心地笑笑。感奋中，老议长翻看着手中的书，似乎在找什么，最后问我们："你们的馆址呢？"他也许想以后写信来。我们因为没有馆址，不便印名片。

这一下我们更难堪了，我摇摇头说："我们没有馆址。"过了一会又说："不过现在杭州上城区政府刚借给我们一个地方，可以做临时馆址，正在申请开大门。"

翻译把这些话译给艾尔·金，他听后又很惊奇，怎么开大门还要申请？而纪念馆竟在申请？但似乎不便多问，只好不断地点头。想不到祝华接着说："后天开大门，欢迎老议长来参观。"

“我可以来吗？”艾尔·金笑着问，既不失绅士风度，又具有名流雅兴。我估计，他实在被我们的创新精神所感动，很想一睹中国人这种破墙开门的时代风采。

“可以，那旁边还有个宰相府，也可参观。”祝华接着说。

有人向祝华眨眨眼，意即那是个破旧不堪的地方，怎么可以让外宾去看那种房子。祝华已看出那人眨眼的原因，便说：“那宰相府我们想帮助修理，艾尔·金先生肯投资的话，我们就去申请。”

艾尔·金听后点点头，表示理解。可那位眨眼的人对范祝华揶揄说：“哦，你原来还有小算盘。”

祝华调侃说：“我还有大算盘呢！”

我们确实有了一个临时馆址可以挂牌子，但必须大修，包括开大门。那宰相府并没有借给我们，所以祝华说的请艾尔·金投资，只是她的一个想望。而老议长听了表示很高兴，似乎觉得这对夫妇充满活力。

政府借给我们的临时馆址，原是一座废弃的小学教学楼。但是现在要办纪念馆，必须开一扇临街的大门，否则观众只能从一扇狭小的侧门进入。而这侧门旁有条深水沟无法填平，观众进出很危险。至于破墙开门，政府一般不准，说会影响市容，要开门必须经过市规划局批准。这又是祝华的差事，她去找了市规划局领导，苦口婆心，磨破嘴皮，才得以特事特批获准开门。估计明天可以拿到批文，后天正式动工。

第三天上午10时，艾尔·金夫妇真的来看破墙开门了。我拿着一个大锤，站在临街的一堵高墙前，那儿已有不少人在围观。祝华请他们站得远一些，因为破墙的灰尘很大。他们就远远地站着看。不一会，我对着高墙叫了一声：“开门啰！”所有眼睛顿时集中到我手上，只见我双手卷着袖子，抡起一把数磅重的大锤，在那堵大墙上离地约有半米高的地方猛击：砰！砰！砰！每击一下，那墙上就掉下不少碎砖灰沙，尘土飞扬。幸好“非典”期间，大家都戴着口罩。艾尔·金夫妇也戴着口罩，这样也不致引起路人的围观。有些人看到有外国人在看破墙开门，也会把他们当作新鲜事来观赏。

艾尔·金不知道我曾是烧炭出身，尽管将近古稀之年，打锤自有臂力。我的铁锤很快就在大墙上打出了一个洞，然后那洞越打越大，直至可以做大门。那不仅是纪念馆开了一扇门，也是向世界开了一扇窗，中国就是这样改革开放的。两位已跟踪报道多日的浙江电视台记者拍下了这一历史性镜头。

皎洁的月亮，冉冉升上东山，西湖沐浴在温馨的清辉中。靠着北里湖的杭州香格里拉大饭店东面的大阳台上，摆起了几张罩着白布的小圆桌，上面放着一些高档的西式糕点和饮料。

艾尔·金夫妇穿着鲜艳的唐装，率领女儿、女婿和外孙女，风度翩翩地一起出现在阳台上，热情地招呼已在这里聚谈的许多宾客。大家喜笑颜开，在桌子旁或坐或站。今晚是他们在浙江考察后举行告别派对。夫妇俩温文尔雅，老成持重，齐步来到人群中间，由一位年轻女郎做翻译。艾尔·金致辞：

女士们，先生们：

这些天，大家经历了意外的“SARS”（“非典”）冲击。今晚月色清朗，我们借着月亮的祥和之光，在这美丽的西子湖畔，与亲爱的中国朋友举行“月下告别”。首先让我介绍这次邀请我们来浙江的一对杭州夫妇，他们是一对最受美国人欢迎的中国夫妇——潘杰先生和范祝华女士……

我俩一听这一介绍，连忙站起来向大家点头致意，既感激又不安。在这初夏的晚上，我穿着白衬衫和长裤，祝华穿着银灰色丝织高领线衫和咖啡色薄毛短裙。我们两人年龄相差虽大，这年我已70岁，两鬓斑白，她55岁，剪着青春短发，不过气质和风度倒还般配，自以为也很相称。艾尔·金致辞完，大家对我们刮目相看。他们都知道，这些年我们创办了一个杭州中美友谊民间纪念馆，可不知道老议长为什么如此热情地称赞我们，不由得有些好奇与钦慕。这时，曼勒妮抱着女儿笑眯眯地来到我们夫妇面前，她穿一袭非常合身的大红

老省长沈祖伦接见老议长艾尔·金

艾尔·金既考察浙江的投资环境，又在鼓楼了解我们纪念馆的开拓情境，使我们非常高兴

长裙，外披一件蕾丝小背心。祝华连忙接过她手上的孩子，抱在怀里逗乐。小女孩非常可爱，湛蓝的眼珠溜溜地转，在这蔚蓝夜空，仿佛添了两颗星星。

来宾们都在为我们夫妇得到褒奖而高兴，我们自己却为这次贸然邀请外宾来浙考察却遭遇"非典"而惶恐。现在总算惊魂方定，但是依然心有余悸。

# 第十六章

# 伊战之累

正当全世界在焦虑地议论，到底是谁策划了“9•11”这一惊天血案时，媒体传来一个消息，说美国已把“9•11”事件的罪魁祸首查明了，那是一个恐怖组织的头子，名叫本•拉登，原是沙特阿拉伯人，一个富商，现在藏身阿富汗山区，专门策划攻击美国等西方国家。而且奇怪的是本•拉登也公开承认自己就是“9•11”事件的策划者、指使者，甚至是发明者，他扬言还要继续袭击更多的重要目标。

美国十分恼怒，决定把他捉拿归案。可是统治阿富汗的塔利班军政府与本•拉登狼狈为奸，不许美国捉拿本•拉登，于是美国就向阿富汗进兵，战争开始了！

我们是从电视、报纸上知道这些消息的。祝华也有点惶惑，就与我商量，说：“现在美国要打仗了，这当口，我们纪念馆却要办两个展览，体现美国精神，人家会说三道四吗？”

“说是难免要说的，你不体现美国精神也要说。反正现在我们中国人，对美国有两种情绪，一种是同情，一种是仇恨，我们夹在中间。不过这次的基辛格生日展览一定要办，因为我们已经明确告诉他了，不能食言。为此，我决定再去外地请我熟悉的书画家、工艺大师给基辛格博士赠送生日礼品。”

祝华一时也想不出好主意，只得说：“你去外地，我做内应，杭州的事我来管。”当时杭州的事有不少，接待艾尔•金夫妇来浙江考察，5 月 27 日的基辛格生日展览展馆还未落实，等等。

阿富汗的战事很快结束了，美军大举进入，塔利班很快垮台，可是本•拉登没有抓到，被他逃之夭夭！

美国又联合英国等一起攻打伊拉克，因为在美国及部分西方国家看来，萨达姆与恐怖分子都是一丘之貉，随时会发动侵略战争，以前老布什任美国总统时，曾经发兵教训过他。可事后他仍对弱小的邻国科威特发动侵略战争，由于国际社会的一致声讨才撤回部队，但他依然虎视眈眈，而且竭力支持本·拉登对西方国家发动袭击，于是美国这次决定一鼓作气，联合英国等把他推翻。惨烈的战火，迅速烧到伊拉克。

这次战争，不知是美国故意标榜强大，还是因为在联合国中有人反对而强调透明，把战争的真相如实告诉世人，利用现代化的媒体手段，把作战情景全部拍摄放映。而中国的电视台，也就如实转播，仿佛是在让大家明白现代战争是如此残酷。这就激起了许多中国人对美国的义愤，他们纷纷指责美军残暴。千夫所指，犹如开展了全民大批判，把美国又推上了被告席！

一天，我为了筹集寿展的艺术品，先在杭州试手，特地去找一位很有交情的国画家。他是国画大师潘天寿的入室弟子，自成一派。平时省文化厅领导出国，常拿这位画家的作品作为送给外国元首的礼物，那么现在请他送一幅画给基辛格祝寿也很合适。谁知画家一听，很干脆地说："我不送。"

我不得不问为什么。

"现在美国在打伊拉克，我不送。"他坚持说。

"基辛格没有去打伊拉克，跟他没关系。"我解释说。

"可他是美国人，凡是美国人，现在我都不要看，更不要说送礼了！"

他是说一不二的。我只得匆匆离开。

伊战一直在打，尽管美英联军开始还算顺利，但不久便胶着了。这时，联军的狂轰滥炸更为猛烈，伊拉克人民的受害更为惨重，这就更激起我国许多群众对美军的愤怒，几乎达到无法容忍的地步。

可我想，我还得出去筹措祝寿展览经费和组织礼品呀！杭州不够，到地县去跑跑吧。

我来到浙西一个中等城市，为了省钱，只得投亲靠友，当晚去一位堂兄家借宿。这位堂兄与我从小一起长大，一起打柴割草，一起烧炭种田，一起读小学，后来虽然各奔前程，还是经常通信，可说情同手足。傍晚 7 点多钟，堂兄吃完晚饭，正坐在沙发上看电视，一见我进来，便问："你这次来这里有什么事？"

"我来联系纪念馆的工作。"

“啊?”他突然放下脸，毫不客气地说，“你还在搞这种事情?”他原来知道我在办中美友谊民间纪念馆的事。

“我这是发挥余热呀!”我不得不申明。

他却更火了:“你看看电视,你看看电视,美国一天到晚在屠杀伊拉克人民,你还要搞什么纪念馆!”

“我们这纪念馆，与美军打伊拉克是两码事呀!”

“可你是在讲美国人好，在为美国涂脂抹粉呀!”说着立即从沙发上站起，似乎要不理我了。

我连忙告辞，只得另找一个朋友家借宿。

我在朋友家里，打电话给一位以前大学里的女同学，她是位善解人意的女性，我很想从她那里得点安慰。谁知那位女同学一听我要谈纪念馆的事，连忙在电话中说:“潘杰，你再不要说这些了，我们这里……”后半句她给省略了。但我知道，自己又讨了没趣，只得作罢。

第二天，我来到一个县城里联系工作，便去一位老朋友家转转。这位老朋友也是老知识分子，还是离休干部，曾任县志主编，可说是全县一支笔。以前我去他家，不是谈论文事，就是品评时政，也可说志趣相投，无话不谈。这次我一进他家，他在客厅里休息，几乎是指着我的鼻子说:“你还在搞中美友谊纪念馆?我实在想不通。你应该停下来了。你看看电视，美国人哪里有一点友谊之心?美国是世界上最要不得的国家!”

我劝他说:“对美国的看法，不要这样绝对。”

“哪里绝对?我绝对是对的。”老年人固执己见。

我想，他已近80岁，不要与他太认真，否则真要吵架了，便说:“我到你书房里去坐一会。”他的书房很大，藏书颇丰，20多平方米的房间，三面靠墙都是顶天立地的书柜，书全都装得满满的，足有数千册。

他的书桌上，放着一本《十六大文件学习提要》的小册子。我想，他在看这类政治书呢!便随手翻翻。一翻，发现书中有他不少的批注，觉得很新鲜，连忙细看。看了数条，大意都是赞颂党的十六大。

这十六大，是中国共产党第十六次全国代表大会，是每五年举行一次的党内最高政治大会，要总结上阶段党的工作情况，决定下阶段国家的政治方针，可说是在中国政治生活中起决定性作用的大会，不仅全国瞩目，而且其文件要全党学习。可这位老先生不是中共党员，而且以前在“反右”时，差点被打成右派，后来受了点处分了事，为此他耿耿于怀，常有怨言。可他今天竟研究起党的十六大文件来了！实在是件可喜可贺的事。吃饭时，我举起酒杯，对他说："来，今天我们干一杯。"以往我来他家时也吃饭，也碰杯，但没有什么颂词，只是喝酒而已。

"不，今天我不跟你干杯。"他毅然地说。

"不，今天一定要干！"

"为什么？"他有点发火了。

我平心静气地说："今天虽然你批评了我，但我发现我们的观点一致。"

"荒诞。我与你的观点截然相反，风马牛不相及。"

"不，的确完全一致。"我坚持着，酒杯也不放下。

"你说说。"他只得退一步。

我先把酒杯放下，以免气氛太紧张，然后说："我主张中美友好，你也主张中美友好。"

"不不，没那回事，根本没那回事。"他连连摇手。

"不，我刚才看到你在批注十六大文件，你是肯定十六大精神的。"

"对，我非常肯定。我觉得十六大中有些话讲得非常好。"

"是呀！"我接过话头说，"比如说党中央总书记提出的'三个代表'思想，你很拥护。这'三个代表'思想中，有一个是我们党必须始终代表中国先进文化的前进方向。而总书记在十六大报告中讲到'牢牢把握先进文化的方向'时，提出还要'汲取世界各民族的长处'。请问，这'世界各民族的长处'，是不是包括美国民族的长处？"

"当然包括，美国还是主要的。"他噘着嘴说。

"那么，美国民族文化的长处我们也要汲取？"

"当然要汲取。"

"那好，我现在创办中美友谊民间纪念馆，其目的之一也就是开展中美文化交流。你说这纪念馆要不要办？"

"这……"他一时语塞。

我重新端起酒杯，恭敬地举到他面前，说："来，干杯！"

他终于和我一起干杯了。

杯是干了，但我心中的块垒，并没有因酒消去。我不生老朋友的气，只是生那种只见其一不见其二的意气用事的气。深深感到美国在打仗，我自己也陷入战争中。中美这两个大国，如果有些误会不及时消除，真会发生战争。

# 第 十 七 章

# 为基辛格祝寿

2003 年 5 月中旬，我接到一个通知，要我去浙江省人民对外友好协会介绍纪念馆情况，说是老省长沈视伦邀请的。

老省长沈祖伦怎么会邀请我？原来他任满退居二线，担任了省友协会长这个闲职，但人们还是叫他老省长。他前几天在接见艾尔·金时，听见了几件奇闻：一是这次艾尔·金夫妇来浙江考察，是我们纪念馆自告奋勇邀请的。二是纪念馆在杭城鼓楼办的“中美友好二百年”展览，艾尔·金一家去参观后都很感动。这位美国老议长说“增加了不少知识”。三是我们这对退休夫妇，不仅用退休工资创办了中美友谊民间纪念馆，而且还要为基辛格八十华诞祝寿。而祝寿仪式的请柬，已摆在他的办公桌上，请他“光临指导”。

他很兴奋，决定先让我去介绍一下情况。

我到了他们会议室，省友协和省外办的有关负责人都来了。我没有长篇大论，只是扼要地汇报了一下纪念馆的创办经过和基辛格博士八十华诞庆典展览的筹办情况。老省长就做出决定：他既要去参观鼓楼的展览，也要出席这个祝寿仪式，而且叫省友协办公室通知，让外办的干部也去参加这个祝寿仪式，目的是希望向民间组织学习，改进机关作风。这使我们受宠若惊，诚惶诚恐。

那么，老省长为什么现在才知道我们纪念馆的情况呢？一方面他刚担任会长不久，另一方面我们才第一次向他发请柬。这说来话长。

我们这个独树一帜的纪念馆，自从 1998 年我们夫妇作为定情之证筹备至今，已经风风火火五年了，想不到还是白纸一张，连个正式公章都没有。没有公章，怎么可以给嘉宾发请柬呢？可是要有公章，就得让纪念馆正式登记，而登记首先要有馆址。这套钢规铁矩，是谁也不能打破的。为此，我俩不仅发动了全家力量，而且连我们老家的父辈故居，也动用了起来，还是无济于事。

我的小儿子潘翔，已过而立之年，虽然已有对象，但还未成家。我便与他商量："听说你的对象以后能够提供婚房，那我想请你把你现在住的这套老房借给我们办纪念馆。"老房在翠苑二区，虽是二楼，却有三室一厅，况且楼下有个小区公园，便于观众集散。

"那家里这些东西搬到哪里去？那么多！"小儿子很体谅我们的处境。

"搬到乡下我的老家去。"

"老家的房子是与几个叔叔共有的，你怎么把杭州的家具搬过去？"

"我也要在那里办个纪念馆。"

"你在杭州办了纪念馆，还要到乡下再办纪念馆？"

"杭州的是国际纪念馆，乡下的是家庭纪念馆。"

"我们的老家也值得纪念吗？"

"很值得。它是耕读传家的典型，也是同舟共济的模范。"

小儿子知道，我的曾祖父是清朝秀才，祖父是民国武术教师，叔叔伯伯是参加抗日的热血青年。我的父亲虽然只读过几天私塾，却能讲解部分《古文观止》，我这点古文基础，就是他帮助打下的。口传身授，家庭变成了书香门第。现在到了孙辈，玄孙辈，既有博士，又有硕士；既有农民，又有工人；既有办厂的，又有经商的，而且和衷共济，发家致富，可以说这"耕读"是传下来了。这是中国的优良传统，也是华夏的文化瑰宝，值得纪念！这房子该让！

我和祝华，一见有小儿子的支持，分外高兴，连忙跑到浙西山区我的老家。祝华是第一次来乡下见叔伯妯娌，带了不少礼物。这次祝华走婆家，还给他们带来个惊喜。我的两个弟媳妇一见祝华，以为是第一个大嫂回来了，说第二个大嫂和第一个大嫂长得很像。我就打趣说："她们是两姐妹！"说得大家开怀大笑。

我家的老屋，在村东头，全村有 300 多户，堪称大村。由于我的弟妹（包括堂弟妹），外出的外出，乔迁的乔迁，老屋一直空着。老屋结构很好，楼上楼下都可陈列展品。我俩考察后，回来就和散居在各地的几位堂弟妹商量，他们一致认为我这个想法很好，是可充分利用，也为家乡增添一个文化活动场所，这是积德。大家就有钱出钱、有力出力，请大弟宗进负责修缮，老屋换了新颜。我雇了一辆大卡车，把杭州家中的一些多余家具，包括上千本藏书，全部运到那里。又特地根据家族发展史，亲自编辑，请人制作了一个"耕读家展"，请一位国画家画了一幅“耕读传家”的中堂立轴，请一位书法家写上“数亩山田和德种，一犁春雨带经锄”的对联，装裱后，在老屋堂前一一悬挂起来。著名国画家吴山明为我题了“耕读人家”，著名书法家姜东舒为我题了“三鸿故居”，我分别镌刻于东西两门之上，很是儒雅。并把本地的“盘溪八景”制成诗画展板，悬挂廊前。我又在村里搜集了不少老农具老家具，也辟专室陈列，俨然成了一个耕读农家展览馆。后来村委会也来挂了一块牌子，说是“农具博物馆”。我就委托仍住老家的退休教师进弟管理，长年免费开放。

我更庆幸的，还在老屋的楼上给已故的金蕾芳布置了一个书房，把她的许多遗物，包括棕棚床、书桌，乃至在灵堂上挂过的肖像照，也依次陈列。让她的在天之灵，可以经常到这里和公婆的亡灵欢聚，他们生前相处甚好。

办中美友谊民间纪念馆的手续相当复杂，首先要有馆址，而馆址必须先经有关部门验收合格。然后还要有与民政厅同级的政府部门做纪念馆的主管，方可登记。反正道道是关，关山难越。

小儿子的住房腾空后，我请省文物局来验收。他们验收后，认为房间虽只三间，勉强也可办馆，总算认可了，说：“将就将就。”就发了批文。

我们喜不自胜，连忙写了申请报告送给文化厅，请其做主管。文化厅说：“省级纪念馆的馆址，至少要一二百平方米，这是有规定的。你们现在只有 70 多平方米，不够格。”

我想，既然省里是这么高的要求，那么市里可能会低一些，就另写报告送到市里。谁知市文化局说：“你们筹备是省文物局批的，转正也要省里批，这是归属问题。”把报告推了出来。我再跑到省里，一再向文化厅要求：“即使房子小一点，也请给予照顾，否则我们要为基辛格博士祝寿来不及了。”他的生日是 5 月 27 日，生日不能推迟呀！可是文化厅的人依然说：“国家的规定不能变。”还说：“你们的馆名叫杭州中美友谊民间纪念馆，也可到市里去登记呀！”我一听有理，茅塞顿开，便又跑到市里一再要求。不料市民政局说：“归属是原则问题，绝对不能变。”一榔头又把报告敲回来了！

万般无奈，我们只得向省领导写信，要求疏通有关部门，给予破例登记。谁知都是石沉大海，大概只把报告转给有关部门了事。

我们到处打听消息，为什么这类报告省领导不能直接批？回答说：一、这是体制问题，哪一级管的事就由哪一级批，其他人不得过问；二、这是维稳问题，中国自从出了“法轮功”，中央对这类牵涉到意识形态的事控制更严，估计省市是绝对不会破格批的。

这下我们干瞪眼了。我想，自己和祝华辛辛苦苦要办中美友谊民间纪念馆，想不到变成了意识形态问题，那在省市是不可能破格批的。现在看来，省市这样踢皮球，不是无缘无故，内中自有隐情。可我们纪念馆，不能因为有隐情就不办啊！给基辛格博士的祝寿展览，也不能因为有隐情就不祝啊！这是中国人民对一位国际友人的态度问题，不是什么意识形态。我不信那一套，决定向中央写信。解铃还须系铃人，请中央支持。

我来到祝华面前，把自己的想法提了出来。

“你准备写给谁？”祝华认真地问。

“写给国家主席！”

“怎么写？”

“直抒己见，痛陈国是。”我摆起了老资格。

“你的口气好大，只怕这信国家主席收不到。”

“你只要相信我们办的是件正事，他就能收到。”

“他要管的正事可多呢！”

“正事中还有正事，那就是人心所向的事。你还记得浙大校长的事吗？”

祝华一时丈二和尚摸不着头脑，愣着不语。我笑着说：“上次我和一位朋友去拜访浙大校长潘云鹤，请他担任纪念馆顾问。我向校长说起顾毓琇老先生帮助我们的事，校长很感动，就说：‘我的老师的老师都担任了你们纪念馆顾问，我也只好担任了。’你看看。”

“对对，顾老还给我们写过信呢！”祝华恍然大悟。

那是一封意味深长的信：

潘杰先生：

收到《纪念画集》为中美友好二百年做见证甚好。希望继续努力。

司徒雷登校长旧居，能做“中美友谊民间纪念馆”，亦为盛事。

祝成功！

顾毓琇　敬启

2001 年 4 月 15 日

祝华说：“我们给江主席写信，把顾老的信，陈香梅女士的贺信，美国总统克林顿、布什，基辛格博士的信都复印后附上，请主席一起看看。”

第二天，一封给江泽民主席的长信和五个附件都寄出了。

望穿秋水，秋水日潺湲。4 月初的一天中午，祝华回家路过楼下信箱时，连忙去开。这已成我们夫妇俩近期的习惯，似乎不开信箱就不能上楼。今天这一开，见里面有一封英文信。取出一看，盖着红邮戳，再一辨认，是基辛格博士来信。

祝华虽然对英文也是一窍不通，可这些年大概看基辛格的第一封信看多了，对他的英文地址也约略有数，连忙拆开一看，果然是基辛格的来信。那像批改作业打钩似的两句之间有一个 A 字的签名，一看就知，不会是其他人的。

我不在家，电话也无处打。她就拿了信急忙跑到附近的浙江大学西溪校区，进门就问门卫："你们的外语教研室在哪里？"

"什么外语？我们学校有五个外语教研室，英语、法语、德语、日语、拉丁语。"门卫说。

"我找英语教研室。"

"在外语教学大楼的第一层，进大门左边就是。"门卫了如指掌。

祝华读中学时碰到"文革"，只学了点俄语也早忘了。她拿着信就找一位坐着的男老师，说："老师，对不起，我是中美友谊民间纪念馆的，有一封基辛格博士的来信，请帮助翻译一下好吗？多少钱我会付的。"

男老师回头望了她一眼，接过信看，果然是亨利·A. 基辛格写的，便问："你们怎么认识基辛格的？"

"在报纸上认识的。"她只能这么说。又接着说："不过我们已经收到过他的来信，这是第二封。"

男老师又回头朝她看看，心想这女的是什么身份？便问："你？……"

"老师，请你先帮我翻一下吧，我的情况等会再跟你说。"

"那好，你先找地方坐一下，我这就给你翻。"说着就向教研室里笼统地一指，意即哪里有空位子就可以坐。而他自己就一头钻进信中了。

他在电脑上一边翻译一边打字，祝华在椅子上一边看他打字一边在点头，觉得这信不短，肯定有好消息。

不一会，男老师把中文译稿从打字机中抽出，仔细看了一遍，再看一遍原文，才递给祝华，说："基本不会错，你们真了不起，要给基辛格博士办生日庆典。你们这个纪念馆，是哪个大企业下面的？"

祝华连忙说："是我们夫妻俩办的！"随即掏钱包。

"那钱呢？"

"是我们的退休工资在办的。喏，这 100 块钱给你，够吗？你翻译了那么多字。”她扬扬手中的译稿。

“哎呀呀，你们用退休工资在为基辛格博士祝寿，就算也有我的一份寿礼吧。我一分也不收。”

祝华无奈，只得再三致谢，匆匆告辞，她要把这信赶快给我看。

走到办公室门口，她还是急不可耐地先看了，那译文是：

亲爱的潘先生、潘夫人：

收到你们热情的邀请，请我访问杭州中美友谊民间纪念馆，我感到十分高兴。了解到你们将为我80岁生日举办一个展览，我非常感动，我真的希望能到杭州参观这个展览。但是我的夫人在美国为我准备了一场生日庆典，因此，我只能向你们表示歉意。

得知中国的艺术家们愿意将他们珍贵的作品送来参加我的展览，我感到十分欣慰。如果你们能如期展出，我将非常有兴趣看到展览图片画册，正如你们在信中提到的一样。

再次感谢你们想到我的生日。在我以后的旅行计划中，我期待着在杭州访问你们的纪念馆。

致以最美好的祝愿。

亨利•A. 基辛格

2003年3月27日

祝华看完，吁了长长的一口气，把信握在手上感到无比的亲热。

我也像有预感似的，心急火燎地赶回家来。祝华进门一见我，先是拥抱，亲我，仿佛要把兴奋之情在一分钟内全部传导给我。我被她这番热情弄得稀里糊涂，调侃着说：“你不会捡到金元宝了吧？”

“是一只红元宝！”她和我都把红邮戳的信称作红元宝。她把信连同译文全都交给我。

我一见是基辛格来信，连忙叫道：“哇！亲爱的，我们太幸福了！”然后我搂着祝华边看信边说：“你看看，他‘十分高兴’……啊，他不能来参加我们的展出，可我们也是生日庆典呀！哟，他要看展览图片，这画册我们再没钱也要设法印，还好还好，他期待着访问我们纪念馆。可我们的纪念馆在哪里呀！”我的情绪又立刻跌入了低谷。

祝华朝我笑笑，说：“你是冷热病，一会儿热得烫人，一会儿冷得冰人。现在你看，已经零下 18 摄氏度了！”

我摇着头说：“我们的命运太苦了，怎么老是被折腾！”

“都是我们自找的。亲爱的，要高兴！”从此我俩之间的称呼，在只有我们两人时，都用“亲爱的”三字，似乎没有这样强烈的热称，不足以振奋应有的激情，更难以抵御突袭的寒冷。

好事连连，4 月中旬，有人打来电话，对方开口便问：“你是老潘吧？我是民政厅民间组织管理局的，告诉你一个好消息，你写给国家主席的信有批复了。明天上午 9 时整，请你到我们局里来参加一个‘三国’四方会议！”对方边说边笑。

“我去参加‘三国’四方会议？”我莫名其妙。但已知对方是位局领导。

“对，你是一国的代表，还有‘两国’是我们局和文化厅，还有一方是文物局，它是属于文化厅这个国的！”那位领导一直诙谐地说着。直到我再三问他究竟要解决什么问题时，他才说：“要解决你们馆的登记问题。”这时，我跳了起来，万分高兴地说：“我现在就来，先来看看中央首长那个批文。”不等对方回话，我就放下话机拎起挎包冲出门去了。

祝华目送着我，兴奋地说：“你又要犯冷热病了！”

不多久，我满脸春风地回来了，把挎包一放，就从包中取出一张自己纪念馆的信笺，上面潦潦草草地写着一些字，二话不说，把它递给了祝华。

她激动地问：“这是中央首长的批文吗？”

“是的，你看看这里面有国家主席的批示。”

祝华接过信笺困惑地说：“国家主席的批示？”

“是省政府办公厅文件中有主席批示。”我指指信笺。

祝华仔细看，原来是省府办公厅信访办给省民政厅的一个公函，其中有一位秘书长的批示。他告诉民政厅，我们夫妇写给国家主席的信，中央收到了，指示浙江给予解决纪念馆的登记问题。祝华看完即问：“这公函怎么是你手抄的？”

“我向局长要原件想复印一份，局长说：‘省里文件不能随便复印。’我说：‘我最好有个根据呀！’他说：‘那你抄一下可以。’我就拿出自带的信笺抄了这一份。你看字多潦草，我实在太激动了！”

祝华问：“后来局长怎么说？”

“局长说，我们厅决定召开‘三国’四方会议，共同讨论解决办法。我们厅的意思是：今后你们纪念馆隶属省文化厅主管；展览内容由文物局审阅，文化厅批准；民政厅给予正式登记，发给证书，等于营业执照。你们的单位性质，是‘民办非企业单位’。”

“好极了！”祝华兴奋地跟我一起举手拍掌，表示又进了一球！

5月，为基辛格博士八十华诞举办的祝寿展览开幕式的前夜，万事俱备，只等开幕。兴之所至，我这个半吊子诗人，忍不住又吟诗作词了，诗名是《青吟楼》：

杭城清吟街，
红墙映画楼。
东连小营巷，
西傍相府料。
昔为教学地，
今作友谊舟。
往返太平洋，
笙歌奏五洲。

写罢，自鸣得意地吟给祝华听了。她笑我：“你是清吟作自吟，吟向秋风白发生！”

“哟，你也读过这首唐诗？”

“我自从和你这个老古董结婚，也得看点诗词歌赋。否则，‘岂知儒者心偏苦’？”这是前诗的上一句，出自唐人雍陶的《少年行》。

“我最兴奋的，是在这‘非典’时期，我们还能拿到清吟街的废弃教学楼做馆址，为祝寿展览举行开幕式。哎，明天千万别忘记，让浙江电视台拍了以后，请他们马上向中央台转发。中央台一看这么好的节目，会立刻向全世界转发，说不定基辛格自己还能看到这个开幕式呢！”

“他也许正在夫人为他举行的生日庆典上，没时间收看中国电视。”

“哎，这是我们的愿望。我们一切都在为愿望而奋斗。记着点。”

“你不仅白发生，记忆力也好像有点衰退。”

“不，我这白发18岁开始就有了，只是我今年70岁，决定不再染发，用我的白发祝贺基辛格的白发。他今年80岁，我比他小10岁，中国老弟给美国大哥祝寿，别有风味。”

“赶快休息吧，明天尽量早点去。”我们两口子在得意时，就唱畅想曲。

清吟楼——这是我自己命名的。我觉得自己和祝华的爱情是清泉，中美友谊也是清泉。现在通过展览传扬中美友谊，就是一种十分高雅的清吟。清诗句句尽堪传。清吟是一种好作为啊！

现在，清吟楼外一条大红横幅当街而挂，上书“为中国人民的老朋友基辛格博士祝寿”。楼门上，一个横排的馆名分外醒目，那是陈香梅女士的题赠。一位美籍德裔的友人和一位美籍华裔的友人都为我们纪念馆做指导太好了！

我们夫妇，一早就来，先把大门打开。那刚开设的大门拉起卷闸时，似乎门神也在眉开眼笑，我俩相顾而喜。我们进馆后，先把10多只花篮在大门口分两排放好，以迎来宾，这都是朋友单位送的。

不一会，围观的人也来了，他们都是住在附近的。人们知道，小营巷当年红火过一次，那是20世纪50年代毛主席来视察小营巷。现在有人要给基辛格祝寿，而基辛格也是毛主席的老朋友，因此觉得这个祝寿展览在这里举办，很有点亲热感。

正当上班时刻，门前车水马龙，围观者就帮助维持秩序。我想，我们这次活动可说得道多助，尤其是馆址的得到。

那是我在外地征集礼物时，突然接到祝华电话，说快来杭州签订协议，上城区宰相府旁边的一幢废弃教学楼，可借给我们纪念馆做临时馆址。

“哪里来的运气?”

“是胡龙官和副区长杨必明帮助落实的。”看来这次龙官又要养龙了！

我连夜赶回杭州，第二天就和教学楼代管单位签了借用协议。虽然没有签明期限，但有了房子，聊胜于无，至少这次为基辛格博士祝寿可在这里举杯。果然，今天要举杯了。我分外高兴，请杨副区长也来做嘉宾。

为开幕式帮忙的其他工作人员也相继来了，他们都按昨天分配的职责各就其位，忙着各种准备。

离开幕式还有一个多小时，一辆银白色轿车徐徐开来。车到纪念馆门前停下，下来一位老者，我一看就是沈祖伦老省长，连忙迎上去说：“哎呀老省长，你这么早就来了?”

“我要先来看看展览内容，这样我等会致词就会言之有物。”

“谢谢谢谢。”我立刻叫来祝华，让她陪老省长参观。我要张罗别的事。

老省长一看祝华身穿旗袍，略施脂粉，在这喜庆的日子分外靓丽，便开玩笑地说："今天，你是主席还是主持?"老省长知道她是常务副馆长。前些天他去鼓楼参观"中美友好二百年"展览时见过她。

"我是主席兼主持。现在先做你的专职讲解员。"她很爽朗地说。

"那好，请带路。"老省长做了个手势，也觉年轻起来。

他一进大门，就看到展厅两边整齐地挂着一系列彩色展板，那是介绍基辛格博士生平事迹的，尤其是与中国的友好交往，从当年"破冰"之旅开始，他就一直为传扬美中友谊而努力，许多图片十分感人。

楼下共有两个展厅，是两个教室改用的。80块展板刚好暗合博士八十华诞，把两个展厅打扮得色彩缤纷、喜气洋洋。老省长一边看一边点头，似很满意。

"那么，生日礼物呢?你们不是说还有许多特制的艺术品!"老省长看完楼下展厅就问。

"请上楼。"祝华做了个邀请的姿势，两人就拾级登楼。

老省长走在前面，上楼梯，转回廊，脚步轻盈，谈笑风生。他们来到楼上第一个展厅。那展厅也是教室改用的，几面墙壁上是书画挂轴，中间的大展台上摆满工艺精品，老省长对祝华说："这些礼品你都要一件件讲给我听，尤其讲它们的非凡来历。我估计都不是轻易得到的。"

祝华深为老省长的知人明世所感动，幸亏许多情况我已讲给她听过，便说："老省长，你说的非凡来历一点不错。我们是在'非典'暴发的非常时期，冒险去征集的，人家是冒险来献礼。为了不让献礼人来杭州受感染，我和潘杰就结成对子，采用接力赛办法：他在外地征集到一件，就用快件邮寄或托运到杭州，我立即去车站或邮局领取。真是长距离接力赛呀!"

"对对，我今天也是来接力的。从你们纪念馆开始，我第一个做观众，等会我再把这些礼品的妙处介绍给大家!"

"啊!老省长，原来你也想做讲解员!"祝华喜出望外，随后娓娓道来。

4月中旬，我经大学同学王兴贵的介绍，去找丽水地区最有名气的黑陶。王兴贵曾任当地文化局长，对本地工艺品了如指掌。

黑陶，我过去在写《中国展览史》时有过研究。它器型规整，胎体厚薄匀称，器表乌黑光亮，是中国远古文化代表之一，史称黑陶文化。我要找一件理想的送给基辛格博士，让他领略中国文化的博大精深。他送给纪念馆的那张油画式肖像照上，穿着很大气，神态又很深沉。让礼品和受礼者气质上互为映衬，是送礼的上乘做法。

选好黑陶，局长同学又带我去参观一个鸟笼工厂，说那鸟笼是外销欧美的。我想，鸟笼做礼物，未免太寒酸。但是我看了松阳鸟笼后，觉得这真是松间骄阳的代表作，只要你一拍手，或一震动，一只翠鸟就会在笼中欢叫和跳跃。忽然，我想起史书上的一个故事，说春秋时期，孔子有一次去见老子，手捧一只活鸟，据说是雁，作为进见之礼，古称贽礼。这画面我在撰写《中国展览史》时，也在一本《汉墓画像砖》中看到过，确有其事。活鸟不可能带到美国去，那么，我们现在送一只带笼的工艺鸟儿给基辛格博士，也算附上了古礼。古色古香，又生动活泼，他肯定会喜欢。

我又乘车翻山越岭去龙泉，那是出宝剑的地方。中国古代知识分子讲究书剑双臻，也就是文武兼备。基辛格博士当过兵，那肖像照上英姿飒爽。人到晚年，特别怀念英俊年代。据说一位欧洲画家，给六七十岁的慈禧太后画肖像画，却把她画成十七八岁小姑娘时的倩影，慈禧高兴得不得了。这宝剑，估计基辛格博士也会喜欢。我到了龙泉城里，在卖剑的商店里要了一份有关说明。找到龙泉宝剑协会会长，说明来意，请他送两把最好的龙泉宝剑，一把直接送给基辛格；一把由我们纪念馆留作纪念。会长说："你要的话，我们至少可以送你100把，我们龙泉有100多家制剑厂，每个会员都会送的。"我说："我如果把100把宝剑拿到美国，那人家以为我是来打仗了！" 说得大家都笑了。后来我就只收了会长的两把珍品。然后把这些礼品赶快寄回杭州，由祝华"接棒"。

祝华在杭州，跑到王星记扇厂，挑了一把有西湖十八景的黑纸扇。其中的刘庄，就是当年基辛格博士住过的地方。博士睹物忆旧，一定欢喜。

祝华又跑到中国美术学院，找到老画家洪世清教授，他画了两只互相逗乐的熊猫。并题诗"华夏珍兽重情谊，踪迹憨态逐五洲"，点出了国宝的要义。浙江的东阳木刻驰名中外，我的朋友陆光正，是全国有名的东阳木雕工艺大师。我赶到他家里，与他商量。他说："基辛格博士也是我崇敬的人，我今年70多岁了，还在带徒弟。但这次，我要亲自动手为他刻一个头像。你送一张他最好的照片给我。"我连忙取出一张翻拍的肖像照，说："这是基辛格博士亲自送给我们纪念馆的，估计是他最欣赏的照片，其他如要，我回杭后给你寄来。"他加班加点忙了一个多月，分文不收，却送来了一件巨制：一个足有90厘米高，60厘米宽，又用精雕花框镶嵌的半身木刻像。其神态和丰采，完全从肖像照中脱胎，而且更有立体感。这是一件不朽的作品，也是无价之宝……

祝华绘声绘色地介绍着，老省长如醉如痴地聆听着。两人来到一幅书法挂轴前，老省长看到落款是青海胡其伟，便问："你们也去青海征集礼品了？"

“这是书法家闻讯而动送来的。我们有位作家朋友在青海西宁，告诉这位书法家说，我们正在为基辛格祝寿征集书画礼品。他一听忙说：‘我也要送一幅书法。’随后他就大笔一挥，写了长联，自己裱好立即寄了来。老省长，你知道他为什么那么积极要给基辛格博士送寿礼吗？”老省长摇摇头。

祝华热切地说：“他是胡适的侄儿。他说胡适在美国做过中华民国大使，很有名气。基辛格推动中美友谊，这友谊也是他叔叔所追求的。所以他今天送礼，也是表示我们中国人，不论是哪个朝代的，都希望中美友好！历史最能说服人。”

老省长点点头：“还有这层意思！”并对范祝华的即兴生发很感兴趣，说：“你可以做外交家。”

不一会，开幕式要举行了。老省长和祝华下了楼。只见楼下人头攒动，两个展厅里都挤满了人。来宾、观众摩肩接踵，既看展览又拍照，光是省市电视台，就来了四五个采访小组。

老省长连忙叫祝华去安排仪式。祝华说：“我要请你们10多位各级领导站在展厅前面，排成一排，请你站中间。”

老省长干脆地说：“我现在就站好。”说完真的去那里站好了。省外办和省友协的许多干部都来了，看到老省长这样听话，像个小孩子，大家很开心。祝华和我，以及其他工作人员，连忙招呼十几位各级领导，以老省长为中心站成一排，大家频频点头，分外欢快。在他们对面的，都是其他来宾和观众。

祝寿展览开幕了，没有什么揭幕和剪彩，也不放鞭炮和搞吹打。可是来宾的服装都很讲究，一些女士还打扮得花枝招展，分外可爱，仿佛今天真的在与基辛格博士一起举行寿庆，必须穿礼服。祝华双臂上突然挂起一条长长的红绸带，宛如莫高窟的飞天。白臂衬红绸，分外耀眼；旗袍紧蜂腰，更显窈窕。我感叹道：“她带了这秘密武器，怎么连我也不知道！”

与会的人也感叹着：“范老师原来是个大美人，今天亮相啦！”

是的，她平时根本不打扮，素面朝天。今天，她化了淡妆。

开幕式的第一项议程，由祝华宣布：“中国人民的老朋友基辛格博士八十华诞祝寿典礼开始。现在，请老省长、省对外友好协会沈祖伦会长致辞！”

老省长就站在队伍里，双手交叉叠放在前面，慈祥地微笑着说话。他先是盛赞基辛格博士为推动中美友谊而做出的重大贡献，继而阐述这个祝寿活动的深远意义，然后表彰我们夫妇创办中美友谊民间纪念馆的特殊功绩。他说：“由此看来，民间外交可以搞得很活，许多官方外交做不到或不便做的事，民间外交就可以做,而且可以做得相当好。这样,民间外交弥补了官方外交的不足,也充实了中国外交的新内容,这是我们要提倡和支持的!”

他朴实无华的一席话,赢来大家热烈的掌声。

接着进入第二项议程,是祝酒。祝华先去旁边的桌子上取了一杯酒。那桌上放了几十个小酒杯,杯里早已斟满了葡萄酒。来宾们也纷纷去桌上取酒,大家人手一杯。祝华高高地举起了酒杯,大家也一齐高高举起酒杯,展厅里一时成了酒杯的世界。五个炮筒似的摄像机,也紧紧地对准了大家。

祝华大声说:“祝基辛格博士生日快乐!”

大家齐声应和。

祝华又大声说:“祝博士健康长寿!”

大家又齐声应和。

祝华再大声说:“祝贺博士合家欢乐!”

大家再齐声应和。

然后祝华提高嗓门说:“干杯!”

大家一齐说:“干杯!”声浪欢腾。

祝华带领大家一起干杯。这时,展厅的半空中撒下了许多彩色纸剪的花瓣。花瓣越撒越多,顷刻间,凡是来参加庆典的来宾和观众身上,都被撒上了花瓣,每个人都变成丽人儿。祝华和我走去向大家祝酒,互相干杯,那花瓣又随之而来,顿时两人身上都落满了花瓣,整个展厅,也变成了花的海洋。随着人群涌动,欢声笑语,花衣彩衫,花篮花旗,展厅内外涌起了层层花浪。那些摄像机更忙了,记者们在花海中穿梭、奔忙,他们的身上也落满了花瓣!

这当儿,两位记者跑到我面前,一定要我向基辛格博士隔洋说说话。几架摄像机也随之跟了过来,从各个角度包围了我。谁知我涨红着脸,嘴巴哆嗦着,激动得怎么也说不出话。我想,我是多么想与基辛格博士说说啊!尽管自己不懂英语,可是心里一直在说啊!然而,此时此刻,大庆时刻,关键时刻,我却一句也说不出。祝华走来鼓励我,我的嘴巴还是被许多话塞住了,致使脸色涨得绯红,简直像关公。大家都为我着急,纷纷鼓励我,无论如何要在这个时候跟基辛格博士说几句话,让摄像机录下来,可以直接传给博士。摄像机确实紧追不放,甚至更逼近我。这一下我急得满头大汗,便去口袋里摸手帕,突然接触到一张纸,那是基辛格博士的第二封信的译文。我连忙跑去接待桌旁,从抽屉的挎包里取出原件,再赶到会场前。我定了定神,放声对大家说:“各位领导,各位来宾,各位观众朋友,我身上正好带着一封基辛格博士最近的来信。这信就是他为我们这次给他祝寿的感谢信，请大家听我念念好吗？”

“好！”大家说。有人还说：“那敢情好，大家都能听到博士的话了！”

群情更加激动，霎时鸦雀无声。我颤抖着声音一字一句地把基辛格博士这封既有感谢，也有勉励，并且充满肺腑之言的长信译文念完。大家听后，一齐热烈鼓掌致谢。

这时，只见老省长提起右手握拳碰碰下巴，下意识地走出队列一步，所有摄像机也立刻对准了他。他微笑着说：“刚才基辛格博士在他的信后面说：‘我将非常有兴趣看到展览图片画册。’这就是说，杭州中美友谊民间纪念馆，是准备将这个祝寿展览图片印成画册的。现在我代表我们省友协宣布，这份画册，由我们省友协与纪念馆一起赠送。他们都是用自己的退休工资举办活动的，很是难得。这笔印刷经费，全由我们省友协支付。谢谢大家。”大家立刻报以长时间的掌声！

省市有关领导和许多社会人士一起为基辛格博士祝寿

东阳木刻工艺大师陆光正先生正在精心雕刻基辛格博士肖像

# 第十八章

# 忧虑签证

我家客厅的南端，有个我自称的寒舍“谈心角”，也可说是龙飞凤舞角。电话机的旁边，也就是樟木箱的上面，有一个“五龙齐舞”的大根雕，很有气派。那是1998年国庆前夕，香港回归祖国一周年纪念时，省里举办庆回归艺术展，一位外地根雕家送来一件展品，是一巨龙和四小龙同舞。四小龙也包括香港之龙。五龙齐头并进，蔚为壮观，得了一等奖。我还觉得这体现了和衷共济精神，也想给久住病房的金蕾芳冲冲喜，就花了一笔大钱把它买来。后在新家客厅一角陈列起来，和旁边壁上几幅笔墨飞舞的书画互为呼应，让简朴的客厅平添一点雅趣。

2003年6月的一天，我和祝华放弃了午休，凑在客厅里商量一件难事儿。我坐在电话机旁的圈椅里，那椅是老房东留下的，已很破旧，我们仍用着。祝华坐在沙发上，这沙发是小儿子给我们用的，已很陈旧，将就着用。这书画补壁的“花厅”一角，可是我们老两口待家时的“春风座”。

“爸爸，妈妈，我回来了！”房门突然打开，女儿从德国回来了。她把一大袋行李“砰”的一声放到楼板上。

这几年，她在德国留学，现在放暑假，回来看望父母。她原是中国美院毕业，现在又在德国深造，进修平面设计，出落得更为优秀。那炯炯目光，仿佛远大了不少；那欣欣神情，也似乎老练了许多。

祝华见女儿回来，喜笑颜开，连忙站起去与她拥抱，说：“怎么早不打个电话来，我们可以去接你呀！”

我也站了起来，笑嘻嘻地看着这个比亲生闺女还亲的女儿，说：“德国艺术把你熏陶成自成一格了，可以独步天下吧。”

“不，我现在还在学步阶段。”女儿随后大声说，“爸爸妈妈，你们好吗？”完全是西方的问候方式。外国人把“你好”“亲爱的”挂在嘴边，增强了情感的交流。女儿说着就从行李包里取出不少糖果点心放到我们面前的茶几上，接着介绍说：“这是德国巧克力，很香；这是意大利面包，很松；这是法国点心，很脆。来，妈妈你也来吃。”更是西式的一套。其实她是靠打工留学的，家里没有支援她多少钱。她见我已在原位坐下，就在靠近我的沙发上陪坐，把食品包一一打开，动作很利索。祝华给女儿倒了一杯凉开水，端着来到女儿旁边坐下。一家三口立刻构成一个温馨的三角，熏风习习，这是家中最美好的时刻。

我剥着一颗巧克力，对女儿为难地说：“我和你妈刚才正在讨论一件揪心事。我们要给基辛格博士送他八十华诞的礼物，可他前几天来信说，艺术家们的成果，应该是整个展览会的一部分，意思是不应该送给他。”说着就把电话机旁的信和中文译件都拿给女儿。女儿现在学的是德语，但也曾学英文。

女儿将两种信都仔细地看了一遍，点点头说：“他是这个意思。不过你们知道他为什么这样说吗？”

我咬着巧克力说：“那可能是我们信中没有说清楚。写那信时，正是我和你妈在接力征集礼物，忙得不可开交。我又急于想把送礼的好消息告诉基辛格，艺术家们的送礼太感人了。”我嗜糖如命，一颗接一颗吃。

祝华解着点心纸，说：“也许翻译有误。这次是请人翻译成英文寄给他的。”

“有英文的底稿吗？”女儿问。

“没有，我们只留了中文底稿。”祝华说。

女儿想了一下，郑重地说：“英文译错，可以再译。我想基辛格博士也不会计较这个。问题是，你们送礼，还有什么目的吗？”知父母莫若其女，她知道父母肯定在给基辛格送礼上还有什么打算。

我连忙说：“有啊。除了表示祝贺外，还想有回报。不是要他付钱的回报，是想请他题词的回报。送礼的人都有这个要求，这是我们中国现在送礼的风气。尤其是给名人送礼，谁都想通过名人的回赠来提高自己的身价，艺术家还想提高作品的品位。我们对他们这种心情都很理解，也很希望基辛格博士能给每位送礼的人都题上一幅词。其实这是不可能的，所以上封信里没有写明。但再不写的话，我们在送礼人这里就不好交代了。我们都答应过他们的。现在已经有几位送礼人打电话来问了，说在报纸上看到了，你们的开幕式搞得很成功，那么礼品什么时候送到基辛格手上呀？基辛格有什么回音吗？你看，礼物还没送出，就等着要回音了！”

祝华说：“这也是想和基辛格博士心心相印。大家对他的感觉可好啦！”

“那现在这回信，更显得重要了。”女儿兴奋地说，“这样吧，爸爸，回信你还是要写，题词的事在信中还是不能提。送礼物要人家题词，在外国是大忌。他们最怕送礼变成交易，所以外国人送礼都是象征性的，真正做到礼轻人意重。除非是国家之间的送礼，才有些名贵礼物。为此，”她加重语气说，“你这封信，就说明所有礼物都是中国艺术家为你祝寿而真正赠送的。但是……”女儿说到这里，看看我和祝华的脸色，她觉得自己后面要说的话可能会给父母增加压力。因为我们是在为人情而祝寿，现在却陷入“人情关”了！

我确实有点紧张，接过女儿话题说：“你是说，我们必须尽快把礼品送到基辛格那里去？”

“对，越快越好。礼物过了送礼时间，就变成马后炮了。这炮，就要在马前放响！”女儿说了句笑话，想以此缓和一下气氛。

本来，我们只想请基辛格博士亲自参加祝寿庆典，想不到他来不了。这下却打乱了我们的计划，什么都得变通着办，甚至是想方设法地办。现在，事已至此，困难越来越多，我俩似乎已经山穷水尽，寸步难行了。我忧虑地看看祝华，心情沉重地说：“是啊！基辛格的生日，已经过去个把月了，可礼物还在中国，还在杭州我们家里，何年何月才能送到他的手上？”

我看看客厅的另一角，那儿堆放着从纪念馆里运回的礼品，准备包装后寄或送到美国去。

女儿已看到我的焦急表情，急忙说：“爸爸，最好是你直接送去，那才显得隆重，基辛格博士一定会很高兴。我想你跟他见了面，再和他商量题词的事。我相信基辛格博士是通情达理的人。”

祝华连忙说：“这样做好，他肯定通情达理。”

我也连连点头：“大人物的心也是肉做的，而且他会了解中国社会的风气，他对中国是研究得很透彻的。”但我一转念，忧从中来，愁情万种地说：“可这一送，我们就得花几万元钱。光是来回机票，就要一万多元，还要在纽约吃、住，还要……没有几万元去不了！”

祝华也神情紧张，她知道家里已没有钱了。

女儿也忧心忡忡，为难地说：“这没有办法。事情既然做了，就要善始善终。”她突然嫣然一笑，大声对我说：“爸爸，你很懂画理，画家画虎，就要画老虎‘临去秋波那一转’，这结尾很重要，余味无穷。这样吧，我这次回德国去，你们不要给我钱了。我在那边打工，已经很熟练了，请你们放心。”她想以此让我们做好祝寿的收尾工作。

我们十分感动，一齐伸手去抚摸女儿肩膀，仿佛这留学的生活重担，也要她的嫩肩膀独担了！

我更有歉意地说：“照理，儿子要穷养，女儿要富养。可是将你也穷养了，我们实在过意不去，尤其是我。”我是继父，自觉比生父更有责任富养这个难得的女儿，可自己心有余而力不足。

祝华立刻对我说：“你还是赶快把给基辛格的回信写好，最好能请他发个邀请函，这样你去签证就有保证。你这信，让女儿用德文翻译，基辛格原是德国人，德文肯定很通。由女儿翻译，也不会翻错，还能省笔翻译费。”

女儿说：“我尽量翻，翻完后还可请德语比我好的人帮助检查一下，这样你们也放心了。来，大家再吃一点。”她把一块巧克力丢进嘴里。

一家人吃着西方糕点，谈着东方难题。

杭城的夜幕，是欢乐的帷幕。当色彩斑斓的幕布徐徐覆盖地面，不论是西子湖畔，还是大街小巷，凡有饭店、酒楼的地方，都升起了欢腾的市声，灯红酒绿，花天酒地。今晚，我和祝华，应邀也去享受一下这种时尚生活。

我俩走在官巷口的一条小街上，这儿曾是官员出没的柳巷，现在已成阔人光顾的街巷，餐饮店既可以停车，又有雅座，而且端上来的都是燕窝鱼翅、牛排蹄筋。可以说，凡是目前杭城比较高档的菜肴，这儿应有尽有。

今天是荣获福布斯世界富豪榜上有名的企业家宴请我们，他特地从宁波赶来。因为不久前，我和祝华去跑赞助，找了几位企业家，都说你们办中美友谊民间纪念馆是多事，这是国家的事，要你们操心干吗？但是我俩不死心，尤其是护送礼物去美国的事迫在眉睫，祝华就给这位比较熟悉的大企业家写了一封信，恳请他赞助一点去美国的旅费，保证专款专用。

我俩穿着消暑的夏装，虽不光鲜，也还入时，至少可与今晚的宴请相近，不至于太煞风景。

我的拎包里，还带着一本16开用铜版纸印刷的精美画册，那就是由省友好协会出资精印的《为基辛格博士八十华诞贺寿画册》。我俩非常感谢老省长和省友协的支持，这本画册，不仅可以详细而形象地介绍这次活动的重要内容，而且可以给纪念馆作为今后交流时的一张金名片和介绍信，让人刮目相看。为此我尤其注意封面设计，那不光是面子，还可造成深刻的第一印象。封面上，除了三分之二是基辛格那张像油画似的肖像照以外，我在上部特地印上“有朋自远方来，不亦乐乎”这句孔子名言，也是中国人的传统箴言。中国人讲究礼仪，友好往来是基本礼数。而为基辛格祝寿的礼品中，就有一幅 3 米多长、1 米多宽的立轴，画的就是孔子的立像。因为基辛格也在研究东方哲学，而我曾经在他的著作中看到，他引用过孔子的话，还说要了解中国，必须了解孔子思想。我们觉得把那句孔子名言印在封面上首，使画册既有规格，也有分量。基辛格一看就会喜欢。

而画册内芯，把基辛格重要生平事迹照片，特别是他的“破冰”之旅照片，以及中国艺术家们这次赠送他的所有生日礼品照片，加上中英文对照的说明，悉数精编巧排，精印精装，把一本生日画册，制成了一件珍贵礼品，可以收藏。

这种画册，尤其对在国际上有影响的中国企业家，也是件很拿得出手的礼物。如与外商洽谈生意，也可以证明中国人重感情，讲义气，对国际友人永不忘怀。这样，中国的生意人，也注重社会价值、道德风貌，更能使外商看重。因为真正的世界贸易，还是把社会效益放在第一位。

我俩商量，这次和宁波这位企业家见面，我们最好也能帮他扩大点影响，例如，以后向记者介绍他的热情赞助，甚至在适当的展览中也宣传他的创业事迹，等等，机会总会有的。据说他在美国也有公司，那也有中美友谊的成分啊！

其实，这画册在前几天祝华给他寄信时也附寄了一本。现在再当面赠送又是一番心意，礼多人不怪。况且她对这次的求助，自觉十拿九稳。她以前在与省教育厅一起钻研、推动中小学开展劳动教育时，曾帮他投产劳动教育教具，致使他成为亿万富翁。中国人最会为培育孩子投资，这位企业家看中这点，于是财源滚滚。祝华想，他这点感激之情总会有的，况且我们要求不多，只希望他能适当赞助一点。他现在已是荣登福布斯榜的富豪，简直不在话下。

我俩进到一个包厢，企业家已坐在那里等我们了。同桌的还有七八位陌生人。我们夫妇一一和他们握手，可惜只带来一本祝寿画册，否则都可赠送。他们说送给“福布斯”——东道主就行了。

我只得把唯一的一本画册，双手送给坐在上首的“福布斯”。谁知“福布斯”说：“这本册子我已有了，范老师寄给我了！”

这时，一位坐在餐桌下首的年轻人接了过去，大概是位司机。他当即饶有兴趣地翻阅起来，其他大亨只顾谈他们的什么产品、什么行情。

“福布斯”见圆桌已经坐满，便与旁边一位穿高档衬衫的年轻人说：“上菜。”那人立刻向正在侍候的女服务员一挥手：“上菜!”他大概是秘书或办公室主任。女服务员随即出去了。祝华就和“福布斯”隔座聊天，由于本来就很熟，一点不拘束，反而有宾至如归的感觉，归到与主人平起平坐。

我看这位“福布斯”，果然气宇非凡，油头光脸，大腹便便。我不敢拿他去与电影中新中国成立前的资本家比，但在改革开放初期，我采访过不少乡镇企业家，为此我主编出版了十辑“当代中国企业家丛书”。据说这位“福布斯”，原来也是乡镇企业家，可是，此一时，彼一时，要是现在再要我去采访他，那他的事迹肯定要编在“当代中国福布斯富豪”中了。

不一会，酒菜上来，大家觥筹交错，碰杯干杯，不亦乐乎。我一看菜肴，都是山珍海味、生猛海鲜。我想，大概主人是宁波人，宁波人都吃活的海货，因此今天特地叫了海货全席。可在杭州，这样的全席价格不菲，起码要比一般的全席贵上一至两倍。不一会，服务员又上来一菜，那是一条类似鲳鱼的全鱼，装在一只大盘子里，香气扑鼻，油光可鉴。“福布斯”特地叫上菜的服务员介绍一下。女服务员就用嗲声嗲气的腔调介绍说：“这条鱼叫多宝鱼，是最名贵的海鱼!”

席间有人问：“大概要多少钱?”

服务员看了他一眼，更加嗲声地说：“起码800元!”随即伸出大拇指和食指，做成一个“八”字，还向大家摆了摆，意即大家吃了会“发”。

“哇!”大家不约而同地齐声惊叹。

只有“福布斯”不动声色。他举起筷子，指着那鱼说：“吃，吃，让大家多宝多宝!”自己先夹了一筷。

“对对，大家多宝多宝!发发发!”全桌人都举起筷子，齐向多宝鱼进攻。

多宝鱼很快只剩一身骨架了。我想，这鱼骨架也值几十元钱，它可制成“高档名菜”的吃剩标本，说明这家餐馆的菜肴是如何让人抢吃无遗的!

我很想与祝华交流一下，今晚“福布斯”如此豪宴群英，到底是为我们夫妇俩，还是另有所为。可是仔细观察，那些似乎都是通常的食客，言谈中提到昨天我与你干了十杯，今天来二十杯之类的酒话，说明是经常聚餐的。我想，只有我们这对夫妇身份有点特殊，特别是祝华，仿佛是特邀的。因为以前祝华他们一班创制劳动教具的人到他厂里去，都被尊为上宾，招待全是最高级的，还说以后等企业发了，一定重谢。那么，我想今天也许是他重谢的时候了；等会餐饮完毕，“福布斯”就会把我们夫妇留下一会，拿出一张支票，或者一叠现钞，那至少是几千元吧!估计他今晚这顿酒席就花了上万元呢!

酒席很快结束了。“福布斯”没有示意我们夫妇稍留一下，我俩也只得拎起挎包告辞。走到楼下门口，只见原来坐在下首的那位青年开来一辆宝马在门口停下。很快，“福布斯”向我及祝华挥挥手，说：“再见！以后到宁波来玩。”一下子钻进“宝马”，“宝马”倏地开走了！

我仍站在那里，对祝华说：“今晚我们就是来吃了一顿酒席，他对赞助只字不提！”

“看来，我们是没有希望了！”祝华也失望地说。其实，她从今晚的聚会中观察到，现在的企业家已不在乎扬名，尤其像“福布斯”，他的名气够大了，哪里还稀罕你们去帮他扬名？今晚能请你们吃一顿美餐，已经是他的客气了！

可是我还痴痴地想着：即便光把那条“多宝鱼”的钱赞助我们纪念馆，我们也可少操一点点缺钱的心啊！可是现在，人去楼空，鸡飞蛋打！

杭城的高温还在持续着，晚上看电视，气象节目已成人们必看又必叹气的节目。那屏幕中的气象地图上，一大片深红的颜色笼罩在江、浙、赣、皖一带，半个多月了从不退去，仿佛长江下游已成赤道，老天要摆点赤色给人们看看。

7月初，刚好下了一阵豪雨，冲去了一些暑气，地面有些凉意。基辛格博士又来信了，可我们女儿已经返回德国，祝华只得又去找那位高校英语老师翻译。这次是买了一大袋水果去，不管他收不收翻译费，先把水果送他。这也是礼尚往来呀！

谁料这次基辛格的来信，不是邀请信，而是通气信，他说：

尊敬的潘先生：

感谢你的来信和对我生日庆祝会的盛情，由于我未来的几个月里，没有来华访问的计划，我将很高兴在办公室收到你们的纪念画册和你们给我的任何礼物。无论何时，在双方方便的时候，你或你的代表可与我就来美计划进行商议。为此，再次感谢你的周到考虑，并祝你和你的纪念馆万事如意！

您的朋友

亨利·A. 基辛格

2003年6月17日

我看了译文，似乎又傻了眼，信中说：“在双方方便的时候……就来美计划进行商议”。那这“方便的时候”到什么时候才方便？我想，这护送礼物的事不能无限期地拖下去。再拖下去，这些礼物，真要变成“明日黄花”了。

那些生日礼物包一直堆放着，我在包前踱来踱去，一筹莫展。可是，我觉得这些礼物包，就像许多嚷嚷待走的孩子，都圆睁大眼，巴巴地急着要去见基辛格博士——他们的新主人。仿佛再迟迟不走，他们要自己跑去找那位敬爱的远方爷爷了！

的确，礼轻情意重，可是礼迟，情意就轻了。哪有礼物变成隔夜饭、陈年货的？

我特别担心这些礼物日久受损，那是责任重大，无法弥补的。这一想，我变得寝食难安，终日唉声叹气，蹬脚搓手，连电视娱乐节目也不想看。

祝华也和我一样焦虑不安。这些情况，她都看在眼里，本想与丈夫做件开心事，想不到反而成了揪心事，而且毫无转机。

她知道，说来说去，是一个钱字。有钱，老潘就可把礼品直接送去美国，在纽约住下来，等基辛格有时间了再见面。可是，这能做到吗？

自从办馆以来，经费一直是我们两口子的软肋。虽然也有几位朋友支持，例如开古董店的胡龙官先生，但主要还是我们自力更生。可这自力更生，已把家中的积蓄用尽，每月前欠后空，甚至还要借债解危。本来，很想以展养展，外出展出，挣点展出费来支撑纪念馆。可今年上半年偏偏碰上了“非典”。后来美国打伊拉克，我们每到一地展出，总有人指指点点批评美国政府，这使我很不自在，打击了我送展上门的积极性。我宁可从自己家庭开销中再三克扣，来应付纪念馆的燃眉之急。但是像现在这样，碰到要大笔支出，那就捉襟见肘，破衣烂衫，没法提了！

秋来处处割愁肠，基辛格的邀请信一直没有来，我异常担忧。况且，这是在“9•11”后，据说美国领事馆的签证现在要求极严，一般人根本签不出。

此时已近国庆，即使有了签证，买机票也很困难，还要预约，何时赴美，已成遥遥无期。我的生日是公历 10 月间，在上海的儿子和他妻子商量后寄了一笔钱来，说：“爸爸为基辛格祝寿，我们也要为你祝寿。”我收到这笔寿礼后眉开眼笑，觉得去美国的单程机票钱可以凑齐了，至于回来的机票钱，到时候再说。但我更高兴的是，儿子懂英语，何不叫他向基辛格办公室打个电话，问问基辛格的近况，估计什么时候会在纽约的事务所。

过了两天，儿子回话，说已给基辛格的秘书打了电话。秘书说，博士最近都在国外，什么时候回到纽约，他也说不准。我就在电话中跟儿子自作聪明地说："你再给那位秘书打个电话，请他以办公室的名义给我们发个邀请信也可。去美国的费用全由我自己支付。"我还发急地说："请他哪怕用传真形式也好，只是一定要快。"

儿子在电话那头咯咯地笑，说："爸爸，你以为那秘书是我？人家老美办事，都是一本正经的，何况是秘书。他们不可能由秘书专政，可以越俎代庖，那是犯法的！"

"天哪！那我这送礼怎么办啊！"电话那头，儿子还在咯咯地笑，安慰我说："你要签证，还是以我邀请的名义去试试。"以前都是儿子以邀请我探亲的名义发信去签证的。

"可你在上海啊！在上海怎么可以邀请我到美国去？"

"我有美国绿卡，在美国还有妻子、孩子，邀请你去探亲是可以的。"

我把这一好消息告诉祝华。祝华有点欣慰，但想到我的路费，还是心事重重。她想我毕竟是 70 岁的人了，要在美国为生活担惊受怕，实在太委屈我了，可是家中所有的钱都凑给我，也就那么一点。人民币在美国很不耐用，要八元人民币去换一元美金，而在美国吃顿饭，一般就要七八美金！

我和祝华，白天都是忙这忙那，想这想那，只有到了晚饭后，才放下一切事务和忧愁，先在茶几上打八盘扑克。人家因"八"字而想"发"，我们用八盘来排忧和解乏。这已成这些年的规矩了，反正只要我俩都在家，这就是雷打不动的玩乐。我还想，以前和金蕾芳在一起时，两人整天整年忙于工作，家中连小乐趣也没有开展，真是对不住她。可现在，祝华那么深情地爱我，我可再不能让家庭生活过得像衙门一样，成天沉着脸。一定要笑意盎然，才能青春常驻。而这，要我主动承担丈夫天职。

我家住地，既没公园，又没庭院，仅有这客厅一角还能消遣闲趣。我很信一句民谚：爱人是拿来爱的。这爱包括欣赏爱人的一切。白天没时间相处，晚上只有这一会能共坐灯下，边聊边玩，两人的情感交流就很频繁深入。尤其一些联系白天幸遇或遗憾的谈话，通过此时的共同回味或切磋，使两人更有干劲或有所借鉴，生活越来越甜，感情愈来愈浓。

祝华也深有所感，她经常对我说："我们的感情还在发展。"每到这时，我总是喜不可抑。结婚五年了，夫妻感情还在发展，岂不难能可贵！

扑克牌就在这样的情感交流中，成了爱的推手、情的臂助。怪不得连打五年，五年不辍。

这次，牌至六盘，祝华突然对我说："亲爱的，我决定和你一起去美国。"

我立刻想到一个致命问题，说："那要两个人的费用啊！"

"费用是增加了一倍，但力量也增加了一倍。"她微笑着看了我一眼，继续摸牌。

我困惑，手在继续摸牌，可不知她要打什么牌。

祝华理顺手中的牌，说："我们一起去，到了美国，可能也要像现在这样无限期地等待基辛格。那时钱不够了，我可以去打工来养你。"

"啊！"我立刻甩下纸牌，跳了起来，一把抱住她，激动地说，"好，有你这句话，你不去我也要把你拉去。"两人紧紧地抱在一起。

旁边的那些礼品包，像小孩子似的个个圆睁大眼，此时都在看我们这对办馆夫妇，竟是这样的情真意切！

茶几上的那些扑克牌，也像小孩子似的躺着，笑眯眯地看着我们这对打牌夫妇，竟是这样的情投意合！

初秋的杭州仍很闷热，高温以后秋老虎紧接而来，依然十分郁热，让你汗流浃背。可是，我们紧紧地拥抱着，似很凉爽，直到那些笑看着的扑克牌，在茶几上几乎要笑出声来，两人才松开手，再去抚慰小家伙们。

然而经费还是硬道理。我为了感谢祝华的美意，决定在纽约过最艰苦的生活，便说："我以前在老家种田烧炭，生活可苦呢，大不了再去过那种苦生活。"她也很感激，决定同舟共济、相濡以沫。

次日晚上，祝华给上海的儿子打电话，说："我跟你爸爸讲好了，这次我们两人一起去美国，同甘共苦，完成重任！为此请你把邀请书改成邀请我们两人的，可以吗？"

"改，当然可以。问题是你们两人到了纽约，开销更大了。"

"不要紧，你爸爸说了，准备过当年烧炭佬的生活，把铺盖带去美国，旅馆住不起，就到地铁站去睡。纽约地铁站可多呢！"

儿子一听急了，在电话里大喊："阿姨，你跟爸爸说，这是不行的。如果你们去睡地铁站，万一给警察抓住了，要处罚我的呀！"

"怎么会处罚你呢？"祝华问。

"你们是我邀请的，我有责任保证你们的生活和安全。你们现在这样做，岂不给我难堪？警察找不到我，就去找家属，那更麻烦了！"

那声音很大，我坐在旁边全都听到了，就接过电话，殷切地说："儿子，你放心，有阿姨在，你爸爸万事如意、快乐安康!”

儿子不响了，但他肯定在想，这阿姨也真够逗的，不过爸爸真的会那样做的。因为我在吃苦方面，是天不怕地不怕的。

祝华还是准备了一条薄棉被，打算赴美时塞进大箱子里。

数天后，儿子的邀请信寄到了，跟美国驻上海领事馆也预约了签证日期，我俩就忙着准备赴沪行囊。

可是我们在收拾签证材料时，心里总不踏实；尤其是祝华，她几乎有点害怕。因为她上次回国时，由于要等媳妇一起回国，超期了一个月。这对再办赴美签证来说，是非常危险的。美国领事馆有个规定，凡是上次在美国超期的，哪怕只超过一天，一律做违犯签证条例看，拒绝再签，至少在三年内不得再签。

我俩担心之余，去到灵隐散心。灵隐大殿的释迦牟尼，只管人们的健康、发财。所以企业家特别相信，往往在大殿里一掷千金求财，以至万金几万金。

我和祝华，走过大殿门口，来到北高峰下，那半山腰里有个小庙叫韬光。我对这个殿名很不理解，“韬光”，应该是韬光养晦之意，也即隐藏才华，不使外露。可是里面供奉的是吕洞宾。

吕洞宾是八仙之一，又名吕纯阳。据说他是位风流神仙，八仙聚会时，他很想与何仙姑偷情。碍于仙规，不得乱来，因此他只得道貌岸然，书剑飘零。

我对他的“书剑飘零”十分欣赏，觉得自己也是书生，只是没佩宝剑，不过若能漂洋过海干一番事业，岂不也是美事!

于是我对祝华说：“我们还是去拜拜吕洞宾吧，他这位洞中之宾韬光养晦，法力无边。若能帮我们得到去美国的签证，岂不也美了他自己的漂洋过海之誉。”

我俩就从山脚开始，在一条石板铺就的登山道上拾级而上。登了约有半小时，才气喘吁吁地来到韬光寺门口，一看庙里，果然“有求必应”的感恩锦旗挂满庙墙洞壁。我们也就买了香烛，焚香叩拜，请求吕大仙护佑这次签证能够顺利。

拜毕，也烧了香，反正愿已许下，如果这次签证成功，以后肯定厚谢。

我相信这次签证必能成功，因为我们这次去给基辛格护送礼品，是为了实现“诚信”两字。美国人最讲诚信，中国人也是诚信为本，因此哪怕千难万险，也要把礼品尽快送到基辛格博士手上，这就会感动基辛格和上海美领馆。

另外，这次来向吕大仙烧香，也是本着“诚则灵”的心态下跪叩头的，必能感动大仙，拂帚相助。人神共佑，哪有不成之理！

领签证的日期将到，我俩如热锅上的蚂蚁，既紧张又害怕。尤其是祝华，似乎将要受审似的，不知判决如何。如果判成“拒签”，那我们的计划全部泡汤，后果不堪设想。

上海美领馆答应可去面试签证的日期，是9月11日。这很耐人寻味，我们想，这是刚刚“9•11”两周年的日子，凶耶？吉耶？不得而知。但美领馆答应可去签证，说明“9•11”的影响已过，一切恢复正常。

然而我俩依然忐忑不安，决定提前一天赶到上海住下，先去美领馆签证处外围熟悉一下情况，以壮胆量。

我们按照记忆，小心翼翼地来到原来的签证处。一问，说签证处已搬到梅陇镇那边。两人立刻在大街上像排球运动员那样，做起了双手互拍的动作，庆祝事先发现疏漏。要是明天早晨赶到这里，一问不是，再赶去梅陇镇，那就来不及了。一旦心急火燎，在签证时对签证官的回答肯定语无伦次，也就是说肯定会被拒签！

刚才我们在大街上举手互拍的举动，许多路人看了莫名其妙。有上海人就说：“格对男女有神经病！”

讥笑归讥笑，办事归办事。次日一早，我俩就去签证处门口排队。谁知一到门口，人家已经排了长队。我很感慨，大概“9•11”以后，许多人被拒签或不敢来签，现在形势好转，一窝蜂涌来了。

这也说明，大家还是很想到美国去的。恐怖分子失败了！

门口的保安通知大家：“凡是老年人可以另外排队，先进大楼。”我凭着自己的一头白发，就拉了祝华去享受这一优惠服务。

不久，我们被叫号到楼梯口。上了八楼，按要求，向一个窗口递进所有材料。为了引起签证官的重视，我俩把基辛格6月间的感谢信复印件放了进去，这样似乎希望大一些。我几乎要双手合十，希望上帝、吕洞宾赶快都来保佑。

然后我俩都被引进到候签室，那儿有许多排铁制长椅，已坐了一些人，我俩就坐了下来，可是心一直在怦怦地跳。我想，幸亏这是铁椅，不然随着心的竭力跳动，这椅子也要跳动起来了，那便乱成一团。估计与我们一起心跳加速的人还有不少，反正人人脸色紧张，神情木然，不轻易说话。也有人悄悄议论着哪个窗口的签证官松或紧，都在看哪个窗口能签出多少，仿佛是要过奈河桥，命运全掌握在判官手里。

终于轮到我们夫妇了。当我俩的号子被叫到，我们立刻往指定的窗口去排队时，两人的心跳更加厉害了。我朝祝华看看，拉拉她的手，叫她不要太害怕。想不到她这时反而镇定自若，叫我不要怕。但我还是担心她的心脏病会复发，这里的气氛太紧张了，要是复发，一切都完了。我真想呼吁美国政府，不要把签证弄得那么让人不安，难道不可以再放松一点，放宽一点？

我俩来到一个拱洞形的窗口，我排前面，她排后面，准备先易后难。窗洞里，坐着一位男的年轻老美。我俩暗自庆幸，据说有位女的中年老美很严格，在她那里，十个有九个被拒签，许多人只得噘着嘴巴离开，窝着一肚子的火。不过这里等待我俩的，也是吉凶未卜。

我们紧紧地看着里面签证官的一举一动，尤其是面部表情，观察入微。只见那签证官先是看了我的材料，简单地问了我一两个问题，很快就在我的签证表上用铅笔画了一个圈，对我一笑，示意我可以走了。

但我并没有马上离开，而是站到了窗口旁边，让祝华走上前来应签。我同时紧紧看着，签证官也没有支开我。

签证官开始审查祝华的材料，一页一页地翻阅着。然后，又拿起她的护照仔细看着，手中那支铅笔始终停留在表格上方不动。

我俩的心霎时提到了喉咙口，看来危险了！

不一会，那签证官终于从她的材料中，抽出那张基辛格信的复印件，平静地用中文问："这是基辛格博士的信？"

我俩不约而同地说："是的。"

祝华补充说："我们还有原件。"说着不慌不忙地从拎包里取出那封有基辛格亲笔签名的感谢信，连同信封一起交给签证官。我想，她竟把原件也带来了，想得真周到。要我，也许早忘了！

签证官看了看原件，又对我俩打量了一会，似敬佩又怀疑：这是真的吗？祝华已看出他有疑问，立刻笑着说："这信是真的，不信你可以去调查。"签证官真要调查也很容易，电脑上也许能看到基辛格的有关信息，例如签名笔迹之类。但他相信这对中国老夫妻不会骗人，基辛格的信也不会被人伪造。中国人对基辛格很尊重，美国人也是很相信人的。他就会意地向我俩点点头，但仍严肃地问祝华："你上次为什么超期回国？"

"买不到机票。"祝华冷不丁冒出这么一句，吓了我一跳，我想，这显然难成理由。

气氛又顿时紧张起来，签证官就追问："买不到机票，这不可能吧？"他们对中国的回国人员很了解，真要回国，早几个月就把机票订好了。

“是这样的，”祝华拿出了当过校长的看家本领，沉着地说，“上次我本来是 11 月份签证到期要及时回国的，后来我们媳妇要和我一起回国，但她必须到圣诞节放假才能走。圣诞节机票都很难买，所以我延迟了一个月。”说得合情合理，也实事求是。

签证官正视了她一下，大概已被说服，然后赞许地说：“OK，这次你们有特殊任务，应该去。不过你这一次一定要按时回来。”他随即在祝华的签证表上也画了个圈，最后笑眯眯地指指旁边一个窗口说：“20 分钟后，你俩都到那边去拿签证。”

我俩长长地吁了一口气，心中的一块石头终于落地了。回到座位上，不约而同地说：“还是基辛格！”

旁边许多在等待签证的人，立刻向我们投来羡慕的目光，仿佛也在说：“还是基辛格！”目光久久停留在我俩身上。

忧虑时，一家四口外出小聚
（左为次子，右为女儿）

回家看看（小棉袄女儿）

谈心角

# 第十九章
# 奔走纽约

赴美前一天的晚上，我接到大儿子从上海打来的电话，他焦急地问："爸爸，你们到纽约以后到底怎么办？"

我因心境不佳，把话筒交给了祝华。她对儿子说："柯柯，那么晚了，你还没睡觉？"

"你们到纽约后的事不落实，我怎么睡得着？阿姨，你们后天出发了，到纽约以后，究竟住哪里？这事不定，我要找你们也没法找啊！"儿子在上海，要想找在纽约瞎撞的父母，实在无从找起。

"是的，我们还是定不下来。"祝华委婉地说。

儿子发急了："纽约那么大，可不能乱住呀！万一出事怎么办？"自从祝华与他说过，准备带铺盖去睡纽约地铁站后，他一直很担心，便说："这样吧，我把美国手机号码告诉你们，你们都要记牢啊！"

祝华谢谢儿子，记下了手机号码。

我忧心如焚，这几天去找赞助，还是两手空空回来。基辛格也依然没有回音。可是机票已定，行期在即，囊中空空，实在难以启程。然而这些礼品必须尽快送去，否则许多方面都不好交代。香饽饽变成了烫手山芋，好心将变成驴肝肺，这是我意想不到的。

情急和无奈，使我这个充满理想主义的老男人，给自己带来了无限忧伤。这天晚上，我在床上一直犯愁。将近拂晓，一觉醒来，还是愁云密布，只得起床涂诗解愁，如泣如诉地写着：

## 愁夜

半夜醒来百事愁，
将赴友邦却无投！
博士音讯如鹤去，
客机舷梯似覆舟。
四顾茫茫皆生惊，
唯有街头在招手。
好事苦磨自心知，
珠泪暗向腹中流！

写完诗，天也亮了。我便去盥洗，然后晨跑，这也是每天早晨的必修课。坚持锻炼，也是为了提高意志力。老当益壮，寒暑无忌。不意这时一遇凉水，脑子顷刻清醒起来。我想，我们可以去找中国驻纽约领事馆呀！领事馆对推动中美友好的事肯定支持。想到这，便去祝华床前，急忙把她叫醒，说："我们去纽约有救了，救星就是领事馆。"祝华迷迷糊糊地答应我。她心中暗喜，连忙起床在网上找到中国驻纽约总领事馆地址、电话，并把英文地址一笔一画依样画葫芦地描绘在白纸卡片上，以便到美国后可以问路，随时把卡片递上。

第二天一早，我俩带了两只大箱子赶到上海浦东机场，乘上日本航空公司的班机到达东京，在成田机场招待所住一夜，次日再由东京飞往纽约。这也是为了省钱，要比从上海直飞纽约便宜一些。现在是能省一点是一点。祝华很高兴，这次出国等于走了两国：日本、美国。

登上日本飞纽约的飞机后，我在机舱里还是忧思不断，看祝华泰然自若，就叫她先睡。帮她把机上提供的小毯子盖好，自己就看机舱前方的电视。那屏幕上，有架指示性投影飞机在不断出现，告诉乘客此刻已飞到哪里。

我发现，这飞机很奇怪，从东京成田机场飞向美国纽约，不是横跨太平洋直线飞行，而是沿着日本岛往上飞，再沿北冰洋的诸岛弧形地飞，到了美国西北边陲的阿拉斯加上空，才向纽约直线飞去，等于画了半个圈。我想，空中航线应是直线的，怎么这样绕来绕去，岂不浪费时间？想了半天，终于琢磨出来，大概沿着陆上航线飞行，比较安全可靠。飞机万一出事，可在陆上迫降。我立刻想到自己这次去美国，仿佛也是迫降——毫无准备地要去纽约着陆！

经过十数小时的飞行，到达纽约已近黄昏。飞机在机场停下了，人们也鼓掌自庆。“9•11”的恐怖阴影，至今已有两年还未散去。而且到了纽约，似乎更为担忧，人们脸上都有一种凝重阴云。

我和祝华提着随身行李走出机舱，虽然舷梯是一条长长的走廊，可依然心惊胆战。我想，等会儿办完入境手续，提到全部行李，去到出口处，以前这时都是儿子从费城赶来迎接。而现在，儿子在上海，媳妇要带小孩，都无法来接，只能自己硬着头皮走出机场。可一出机场怎么办？我自然地想，那么多旅客，大概只有我们这对老夫妇是“四顾茫茫”的。但祝华依然眉开眼笑，仿佛是回娘家。

我俩推着两辆行李车。一辆车上是一只硕大无比的黑色帆布箱，那里面全是送给基辛格博士的生日礼物。为了确保礼品安全，在家装箱时，祝华就用一条薄棉被将礼品裹住，以免震坏。万一真的要在纽约睡地铁站，这薄棉被正好派上用场。还有辆行李车上，是一只大号的拉杆箱，里面大部分也是送给基辛格的礼品，只有小部分是我们俩简单的行李。不过祝华把她的一件呢大衣也带来了，准备睡地铁站时也好当棉被，如去打工，也可御寒，纽约的冬天马上要到了。

祝华推着机场行李车，喜笑颜开地往出口处走。我被她的乐观主义感染了，心想，我也是走南闯北的过来人，到这山，砍这柴，把青少年时养成的不怕天高地厚的勇敢精神又焕发了。祝华见我神情好转，就说：“趁现在天还亮，我们就直奔领事馆。”

领事馆在纽约曼哈顿，她除了在出发前从电脑里查了领事馆地址，又在机场候机时请人写了一张英文条子，上写：“我们要去中国驻纽约领事馆，请告知路线。”其实人家即使用英文告诉我们，我们也根本听不懂。

我俩推车来到机场大门口，发觉门口不太有人，也没有什么车子，难道人家都已走了？两人就东张西望地找人，心境自然又趋紧张。

这时，一位西装革履的华人模样的年轻人，从旁凑了过来。纽约这类人很多，有韩国人、日本人，粗看都像中国人，可这青年很热情地用中文问我俩：“你们想找谁？”

一听他讲中国话，我俩分外高兴。祝华随即说：“我们想打一个的，到中国驻纽约领事馆，可我们不会讲英语。”我含笑站着。

年轻人说：“我因为还要等客人，不能走远。”但他向旁边一招手，立刻过来一辆的士。他走上去问了司机，回来告诉我俩说：“他可以把你们送到中领馆。不过路比较远，要 50 美金。”

我们有些吃惊。

祝华便问："有没有再便宜一点的车子？"

年轻华人马上去问旁边的一个交通警察。不一会回来告诉我们说："你们可以坐中巴，每人 15 美金。不过中巴不是直接在中领馆下车，还要走一段路。"

我俩马上不约而同地心算：两人只需 30 美金，一下省了 20 美金。20 美金乘以 8，等于一下子省了 160 元人民币，这可不简单。我便对那青年说："下车后再走段路不要紧，我们有手拉车，可以拉着走。"我指指祝华推着的行李车，那只手拉车装在塑料袋里。这种包装，很有中国平民特色。

中巴很快来了，我们也很快上车，付了钱，觉得十分庆幸。一到纽约，就遇到好人，又遇到好车，看来这次在纽约会顺利，两人就看起沿途的风景。

暮色苍茫，纽约却笼罩在金色的晚霞中。尤其是市容整洁，即使市郊也让人心旷神怡。我曾在机舱里，透过舷窗俯视整个纽约市貌，只见街区都按井字形直线划分，非常规整。正如美国各州的州界也是直线划分，仿佛是刀切一样的整齐。这大概他们在划分州界时已掌握了科学知识，而且能把科学知识用到现实生活中。

中巴在一个拐弯处停下，有人告诉我们要在这里下车，并往哪条路去中领馆。我们感谢后，立刻搬下所有行李。我利索地把大箱装到手拉车上，祝华也随之拉起那只大号拉杆箱，两人踏着暮色，昂首挺胸地向着中领馆方向迈进。曼哈顿的公路都是柏油马路，据说美国许多城市至今还有马车在走，我想，这是名副其实的马路，我们两人今天也成了两匹马，两匹行万里的老马。

走了数百米，终于来到中领馆的门口。我们连忙去找一位曾经有人介绍过的同志。那位同志果然还在馆里等我们。他很热情，叫我们先把行李搬进传达室，随即打电话去问招待所。回答说："招待所有房间，都是刚装修的，双人间，每铺 80 美金一晚。"当他把情况讲给我们听后，我俩不禁同时叫了起来："我的天！"那同志一时愣了。我们连忙说："我们住不起。"

那同志劝我们说："这个价，是这个岛上最便宜的。"曼哈顿是有名的寸金寸地，房价自然很贵。

我俩面面相觑，在黄昏中看看天，天上只有一些云彩，看看地，地上车流滚滚。两人想，如果这里不住，今晚到哪里去落脚呢？

"哎，你们还是在这里住一晚再说，这里可以吃中餐，比较便宜。"领事馆同志又劝说。

我看看祝华，祝华对同志恳切地说："谢谢你的关照，能吃便宜中餐当然好。不过一晚上一人 80 美金，我们两人就要 160 美金。你知道这折成人民币，就要 1280 元呢！同志，我们带的钱不多，这样花，没几天就花光了，所以我们还是不住这里了。”

“那你们住哪里去？天就要黑了。”同志也着急起来。

“我们再想办法。”祝华说。我也去传达室搬出所有行李。那同志见我们去意已定，只得说：“如果还需要我帮助，可以再找我。”就准备进去忙他自己的事。我忽然想起，连忙喊：“同志，等等，我们还要送你们馆两本祝寿画册。”说着连忙从背包里取出两本画册递给他。

他接过画册，惊喜地说：“你们搞得那么好！馆领导看了，一定会帮你们的忙。”然后他就拿着画册进馆去了。

天色已经越来越暗，我们夫妇在领事馆门口进退维谷，远处隐约闪出灯火，冷风从海湾吹来，寒意袭上心头。祝华拉起箱子欲走不能，焦急地望着四周。

我情急生智，忽然想起在纽约还有一位熟人，便与祝华说：“我的电话簿里，好像有个纽约朋友的电话。”说完就往传达室里奔。

这朋友叫刘仁塘，原是中国台湾人，在美国当教授。退休后，就在纽约开了家文化用品商店。三年前到杭州旅游，我经人介绍认识了他，谈起中美友谊，他也觉得非常重要。我送给他一幅国画，他就给我留了个纽约电话。这些年没有联系，不知情况怎样。要在国内，很多人会遇上拆迁，就很难说了。美国社会稳定，建筑也较稳定，通讯地址或许也会稳定。祝华期望着电话能打通。

我给领事馆传达员打了声招呼抓起电话就打。不料一打就通，对方说：“你在哪里？”

“我在纽约中领馆门口。”我激动地说。接着就把这次与夫人的来美意图扼要说了一遍，然后直截了当地问他：“你家能不能借住一宿？”我知道华人住房都很紧张，一般是不太请客人留宿的。

谁知刘先生满口答应，并说：“你们先到我店里来。”

“店在哪里？”

“店在唐人街孔子铜像旁边，孔子大厦楼下，很好找。”

我放下电话，跑到门口，喜出望外地对祝华说：“我们有救了！”

“又有救了？”她把机场遇指点也作为一救。

可是，这儿离唐人街很远。我隐约知道，可能有很多路，只能打的过去。那又得花一笔大钱，我俩战战兢兢地寻找着的士。的士是有，徐徐开着，我们就是不敢轻易叫，既怕自己不懂英语讲不清楚地址，又怕价格太贵乘不起。正在焦虑时，又一位华人青年走了过来，问："你们在找什么？"

我们实说："要去唐人街，想找的士。"不料那青年说："我有车，可以送你们去。"

开始我们以为他也是开的士的，便想问他价格。谁知他马上说："我是中国来的留学生，在康州读书。刚才是想来中领馆打听一下办理护照续签手续的事。一到这里，签证处已下班，索性在门口转悠，便看到了你们。"说完就去开车。

我们十分感动，我知道美国有这种风气，凡遇困难，人家会主动上来问你："先生，需要我帮助吗？"这在国内是不可思议的，甚至会被以为是别有用心。可国内来的留学生，很快也被这里的良好风气熏陶了。上车后便对他说："非常感谢，你是我们今天遇到的第二位助人为乐的华人青年。"

那青年说："你们不懂英语，不然只要站到马路旁边，过一会就有美国人驾车过来问你们要不要帮助送行。"

"不管送哪里都可以？"我们问。

"可以，要送就不计较里程。"青年把车开得很稳。

后来了解到，他就是送人不计较里程的。他的学校在北面，而且在另外一个州，可他却朝南把我们直送唐人街。

孔子铜像，在唐人街的闹市中心，周围都是华人的商店，琳琅满目，什么商号都有。华灯初上，孔子铜像也被映照得分外明亮。一幢巍然耸立的大厦楼下，沿街走廊里有一排商店，一块"华夏文化有限公司"的招牌横挂上方。我推门进去，壮实的刘先生立刻从柜台里站起来，说："把行李都抬进来，先在店堂里放一下，等会一起回家去。"他太太也出来迎接。

他们要到晚上10时多才下班，这大概是唐人街的行规。店里生意兴隆，我们夫妇进去后，他们一直忙着应付顾客。

刘先生的店，可说是座仓库。整个店堂，全是堆积如山的货物，只剩中间一条一尺多宽的过道，让顾客挑货付钱，人来人往。而所有货柜，都是顶天立地，货品塞得满满的。我仔细看看，大概从他开店以来十多年的陈货，也一件不落地堆积在货架上，有些已积满灰尘。然而，奇怪的是，有些顾客就是来买几年前的陈货的，包括有些打票机，在外面已经更新换代换过几代了，但他们仍要买当年的某一款。

原来，刘先生的店，因为在唐人街，顾客也大多是华人。华人向有节俭之风，什么老东西都是能用则用，不像老外那样喜新厌旧，以新颖为开心。刘先生就顺应顾客心理，价廉物美为主，兼顾拾遗补阙。

而这，与刘先生的所学有关。他学的是中国历史，在美国讲的是东方史学，对孔子学说特别推崇。孔子讲仁，仁者莫大于爱人。所以刘先生开店，也从爱人出发。他夜邀我们夫妇住宿，也是爱人。他知道中国的知识分子要在美国办事不容易，能提供方便，义不容辞。

时近午夜，刘先生才驾车把我们夫妇和自己太太拉回家。到家后太太即烧点心给大家吃，睡觉已是半夜了。

我们夫妇睡在地下室一个小房间里，尽管床铺简单，但很舒服。夫妇俩就商量，既然美国的地下室都可以住人，而刘先生那么热情，能不能请他帮助找个地下室，租住一段时间？因为基辛格至今未回美国，什么时候见到他很难说。租地下室肯定会比住旅馆便宜。

吃早餐时，我俩和刘先生商量租房事宜。他太太在旁边煎鸡蛋，便说："你们要租房，不嫌差的话，我们倒是有一处。"

我们连忙说："再差我们也不嫌，况且你们家的房子也不会差到哪里去。"

他太太笑笑，说："等会陪你们去看看，你们就会知道。"

我俩听到有房可租，瞬即喜上眉梢。而且等会就去看，那就是说，从今晚开始可以住省钱的租屋了！

又是刘先生驾车，把我们三人一起送到离他家不远的一个小区，这儿叫森林小丘，古木参天，别墅林立，鸟语花香，清幽恬静。刘先生指着一幢红砖青瓦、尖顶方墙的小别墅说："这是我们的老房，现在楼上住了两个留学生，一个是台湾来的女生，一个是蒙古来的男生，都是我们亲戚朋友的孩子。你们要住的话，就住三楼，那儿有个阁楼。"

阁楼要比地下室高爽。可到三楼一看那个阁楼，简直要伸舌头。我从未见过这么拥挤、这么杂乱无章、这么奇妙的房间！

原来这是刘先生儿子住过的地方，现在因为二楼两个房间已租给人家，他们就把原来的家具杂物，一股脑儿都往这阁楼丢。儿子又爱玩电器，旧电器也堆了不少，现在都成了废旧物资。刘先生不舍得处理，光是电线就拉了一楼板。我再往地上一看，竟有一地的老鼠屎。

纽约向以老鼠成灾出名，现在果然名不虚传。更奇妙的是，因阁楼小，儿子的床铺只能搭在斜披天花板下。我们夫妇俩要上床，也只能弯着腰钻进床头。这样，我俩也将变成两只大老鼠！

安居乐业，有了租房，我们就考虑怎样与基辛格事务所取得联系。可是自己不懂英文，连电话也不能打。

我们就去唐人街大街上，找了一个华人咨询公司。来接待的是一位在打工的华人青年。我们见这青年也很优秀，就把一份有12个故事的打印资料送给他。这资料叫《无声的命令，有声的回响——创办杭州中美友谊民间纪念馆的故事》。出国前夕，有一次祝华接待两位香港客人，向他们说了一些我们创办纪念馆的情况。这两位港客听完连忙说："你们这些故事很感人，可以写下来，拿到美国去，一定能感动许多人。"大概他们知道美国人的心理。祝华就叫我赶快写，我一口气写了12个，约有3万字，打印后带来美国，现在先在年轻人这里试试看。果然，第二天就接到那青年电话，说："你们的故事太感人了，你们在纽约有什么事，我一定无偿帮忙。"

我俩喜不自胜，深感百鸟林中，自会得到共鸣，就请他帮助联系基辛格博士在纽约的事务所。很快，他就打来电话，说已与基辛格事务所联系上，你们有事，可以找一位基辛格博士的高级顾问兼中文秘书，他是中国人，叫梅山。

梅报春讯，这时正是10月小阳春，估计又是一个喜讯。我俩决定直接去找梅顾问。但是我立刻想到，儿子曾经说过，美国的秘书不能越俎代庖，就笑嘻嘻地对祝华说："亲爱的，当年基辛格博士秘密访华，我们这次也来个秘密访梅好吗?"

祝华笑笑说："我们最好把他从办公室里约出来。"

说了就行动，我立刻打电话，直接找梅顾问。接电话的是一位老外，大概已听出要找姓梅的，就叫来梅顾问接电话。梅顾问在电话中问："你们是不是杭州中美友谊民间纪念馆的?"

"对呀，我们正是那对杭州夫妇!"我说。

"太好了，我是杭州女婿呢!"他接着说，纪念馆以前寄给基辛格博士的资料，都是由他翻译后送给基辛格的，因此他对纪念馆已很了解。

我一听，简直不敢相信自己的耳朵，怎么会在这里碰到杭州女婿?而且又对纪念馆很熟悉!我贸然地说："杭州女婿，我们想跟你见个面，最好在外面，你有时间吗?"

"这，我还要考虑一下。"果然，他不能擅自做主。后来他说："我明天给你们回话。"

我俩又陷入冷水中。一股火焰，差点给这盆冷水浇灭。第二天，终于接到梅顾问电话，说："本来，在基辛格博士接见你们之前，我是不能随便见你们的。不过你们的精神实在感动了我，我考虑再三，先认识一下也好。这样吧，明天

11时你们到我们事务所楼下大门口，我会下来的。”

我连忙感谢，又与祝华伸开双掌，像排球运动员赢球时那样，合了一掌。

“久旱逢甘雨，他乡遇故知。”我又想起这些难得的人生喜事。与梅顾问虽然初次相识，但“杭州人的女婿”，在美国就是杭州人的故知。胆子霍地壮大，眼睛霎时放亮，明天见故知吧。

曼哈顿到处都是数十层的高楼大厦，街道整洁，商店成排，我们夫妇一早来到基辛格事务所附近，不好意思太早到门口去等，在前面一条街上隔着一个花园端视整个环境，只觉得曼哈顿比上海外滩还要壮观、神圣，怪不得基辛格要在这里设事务所！

我们三人在离事务所不远处的一家小饭馆里坐下。魁梧的梅顾问戴着近视眼镜，眼睛却笑成一条线，欣喜地对我们夫妇说：“我的岳父，原是你们浙江的省委书记处书记，现在已调走了。但我非常爱杭州，就自称是杭州人的女婿。尤其在基辛格事务所里，经常有你们杭州纪念馆的资料要我翻译，这使我更感到杭州的亲切。你们这次来，主要是给博士送生日礼物吧？”

“对。”我取出一本祝寿画册送给他。梅顾问一看，简直不敢相信自己的眼睛。他连忙拿掉眼镜仔细浏览，每看一页，都赞不绝口，仿佛在欣赏精彩画卷和大礼集锦！

我怕见面时间有限，就迫不及待地说：“不过有几个大难题，想跟你商量。”接着就说第一个难题：“梅顾问，我们这次来，很想请基辛格博士再去看看杭州，现在杭州越来越漂亮了。同时也请你一起去。”这是杭州人的心愿，要在杭州女婿面前首先提出。

梅顾问感激地说：“博士和我，五年前去过一次杭州。博士对杭州确实很有感情，所以对你们基本上是有信必回。至于他能否再去，这要看他总的安排。他对你们竟能为他祝寿，是怎么也想不到的。”

“我们主要是感谢他对中美友谊做出了重大贡献。”我说。祝华也以欢心致意。

“可他也为中美友谊做出了相当牺牲。”梅顾问沉重地说。

“牺牲？”我俩不禁急问。

“你们不知道。不过这事跟你们说说没有关系。”梅顾问喝了口饮料后说，“前几年，中美关系不是常有摩擦吗？每次摩擦，基辛格博士都站出来替中国说公道话。这样的次数多了，就引起一部分美国人的反感。这部分人大都对中国有一定成见，他们认为基辛格这样不遗余力地为中国说话，肯定在中国获得了好处，比如他在与中国做生意。”

我俩揪紧了心，关注着梅顾问的深层透露。

梅顾问又喝了口饮料说：“前些年，他不是经常带一些美中协会的代表团去中国访问吗？这个美中协会，是博士亲自创办的。他任主席，会员有三位卸任的前总统，四位卸任的前国务卿，许多位前部长、前国会议员，大企业家就更不用说了，共有几十位会员，都是重量级人物。每次去中国的代表团中，有些是商人。商人去中国，总要做生意的，这就被认为基辛格在偏袒中国，有些话不公正。可是，这对基辛格博士来说是大问题。他是一位很有国际威望的政治家，每句话都有一定分量。为此他决定，与其让人家怀疑自己的立场，不如将自己的立场更加明朗化，即把自己处于完全公正、无可非议的地步，那就是在任何场合，不让人家抓到任何辫子。他明确宣布：从此不在中国做可能被怀疑对自己有商业利益的事情，并且把自己一手创办的美中协会也解散了！”

“真的？”我和祝华，都把心提到了喉咙口。

“这还有假？你们这几年在国内报纸上，还看没看到他带了什么美国商务代表团去中国访问的报道？没有了吧？我是最清楚的。”

后来，梅顾问又说了自己与基辛格博士一起工作已近20年，两人工作默契，感情投合，自己在他身边学到了不少东西。

我连忙把第二个大难题提了出来，就是想请基辛格博士为每位送礼的人题一幅词。

梅顾问说：“这是不可能的。但你们可以把所有送礼人和礼物列一张单子，让他在这张单子上签名题赠，那是可能的。他理解中国人送礼的心情。”

……

告别梅顾问，我们夫妇心情激荡，想不到基辛格博士还为中美友谊承担了风险，做出了牺牲！那么，我们这次为他祝寿，更值得了。我甚至想，许多事情，我们看到的只是一个表面，其实还有更深的内涵。只有做出牺牲，才能赢得人家的信任。想想自己这些年办纪念馆，也是以牺牲为代价，这是高尚的。我们更要以基辛格博士为榜样，不为私利而奋斗！

这时，祝华也在想，自从我们创办纪念馆以来，有人总是怀疑我们有好处。这好处在哪里呀？你看，就拿这次护送礼品来说，在美国生活多么艰难，心情多么紧张。幸亏纽约好人多，处处碰到好人帮忙。凭这点，传扬中美友谊也值得呀！

与梅顾问分手后，觉得送礼的事心中有数，轻松了不少。我便对祝华说：“我们去看看双子座遗址。”这是我们一直在想的。两人拔腿便走。

那遗址，就在曼哈顿岛上。我俩在森林小丘住下后，曾经遥望过多次。此刻，祝华从拎包里很自然地拿出一张纽约地图。虽然那是英文地图，但她早已在地图上标下几个准备要去的地方，其中就有双子座。两人连忙查看了一下，发现那儿离此时所处的街区不远，就辨别方向想找去。可是在那摩天大楼林立，而华人很少的曼哈顿岛上，“英盲”要辨别方向也很难。

祝华灵机一动，拿了地图跑到一位交警面前，用手指指图中要去的双子座遗址。美国警察开始不懂她的意图，以为她是哑巴，就也做起手势与她对话。两人东比西画后，交警终于弄清了她的意图，就用手在地图上给她指了路线。我俩笑意盎然，频频点头致谢。那交警以为我俩都是哑巴。

我们临近“9•11”遗址时，心情顿时紧张。那废墟，我们一直把它看成一位受害的亲人残骸，如今要去凭吊，悲从中来。早从媒体上获悉，这几年人们路过那里，都要脱帽悼念，默默致哀！

10 月的纽约秋高气爽，但是到了那里，依然感到惊恐悲凉，气氛抑郁。马路上车水马龙，遗址旁人群不绝。一些过路人，行色匆匆，目不旁视；而像我们夫妇那样来瞻仰遗址的人，一近那儿，都是脸色肃穆，悲怆忧愤，仿佛惨案还在发生。

我们看见，遗址已被高高的铁丝网围住，里面有挖土机在操作。遇难者的名字，全都刻写在铁丝网上的大铁板上，像一长排黑色展板似的，肃然地陈列在人行道旁。我顿时感到，他们的灵魂已经升天，痛苦的呻吟还在回响。我与祝华在悼念板前默默致哀，潸然泪下。

路边的一块空地上，一位戴牛仔帽的白发老者，吹着一支长笛，前面放着一只盆子，是行乞，还是哀告？那低沉悲凉的笛声，如泣似诉，泣诉着人类的不幸和愤懑。几位过路的年轻姑娘，像是放学回家的青年学生，也许是外来游客，背着双肩包，走到老人前面，不由自主地往盆子里投放钱币，随后从地上拿起一份传单似的东西。我连忙取出相机，迅速地拍下这个怜惜悲悯场景。给这位乞者，留下一个全身特写；给那几位姑娘，留下一个善良镜头。而这些，都不是乞讨钱财或施舍恩惠，他们是蒙难者的一个缩影、求生者的一幅肖像，更是一种不屈者的象征！

我俩来到遗址旁的廊桥上，透过巨大的玻璃窗，鸟瞰整个遗址。我们停步伫立，扼腕叹息。祝华突然指着遗址深处说：“那儿有人在卸大型器材。”我定睛看去，果然，那橙色的安全帽在阳光下闪着光芒，旁边的机器也在轻轻奏响。

我顿时感到，遗址复活了，英灵再生了！

晚上回到住地，我躺在床上思潮起伏，浮想联翩。待到祝华熟睡，我悄悄地坐起，弯着腰从压在床顶的斜披天花板下钻出被窝，又像老鼠似的轻声来到楼下厨房里。那儿有张小方桌，我拉亮电灯，摊开稿纸，挥笔抒发诗情：

## 不死的火凤凰

——献给美国人民

在遥远的东方，
一对夫妇在衷心歌唱，
歌唱不屈不挠的纽约，
在灰烬中升起一对火凤凰。

全世界投来惊喜的目光，
齐看那凤凰的再生翱翔。
四海雄风为之鼓劲，
满天彩云与之颉颃！

再生的不仅是两座大厦，
而是数千英灵的重光，
是永不屈服的精神的升华，
是追求世界持久和平的新的起航！

我们将珍藏上次幸留的座前合影，
让它成为历史的警钟永远长鸣。
双子座不仅属于美国，
五大洲都曾仰首赏心！

罪恶的魔掌可以撕毁人的肉体，
不屈的灵魂将锻炼成钢铁长城！
珍珠港大火焚毁的战船就曾迎风扬帆，
第二战场的开辟赢得了全球的欢欣！

古时天方国的菲尼克司是为轮回集木自焚，

而今美利坚的火凤凰是惨遭恐怖丧生！
涅槃的境界无疑更为高远，
即即足足的歌声也更悲壮感人！
飞来吧，衔着支支香木，
美丽的西子梧桐正当茂盛。
六月的杭州莲叶与蓝天一碧，
天堂的居民也需要这种精神！

欢迎你，当代的神鸟，再生的凤凰！
枯槁的橄榄树新枝已青，
浓云般的硝烟也在散去，
龙井茶歌二百年前就曾传唱曼哈顿！

我写完，改了几遍，又像老鼠似的轻轻上楼，悄悄钻进被窝。祝华睡得很熟，根本没有发现我的动静。

次日清晨，我把诗稿轻轻朗诵给祝华听。尽管我的普通话很不标准，还是把祝华感染了，她亲了我一下，爽声说："亲爱的，这是我们两人的歌声！"

立在纽约唐人街头的孔子，环视着仁人们

双子座遗址旁的吹笛老人及仁义的路人

# 第二十章 不同声音

森林小丘的院子里，树叶纷纷飘零了，基辛格博士还是未回纽约。前几天，我们已把一沓祝寿画册送到事务所，想让博士一见画册就会约见我们。不想一直没有消息。

我在院子里散步，由于在纽约等候的时间已长，盘费告罄，祝华只得去打工了。剩下我孤身一人，怅然若失，只有散步还能得到一些慰藉。

勉强的慰藉也是暂时的。我想，老夫老妻，天天相守一起尚嫌不够，现在到了异国他乡还要分开，实在有苦难言。只能借景消愁，聊以排遣。

这里的社区院子，虽然别墅幢幢，然而每幢之间都有相当距离，彼此没有围墙。偶尔有几家拦点矮篱笆，抬腿就能跨过。所以整个社区，觉得空旷、疏朗。我走着走着，来到一条大街旁。原来，大街和社区许多地方相通，使人也舒畅一些。

街旁的人行道，也很宽阔。这里刚好有个地铁站，人流较多，商店也较多，我就在人行道上溜达起来。

我把两手放在背后，迈着方步，东张西望，既是乡下佬，又是文化人，样样新鲜，又不在乎。

逛着望着，旁边跟上来一个华人男子。这男子30多岁，穿着西装，扎着领带，神态也很悠闲，我便与他点头致意。

男子很客气地问我："你是中国大陆来的吧？"带一点上海口音。

"是的。"我还想说我是杭州人，套点近乎也很自然。

"来美国有什么事？"男子表示关切。

说到“事”，我就说心头话，连珠炮似的说：“我们是给基辛格博士护送礼品来的。他今年80岁了，我们在杭州为他举办了一个祝寿展览，还征集到了许多珍贵礼品。他是中国人民的老朋友……”

不料这位男子听到这里，不屑一顾地说：“基辛格，滑头！”说完便匆匆走了。

大概是话不投机半句多，那人临走连招呼也不打。

我愣住了，站在那里，似乎被钉住似的，双脚再也走不动了。

我惊异地想：这个人怎么这样评价博士?!

秋风飕飕地吹来，树叶纷纷落下，我顿时感到身上着凉，急忙往宿舍走，随即登楼入阁。

这个狭窄的小阁楼，此刻成了我躲避袭击的小堡垒。我躺在床上，仰视着斜披的天花板，心灵也在倾斜，抖动！

我想，这个男子说那句话，肯定是对基辛格博士有一定看法，甚至是有相当不好的看法。“滑头”，一般是指油滑不老实的人。那么，博士“滑头”在哪里呢?

这绝不是指生活上的不老实，而是指政治上的投机，甚至背叛。我仔细回忆我所了解的基辛格人生经历。我认为，基辛格在他漫长的从政生涯中，有些事在美国是受人诟病的，比如对越南战争的处理，他虽然由此获得了诺贝尔和平奖，但有人并不称道。

然而这些事都已过去。难道政治人物的讲话，真是一言九鼎吗?中国古代有句老话：一言可以兴邦，一言可以丧邦。那是指皇帝的话而言。现在基辛格仅仅是个早已卸任公职的政治家，他的话值得那么被追究吗?但是，他毕竟是位政治家，人们要求政治家的，是公道和正义。如果稍有欠缺，那么，人家有所评论，也很自然。尤其在美国社会，有些问题非常敏感，人们也敢于直言。有这样的氛围来严格监督政治家的言行，也是一种社会进步的表现。基辛格博士，你自己听到过这种对你的口头议论吗?

我深思着，交友要交心，我要不要把刚才的街头微词告诉他?要告诉的话，怎么告诉?

可转念一想，他是超级智者，难道还不知道自己所做的一切，以及在社会上的种种影响?

但是，交友必须交心。我狠狠地鞭策着自己的心灵：以后有机会，我一定要把今天听到的这句微词转告他。这次送礼不适合讲，以后例如写信，或者写文章时，把“路闻微词”这段译成英文直接寄给他。……

我这样想着，似乎这次的护送礼物，已经不是简单地把这些礼物送到博士手上就完事，而是真正要把爱护博士声誉的心意送到。

第二天，我来到祝华打工的地方。

这是一户华人家庭，远在纽约郊区。他们住的是座大别墅，院子里也是大树林立，浓荫蔽天。房东是中国北方人，来美经商的。夫妻俩都忙于商务，成天在外跑，一个读初中的儿子放在家里，虽然有爷爷照顾，可爷爷文化不高，尤其教不了书，而孩子的父亲很想找一个既能管儿子又能教儿子中文的保姆。当祝华由保姆介绍所介绍给他时，他当即用车把祝华接去家中上班了。

我们夫妇，在地下室她的卧室里面对面坐下，那是一个紧挨空调机的小房间。美国的烧油空调机很大，噪音很重。而美国人一到冬天，整幢房子整天开暖气，嗡嗡的空调声昼夜不断，晚上睡在地下室，严重影响睡眠。祝华穿着工作衣，神情疲惫。我问她忙不忙。她说：“除了烧饭，搞室内卫生，教孩子学中文，还要打扫院子。现在正是落叶时节，院子里天天都是一地树叶，非扫不可。尤其是游泳池中的树叶都粘在池里，有时要用手去抓。”

我拉过她的双手，放在自己膝盖上，仔细地看看，发觉粗糙了不少。我想，她这双手是玉手，像观音菩萨的手那样圆润秀美。在家时，我为了保护它们，每天洗碗的任务全包了。可是她现在为了挣点救急钱却要用这双玉手去水池里抓树叶！我紧紧地抓着她的双手不放。

我坐着望着，眼睛湿润了。祝华忙问：“怎么，你又心疼我了?!”

“心疼你是一方面，我还在心疼一个人。”

“谁?”

“基辛格博士。”

“什么事?”祝华抽回了双手。

“有人说他闲话。”接着，我沮丧地把头天路闻微词的事说了一遍。

祝华朝我笑笑，又把一只手伸给我，说：“你呀，真是义犬的性格（我的生肖是狗），听不得自己敬仰的人被人说闲话。在美国，对政治人物评头论足毫不奇怪。倒是我们自己，也要学点这种大度气派，经得起人家论长道短。古人说，闻过则喜，你古话也忘了?”说到这里，她抽回手说：“你赶快回去，说不定基辛格事务所有电话打来了，你得回去接呀!”

“不，我今晚要睡在这里。”

“这里的床那么小，怎么睡?”她指指自己的单人床。

“总比阁楼的小床好，那儿我还要弯腰上床。”我想在这里上床伸腰。

祝华无奈，只得迁就我这个老小孩。

第二天早晨，祝华送我到门口，在台阶上与我挥手告别。树叶飘飘，仿佛也在招手。

我回到住地，心犹不宁。特别睡到床上，更为“微词”之事忧思。又起身吟写一首小诗，作为与博士的神交之寄：

### 静夜思

——寄友

你站在高山之巅，
长风把你浑身吹遍。
你直面人生，
天光云彩为你绚丽装点。

啊！大地在殷殷呼唤：
呼唤世道公义清廉，
呼唤世情温馨美好，
呼唤世界安宁友善！

写完诗，我也觉得似乎真的把诗寄给基辛格博士了，他也许能闻过则喜。

艳阳送暖，红叶飘香。一对夫妇，拉着礼箱，款步街头，笑坐车厢。人在图画中，心在喜悦上。……

2003年10月23日下午1时许，车水马龙的纽约市区，忽然出现了上述一个奇特镜头。我对自己与祝华创作的这一画面，十分得意。我用手拉车拉着一只大箱子，箱子上又搁一只礼品箱，旁边还要绑一捆礼物，祝华也拎着一大袋礼物，夫妇俩像走亲戚似的离开暂住的租屋小区时，许多不相识的老外邻居，向我俩频频招手。这些人都彬彬有礼，微微含笑，我俩连忙招手致意，点头称谢。老外都是动辄开车，对我们这一对老中夫妇拉车运货感到新奇，有的竟至停步观赏，微笑揣摩：怎么？ 19世纪开发美洲的历史重演了？那时的华工以用手推车帮助建设美国而著称。纽约华人博物馆里，就陈列着这样的照片。我们两人似乎此时已成美国古董，可以拍卖！而在地铁里，坐在对面的一对黑人夫妇更以好奇的眼光，审视着我们这两个衣冠楚楚的老中，竟用手拉车推着一只大帆布箱。每当车厢震动，箱子摇晃，他们见我俩连忙伸手扶持箱子，好像那里面装的都是珠宝，看来把我俩当成了珠宝商！

种瓜得瓜，种豆得豆。在省友协资助印刷的祝寿画册送给纽约中领馆后，这本画册果然成了特殊介绍信。中领馆认真研究后，决定在基辛格博士接见我们这对老夫妇之日，派出一位文化参赞陪同接见，也等于是中国官方的一个态度，这会使基辛格更为高兴。因此，当我们把基辛格定于今天下午3时接见我们的消息告诉中领馆后，中领馆便来电告诉我们，说下午2时，由总领馆派车到森林小丘来接我们，并把所有礼物带上。可是我们婉谢了，说："纽约经常堵车，你们的车，还是在42街的地铁站口等我们吧，那儿到基辛格博士事务所只需几分钟就够了。其他路程，我们自己会坐地铁过去的。"

领事馆同志觉得这是一对很有中国勤勉作风的夫妇，也就让我们保持特色了。而我，完全是中国农民伯伯的思想：能省则省。自己要省，领事馆的汽油能省也要省。

我俩还自得其乐地一边上路一边留影。我们先在住处门口请人拍摄一张，让如画的小区景色，陪同我们往后一起带回中国，以与杭州的小区风景媲美。继而，又在地铁车厢里，请对面的黑人青年给我俩代拍一张，让中国的平民风格，在世界最发达的城市留影。

其实，最值得留影的，还是我俩把那只既笨重又庞大、连下电梯也困难的礼品箱，从车站站口搬下深达数十级的地铁站台去的情景。那时，两人充分发扬自力更生精神，弯着腰，双手抬箱，肩背挎包和其他礼包，嬉笑中喘着粗气，大冷天冒着热汗，轻轻哼着号子，既像搬运工人，又像购货商贩，在那既高又陡的台阶上，一步一颠地往下抬，抬抬停停，停停抬抬。箱子实在太重了，背上的东西也太多了，我们的手臂也实在太细弱了！可惜没有留下这张珍贵之照。

下午3时不到，梅顾问已在事务所门口等候。一见总领馆的车子开到，连忙帮着搬箱子。这时从旁边过来两位年轻人，向我们夫妇自我介绍说"我们是美国中文电视台记者和《世界日报》记者"，当即递来名片。我们夫妇没有名片，随即从背包中取出两本祝寿画册分赠他们，这已成我俩的特殊名片。两位记者连忙翻阅，喜不自胜地说："你们在杭州搞得那么隆重啊！"

梅顾问带大家一起进楼，一起上了电梯。

这是曼哈顿高楼群中的一座，建筑庄严，装饰考究，电梯也很大气。一行人上到高楼中部，大约是第十几层。梯门打开，一位金发碧眼的女士，喜笑颜开地过来帮忙。梅顾问向大家介绍说：“这一层都是基辛格事务所的，有 10 多个房间。”我放眼望去，目光所及的房间里，都坐着西装革履的男士或女士，人人专心工作，没有一点声音。金发碧眼的女士叫大家把箱子抬到接待室。梅顾问对我们夫妇说：“请你们先把礼品在这里布置起来，博士等会就过来。”

这个接待室，面积只有 10 多平方米。我想，那么小的地方，怎么布置？看看墙壁上，也没有钉子或挂钩，只有茶几和沙发可以摆，便对祝华说了句展览理论：“集中陈列，形象突出。”我俩就打开箱子，把那些礼品全部取出。书画挂轴没法打开，便一一竖立沙发背上，成排林立，蔚为壮观；其他礼品，件件挨个排列，互为映衬，颇显多彩。然后，在每件礼品上都放一条各自的说明，说明这件礼品的名称，约略估计的价值，以及赠送者的姓名、身份。那是从杭州出发前就做好的，都是中英文对照，以让基辛格博士一见说明，就能知道这一礼物的来龙去脉和情意价值。这样，礼品真正送到了博士手上，礼物和主人终于欢聚一堂！

正当夫妇俩布置就绪时，基辛格博士悄无声息地进来了。梅顾问立刻把我们夫妇引荐给他。这一下，我们夫妇确有他乡遇故知之感，渴望已久终于见面，与他紧紧握手。

几个相机都闪起了光。

梅顾问又把其他来客介绍给博士，大家握手言欢。

我们看到博士精神饱满，气色很好。而祝华看他一头银发梳理得十分整齐，深灰色的西装非常挺括，即便是白衬衫袖子上的扣子，也扣得格外紧凑。我俩都觉得他比平时电视上看到的还要健朗、壮实，深感欣慰，相互点头称好。

笑容可掬的基辛格博士，回身对我们夫妇说：“你们是从杭州来的？”十分亲切，仿佛那也是他的故乡。

“是的，是从杭州专程为您送这些礼品来的。”我说，祝华也笑着点头。

基辛格欣喜地扫视了一下满室的礼品，用浑厚的男中音说：“带这么多礼品来，一路上很不容易吧？”梅顾问做了翻译。

我说：“还好。”祝华却说：“是很不容易。”梅顾问也及时把这些话翻译给他。

我们就陪他观赏礼品。先从茶几上的开始，记者忙着拍照。

他先看一只大型的黑陶龙纹花瓶，我说：“这是我们中国的古代工艺，已有四五千年历史。……”他听完翻译，微笑着点点头，似很欣赏。

继而参观一块约有半千克重的双龙抢珠的绿色玉雕。

我说："这是一位从事外贸的杭州小姐送的。那双龙标志着中美友好，可以双赢。"

基辛格对于把美国比作龙，似有意外，说："美国是鹰呀！"

我们说："龙鹰齐舞，也是可以的。"说得大家都笑了。

接着，我们又介绍一只小巧玲珑的金饰瓷瓶给他，说："这是浙江省收藏协会副会长，也是我们纪念馆副馆长赠送的，瓶是中国人的传统装饰品，贵重典雅，象征着平安圆满、幸福安康！"

梅顾问把这些很轻松地翻译给博士听，博士都很欣慰。

陈列在桌子中间的一道水晶小屏风，十分雅致。那是用水晶制成的，而且把博士送给纪念馆的那张肖像照，缩小后也巧夺天工地镶嵌在水晶中，不仅使照片晶莹透亮，而且深沉蕴藉，让博士的外交家风度藏而不露。那是我老家浦江县的一位开水晶公司的青年艺术家自制赠送的。基辛格博士一见，眉开眼笑，连忙拿在手上观赏。把玩了好一会，意犹未尽地说："这很让人感动！"然后对梅顾问说："请你等会把它放到我的办公桌上。"他对所有礼品逐一观赏，一再称赞，并且尽显童心。

大家对博士的深情尤为感动。

看完桌上礼品，又看沙发上的书画。我们夫妇小心地解开一轴，他就观赏一轴。件件珍品，件件欢心。他甚至又去办公室取来一副新的眼镜，对着一幅篆体《百寿图》，仔细领会中国书艺奥秘。

礼品共22件，当他兴致勃勃地全部观赏完后，便对大家说："请到我的办公室去坐坐。"

大家走进一个大约有20平方米的房间。这里十分简朴，除了在一个角落里有几只简易沙发和一张茶几，就是他自己的一张较大的办公桌，安置在房间一侧，面对窗口，旁边都是空空荡荡的。我们想，这远不及中国乡镇企业家气派，他们的办公室都可开三堂会审，或者休闲聚会。但是，这里却很通透、清幽，像个超级智者运思寰宇的佳境。

基辛格博士请大家在那几张沙发上就坐，他自己在一张单人沙发上坐下。由于位置少，梅顾问只能站着，也不去另搬椅子。一切都很随意，根本没有泡茶沏水什么的。我忽然发现，在博士沙发背后的桌子上，陈列着一些小镜框，从照片中的人物看，大概都是世界要人赠送的。我想，那他对我们的礼品，迟早也会陈列起来。博士这时确实心情愉快，十分激动，对我们夫妇感激地说："你们送那么多珍贵礼品来，只有中国人才会这样对待老朋友，世界上没有其他民族可以比得上。”

梅顾问照译了后又说：“这句话也可译成‘中国人念旧情怀，没有其他民族可比得上’。”《世界日报》记者一字不漏地记下，后来也照此见报。

我听了两种翻译，分外兴奋，都觉得含义深蕴，意味无穷。中国人对老朋友的感情，真是全心全意的。祝华也觉得是掏心掏肝的。两人这次去组织礼品，都有深刻体会，艺术家们全是把最好的礼物送给基辛格博士。这下，我俩觉得远在祖国的送礼朋友，都让基辛格由衷感动了！

博士又意犹未尽地对我们夫妇说：“你们所做的事，每一件都使我很感动。”然后回忆说：“我有幸作为最早的美国官员到中国去，与周恩来谈判中美关系，一起在杭州完成《上海公报》。记得那天还下着大雨。我对杭州印象很深，杭州很漂亮，我记忆犹新。五年前我又去了一次，的确很美。”

我连忙说：“现在更美了，请您再去看看。杭州人民、浙江人民都很欢迎您。”这也是早已酝酿着要向博士陈情的。

他很领情地点点头，然后肯定地说：“最近我要去中国，但只有两周，来不及。明年6月，我还要去中国访问，一定要去杭州，去看看你们纪念馆，希望当面向赠送我礼物的人士表示衷心的感谢。”

当梅顾问把这段话翻译出来后，我们夫妇无比激动，喜不可抑，一再说：“谢谢，谢谢，欢迎，欢迎！”我们就是希望有这么一天啊！盼星星盼月亮，终于盼到当面听见博士的许诺。

而基辛格博士，又把上述的话说了两遍，表示明年6月，一定要去杭州。

我俩非常高兴，生怕接见时间太短，当即取出礼品清单请他签名留念。博士拿到清单后，忽然问：“这清单能不能给我一份？”

我连忙说：“清单有两份，是要给您一份的。”这清单也是中英文对照，是我们特地请在纽约的顾问谢荣镇先生夫妇帮助翻译打印的。

博士很兴奋，从西装里面口袋拔出一支签字笔，立即在清单上签名。我和祝华极其高兴，目不转睛地看他签名。只见博士的笔在清单下方刷刷写着，写到最后，在姓名中“A”字的两旁，有力地点了两点，笃笃之声清脆悦耳。我们夫妇又请他再给纪念馆和送礼人题题词，这也是大家所迫切希望的。博士马上叫梅顾问去拿一张他个人专用的信笺，那是一张印有暗花标记的特制信笺，他在上面很快写下这样一段话：

感谢你们很关心地想到我的生日，衷心祝愿杭州中美友谊纪念馆不断取得成功。

亨利•A. 基辛格

2003年10月23日

他写完，又把名字中“A”字旁的前后两点点得非常有力，笃笃作响。

这时，我拿出早已制订，且由上海儿子修改，译成英文的《建馆方略》双手递给他，殷切地说：“博士先生，请您有空看看，给予指导。”我们还是把他当顾问,更不用说现在可以耳提面命。而《建馆方略》中的宗旨是“增进中美友谊，创造世界双赢”。要求可谓不低，就希望外交大师指导。

基辛格博士听完翻译，抬起头，亲切地朝我们夫妇看看，颇有赞赏之意，似乎在说：想不到你们还有“建馆方略”，那是战略性措施呀！他答应以后看。

祝华随即拿出一叠复印纸，那是从纪念馆为他祝寿时的留言簿中选后复印的，有十数页，都是观众对博士热情洋溢的颂词和期望，十分感人。梅顾问把此意给他翻译后，他说：“请你以后帮我全部翻译出来。”也许博士已经心潮澎湃，郑重地说：“我永远是中国人民的好朋友！”

这一肺腑之言，响彻着他的办公室，也回荡在美中两国上空！而在我和祝华心里，也回响起一句肺腑之言：我们也永远是美国人民的好朋友！这无声之言，也响彻在中美两国上空。

最后，博士站了起来，对大家说：“合个影吧！”大家都很兴奋，连忙整理衣衫。

他先邀请我们夫妇与他一起合影。他站在中间，神情愉悦，慈祥和蔼，既是寿星，也是福星。他再邀请中领馆参赞一起过来四人合影，既是礼貌，又是感激，也有对中国人民的感激。合影后，祝华伸手与他拥抱，他欣然接受，想不到这位中国民妇如此大方、热情，完全是以前的中国民妇不可想象的。两位记者迅速拍下这一亲热镜头。

这一晚，本是我们夫妇俩的狂欢之夜，可是我俩偏偏分开了。因为祝华只向雇主请了一天假，明天一早要上班。而且今晚的中文电视只有雇主家有，这一祝寿新闻不能错过；我要回原来住地给国内送礼人打电话，及时报告送礼情况。而这电话，也只能在租住地拨打。

我们就把满腔喜悦留诸心底，日后慢慢回味咀嚼。我们深深觉得，这次赶来纽约等待的决策相当正确，尽管很累，很揪心，很艰难，可是换来了一次真正的送礼。“有朋自远方来，不亦乐乎！”我想基辛格博士也是这样看待这次接见一对中国平民夫妇的。

第二天，我在森林小区的租房里，不断接到电话。我一个人楼上楼下不间断地跑，又是不亦乐乎。这些电话，大都是纽约朋友打来的。近水楼台先得月，他们昨晚在中文台上看到了为基辛格博士送礼的新闻，今天早上，又在《世界日报》上看到同样的报道，这次送礼虽是民间的，却是意蕴深远。一种热切的感激之情油然而生，都对我们说："你们送给基辛格那么多的珍贵礼物，能不能也让我们看看啊？"而有三位华人画家，相继来电话说："我们能不能也给基辛格博士赠送寿礼呀？"

我想，这下可难了。其一，所有礼物已经送给基辛格了，哪有再去取回礼物给人家看看之理？其二，美国华人画家要求给基辛格博士送礼，那也意味着要请他题词回赠，这还有可能吗？要是不可能，怎么交代？我在电话中给他们摊底。

谁知这几位画家一致说："我们不需要他题词回赠，只要他能收下我们的作品，就是对我们的最大嘉奖！"是的，基辛格是国际名人、外交大家，让他收藏，就是一种荣耀。

我无奈，只得与祝华商量。夜深人静，估计祝华可以休息了，便打电话对她说："现在，一个更大的难题来了，侨胞们也想看看我们护送给基辛格博士的礼物！"

祝华说："好啊！我们去找基辛格博士，把昨天送给他的那些礼品统统借出来。"她总是快人快语，张口就有点子。

"这好意思吗？天下哪有送了礼物又要把礼物借出的事？"

"我们都是做前无古人的事，你就再做一次么！"

"借出来后怎么办？"

"办展览呀！"

"你真是，在美国办展览谈何容易？"

"我们办了这么几年展览，就算这是第一个在美国展出的展览。"

我觉得这主意很好，立即说："那我写信？"但又犹豫说："可以随便写吗？"

"当然写。我相信基辛格博士肯定会同意。"祝华一再鼓励。

当晚，我以抱歉的语气向基辛格写了一封求借礼品的信。我想，他一定会笑我们这对中国老夫妇那么自说自话。不想，信发出后没几天，就接到梅顾问电话，说："博士同意将礼物悉数借给你们再去展出。不过他前几天已在事务所里，把你们送来的所有礼物，全部布置成一个展览了，十分漂亮，又很别致。他叫事务所全体员工，他的亲朋好友，都来观赏这个礼品展览！”

“啊，他展出了！”我既庆幸礼品真在事务所展出，又担心去借的行为太过唐突，便着急地说：“我们还好意思再借吗？”

“当然是你们的要紧。我们这里，以后有的是时间。博士还把你们送来的那本祝寿画册，也送了许多人呢！”梅顾问在电话中兴奋地说。

次日晨，我连忙跑去法拉盛找到谢荣镇先生，请他帮助联系展出地方。

他鼎力相助，很快，在有纽约第二唐人街之称的法拉盛，找到一个华人开的画廊。在美国，除了公共场所可以免费开展各种宣传活动外，其他地方都要付钱，画廊更不要说了。但是，这个画廊，是在法拉盛最豪华的希来顿大酒店里，又是闹市区，举办这个礼品展览最为适合。我便去考察场地，发现果然不错，尤其美国高级人士进出较多。我想，我和祝华昨天曾在基辛格博士面前，默念过一句衷言：我们也永远是美国人民的好朋友。现在，正可利用这次展出，来向美国人民公开表达这一衷肠。我随即对谢先生说：“这场租费问题，请你先帮我们找找赞助人。不然，我们自己解决。”

“你们自己解决？”谢先生知道我们是靠退休工资在办纪念馆的。

我胸有成竹地说：“我爱人已在这里打工，可以叫她再多打两个月，反正我们有六个月的签证，现在才过去了一半。”

谢先生连忙说：“老潘，你爱人为了等待送礼去做保姆，已经很不简单了。你看看，美国哪有大学教授的太太去做保姆的？你是‘正高’，也是正教授呀！这样吧，我来想办法。你们这次展出，其实也是我们旅美华人的心意，包括我的心意。再大的困难，我们帮助解决。”

一个丰富多彩的基辛格博士生日礼品展，终于在希来顿大酒店中的“炎黄画廊”隆重展出。炎黄子孙，破天荒地为一位犹太裔的美国在野政要隆重祝寿，确实吸引了不少蓝眼珠、黑眼珠的美国各界人士前来参观，他们感到离奇和新颖，亲切和喜悦。

所有礼品，都成了观众的珍爱。他们浏览、拍摄，而对于两幅大型立轴《寿星松鹤图》和《松鹤图》，有人很想订购，说他们也要用这样的画幅去给高龄的亲友祝寿，这在无形中推销了中国的文化产品。前者是新作国画，后者是古人国画现在用高科技制成绢画。我们连忙说：“这些都是寿礼。你们真要订购，我可以把画家和厂家的电话告诉你们，你们自己联系。”我不会做生意。

我在讲解礼品时，对三幅美国华人画家送的优秀作品格外多讲了一些，它们是旅美华人的一份心意。的确，侨胞看了都有共鸣，对基辛格博士的祝寿，其实也是对中美友谊的祝寿。他们主动找我们座谈感受，交流心得。

一位叫温淑静的年过八旬的华人女画家找到我，说：“我是杭州人，抗战时流浪到上海，后来到了美国，现在一个人住在纽约，从未给人祝过寿。”

我说：“那你不是太孤独了吗？”

“孤独是一种力量。但是今天看了你们的展览，我也要为他人祝寿，而且我也可以用画祝寿。”

我笑着说：“这好，让人生活在画图中！”

祝华在做保姆家的门口与我挥手小别

我们终于可以在纽约向基辛格博士送礼了。拉又提，坐又扶

# 第二十一章

# 大厦如梦

人，有时会有突发行为。一天晚上，范祝华突然从床上坐起，两手比画着双子座大厦的形状，梦呓般地喊着："双子座，再造一对双子座，让我们纪念馆来造双子座！"幸亏她今晚一个人睡在森林小丘的阁楼里，我去费城探望媳妇一家了，否则我也会被她这突发奇想吓坏的。

后来，她告诉我，这事她已经困惑两天两夜了，人因此都瘦了一圈，可一直思谋着寻找大项目，一定要想出一个道道来。否则，大好机会失去，一辈子也无法弥补。

仿佛是上帝的指引，又仿佛是我那首诗的启迪：

双子座不仅属于美国，
五大洲都曾仰首赏心！

这是我不久前写的《不死的火凤凰——献给美国人民》一诗中的两句。她当时看后曾对我说："这是我们两人的歌声！"现在我们两人真的要放声歌唱了，为造一对新的双子座而歌唱。而且，这双子座就由我们纪念馆来造！

她确实在说梦话，可是这梦话不仅在说，还在照着做。她又在床上躺下，两手伸出被窝，搁到枕上，让思绪得以畅通。纽约的初冬，深夜已很寒冷，她却热血沸腾，才思敏捷，一对杭州双子座的蓝图，竟在想象中描绘出来：

它有七十九层高，那是标志 1979 年中美建交。一样高的两座大厦，象征中美两个大国。两座大厦之间，用一条五彩缤纷的玻璃钢走廊连接，既表示彩虹飞架太平洋，也意味着“五大洲都曾仰首赏心”。而且双子座的形状像一个“H”，而杭州“杭”字的第一个拼音字母也是“H”，很有象征意义。双子座建成之后，五大洲的游客必然蜂拥而至。而这个双子座的名字，就叫中美友谊大厦！

祝华发疯似的想着，构思着，好像智慧无穷，似乎把基辛格博士“超级智者”的头衔也借来使用了。真是浮想联翩，心潮澎湃！

这一夜，她通宵无眠，依然精神抖擞。第二天一早，就去法拉盛找一个协会。

这个协会，名叫温州人投资协会。

她是非找不可的。

从办纪念馆以来，她和我一直在为纪念馆的馆址焦思苦虑，东奔西走。可是，一直不能如愿以偿。上城区废弃教学楼的借用，仅仅是救急，可以让基辛格祝寿展览及时举办。但那是公产，有关部门说收就收，毫无办法。它隔壁的宰相府，也正废弃待修。来美国之前，有关部门拟了一个修缮宰相府的协议书初稿，叫我们夫妇到美国寻找投资商。为此，她一直在留心这件事。

她知道这几天，法拉盛礼品展览即将闭幕，我也打算尽快回国，以节省费用，便去费城探望媳妇、孙辈。我还要去华盛顿国会图书馆寻找有关中美友谊的资料。这类资料越多越好，也确实越找越多。这也说明中美友谊源远流长，历久弥新。它可以使我们纪念馆的展览常办常新。我叫祝华向东家请假几天，代替我来管理祝寿展览，其实是接待美国观众。现在来参观的人，不仅有华人、白人、黑人，还有印度裔的人、南美洲裔的人，祝华从他们的肤色上就可判断出他们是什么裔的人。美国是个多族裔的国家，这比中国的多民族还复杂，可是现在大家相处得很好，和衷共济。偶尔也有虐待黑人或排外行为，但会受到社会谴责，口诛笔伐。总的情况是团结友爱、相互尊重。

范祝华对这些美国观众格外喜欢，因为他们是我们中国人民的朋友。我们纪念馆在美国展出，就是展出中国人民的友好态度，所以她平时十分注意自己的言行仪态，决不矫揉造作，力戒矜夸。她要把中国人民最好的一面展示给美国人民。我在《展览艺术——展览学导论》一书中曾说：“人在展览中。”她也看过此书，现在作为展览管理人员，等于也在展览中，和展品一起让人参观审视。为此，还要表现出东方女性的柔美和温顺，含蓄和蕴藉。她柔声细气地向观众讲解，和颜悦色地接受提问。上半年老省长在听她讲解时，曾经对她说过“你可以做外交家”。这时她才领会到，她到美国来讲解展览，其实就是形象大使。现在护送礼物任务结束，她和我在忧虑第二个任务，就是如何巩固这种难能可贵的国际友谊。她想基辛格博士在第一次给我们纪念馆的题词中，就提到“深切希望中美友谊纪念馆能永远成为增进美中两国友好和相互了解的桥梁”。这“永远成为”四字，要做到多难啊！不过这也是基辛格的心里话。他自己已向我们面陈“我永远是中国人民的好朋友”，他还希望我们纪念馆也“永远成为增进美中两国友好和相互了解的桥梁”，这桥梁更难造了！

这桥梁，不仅要造在心坎上，而且要造在地面上。经过这几年跟我办展，她知道展览就是把人们内心的东西，通过外在的展品和艺术手段表现出来，才能让人有深刻的感受，才能震撼人心。拿艺术理论来说，就是要有载体。展览就是载体之一，也可称为传媒。那么，中美友谊的载体，除了办展览以外，肯定还有很多传媒，例如电影、演出、报纸乃至各种科技、文化、艺术、军事等等的交流。现在，她发现双子座这一建筑，也可成为中美友谊的载体。不是说，建筑是无声的语言、有形的图画吗？那么，我们纪念馆想方设法造一座中美友谊大厦，光是这个名字就是很好的传媒呀……

大前天，祝华想到修缮宰相府的投资商一直没有找到，可不可以在美国的温州人中也找找呢？旅美温州人现在很有钱，他们为了继续发展，有投资意向的人就组织了一个协会，把各人准备投资的钱都集中到协会里，再由协会派人去找投资项目。她打听到这一情况后，就去法拉盛东街找这个协会。协会门口挂着一块“温州人投资协会”的中文牌子。

她进去后，刚好遇到协会主任，他姓王，温州鹿城人，50多岁，瘦小个儿，眼光闪亮，十分机灵，一看就知道会赚钱。据说他在温州人中赫赫有名，拥有几千万美金的资产。祝华便把修缮宰相府的投资协议初稿给他看。他仔细看了后，眨着眼说：“这项目太小了！”

祝华说：“整个宰相府共有2000多平方米的房子。这协议中写明，投资方修缮完后，可以得到三分之一的房子，用来办什么机构，哪怕开公司都行。那儿是市中心，办事、做生意都很好。”

王主任还是说：“太小了。我们要找上亿美金的项目，要在杭州市中心或有发展前途的地区。”

祝华回到画廊，既兴奋又懊恼。兴奋的是可以在美国找大项目投资，这在国内是很有吸引力的，即使其他华侨、美国人都有可能投资；懊恼的是，现在王主任看不上这个项目，意味着我们的永久馆址又不能落实了。因为这个项目如能成功，有关部门也可以将宰相府的三分之一房子给我们纪念馆做永久馆址，那也是求之不得的。唉！馆址！馆址！

祝寿展览中的许多礼物，有些一式两份的，纪念馆也收藏了一份。她和我在组织礼物时，就请送礼人再送一件给纪念馆做留念。这些藏品，如有永久馆址，今后也可经常展出啊！杭州人对基辛格博士，也是一往情深的。

森林小丘，林木繁茂，它是犹太人聚居的地方。美国的犹太人很富有，又很聪明，把社区也建设得相当别致，充满智慧。祝华晚上回到租房里，也许“森林小丘”这个名字给她以启发，森林是大的，小丘是小的，以大盖小，别具风貌。又联想到王主任一再要求有大项目。那么，这大项目该是造双子座。这是在心灵深处早已蕴藏的，今天升起了！

这天刚好是礼品展览休息日，她可以毫无牵挂地去找投资商。王主任正在协会办公室里，他抽着烟，似乎在等她似的。祝华一见他，兴高采烈地说：“王主任，你想找的大项目，我已经有了。”

王主任朝她瞥了两眼，这个慈眉善目的杭州女人，虽然前几天已有接触，可是没听到她有那么大的口气，就开玩笑地说：“你是如来佛，伸出手就有大项目。”

祝华笑着说：“我心中有上帝，这是上帝给我的灵感，要给你们温州人提供大项目。”

“你对温州人那么好？现在有些人就嫉妒我们温州人太会赚钱。”

“我爱人的叔叔几个子女，也在温州出生，在温州长大，现在也做生意，我当然希望你们温州人发财。”说得王主任也咧嘴笑了。温州人最喜欢提到温州人，那是自己人。

“你说说看，什么大项目？”王主任掐灭了香烟。

祝华就把昨晚在似梦非梦中突然想出的大项目告诉他了。

“那土地呢？”

“土地可以找啊，现在杭州土地有的是，城里城外都能找。”这不是空话，许多人都是先有项目再找土地。

“要造中美友谊大厦，这项目名称是好的，有号召力，也许中美两国政府都会支持。这在中国尤其必要，这方面你也很了解。中国要搞大项目，没有政府支持是寸步难行。行，这方面由你们去努力，凭你们能为基辛格博士祝寿，我相信你们有能力促成这个大项目。你估计这项目需要投资多少?”

“至少两个亿，而且是美金。”祝华笼统地说，她根本说不出切实数字。

王主任盘算了一下后说:“这不多。好，我们就讲定，你这项目我们接受了。你先去起草一份协议书，然后我再找全体会员来敲定。”

祝华格外高兴，想不到这样一个“壳里空”的项目，竟被他们接受了。人说温州人敢闯，胆子大，今天算是真的与温州人打交道了。

可是,我还没回来,她想也不能等了。这种事情,要越快越好,否则夜长梦多。告别王主任后，她就去法拉盛找谢先生。谢先生正当中年，在美国已待了多年，对投资这类事情也很了解。祝华就与他商量，看看这份协议怎么写?这可是破天荒第一次!

谢先生正忙着，但立刻停下手中事，满口称赞地说:“你赶快写一个，我给你当参谋。”

“我不会写这种协议呀!”

“行行，我这里有人家的协议，你可以做参考。”说着就从抽屉里拿出一份打印的协议书给她。

祝华坐在沙发上，就着茶几依样画葫芦地起草了一份，请谢先生过目。

他一看，大声说:“不对，你怎么没把前期运作资金写上去?”

祝华不解地问:“还要写前期运作资金?”

“哎呀呀，你真不懂。告诉你，前期运作资金非常重要。在中国办事，尤其是这种大项目，全靠前期运作。没有几十万上百万下不来。”他了如指掌。

“好啊，那我有数了。”

“告诉你，跟投资商洽谈，各方面都要讲清楚。为了把事情办成，他们也是希望你们讲得明明白白的。”谢先生更加胸有韬略。

祝华似乎吃了颗定心丸，第二天早上就兴致勃勃地拿了协议书初稿，来到王主任办公室听佳音。

王主任看了协议书，觉得可以，便说:“昨天晚上，我已把这个项目的情况跟会员们通气了，他们都说很好，希望赶快落实。我现在就代表我们投资协会签字。这是草签，以后正式了，再盖公章。”进一步表现了温州人的果断和精明。

祝华拿了草签协议回来，欣喜若狂，只等我回来，向我报喜。

……

上午的画廊静悄悄的。美国人一般要到9时上班，而参观展览更要晚一些。

祝华一早就把展室里的卫生工作搞好，洗了手，坐在接待桌旁等待观众。

我背着一挎包资料，风风火火地走进画廊，奔到祝华面前说："我刚从华盛顿赶早班车来，你看，又搜集了那么多中美友谊资料。"

祝华故意苦着脸说："我也有张东西，不知道可不可以做中美友谊资料。"说完从拎包里取出那张协议书递给我。

我接过一看，不禁跳了起来，惊奇地说："太好了！你怎么签来的？"

她平静地说："是上帝签给我的。"然后把昨天找王主任签协议书的事说了个遍。

我恨不得要跟她拥抱一下，但在画廊里怕失体统。其实这在美国很平常。可我还是走近去与祝华轻轻贴了一下脸，然后又仔细看那份草签书，越看越兴奋，激动地说："亲爱的，这是你最大的杰作。我只想办两个展览作为双子座，想不到你要造真的大楼，把理想变成现实。你能想出这样一个空前的大项目，本身就是一种了不起的构想。哈！这次来美国，收获最大的是你的思想有了那么大的升华，竟至于想出这么一个大厦来传扬中美友谊，这是一望而知，振聋发聩的友谊丰碑。我举双手赞成。等这个展览结束，把礼品送还博士，我们马上回国。你打工也不要打了，反正我们回国机票钱已经够了，我今天就去订票。"

她知道我这个丈夫是说干就干的。

我们杭州的家，在小区四楼，厨房是个很好的瞭望台。透过北窗，可以极目远望，数百米之内，一方市容皆收眼底。

我俩从美国回来，一进家，放下行李，第一个动作是打开窗户。祝华很自然地去开南窗，那两个房间是我们的卧室，窗外是小区的院子。我来到厨房，打开北窗，随着纱窗的拉开，我惊喜地叫了起来："亲爱的，快来看！"那是一片开阔地。

祝华走了过来，我指着窗外不远处的河边，激动地说："那儿又一座高楼竣工了！"

"这跟你有什么关系？"祝华诧异地说。

我说："跟你也有关系。你这次带回来的建造中美友谊大厦的创意，肯定很受欢迎。你看，祖国到处在搞建设，天天在找项目，你有这么好、这么大的一个项目，人家还不来抢？"

祝华自己也有感受。从上海坐上火车，一路所见，不论城里郊外，确实都在造楼。真是华夏声声传改革，神州处处是工地。我们有这么好的一个项目，还怕人家有眼不识泰山?!

两人又是伸开双手互相一拍，既庆平安到家，又祝项目有望！然后就准备过年。

春节期间，“纪念馆要造中美友谊大厦”的信息不胫而走，在我们的亲朋好友中很快传开了，继而又很快传到有关部门。祝华原来工作的上级部门下城区政府，率先希望她把这一项目落实在本区，让本区有个全市标志性的建筑，不仅是荣耀，也可增加GDP。这叫肥水不流外人田。

他们提供的那个地块，确实不错，就在市中心——武林广场的前面，银泰百货大楼的后面。如果霍地在这黄金地段出现两座79层的大厦，所有人都要跌破眼镜。

然而祝华去看了后，觉得不妥。那里都是居民住宅，一幢连一幢，幢幢是高层。几千户人家要拆迁，没有几年动员不了。可是造双子座不能等太久。

区里又提供一个地块，那是一家电缆厂。说它有污染，就要搬迁，可以在那里造双子座。她去看了后，觉得太小，整个地面只能造一个子座。

区里再提供一处，那也是靠近武林广场的，是个电车停车场，地方虽比电缆厂的略大，也还是不够。其他区也有来联系的，但去看了地皮，都有这样那样局限，不是很理想。

造双子座的信息传到市里，市外办极感兴趣，认为这既有利于提高杭州的国际地位，也能促进旅游事业。得到市政府同意后由他们主持，召开一个“建造双子座专题论证会”。他们把市府中与这个项目有关的十几个部门的负责人，都请到他们接待外宾的高级接待室论证。那天祝华和我走进去时，一张十几平方米的漂亮接待桌前，已坐满一圈领导，有男有女，大都是意气风发的中青年。

这个论证会，首先由祝华汇报建造双子座的意图、意义、规模以及可能拉到的投资情况等等。

她侃侃而谈，有条不紊，把整个设想汇报得清清楚楚，使人听了怦然心动，为之兴奋。

我也做了补充，主要是说，这对双子座造起来后，纪念馆只拿整个建筑面积的百分之一，大约一层左右，一半办中美友谊展览，另一半出租，让这一半的租金来养另一半的展览。这叫以馆养馆。大家觉得这分房要求是起码的，中美友谊大厦就要让中美友谊纪念馆扎根。

我俩谈完，一位建委领导立即说：“这是一个很好的项目。它可以提高杭州的国际知名度，扩大杭州的国际影响，进一步改善杭州的投资环境，促进杭州扩大对外开放。我参加过不少论证会，从没有像这个项目那样激动人心。而且你们看，双子座本来只有美国曼哈顿有，现在他们的倒掉了，我们杭州却要造一对，尤其取名中美友谊大厦，这意义多么深刻！我们建委一定支持。”

接着许多领导发言，一致认为这个项目只要投资问题解决，一切都会水到渠成。

一位规划局的领导说：“至于地皮，我现在马上给你们推荐一块。正在开发的钱江新城就有一块，30多亩，一直留着建造全省最高层楼的。”然后特意对我们夫妇说：“你们去找钱江新城管理处，他们一定很欢迎。”

有的领导立刻唱起畅想曲，说：“最好把世界五百强中的企业家拉来投资，这样规格就高了。”

有位领导接着说：“把国际著名金融机构，例如美国花旗银行、英国渣打银行、法国巴黎银行都拉来投资，甚至请他们在双子座上设立分行。那么，这双子座也变成东方金融中心了！”他们觉得这中心仿佛比上海外滩还要突出，因为上海外滩都是老房子，而且没有那么高。

最后，与会领导一致表态，对我们夫妇说：“今后用得着我们的时候，尽管来找，我们一定大力支持。”

夫妇俩非常感谢。我连忙跑去找那位规划局领导，请他告知钱江新城管理处的电话以及最好去找谁。他一一告诉了我。

钱塘江，像一条游龙似的，从安徽黄山地区的青芝埭尖开始，蜿蜒数百里，向东南沿海缓慢游下。到了杭州湾，拐出一个大“之”字，奔腾入东海。

也许由于这一拐，把大量的泥沙拐进湾西的一个山坳里，积成陆洲，隔开水面，造出了一个优美的湖，人称西湖。

自古以来，西湖物华天宝，人杰地灵。屈原在《九章》中说：“昔余梦登天兮，一苇杭之。”后来杭州真的成了“人间天堂”，人烟稠密，车船辐辏，东南形胜，州府省会。改革开放后，更是日新月异，车水马龙。杭州市府干脆大笔一挥，又在海湾江边开辟了一个钱江新城，再建一个市中心，不仅大量市民要去聚居，连市府也要搬迁过去。就在离新市府大楼三个街区的一处中心地段，划出一大片土地，给予平整，像大地之母似的躺着，等待着去建造最高大厦。而旁边的许多正在兴建的大厦，都因不是最高而没有名气。

一辆绿色的公交车，穿过半个杭州老城，徐徐来到钱江新城车站，我和祝华下车。祝华仿佛已很熟悉，带着我往东走了一段路，毅然往前面一片大空地一指，说："那块地皮，肯定就是留着造最高楼的！"

我远远地目测了一下，估计有30多亩。我这个种田出身的汉子，这时发挥了目测田亩的作用，便与祝华快步往那地块奔去。

走到地头，只见一大片已平整的地块，完完整整，平平坦坦，像已全面翻耕，没有任何房基、树桩，要造房子马上就可以施工了！

站在30亩地块的旁边，放眼望去，周围都是建筑工地，有的正动工，有的正在结顶。已竣工的，有一个像地球仪似的圆形大建筑，象征太阳，那是展示中心。与之相对，是一个半月形的大建筑，那是杭州大剧院。两者相加，统称日月同辉，气宇非凡！还有八面临风的新市府大厦、四通八达的地铁站等等，反正有数不清的新建筑，点不完的大高楼，以后要将许多市内机关搬来入驻。不要几年，这里就是杭州市面貌崭新的政治、文化、经济中心。中美友谊大厦要能造在这里，真是得天独厚，无与伦比。

第二天一早，我俩来到新城管理处，一位负责人接待我们。祝华便把来意说明，并说地块已去看了，管理处能不能签个协议或开个证明，证明这块30多亩的空地是可以给纪念馆建造中美友谊大厦的。这样我们就可凭这张证明去组织投资，否则口说无凭。

领导笼着双手看看我们这对中老年夫妇，发现我们虽然在搞中美友谊，可对国内建房情况很不了解，尤其在找地块搞项目方面完全一窍不通，便很客气地说："你们要签协议或打证明都是不可能的，因为八字还没一撇。不过我们可以提供一些新城的资料，尤其关于购买我们土地的资料。不过我还得告诉你们，你们找来的投资商，我们都要对他们的资质进行调查审核的，否则我们不会出售土地。"

我连忙说："你们要去调查投资单位，比如美国投资单位？"

"对，我们都要调查，而且都能调查。"他想，这对夫妇，大概对电脑技术也一窍不通。

我们两人拿了不少资料，诺诺退出。走到马路上，我对祝华说："看来他们要求很严呢！"

祝华沉思着说："是要严，我们回去以后，马上跟纽约温州人投资协会的王主任打个电话，告诉他杭州市很支持，地皮的目标也有了，就等投资，而且这里要调查投资单位的资质情况。"

可是，她给王主任打电话，对方却说："我们不投杭州了，要到温州去投了。"

祝华发急地说："杭州我们都已说好了！"

对方说："最近温州市领导来美国考察，要我们到温州去投资，那里优惠多。"温州人还是注重自帮自。

祝华放下电话，唉声叹气，一转念忽然说："我们去找国内的投资公司，国内也有大投资商。"

两人白天无话。到了晚上，我说："我们还是先来八盘扑克吧！"仿佛只有这样才能互相安慰。不过政府部门也给我们送来了安慰：市外办发给我们一份有关市府领导就这次论证会报告的批件，都说很支持；钱江新城管理处是一个"简复单"，那是因为纪念馆特地向管理处打了要求立项的申请报告，他们也做了正式"简复"。这两个文件都可证明此事不妄，不是在说空话。

天无绝人之路，通过朋友介绍，我们终于找到一家国内投资公司。但与新城管理处联系后，他们立刻进行了调查，回答说："这家公司资质不够。"原因是现在杭州的地皮一日三涨，已不是几个亿就可以拿下新城这块地皮了！

我非常郁闷，杭州，本以风景秀丽著称，现在变成地皮涨价的资本。这一美学上的逆反使我很不理解，感到光靠书生气很难做事。

祝华依然意气风发。她着魔似的，成天背着钱江新城管理处提供的那些资料，在外面到处跑。既像皮包公司，又像拉投资的专职干部。有时午饭也不回来吃。

一天上午，我接到纪念馆女管理员的电话，说："一位北京来的观众，他看了展览很感动，很想和你们夫妇见面。"

"他有什么事吗？"

"他说你们的纪念馆太小了，完全应该搞得大一些。后来我跟他说，我们准备造中美友谊大厦，在钱江新城，79层，楼面积有20万平方米。没等我说完，他连忙说，好啊，我可以投资。"

"还有这样的观众？"我急着问。

管理员说："他给了我名片，现在住在西子国宾馆……"

我连忙对祝华说："我们又遇到救星了。"把刚才的通话内容告诉她后，激动地说："这个人愿意投资，又住在西子国宾馆，肯定是个大亨，我们赶快去找他。"

正说间，有人来敲门，我过去开门。敲门的是一位戴礼帽的中年男士，他操着京腔说："您是潘杰先生吗？我姓杨，北京和协投资公司的。你们的管理员肯定给您打了电话，我特地来找您，就是想助你们一臂之力。"

“快请进快请进。”我把他请进家里，在沙发上坐下后，又把祝华介绍给他说，“这个项目由她负责。”但我还是迫不及待地接着说：“听说你可以投资造中美友谊大厦，太好了。不过这投资数额很大，大约要20个亿。我冒昧地问一下，这可以吗？”

杨先生似感有些意外，皱起眉头，考虑了一下说：“我还以为10亿差不多了，要20亿……要么我再去拉其他投资公司来合作。”

祝华端给他一杯茶，又把钱江新城的有关资料给他看，并做了详细的补充介绍。这一天，我们和杨先生谈得很投机。特别是杨先生，吐露了愿意来投资这一项目的真情。他在北京，知道协和医院是在抗日战争时，美国石油大亨洛克菲勒资助中国建造的。他觉得，这种精神很感动人，就把自己的投资公司取名“和协投资公司”，意即有朝一日也要为中美友谊出力。但是，我们把“和协投资公司”报给钱江新城管理处后，管理处觉得国内投资商买地皮，主要是想造住宅楼，意义不大。但这话又不便明说，便委婉地说：“最好是外国投资商。这样，资金有保障。以后管理也较国际化，还会引进国外的商户。”

杨先生听了后并不气馁，说：“我马上回北京去组织合作伙伴。”他走后过了一个多月，打来电话说：“现在国家在调控，一时还组织不到，耐心等待。”

这已经是4月份了，我们夫妇又要结伴去美国交流，同时照顾孙子孙女了。祝华对我说：“我们还是去美国。你一边照顾孩子，一边搜集明年办展的资料。我仍旧去打工，同时找投资商。”“同林”老鸟，比翼双飞。

祝华在美国做保姆时，果然找到了一位女投资商，她姓丁，来自台湾。我们回国后，邀请她来杭州。我们请她住进西子国宾馆。

这国宾馆，隐藏在湖西的乔木丛中。其中有个楼，以前毛主席来住过，因此就叫主席楼。现在，2004年的隆冬，丁女士就住在这座金碧辉煌的主席楼。

隆冬的杭州异常寒冷，低温不亚于纽约的冬天。丁女士一早起床，戴着法兰西帽，穿着呢大衣，围着丝巾，来到楼前，一再地仰望门顶匾额上的“主席楼”三字。她想，不曾想我到中国来，竟住这样高级的宾馆，也成了国宾！

可她立刻感到惭愧，一早就打电话向祝华问好。

2004年6月间，丁女士来到纽约保姆介绍所，经介绍，走向一位坐在墙边的中年妇女，那几个位置都是给待介绍保姆坐的。

“你是哪里人？”丁女士是从中国台湾移居美国的，她看这个妇女不像台湾人。

“我是中国大陆来的。”中年妇女照实说。

“你叫什么名字?”

“我叫范祝华，模范的范，庆祝的祝，中华人民共和国的华。”

丁女士看看范祝华，身材很好，同是中年人，要比自己苗条得多。便问:“你能烧饭吗?”

“能烧，我在家里一直烧饭。”

“你在美国做过保姆吗?”

“做过，去年也在纽约做的。”

“我家对保姆要求很高，因为我们是台湾移民来的。台湾人家里的保姆就是保姆，吃饭不能上桌，走路不能太响，卫生天天要搞，衣服天天要洗。”

“这些我都行，你放心好啦!”

“工资一千二，反正老规矩。”

“这我也知道。”

“行，那跟我走。”丁女士给介绍所付了介绍费，就把祝华带走了。

祝华坐在她的车上，心想这次到她家去做保姆，肯定要比2003年那家还要吃力。尤其是吃饭不能上桌，这简直是侮辱人格。可是“吃人家的饭，由人家掼”这种旧社会的雇佣关系，在台湾没有改变，因此台湾雇主自然会把它带到美国来。反正自己做保姆不是为了谋生，而是为了事业。去年是为了护送基辛格的生日礼品，今年是为了建造中美友谊大厦。既然目标远大，受点小委屈没什么。

她很高兴地承担起丁家全部家务。丁家的要求确实很高，吃鸡不吃肉，只喝鸡汤，为此必须把鸡炖得很烂;卫生要搞得一尘不染，连窗格子都要一格一格揩干净，而且每天要揩。丁女士经常会亲自检查。

她想，这些都能坚持，自己曾是下乡知青，什么苦都吃过。想不到第一次发工资，真的苦来了。

那天刚好做满一个月，丁女士带她一起外出，就在车上，给她一叠美金，都是百元大钞，说是1200元。她就数也没数塞进身边的拎包了。

晚上回到家里，在卧室里数了数，只有1020元。原来其中有张20元的被当作100元的了。因为20元的美钞与百元美钞，大小、颜色都差不多，很容易混淆。祝华想，不会是丁女士搞错了吧!但向她提出，也很难为情，因为自己当时没有马上数一数。而且她可能会认为自己小气，斤斤计较。

可是晚上躺在床上，祝华总觉这事不明不白地让它过去，不太对头。万一以后又出现类似情况呢？而我这个丈夫，不在她身边，无人商量，无处可谈！

她内心十分纠结，忽然想起美国是信基督教的国家，上次“9·11”事件，许多美国人都向上帝祷告，要求“主佑美国”，渡过难关。那么，我现在也碰到了困难，同样可以向上帝祷告呀！于是，她在床前，低首闭眼，口中念念有词，祈求上帝给她指引。

冥冥中，果然有一种声音传来：“这事要去向雇主讲清，但不要把钱看得太重。她是把20元的当100元了，不过是无意的。无意就是无罪，不要错怪她。”

祝华一听大喜，这就是上帝的指引呀！决定照着去做。第二天早晨，趁着丁女士还没去上班，就跟她说了。谁知丁女士说：“我不会搞错的吧！怎么会把20元当作100元的?!”弄得祝华无颜以对，只能哑巴吃黄连。

但她还是做好自己的本职工作。她有修养，相信日久知人心，明白到底是谁的问题。

从此后，丁女士对她既警惕，又怜悯。警惕的是对这个保姆要小心，特别在钱的问题上；怜悯的是她来自大陆，大概家境比较贫困，所以对钱比较看重。

特别让丁女士警惕的，还是怕这个保姆从此阳奉阴违，干活应付了事，于是对她的监视和督导也加强了。

保姆报复主人，主人监视保姆，这在通常的雇佣关系中是经常出现的。有时，祝华察觉到主人在暗中监视自己。她想，你最好天天检查。我是当老师出身的，老师天天要为人师表。我在你家里虽是保姆，可我也要为人师表。她甚至想，我在美国，也要给美国人做出榜样呢！

然而，她并没有把自己这次来做保姆的真正目的告诉丁女士。祝华觉得要是那样，丁女士会以为她是在吹牛，在虚张声势。尤其是大陆人提出的中美友谊，有些台湾人是很反感的。可不是吗？例如对基辛格，不少台湾人就很恨他。说是他与中共勾结，导致中美建交，最后把台湾国民党政府在联合国的地位让大陆占领了。他是台湾的仇人！所以，她在丁女士面前从不提纪念馆的事。

可是，丁女士也在给大陆做好事。祝华慢慢了解到丁女士祖上是安徽人，而安徽较穷，因此这些年她就向安徽老家捐款，兴建希望小学。她想每年捐建一所，细水长流。

祝华对此很感动。这一来，对她也更不从抠门上去看待了，觉得她还是大方真诚的，而且是要把钱用在公益事业上的。这一点让祝华立刻产生了共鸣，觉得丁女士与自己有异曲同工之妙，我们两人有相似的一面。而丁女士也发现她在找投资商，而且很焦急。

按照规定，祝华每周可以休息一天。而这天一到，祝华却要往外跑，而且每次都如此，不是去法拉盛，就是去唐人街，而找的都是投资公司，甚至有老美办的投资公司。由于祝华想节省车费，每次出发和回来，都约好地点搭乘丁女士的便车。丁女士也乐意顺便接送。这样彼此的感觉日趋良好，两人感情也慢慢融洽，后来几乎成了姐妹。丁女士就问她："你每次出去，都要去找投资公司，难道你有大陆投资项目带来？"

祝华觉得她已问到节骨眼上了，就和盘托出，说："是有的，是我们纪念馆的一个项目。"

"你们纪念馆？"丁女士眯起细眼说。

于是祝华把有关情况都说了个遍。

丁女士立即瞪大眼睛，一边开车一边说："原来你们在做这么大的事！不过，像你这样，在美国没有关系网，又不懂英语，要找到投资商是很难的。"她沉思了一会说："你们如果不介意的话，我倒可以帮你们联系联系。"

"那太好了。"祝华立刻从拎包里拿出有关资料，接着说，"等回家，我把所有资料都给你看看，你一定会支持的。"

"我现在就看。"丁女士马上把车开到马路边停下，要了资料看起来。她只看了两份，便说："很巧，我下个月又要去安徽给一所希望小学捐款。我先去杭州看看你们那块可建中美友谊大厦的地皮。"

"那好，我和我先生下个月就回去，我们在杭州等你。"

12 月中旬的一天，我和祝华在杭州机场接到了丁女士。在北京的杨先生，听到美国有位开公司的华人女士愿意帮忙，也从北京赶来见面。三人一起陪同她考察了钱江新城那块 30 亩大的地皮后，纪念馆就请她住西子国宾馆的主席楼，以最高礼仪接待这位美国支持者。席间，纪念馆颁给她一份聘书，聘请她为纪念馆驻美筹资建造大厦全权代表。

这让丁女士非常感动，想不到我们会这样信任她。更让她想不到的是，与祝华的关系也由主仆变成了合作者。而祝华确实格外高兴，改革开放，可以改变自己在资本主义国家的身份与地位。

我们又在纽约举办了祝寿礼品展。三位华裔画家也送来精品参贺

为建中美友谊大厦，特聘丁女士任在美筹资全权代表

我俩与长子潘柯在钱江新城拟建大厦的地块前

## 第二十二章
# 血肉情深

次日上午，冬阳温煦，我们夫妇送走丁女士，告别杨先生，来到西子国宾馆附近的长桥公园。这里濒湖一角，独处幽境。找了条长椅坐下，闭目养神，小憩一会。

我俩自从美国回来后，又立刻投入纪念馆既忙又乱的工作。所谓忙，事无巨细都要自己去操劳；所谓乱，不仅没有头绪，而且没有把握。什么事情都靠自己想出点子去做，并且一做就要求人。例如这次接待丁女士，就是跨国的社会工作啊！

两人好像企鹅似的低头垂翅，在这静谧的向阳公园里歇憩了片刻，就觉精神恢复，心情舒畅。一个诧异袭上心头，我慢悠悠地问祝华："我想问你一个不太好问的问题，但我必须问一问，因为感到很蹊跷。"

"蹊跷的问题尽管问呀！"她也觉得很蹊跷。

"刚才我们送别丁女士时，你有没有看到，她不仅拥抱了我，还叫了我一声'大哥'！"

"这有什么大不了的，她对你友好呀！"祝华调侃似的说。

"不，'拥抱'可以理解，感谢我们盛情招待；这一声'大哥'，我发现她叫时，那表情和声音，既有亲昵，又有歉疚的成分。"

"'亲昵'，表示对你确实友好。她这人是这样，感情来时一把火，去时一块冰；至于'歉疚'——"祝华刹住了。

"我觉得这里面，她首先是对你有歉意，继而同条共贯，对我也产生歉意。亲爱的，我想切实问问你，你在她家做保姆期间，有没有受过什么委屈？"这种委屈是难免的，我曾担心过。

“要说委屈，也有过。不过我不当一回事，所以也没有及时告诉你。”

“请你现在谈谈好吗?”我俩既是夫妻，又像同事。

祝华把那次发工资少钱的事，轻描淡写地说了一遍，然后说：“她其实是无意的，后来又补给我一张百元的。”

我品味后说：“这就对了，我看她为人比较自负。自负的人一般不肯认错，但真正发现错了，会一直感到歉疚。唉！亲爱的，你为纪念馆的事忍辱负重，委曲求全，我实在对不起你。”

“别谈这些。谈谈你这次在费城与宋小姐签合作协议的事，双方都没实利，却一拍即合，倒是很有意思。”

“那真是一件雅事，值得回味。”我一提这事，似乎余味无穷。

在费城的繁华街道上，有一家很大的新华书店。新华书店在我们国内，遍布全国，许多小城镇都有。可在美国，跑遍全国，独此一家，而且是一位十分端庄、娴雅的女士开的。这女士竟是杭州人，我第一次去美国时，闻讯后就去拜访她。一了解，她父亲还是我当年在浙江京剧团任编剧时的同事。她父亲本是全国著名京剧艺术家，叫宋宝罗，新中国成立前就是名流，曾给蒋介石唱过戏。我认识他时，正是“文革”期间，他因是“反动艺术权威”，尤其给蒋介石唱过戏，一直在受管制，彼此见面也不能说话。

宋小姐叫宋飞鸿，一听名字就有惊鸿之感。初次见到她，自然谈及她的父亲。但是今年（2004 年）这次去见宋小姐时，发现她的店堂里，挂着几幅她父亲作画的挂历。她父亲在演出《朱耷卖画》一剧时，能在台上一边表演一边作画。鸡年那年的全国春节联欢晚会上，他就在舞台上顷刻间画出一只报晓金鸡，轰动全国。我细读挂历上的题款时，大为惊喜。原来她父亲当年给蒋介石唱戏，是为了庆祝第二次世界大战胜利、日本政府投降而唱的。那是在重庆国民政府的礼堂里，蒋介石点了他的戏。而这款题词中，又说是为纪念明年的“抗战胜利 60 周年”而作。明年就是 2005 年，我们纪念馆也在筹备这一内容的展览。我觉得“二战”中的中美友谊，是由血肉凝成的，最为可贵。展览应尽早准备，广泛搜集资料。这次来美国，在照顾孙辈之余，除了跑图书馆、博物馆外，又给艾尔·金、美国飞虎队研究会等写信请助资料。而且见缝插针，随时随地请人向美国群众寻求资料。我带了孙子去参加赵大爷家的聚会，也请与会的中国老人代为搜集。结果，一位能说简单英语的古稀老太，在美国医院看病时，也和一位美国医生谈起此事。这位美国女医生，果然把她父亲珍藏了 60 多年的几份中国抗战的英文剪报寄给了我们，使我欣喜雀跃，感奋不已。

见到宋小姐父亲的题词，又想到宋小姐把她父亲题词和国画印制成挂历在美国店中出售，不仅说明这位闯荡海外的杭州女士很有商业头脑，而且有很强的爱国心和正义感。现在许多在美经商的华人，都远避政治，埋头赚钱。宋小姐很勤奋，每天既坐柜台，又经常去橱窗前给顾客介绍那本书的内容和价值，处处表现得专业又博学。她身材苗条，穿着入时，加上会弹琴、唱戏、绘画、书法，经常参加华人文娱活动，使她显得雍容大方、典雅有致。

我见她稍有空闲，就走过去和她说："明年是抗战胜利60周年，你已经有行动了。我们纪念馆也想办个'中美军民并肩抗日纪念展'，你有兴趣合作吗？"

"好啊，你说说具体打算。"宋小姐温文尔雅地说。

"这个展览先在国内展出，然后拿到美国来和你共同展出。"

"可以呀，需要多少钱？"她立刻想到具体问题。

"这个展览的资料，我们已在搜集了，制作费也由我们出。就是我和我爱人明年来美国办展的机票钱，想请你出。至于在美国的开幕式及场地，都请你张罗和筹划。"

"行，你们两人的往返机票钱，给你们三千美金，够了吗？"

"够了。"我非常高兴。

"那就签个协议。"她真像行家，又很干脆。

我立即起草协议，请宋小姐过目后，就在她店里，请一位职工打字后一式两份打印出来。没几分钟，双方各自签字，一份合作协议完成了。

如诗似画，行云流水。我自从20世纪80年代创办初阳台文学创作园，到现在办中美友谊民间纪念馆，不知跟人家签过多少协议，但从没有像这次那样惬意，舒心，简直是一次美的合作：美事与美人！

我还想，这个展览在美国举行开幕式时，让祝华把那件在基辛格祝寿展览开幕式上穿过的旗袍也带来，让她做中文主持，请宋小姐做主席兼英文主持。两人都是中年美女，又是一种美的合作！

冬阳暖烘烘，谈话乐融融。本来是"长桥不长"，现在变成了九曲桥，不长也长。我想，中美友谊也像九曲桥，曲折离奇，意蕴无穷。

那么，今天聘请了丁女士作为纪念馆在美国融资的全权代表，如果这个双子座大厦建成，岂不又是中美友谊的新篇章吗？

春节后的一天，我突然收到美国寄来的一封红戳信。拆开一看，竟是陈香梅女士寄来的一幅题词：

## 中美友谊
## 血肉情深

祝福抗战胜利六十周年纪念展成功展出

她以前曾给纪念馆题词："中美友谊，日月常新。"这次却点出了友谊性质，更为可贵。我立刻去书柜里找出她早年送的《画传》，那里面有她与飞虎队创始人陈纳德将军的结婚照。这张照片，集中体现了中美友谊的另一种情怀。陈香梅女士本是名门淑女，当时仅仅 22 岁，还是大学新闻系学生，就因为陈纳德是抗日英雄，而且是位国际义士，她去昆明采访他后，一见钟情。尽管那时陈纳德已 54 岁，且有子女，两人相差 32 岁，还是爱上他了。好事多磨，虽然直到抗战胜利后才结婚，但是婚后感情弥笃，又生了两个孩子，过着美满幸福的生活。

我对他们这个情缘十分感动，觉得不是一般的英雄配美女，而是友谊加爱情，更是理想添浪漫。如果陈纳德没有自告奋勇来华抗日的举动，年轻貌美的中国名媛不会轻易爱上一位异国军人，尤其像陈香梅这样的巾帼奇女，更不会以身相许。她实在是被陈纳德及他所创建和指挥的飞虎队英勇善战、不惜牺牲的伟大国际主义和人道主义精神所感动，作为中华民族的杰出女性，当然会倾心相爱，这是一种极其崇高的大爱之恋！

为此，我觉得要表现中美军民并肩抗日，重点是表现飞虎队与中国人民一起英勇抗日的光辉事迹。可是，这方面的照片不多，一则，"文化大革命"中，不论单位或个人，都把许多与美国人有关的资料付之一炬，化为灰烬；二则，有些单位或个人，即使有这方面的资料隐藏下来，也不敢轻易示人。因为飞虎队事迹发生在国民党统治时期，由于极左思想的流毒还未肃清，怎么可以为国民党涂脂抹粉呢？

我很想向有关部门请教，可是谁也回答不了。这种事都要中央拍板。中央的态度，作为一个民间组织根本无法了解。

这一来，我只得通过熟人，搜集一些零星资料。本省熟人多，我就搜集到一件极为感人的友谊史迹。那是 1941 年 12 月，日军偷袭了美国珍珠港，造成美军重大损失，同时日本也将自己的法西斯侵略野心暴露无遗。美国遂于次年 4 月 18 日，派遣以杜利特尔上校为首的机组轰炸日本东京，史称"东京上空 30 秒"。由于归途油尽，机组不得不在浙江沿海一带迫降。浙江军民立即投入救助，临安的许多山民冒着生命危险，自发地进入深山老林，甚至到日伪敌占区进行救助，可歌可泣。这使被救的美国飞行员极为感动，对中国人民的救命之恩念念不忘。过了半个世纪，杜利特尔的朋友、美国西北航空公司原副总裁穆尔，还组织了一个5人考察团来到中国浙江、安徽等地，寻访当年参加营救美国飞行员的中国老人。1992年3月，5位浙江老人赴美参加"杜利特尔行动"50周年纪念活动，所到之处，均受到美国人民的深切礼遇和热情款待。美国总统乔治·布什致信问候，国防部长切尼在办公室接见他们，美国媒体进行大量报道，显示了中美友谊在"二战"时期的血肉情深。

惊心动魄的血肉深情，发生在飞虎队与中国人民之间。可是这些资料我们无从搜集，既有信息上的困难，也有手续上的阻碍。我深深感叹：心比天高，命比纸薄！

陈香梅的题词，我去复印了几份，原件除了展览制版外，不随便携带，我要珍藏。这是一位飞虎将军遗孀的心迹，它比什么都珍贵。我要把它放在展览的首位，而且给它单独做一块展板，让观众一进展厅，就能一眼看到这一题词。它是中美两国人民深厚友谊的揭示，也是中美爱情的写照。陈香梅女士始终忠于她与陈纳德的爱情，陈将军逝世至今已近半个世纪，可陈女士对陈将军缅怀有加，在家中办起纪念室，陈列所有遗物，让来客瞻仰。而她自己一直从事中美友好事业，到了耄耋之年，还担任美国国际委员会主席。她是"既爱美国又爱中国"的模范，且以爱情作为中坚，抒写美丽诗篇！

我看着陈女士的题词，心想，题词有了，展览的灵魂有了，但是躯体呢？羽翼呢？均未丰满。而这，只有具备相当的飞虎队的事迹见证才能达标！

我知道，飞虎队的许多光辉事迹发生在云南境内，尤其在驼峰一带，那是使日军闻风丧胆，也是让飞虎队员临风吊唁的地方，可是这些资料都没有。

办展览不是写小说，作者去采访一下，回来可以构思，甚至可以虚构、夸张。展览必须凭实物说话，以实物（包括照片）做依托，观众是眼见为实啊！美国有句谚语：一张照片顶过一百句话。可是，现在这样的照片少之又少！

我想，我即使跑到云南，跑到驼峰，也不可能搜集到当年的照片。这些照片，也许台湾有，但台湾能去吗？如果你为搜集歌颂国民党统治大陆时的照片而要求去台湾寻找，估计政府不会轻易批准，台湾也不会随便提供。这类照片也许国内档案馆里有所收藏，但也不会轻易提供给民间组织使用。

为此，我站在湖滨，遥望苏堤。想起一直流传在杭州人中的一段佳话：当年周总理曾对基辛格博士说，西湖两边都是杭州，也就是台湾海峡两岸都是中国土地。可是，现在同是中国土地，却不能为对海峡两岸人民都有利的事业去搜集资料。又环顾四周，却不能因为对本国人民有利的事去顺利寻找史料。想到民间组织，要办件事情实在难啊！思潮翻腾，感慨万千，不禁吟起杜牧的《赤壁》：

折戟沉沙铁未消，
自将磨洗认前朝。
东风不与周郎便，
铜雀春深锁二乔。

感叹要做好一件事，除了内因外，没有一定条件也是不行的。而现在自己所希望的条件，是信息和资料——包括提供方便的东风。

不料，过了几天，我又收到从美国寄来的一个纸包，拆开一看，竟是三本有关飞虎队事迹的印制精美的画册，里面全是当年的照片。一本是《陈纳德和飞虎队》，一本是《驼峰空运》，还有一本是《历史的记忆》，都是由中国国务院新闻办公室策划印制的。寄书的是一位在美国的华人朋友，书却是从中国驻美领事馆里拿来的，他附信说："中国政府为了纪念'抗战胜利60周年'，特地印制了这些资料在美国赠送。"的确，每本书的扉页上，都印着一行字：献给在世界反法西斯中国战场上英勇战斗的美国朋友。

我如获至宝，立刻认真阅读。一开读，随即想起自己少年时的情景。

正当我黄发垂髫，在家乡山村背着小书包读小学时，头上飞机来了，那是日军的飞机。由于抗战初期中国空军很少，每天出现在天上的，都是穷凶极恶的日机。它们见村庄就炸，见人就扫射。于是，人们一听日军飞机声音，马上躲到野外，躲进树林。少年的我，也跟着父母逃难。但是，不少村庄仍被日机炸毁，烧成废墟；不少乡人被害，造成家破人亡。离我们村只有8里的寺前村，就是被日军飞机夷为平地的，死伤了不少人。日军的魔掌，随时在伸张。

其实，这魔掌已伸进中国三分之一的土地，四万万同胞惨遭蹂躏，大屠杀到处在发生。国民政府迁离南京，移至重庆避难。中华民族到了与日本侵略者决一死战的时刻。

在这之前，一位美国退役军人，应蒋介石夫人、中国航空委员会秘书长宋美龄之邀，来华担任三个月的空军顾问，他就是后来名震世界的陈纳德将军。

克莱尔·李·陈纳德，出生于1890年9月6日，是个传奇人物。他原是美国得州的一个棉农之子，大学毕业后担任小学校长。第一次世界大战爆发后，他被征召入伍，当了通信兵。随着飞机在作战中发挥越来越重要的作用，他便利用与一些飞行教官熟悉的条件，自己偷偷学习飞机的飞行技术。善于发现人才的部队领导，就把他调入战斗机中队任飞行员。他技术高超，被人誉为“空中秋千”，很快被擢升为上尉飞行员。不久，“一战”结束，他却进一步研究“一战”中的空战战术，发现那时都是单机作战，效率不高。他就发明用长机和僚机编队以进攻敌机，例如三机编队战术，就是以 2 架飞机实施攻击，第 3 架飞机在高空掩护，这样可以胜过 6 架散开单独作战的飞机。

可是这一先进战术，由于出了一次事故，遭到一些守旧飞行员的嘲笑。但他继续研究，使之逐步完善。尽管很快退役了，他却依然继续研究双机、三机编队的空战战术。

1937 年 7 月 7 日深夜，日军在卢沟桥挑起全面侵华战火。第二天，蒋介石接到一个从洛阳打来的电话，那是陈纳德打的。他正在中央防空学校洛阳分校巡视。他说：“委员长先生，我刚听到了日军发动卢沟桥事变的消息，我是一个军人，从不逃避战斗，我要求，尽我所能，在中国为抗日战争服务。”并说，“据我估计，中日战争是一场美国也将卷入的太平洋大战的序幕。我觉得我对日本了解得越多，在战争早期对日本打击得越厉害，最终我将能够更好地为自己的祖国尽力。”

蒋介石不胜欣喜，觉得他不仅有先进的空战理论，还有世界战略思想。立即回电：“我愉快地接受阁下愿在中国志愿服务，请你即赴南昌主持该地战斗机队的最后作战训练。”

自此以后，原定赴华三个月，担任临时顾问的陈纳德，开始了他在中国的八年抗战生涯，成为自始至终参加中国抗日战争的有数的几位西方人士之一，而且成了一位“飞虎英雄”。

卢沟桥事变不久，法西斯国家德国、意大利和日本结成轴心国，发动了第二次世界大战，日军加紧了对中国的进攻。中国、苏联、美国、英国等，也结成反法西斯的联盟，进行殊死斗争。

1940 年春季的一天，陈纳德站在昆明空军学校的指挥塔上，用望远镜瞭望疯狂来犯的日军飞机，恨不得立即派机去迎战。可是，飞机不多，且很老旧，中国空军的现状就是如此。他心急如焚，眼看着这座四季如春的城市，忍受着日机的肆虐。而且，那时日机对中国大地到处狂轰滥炸。

与他一起焦急的还有蒋介石，他曾经致电美国罗斯福总统，说：“务望总统先生对于飞机能特别助我也!”他又对美国驻华大使詹森明确表示:“中国抗战有赖于美国。”开始了对美重点外交,并由此向美国提出了一个庞大的援华方案。整个20世纪40年代的中美关系,也由此发轫。我在其他资料中也已了解到这些情况,但没有陈纳德和飞虎队援华的实物资料,使我心如油煎。现在,终于有人寄来了一些,岂不借到了东风!

于是,我把寄来的三本画册与我本已掌握的其他资料,进行对照和发掘,使之对整个美国援华事迹,能用展览充分表达出来。

原来,1940年春,陈纳德站在昆明空军学校指挥塔上的前夕,已回过一趟美国,知道美国不仅有新型的飞机可以购买,还有许多退役的空军官兵可以招募。回来就向蒋介石夫妇提出一个抗日方案:可购机雇佣美国驾驶员来快速组建中国新的航空部队。蒋介石当即告诉他:“你立即再去美国,尽最大力量实现这个方案。”同时他又命令在云贵高原迅速扩建机场,增建机库。

两天后,陈纳德以蒋介石的特使身份,再次返回自己的祖国。在美国,他到处奔走游说,终于促成美国对华提供空中援助。这年的11月底,在竞选中获胜,破例三届连任总统的罗斯福,获悉陈纳德的方案后也大感兴趣。12月1日,他宣布对华提供一亿美元借款。12月19日,又命令国务院、陆军部、海军部、财政部会同协商,拟定具体的军事援华方案。陈纳德更是到处奔走,购买飞机。经过两个月的积极活动,终于实现了组建一支美国志愿航空队的购机计划。1941年2月,经过一番周折,一艘挪威商船满载着100架P-40型的美国战斗机,急速驶离纽约港,前往渴望救助的中国。

陈纳德随之赶紧招募美国飞行员。在罗斯福总统的大力支持下,又经过9个月极其艰难的努力,终于招募了首批志愿人员,计110名飞行员、150名机械师和一些后勤人员。他在日记中写道:“在抗击日军的战斗中,我第一次有了我所需要用来打败他们的一切东西。”

不几天,罗斯福总统又批准第二批美国援华志愿队员,其中包括近300名轰炸机飞行员和射手,他们预定在11月份到达中国。陈纳德信心倍增,他想,可以与日本空军在中国上空作战了!

不想,几天后,震惊世界的事情发生了:日本偷袭了美国珍珠港。

陈纳德沉着脸,在昆明美军志愿队指挥部里焦急地踱步。这时他已恢复军籍,而且升为少将指挥官。他立即召集志愿队员开会,斩钉截铁地说:“日本偷袭我国珍珠港的阴谋得逞,意味着我们的工作要比预计的艰难得多。同时,也意味着我们再也不必躲在幕后作战了。我们是美国志愿航空队,我们的工作,不再仅仅是为中国而战，现在也是为美国而战！”

在他讲话中，不时被队员的叫骂声打断：

“这些该死的日本人！”

“这些猴脸小杂种！”

陈纳德命令部队立即处于战备状态，随时准备投入战斗。

志愿队的小伙子们个个斗志昂扬，跃跃欲试，渴望着报国揍敌。

12月20日上午，10架日本轰炸机向昆明扑来，陈纳德立即指挥机队升空迎战。

我看到画册中根据当年的资料这样写道：

> ……美国志愿队起飞24架P-40战斗机拦截，与日机在昆明上空展开了激烈空战。日军飞行员突然遭到志愿队的攻击仓促应战，笨重的轰炸机不是灵活的志愿队战斗机的对手，日军轰炸机慌忙丢下炸弹逃跑，志愿队根据陈纳德战术展开追击：路易斯·霍夫曼瞄准一架轰炸机，击中敌机空中射击员，他再次向敌机射击，敌机很快失去控制……弗雷兹沃尔夫从高空俯冲下来，在敌机编队的后上方瞄准一架轰炸机近距离开火，击中敌机油箱，飞机起火爆炸；他很快又瞄准一架轰炸机，轰炸机机尾空中射击员向他开火，他立即向敌机发动机射击，敌机随之爆炸，他又连续击落2架敌机。……日本轰炸机敌不过具有新战术的美国空军，志愿队以9：0的战绩，首开空战记录。这一胜利不仅有力地打击了日本空军的嚣张气焰，也大大鼓舞了中国人民的抗日士气，更使美国志愿队的名声传遍全世界。

志愿队为了更狠地打击日军，还把每架飞机的头部用油漆画上虎鲨头，既有凶猛的眼睛，也有尖利的牙齿，借以威慑敌人，而在机身上又画上插翅的飞虎，从象征胜利的V字口中飞出，以壮军威。但也画有天使，以示美国在追求和平。由于志愿队在空战中屡建奇功，中国人民便尊称他们为飞虎队，陈纳德也成了飞虎将军……

我伏在画册上，紧盯着一张奇怪的照片。那是一片漆黑中，一些像炉栅那样弯曲盘绕的白色线条，构成了一幅触目惊心的高山公路画面。

画页的说明写着：高空俯视下的滇缅公路！

“二战”进行到1940年，日军占领了东南亚许多国家，尤其在迫使泰国投降后，就在泰缅边境泰国一侧的空军基地，部署了大量的战斗机和轰炸机，企图破坏滇缅公路，以攻占中国云南省会昆明，进而攻占“陪都”重庆，达到占领全中国的目的。

自从中国沿海港口都被日军占领后，美国的援华物资，只能绕道印度洋运到孟加拉湾，搬上缅甸，然后用汽车运进中国。这条从缅甸腊戍到昆明，全长959.4公里的滇缅公路，成了当时中国唯一一条能够从内陆得到美国援华物资的运输线。

滇缅地区，全是高山峡谷，飞流湍急，公路不得不盘山而筑，凿壁而通。可是常年多雨，泥石流频发。而日军飞机更是频繁轰炸，陆军日夜偷袭。然而中国汽车驾驶员们，不怕艰险，不怕牺牲，坚持运输。蒋介石为了保住这条生命线，调兵遣将，让国民政府军密切配合美国志愿航空队和驻缅英军，一起保卫这条中国最后的陆路输血线！

然而到了1942年5月，日军占领了缅甸，并且侵入中国云南西部，这条东亚战场上仅存的战略公路被切断了。中美双方不得不共同开辟“驼峰航线”，开展驼峰空运。

美国总统下令：必须开通这条空中运输线。

早在1941年3月，美国参、众两院通过了罗斯福总统提出的《租借法案》。美国向同法西斯国家作战的同盟国提供借贷或出租武器、弹药、战略原料和其他物资。4月29日，罗斯福总统电告蒋介石，表示美国一定要“打破日军的封锁，重新找到一条把飞机和军火送到中国的有效途径”。中国的形势十分严峻，不仅对中国抗日战争及太平洋战争产生影响，对世界反法西斯统一战线及美国的利益也产生重大影响。开辟通往中国的新的渠道，运送急需的作战物资，这是当时中美两国首脑优先要解决的问题。国民政府外交部长宋子文给美国总统罗斯福写信，建议开辟一条从印度到中国的空中航线。不久，美国总统宣布“不计任何困难，必须开通到中国的路线”。

“驼峰航线”，是从印度汀江到中国昆明的航线，西起印度的阿萨姆邦，向东横跨喜马拉雅山、高黎贡山、萨尔温江、怒江，直至中国云南高原和群山环抱的四川。绵亘起伏的高山陡谷很像骆驼的“背峰”，因此称为“驼峰航线”。

可是，喜马拉雅山、高黎贡山顶峰都在海拔8000米以上，而当时的飞机由于性能限制，不能超越7000米的高度，因此只能在山峰之间低凹处穿行。

加上气候极其恶劣，雷暴、大风随时出现，致使飞机经常发生撞山和坠机事件。但是，中美两国的飞行员，发挥高超技术，勇敢飞行。

为了保障“驼峰空运”，中国政府在云南境内修建了10多个可供大型飞机起降的机场。当时没有现代化机械，全靠中国军民齐心协力，用最原始的工具开山凿石，削坡平地。民工们拉着3至5吨重的石碾子，唱着歌，踏着号子的节奏，缓慢地把机场跑道一条条压实碾平……

可是日军飞机不仅经常猛炸机场，而且随时会在驼峰航线上袭击中美运输机。为此，美国志愿航空队既要保护机场，又要确保空运，付出了很大的代价，飞机失事率高得惊人。

“驼峰航线”的老飞行员说：“在天气晴朗时，我们完全可以沿着战友坠机碎片的反光飞行。”他们给这条撒落着战友飞机残骸的山谷，取了个金属般冰冷的名字——“铝谷”！

美国驻华空军担负的空中保卫任务更为艰巨。先是由美国志愿航空队独肩其任，继而由改组后的志愿航空队与美国陆军第十航空队，一起组成美国驻华空军特遣队担任保卫。后又组成美国第十四航空队，均由陈纳德任司令，始终英勇顽强地执行这一空前艰巨的指挥任务。到1945年春，第十四航空队在整个中国战场协同中国军队作战，并配合美国海军袭击日本在台湾、香港、菲律宾等基地，以取得主动权和制空权。据不完全统计，单是陈纳德领导的美国志愿航空队、特遣队和第十四航空队，在抗战期间，共击落、炸毁敌机2500架，自身损失565架，为中国抗战做出了巨大贡献。

日本驻华部队司令官高桥中将在第二次世界大战结束后说：“日本在中国面临的有效反击的60%至75%，是陈纳德将军的第十四航空队发动的。如果没有第十四航空队，在中国的日本军队可以为所欲为地推进到任何地方。”

美国陆军航空队司令亨利·H. 阿诺德对陈纳德的评价是：“他率领了一支美军规模最小的空军部队，在物资供应困难重重的情况下，消灭了敌军大量飞机、舰艇、船舶、物资及装备……成为在中国战场上削弱敌空中进攻的主要因素……为他本人以及全体军人赢得了崇高荣誉。”

陈纳德于抗战胜利前夕回美国，1947年又来中国与陈香梅见面，最后在上海缔结良缘。此前陈香梅父母硬带女儿来杭旅游一周，本想让她转念。谁知杭州的美丽风景，不仅软化了父母的拒婚意识，也巩固了香梅坚韧不拔的意志。

美国在援华抗日中做出了巨大牺牲，尤其是飞行员，前仆后继，英勇战斗，视死如归。单是在南京紫金山北麓王家湾小镇附近的一座“航空烈士公墓”，这里就安葬了在中国抗战期间牺牲的3500多名中国、苏联、美国和韩国的航空人员，其中美国航空人员就有2200多人，埋葬在别地或没有找着遗体的更不是少数。他们的英雄事迹，不仅出现在云贵高原，也出现在中原大地，出现在全国各地。就在我办这个展览的不久前，我看到一篇报道，记述一位中原妇女的“飞虎之情”。

河南民权县胡集村，一位80高龄的老太太，用她50多年的心血，乃至生命，保存了当年一位飞虎队员在他们县上空与日机战斗壮烈牺牲后遗下的一枚军戒，由于不知美国烈士名字又无法送还，迄今老太一家人还在到处奔走，很想把这枚军戒送还那位飞虎烈士的家属。

这事感动了许多中国人，都在为她奔走呼号，希望有什么办法能找到那位烈士家属。我们决定把这一事迹也编入展览中，让展览赴美展出时，在美国为这位大娘寻找那位飞虎队烈士的家属。我把有关报道和照片都做了仔细翻拍。

继而，我在《驼峰航线》画册中，发现一位飞虎队员烈士的妹妹，50年后，在美国北堪萨斯悼念完哥哥的英灵后，又来到中国云南祥云，看望一直在悼念她哥哥的中国乡亲。

在中国和美国的两座小城——祥云和北堪萨斯，都为同一个人建立了纪念标。两座纪念标永远纪念的人，都铭刻在两城人民的心中……

这个叫祥云的小县城，位于云南省西部。那儿崇山峻岭，却有一座古老的小城。城中的街道虽很狭窄，人们的心地却很宽广。他们身居深山，心向五洲。在城东的一块空地上，一座刻有美国飞行员头像的纪念标巍然耸立，周围青松翠柏，郁郁葱葱。每年的清明节，是中国人祭奠祖先和英灵的日子。这一天，祥云人总要先到这座纪念标前，缅怀他们心目中的一位美国英雄。这位英雄是罗伯特·H. 莫尼中尉。

他是一名美国志愿航空队的战斗机驾驶员，驻守在“驼峰航线”重镇——祥云小镇旁的云南驿机场，担负着保卫机场和为运输机护航的军事任务。

1942年12月26日，日军派遣大批轰炸机突袭云南驿机场，莫尼中尉和他的战友率先驾驶P-40战斗机，冲入日军机群。空战异常惨烈，战火映红了祥云上空。

莫尼中尉很快击落一架敌机，另一架敌机向他迎面冲来。他奋不顾身撞向敌机，敌机左翼撞断坠毁。

然而，他的战机不幸起火，急速地向祥云县城坠去。在生死存亡关头，他想到，如果飞机坠落城中，将会造成全城人毁灭性灾难，且会殃及机场。

在这千钧一发之际，他为了不使飞机坠入城中，没有及时跳伞，顽强地控制着飞机飞离祥云城。

这时，他失去了必要的跳伞高度。跳机之后，降落伞没有完全打开，他重重地摔在田野上，被刮着的大风拖出了几百米远，伤势严重，生命垂危。祥云的民众目睹了这一切，一见战机在小城后山爆炸，全城民众急速出城抢救。

当血肉模糊的莫尼中尉被送上手术台时，云南名医董济元倾其所有，用上全部珍存的最好的进口药品抢救，可是终因伤势过重，当晚亡故。祥云城举城悲痛。全城民众为了永远怀念这位中尉拯救祥云的壮举，自发地捐款捐物，决定为他建一座纪念标。5个月后，纪念标建成，美国第十四航空队官兵和祥云民众，共同举行了隆重的落成典礼。

50年后，莫尼中尉的妹妹埃娜·L.戴维斯来到祥云，看望见证了这段历史的老人们及他们的后代。她与祥云人民共同生活了一段时间后，感慨万分，从美国诗人吉卜琳的一首赞美诗中节选了两段，赠予祥云人民：

哦！东方在东方，西方在西方，
两方不相遇，直至天和地，
站在上帝的面前，接受最后的洗礼。
可是，哪里还有东方、西方，甚至国界、种族，
两个强健的民族自地球的这方和那方，
走到一起，面对着面！

喧嚣和欢乐都已平息，
国王和首领也已逝去，
只有您的勇士啊，依然屹立，
以一颗平凡宁静的心。
全能的主啊！求您与我们共存，
为的是我们永不磨灭的记忆……
东方不再是东方，西方不再是西方！

是的，烈士的鲜血弥合了国界、种族之分，烈士的生命换来了世界的和平、安宁。这是最深刻的中美友谊见证，也是举办这个展览的最大主题。我看完三本纪念册，热血沸腾，结合已掌握的其他资料，立即编辑起“中美军民并肩抗

日纪念展”的纲目。又很快把所有要用的照片印成二英寸的小照，配上中文和英文说明，做成一本文图并茂的展览小样，送给有关部门审批。这是必经的关，尤其是出国展览。

想不到，几天后有关部门来电，说展览小样已审阅，总的很好，但蒋介石和宋美龄的照片必须拿掉。

“为什么？”我连忙在电话中问。

“如果这样展出的话，与中小学教科书中的口径不符，那会误导青少年！”对方解释说。

我一时蒙了。我们自创办纪念馆以来，已相继举办了5个集中传扬中美友谊的图片展览。我觉得这个展览内容最为扎实，意义最为深刻。日本政府当时虽然签下了无条件投降书，但许多问题仍未解决，战争结束至今60年过去了，日本政府仍不承认南京大屠杀，许多议员每年要去参拜靖国神社，在教科书中歪曲侵华历史，企图死灰复燃。这个展览，既揭露了当年日军在中国犯下的滔天罪行，也歌颂了中美军民同仇敌忾抗击日军的伟大精神。而体现这一精神的，包括当时中美两国的元首。所谓“上下一心，举国一致”，正是华夏全国抗日的生动写照，为什么展览中不能用蒋介石和宋美龄的照片？！

至于宋美龄，她担任航空委员会秘书长，飞虎将军陈纳德就是她邀请来的。飞虎队的伟大战绩，也与她的竭力支持分不开。中国空军在抗战中从无到有，也全赖她的许多努力，她被誉称“中国空军之母”。她在抗战中倡导的“棉衣运动”，为将士募集了大量的保暖衣装。特别是她在美国众议院、多个城市的演说，介绍中国人民浴血奋战的抗日事迹，深深打动了美国人民的心，因而在美国掀起了援华热潮。罗斯福总统号召美国人民：每人节省一口饭、一分钱，用来支援中国抗日。而美国国会，一下子拨出巨额款项援华抗日。对于这样的抗日功绩，怎么可以在展览中不体现呢？

是的，毛泽东主席在延安也发表讲话，号召全国人民抗日。但他的照片，在展览的开头，就作为整个展览的领头照展现了！

而且，也有八路军将领李达与被八路军营救的美军飞行员的合影，新四军领导人李先念与被营救的美国飞行员的合影，等等。

我与祝华商量后，立即跑到审查部门，陈述了纪念馆举办这个展览的初衷和决心，还特别介绍了美国的合作者，是他们私人出钱来合办的，完全是为了民族大义和知恩图报。如果把当年美国人最熟悉的时任中国元首排除在外，这中国抗日变成了无头苍蝇或者说群龙无首。抗日是全民族的抗日，对每一位领导人都要给以一定的历史地位。

那位审查官被说服了，最后说：“那么，你把蒋介石、宋美龄的照片缩小一点，版面上的位置也不要太显著。”

我朝他看看，考虑到他有他的难处，就说：“这些可以考虑，但照片必须摆放。”

中国士兵守卫着飞虎机场

陈纳德将军与陈香梅女士成婚

# 第二十三章
# 广交挚友

我家客厅的挂历上，2005 年 8 月 15 日这日子旁画的那个蓝色圆圈越来越鲜明了。那是祝华画的。这些年，由于纪念馆的事情太多，我们夫妇就把每月已知的重要日子，事先在月历上用蓝色圆珠笔一个个画上圆圈，以做提醒。

祝华这次画的圈，意义非凡：一则，纪念馆能以一个大型图片展来庆祝这个具有世界意义的纪念日；二则，千万不要忘记尽快去美国，因为宋小姐很想在费城提前展出。可是，由于展览不能及时得到批准，连机票也无法预订。而 8 月 15 日这个抗战胜利纪念日，就在眼前了！

与宋小姐这次合作，相当难得。自从纪念馆创办以来，许多人认为这个纪念馆肯定有美国人资助。你看，连美国总统都给他们来信祝贺，还没有美国大亨来资助？其实，只有我们自己知道，不要说没有大亨资助，连那年送许多大礼给基辛格博士，在他那里也没喝一口茶。我们觉得这样很好，君子之交淡如水。尤其与政界人士来往，更要清清爽爽。然而我们对其他人士，还是希望有所资助的，可就是没有，仅仅是道义上、口头上的支持。省财政厅每年发给我们的免税捐助发票，有时一张也没有用。现在宋小姐却义不容辞地出钱来合办展览，这是中美友谊在美籍年轻华人身上的体现，格外可贵。

得道多助。就在这时，美国东部又有三个大城市的华人组织愿意合作展出。我和祝华喜不可抑，连忙打电话向有关领导部门汇报。谁知好事多磨，有关领导部门又告诉我们说：“你们要去美国的城市展出，而且都与那里的华人约好，请他们出钱租场地展出。那么，这些出钱的人会不会有什么问题？”

“什么问题？”我又被弄糊涂了。而且我们是义展。

"比如说，对方是不是民运分子，或者参加了法轮功？"

"这个……"我答不上来。我确实不了解他们的政治背景。在美国，信仰自由，谁也不能干涉，人家也不能随便去问他们。这是隐私权，神圣不可侵犯。

但是，现在国内领导部门提出这个问题，是个政治问题，十分严肃。我们束手无策，只得仰天长叹！

我哭丧着脸对祝华说："要么，我们只得假托'退展'，看合作方怎么说。"

"怎么假托？"祝华也苦着脸。

我挖空心思的想了一阵，沮丧地说："比如，我们说：'由于我们怕在美国遇到政治问题，是否可以取消这次合作？'把责任全揽在自己身上。"

"你这不是违心的吗？"祝华很惊异。

"是违心，可有什么办法？"中国知识分子经常遇到这种尴尬事。

"我要向上帝祷告。"祝华说完走进了自己的卧室。

我十分无奈，又感到事不宜迟。那挂历上的蓝圈，蓝色象征着和平，仿佛在招手：我是为和平而去，不要有太多顾虑，千万不要错过合作良机。

我在电话机旁坐下来，拨通了越洋电话，对着美国那头说："喂，你是？——"我对几位有可能出钱租场地的美国华人合作者都用非常婉转的语气，把那个假托"退展"的苦肉计，告诉了对方！

"哎，潘先生，我们这是自己掏钱来跟你们合作的，有什么政治问题也由我们自己负责。我们和你们一样，都是出于爱国之心，既爱祖国，也爱美国，爱国是最大的政治。"这是一位合作方说的。

还有位合作方听了十分激动，他是一位从中国台湾移居美国的中年人，叫陈宪中，义务担任亚太事务研究中心主任。这类中心，都是民间组织，与美国政府毫无关系，政府也从不管他们。他在电话中慨然地说："中美之间有好的过去，但是现在两国关系却经常受到日本的挑拨。对这样的情况，在美华人应该尽自己所能，为加强两国之间的关系起到桥梁作用。合办这个展览，就是一起架桥啊！"连台胞都说要架桥，我们还能犹豫吗？我感慨系之。

到了 6 月上旬，我们夫妇忙不可支，日夜加班，连忙做出展板。6 月 15 日上午，在馆内举行首展。开幕式上省市有关领导应邀出席，各路媒体同发消息，一个前所未有的纪念展，在杭城很快传开了。中美军民并肩抗日的战鼓，60 年后，又在曾经饱受日军蹂躏的杭人心中回响。人们以缅怀先烈和不忘历史的激奋心情，在全市奔走相告。

一位收藏了当年美军遗物的市民，特地带了两个美军水壶，急匆匆来到纪念馆，希望作为实物展出。那水壶上的字样，与那枚军戒的字样差不多，都是飞虎队专用的。

一位80多岁的老太太，拄着拐杖，在她60多岁儿子的扶持下，来到纪念馆，说要参观展览。观众见老太也光临，十分新奇，就来围观，谁知她就慷慨激昂地对大家说："我这条命，就是美国飞虎队保下来的。那年我在重庆，一天，日本飞机来了，我们许多人就连忙躲进防空洞。我因年轻，就让其他人先进洞。谁知，一架机翼上画着太阳旗的日本飞机俯冲下来，正要轰炸这个防空洞，就在这时，一架机头上画着虎鲨嘴的飞虎队飞机冲了过来，对着日机一阵扫射，那日机就冒着浓烟掉下去了。这情景我亲眼看到，大家出洞后，都流着眼泪感谢飞虎队。"

观众络绎不绝，甚至郊区农民也赶来参观。有的单位，还集体来参观。学校也作为爱国主义教育活动，组织学生前来参观。

随后，我们又请广告公司用海报纸加压膜，做成像挂轴似的展板，用快递迅速寄给宋小姐，因为我们要办签证，预订机票，不知什么时候能够赴美。而邮寄展板起码要个把月，必须快寄，方可让她及时在费城展出。

我们一直在等签证。等到签证，又等机票。这样已拖到8月中旬了。

8月15日这天，纪念馆一早开门，观众蜂拥而来，我们夫妇忙于接待。后来，我在报摊上买到一份《浙江日报》，打开一看，上面有一篇转载的《人民日报》评论员文章，大标题是：中国共产党是全民族团结抗战的中流砥柱。

我仔细看后，发现都是讲"解放区战场的开辟"如何如何。我想，怎么没有讲国统区战场的开辟？至于美国援华，压根儿没有提到。我感到奇怪，是有意回避，还是不能提及？

这也是个大问题。晚上回到家里，就和祝华坐下来仔细分析。

就在这时，有朋友打来电话，说："《人民日报》评论员的文章，就是中央精神呀，你们的展览怎么样？"还说，"外交无小事，千万要慎重。"他是劝我们不要仓促拿去美国展出。但是我们一套展板早已寄出了。

朋友是从爱护纪念馆出发，看到我们这对老夫妇那么热心公益事业，特别热衷传扬中美友谊，由衷地高兴。爱之深也护之切，因此劝我们要步步谨慎。

我们夫妇俩感激之余，也确实谨慎从事。两人仿佛学者似的，在家里开起了夫妻研讨会。那个客厅中的"谈心角"，此刻变成了"研讨角"。

我说："这篇评论员文章，也许是中央指定写的，也许是报社自己组织写的。我总觉得，大标题的这种提法，还是习惯性的提法。自从'四人帮'粉碎以后，党中央开展了'实践是检验真理的唯一标准'的学习运动，许多问题有比较客观的分析。而报社评论员的这篇文章，委实失之偏颇。”

祝华说：“我们筹办这个展览，从去年到现在，已经将近一年了，资料也收集得比较齐全。特别是国务院新闻办编印的这三本献给美国朋友的画册，我觉得这才是真正的中央精神。我们现在根据这些资料来举办展览，不会错。”

我接着说：“是的，如果我们按照这篇评论员文章的精神来搞这个展览，只强调解放区的抗日事迹，拿到美国去展出，那会有失偏颇!”

“对，我们一定要实事求是，经得起客观事实的检验，就这样拿到美国去展出。”

我俩反复讨论，觉得展览主题明确、资料翔实、编排合理，不用怀疑，一切都要对历史负责。决定订机票出发。

我甚至想，我们创办中美友谊民间纪念馆，就要以民间的特色来表达民间的感情。这才是社会活动的多元化，精神生活的丰富性。改革开放到今天，难道这点还不明确吗？而且，我办这个纪念馆也是为了继续研究展览学。展览学是一门科学，科学就要实事求是。无论从哪方面来说，这个展览是办得好的。

我当晚特地写了一篇短文，叫《团结的世界粉碎法西斯梦想》。次日就请人译成英文，准备在美国发表，以期引起美国主流社会的重视。

八九月份的赴美机票特别难买，许多人要赴美留学，我们只得一等再等，后来才买到 9 月初的机票，我们又立刻做了一套立轴式的展板随机带往美国。

夜雨洗长街，纤尘不染。秋风拂马州，金菊飘香。

美国东海岸的秋季气候有时十分奇怪，经常晚上下雨，白天放晴。我和祝华，在紧靠华盛顿的马里兰大学布置完展览，便来到附近的大街上散步。

我俩心情愉快，精神焕发，到美国后时差也很快倒过来了，就迫不及待地要看看华盛顿市郊的秋日风光。杭州秋高气爽，马里兰州也如此。更让我们欣慰的是，不仅展览能在美国首都展出，而且办展的正确做法也得到了一次可贵的验证。

前天我们到费城儿子家时已是下午，一位正在儿子家玩的朋友知道我们这次赴美目的后，神情紧张地对我们夫妇说：“你们这个展览，最好不要在美国展出。”他是从中国来美工作的，我们以前见过面，比较熟悉。

我想，怎么到了美国，还不要展出？

事实的确是这样，自从那篇《人民日报》评论员文章发表后，海外反响很大，不过大都是负面的，说："这篇文章十分片面。抗日战争，明明主战场在国统区，怎么共产党变成了中流砥柱？"

又说："我们在批评日本政府不承认'二战'时的错误。那么，把抗日的功劳全归一党，也是错误啊！"

因此，很多人认为，中国这次纪念抗战胜利60周年，不会公平对待历史。可是历史是客观存在的！

朋友这么一说，大家就议论开了。朋友联系纪念馆的情况说："你们这次的抗日展览，我估计十之九是与那个评论员的口径相一致的。因为我们国内的人一直是用这样的口径在说话。因此，美国观众，包括从台湾来的华人观众，对你们的展览不会太感兴趣。"

我却在想更多的事情。我想，这位朋友很本分，他的担心，说明国内那篇评论员文章，给海外的爱国华人增加了忧虑。我们的展览，正因为与那篇文章的精神有所不同，展出后，可能会有不同的反响。但是面对这样的风浪，自己的展览会有多少效果也很难说。幸好已经来了，可以作为试金石测试一下。自己认为，我们办纪念馆，是弥补官方外交的不足，展示民间的感情。在传扬中美友谊方面，是通过真实的民间语言起到最本色的作用，尤其让历史上的血肉友谊不断发扬光大，这是纪念的实质。一切看效果吧！

然而这些情况，是无法与这位朋友一一说明的。可是在我心里，还是感到震惊，抗日战争，毕竟是世界反法西斯战争的一部分，如果中国的认识，与世界公认的结论不一致，在历史上许多问题就很难解说清楚，也会留下弊端。现在，我们已把展板带来美国了，那么合作方的情况怎么样？我急于想了解。

费城宋小姐这里，出发来美前，已接到她的电话，事情非常有趣，她说："展板收到后，立即在书店里展出了！"

"你怎么展出的？"我惊喜地问。

"因为你寄来的展板，是一个个的画轴，我就在书店里辟出一角，做了两个长方形的报架，让所有展板像挂历一样，一块并一块地（也即一张一张地）在两个报架上分开挂着。这样，观众就能像翻书似的，看完一块展板就翻了过去，把整个展览像看书似的很省力地看完。"她在电话中说得很兴奋。

我连忙赞扬她："呵呵，你真是开书店开出了门道，把那么大一个展览也变成了一本书！"

"是的。"她很自负地接着说，"这样，我们的开幕式也不用开了。反正我的书店里顾客不断，他们都会浏览这本大书的——一本立式画报！"

到了美国后，我给华盛顿的合作方陈惠青打电话。她不是我亲戚，却叫我舅舅，也是从中国台湾移居美国的，现在担任台湾旅美同乡会会长。我把准备到华盛顿来义务展出的情况告诉她后，这“外甥女”的回话更有趣了。

她说：“舅舅，你们已经到美国，可以马上到华盛顿来展出，我们正在马里兰大学的音乐厅组织一场《黄河大合唱》的演出。你们展出的地方，就是音乐厅外边的休息厅。那休息厅很大，展览就布置在那里，白天可以给观众看，晚上可以给听众看。灯光也很明亮，我已经去考察过了。”

“你们的《黄河大合唱》演几天？”我问。

“演三天，大后天开始。你们可以提前来布展。”

“好，我们明天就来布置。先到你家。”

“我接到你们后，就把你们送过去。”“外甥女”开车的技术也很好。

我立刻想到，这次华盛顿展出将别有风光，每晚演出前后和幕间休息，正是观众参观抗日展览的好时间。那么，这几晚的演出，不仅为展览做了强大的广告，也让展览成了音乐的补充。音乐是抽象的，展览是具体的，两者配合，相得益彰。我在电话中一再答应明天一定赶到。

我打完电话，随即来到祝华面前，她正在帮儿子烧菜。我便把华盛顿外甥女讲的好消息讲给大家听。

谁知这位从国内来的老成持重的朋友，还是忧心忡忡地对我说：“美国人看娱乐节目都是从兴趣出发的，他们看《黄河大合唱》的演出很自然，要看你们的抗日展就很别扭，甚至会嗤之以鼻。”末了又说，“我真为你们担心。”

我笑着说：“你替我们担心，我们还在替胡锦涛主席担心呢！”的确，这些年自从办了中美友谊民间纪念馆后，我对国内外的政治特别敏感，许多关系中国荣辱的事情，马上会联系到国运兴衰，对中央首长的评价当然也不例外了。现在听了这位朋友说的海外反响，确实有了这份担心。

朋友说：“他是国家主席，你们替他担心什么？”

我们说：“正因为他是国家主席，我们才替他担心。大概你也知道，胡主席这几天就要来美国访问。他到美国后，肯定要开记者招待会。那时候，外国记者肯定要问他对中国抗日的评价。你说，他该怎样回答？”

“这个，我没想过。不过他肯定会有备而来。”朋友自然地说。

我说：“如果他用《人民日报》评论员文章的口径回答，肯定要被人家质疑。但是，不按那文章口径，又该怎样回答记者的提问呢？!”

大家都被这个问题问住了。

晚饭开始，儿子、媳妇举杯欢迎父母的到来。大家都举杯，权当接风。然而我们夫妇依然郁闷。我想，要是明后天我们去马里兰大学的展厅接待观众，观众问起这个问题怎么办？而且肯定会提到胡主席访美的事，要是他真的遇到尴尬怎么办？

晚餐后，自然要打开电视机，看看中国新闻。当时是美国9月2日的晚上，也是中国9月3日的上午，中央电视台正在直播一个重大新闻，纪念中国人民抗日战争暨世界反法西斯战争胜利60周年大会，在人民大会堂隆重举行。胡锦涛主席正在讲话。大家不约而同地屏声静听。不一会，讲到一段攸关抗日评价的讲话，胡主席铿锵有力地说：

> ……中国国民党和中国共产党领导的抗日军队，分别担负着正面战场和敌后战场的作战任务，形成了共同抗日击败侵略者的战略态势。以国民党为主体的正面战场，组织了一系列大仗，特别是全国抗战初期的淞沪、忻口、徐州、武汉等战役，给日军以沉重打击。……

接着，他又提到："美国对中国人民抗日战争给予了很大支持"，并且特别声明：

> 我们不会忘记给予中国抗日战争道义和物质等方面支持的国家和国际友人，不会忘记在南京大屠杀和其他惨案中为中国难民提供帮助的外国朋友，不会忘记与中国军队并肩作战并为中国运送战略物资而冒险开辟驼峰航线的美国飞虎队……

大家听完整个讲话，不仅如释重负，而且深受鼓舞。尤其是我和祝华，感到胡主席的许多话都是对我们说的，例如提到的几个"不会忘记"中，我想，我们的展览都有体现呀！特别是飞虎队，更不用说了，这是我们展览最主要的内容，而且，连展览标题中的"并肩"两字，也与胡主席报告中的提法不谋而合了。

我俩很感奋，想不到这么一个民办展览，竟然成了国家主席访美的先声。次日，我和祝华漫步在美国首都市郊的街头、沐浴着祖国传来的温馨……

我的家，在东北松花江上……

当这首抗日救亡歌的余音还在剧场里绕梁时，幕间休息的观众，就蜂拥来到休息厅，他们边拭泪边看展览，为的是在展览中得到事实的印证。果然，凡是这台音乐会上所表演的节目，在展览中都找到了实情。

其实，许多观众，早在开演前就先参观了展览。知情者，看得津津乐道，重温着当年的战斗生涯，品味着后来的胜利情景，无不热泪盈眶；不知情者，均为当年的残酷战争惊愕诧异。怎么，日本侵略军那么残忍？竟把南京妇女强奸后还用刺刀捅破她们的肚皮，任肚肠直流！……

这个展览，由于文字说明有中英文对照，不懂中文的美国人也能一目了然。他们走进剧场，获知休息厅里还有与演出同一内容的展览，颇感新鲜，争相参观。有的凝神而睹，有的看后拍照。美国因立国历史不长，许多人对历史十分重视，会到处搜集资料。有的观众，竟至忘了继续入场看演出，仍在展板前流连忘返。特别是演出完后，还有许多观众，仍要挤到展板跟前，反复参观，互相印证，让展览与音乐齐飞，历史与现实共鸣。那心灵的互动和交响，更是余音袅袅，萦绕心间。

马里兰大学的展览开幕以后，祝华便对我说："亲爱的，现在展览正常展出了，我们可以抽出时间来做一些更重要的工作，你打算怎么样？"

"我打算借这次展出，广泛结交一些美国朋友。"

"好，朋友越多越好。我想先去找老朋友。"

"找谁？"

"找丁女士。我们委托她融资建造中美友谊大厦的事到底怎么样了？我们这次来，我给她打了几次电话，她好像工作有些困难，所以我想去看看她。"

"你可以去看看她。但不要太勉强她，她不主动，肯定有困难。"

"我明天就出发，见机行事。实在不行，我再另外找投资商。"

"那你要多带点钱，万一——"

"万一不行，我就再打工，做临时保姆。"第二天她就出发了。

我想，天生我才必有用。我们要办好纪念馆，必须树立国际理想，而这，必须广找国际知音。

这一点，我有很大信心。不久前，青海老作家王立道先生，以他年近八十的不老宝刀，用散文笔调为我写了一部《潘杰和他的两位妻子》的传记文学。出版后，广受欢迎。许多人都一睹为快，有的读者两个通宵把二十几万字看完，深深被我们夫妇的执着精神所吸引。为此，我也带了十几本到美国，作为我们事业和人生的见证。

知音像彩蝶，在花间纷飞。那馨香的花讯，就是彩蝶共舞的契机。就在展览开幕的第二天，一个在美国的享誉台海两岸的组织，通知我们去参加他们发起的一个座谈会。这个组织叫“华盛顿中国和平统一促进会”，这个座谈会叫“庆祝抗战胜利60周年纪念座谈会”。这一天，正是74年前，日本入侵中国东北的“9·18”国耻纪念日。这是曾经浸透两岸人民血泪的纪念日。展览中的中国东北军民奋起反击日军的画面，音乐会上的“我的家，在东北松花江上”的歌声，一起在这个座谈会上无形地会合！

座谈会在华盛顿一家饭店里举行。“毋忘国耻”的标语，依然作为当年的呼号张贴在主席台旁。与会人员群情激愤，慷慨陈词，以史为鉴，团结是本。会议主持人知道我们来自大陆，又在美国举办抗日纪念展览，特殊的身份让我成了大陆的代表，一定要我谈谈感想。

我这年73岁了，有生以来第一次在这样的地方，这样的会上发言，加上我本有怯场陋习，不免局促。然而这次，奇迹出现了。我站起来后，竟头头是道地说了一大段！既介绍了这个展览的内容，也介绍了创办纪念馆的情况，特别谈到来美后的感受。最后吟诗作结说：“欲取鸣琴弹，恨无知音赏。可是，今天在座的诸位，都成了难能可贵的知音！”与会成员报以热烈的掌声，都说：“我们明天就去参观你们那个展览！”

一位女记者立刻凑过来，约我写文章。我就把那篇出国前写好的《团结的世界粉碎法西斯梦想》的文章交给她。女记者看完稿子后立刻说：“这篇文章我们的报纸可以用，明天就能见报。”仿佛她是主编。

我说：“我还有英文稿呢！”

“那你投向英文报。”

“英文报能发表吗？”

“这很难说，除了内容外，还要看英文水平。”

“我想把这篇英文稿寄给两位国会众议员。”

“你认识他们吗？”

“我在国内时，从《参考消息》上看到的，说他们为了让国会议员了解真实中国，在众议院成立一个中国工作小组。我觉得这个展览是可以让国会议员看看的，我们很想向这两位议员发邀请信。”

“那就发呀！在美国，可以给任何人发邀请信。”她告诉了我国会众议院的通讯地址。

不久，展览转到华府文化中心展出，那是在华盛顿市区，观众更多。开幕那天，两位国会众议员虽然没有来，但是，曾任美国驻广州总领事的史蒂夫先生夫妇来参加开幕式了。加上华裔侨领十数人，排成一长排，在大型横幅“中美友好二百年展揭幕式：潘杰先生传扬中美友谊故事”和一系列精美展板前合影，华盛顿台湾同乡会还特地赠给我馆一个镜框，上题“义助展出，惠我华府”。

展览的成功，让我浮想联翩，觉得可以趁热打铁，在美国广交挚友，扩大影响，于是就利用展览空隙，在外甥女的陪同下，特地去拜访了一位101岁的台湾国民党评议委员，叫郭登敖，带去展览小样，请他在家翻阅。

这位评议委员，深居简出，却受到时任国民党主席马英九的器重，每年春节都要向他寄帖拜年。他自觉无以为报，就潜心研究中国历史。他看了展览小样后对我说：“这都是历史事实，也是中华民族的不朽精神！”当场叫保姆去书房捧出四本厚厚的新书，双手赠送给初次相识的我。他这四本巨著是：《读经浅说》《诸子浅谈》《中国通史故事》《中国近代史概要》。虽然看上去都很“浅”，其实含义很深。老学者淡淡地说：“这些都是我近年为美国中文学校撰写的。”真是淡泊明志。我发现，老先生通过著书立说传扬中华文化，我们是通过展览传扬中美友谊，颇有异曲同工之妙。回到外甥女家，就写了一篇《与“人瑞”互赠心香》的文章，很快在中文报《华盛顿新闻》上发表了。许多朋友打来电话说：“我们也都有一段心香啊！”

在乔治·华盛顿大学教政治学的华裔教授王清源先生，除了约请我们吃饭外，还特地送了一篇他当年研究英国华侨的获奖论文给我，语重心长地说：“让你研究美国华侨做参考。”两人无意间成了知交。

在我的行李箱里，还藏着一把足有两尺多长的杭州挂扇。那是杭画传人陈稚玉女士亲自为纽约将建的自由塔创作的。本来，她也想向基辛格博士送礼，据说当年尼克松总统首次访华来杭时，正是“文革”期间，杭州市军管会送了一把著名挂扇给他。那把挂扇，是从她父亲的“罪案”中取来的。因她父亲陈推斋原是杭州王星记扇厂的著名画师，可那时正被关在牛棚里，厂里的许多名扇都作为“四旧”给破除了，只有这把陈推斋最欣赏的挂扇还收藏在他的“罪案”里，以便到时候拿出来批斗他。不久，她父亲郁郁而亡。

“四人帮”粉碎后，她顶职进了父亲工作过的厂，可是不会画画，只能当个普通工人。她很争气，决定继承父亲的画艺，自学杭画。后来果能像父亲一样创作扇画，尤其善画牡丹、凤凰。我就建议她画一幅金碧辉煌的《牡丹凤凰图》，最后由我们纪念馆和她一起题上“天堂祝福”和“自由之光”及“送给英雄的美国人民总统乔治·W. 布什”。她精心创作后，我就在华盛顿请我的外甥女陈惠青寄给白宫。

朋友多了，就想在美国多待几天，以便去打工赚点钱，解决一下纪念馆的燃眉之急。我和陈惠青商量后，写了一封《致旅美华人女士、先生的求工信》，详述我这古稀之人求工的原委。信较长，全用四字一句的韵文铺成，比较适合旅美华人口味（请见本书附录二）。还在华文报上登了求工广告。随后，也去华盛顿市郊一家台湾人开的豆芽店和一家瓷器店面试，结果都因我没有美国绿卡而不能被录用，否则老板要被罚款，我也只得作罢。

时值深秋，北美大地霜林尽染，灿然若霞。祝华在纽约找到了临时保姆工作。这种工作是在雇主家里做的，不易被警察发现，因此没有绿卡也可勉强做。她已有经验，很高兴，打电话来说："这次一定要找到老美投资商。"她念念不忘那个中美友谊大厦的事。

展出告一段落，我回到费城儿子家小住。每天晨练时，我仰望蓝天上成行飞翔的大雁，它们引吭高歌，南来北往。我触景生情，抒写了一篇《鸿雁传书话知音》的散文，又在华文报上发表，拜托"来回纷飞的鸿雁，把我们这份殷切的友好心意，捎给各方的友人"！

宾州大学，一所离儿子家不太远的知名大学，我们去参观后，很想把展览送去那里展出。那儿无论是礼堂、大厅、走廊都很宽敞，光线充足，空气清新，处处都能布展。我便托儿子的一位熟人去联系，并把展览小样也送去。

两天后，回电说："有关部门看了展览小样，觉得不能展出。因为学校里有不少日裔学生，他们可能会抗议。"

这是可能的，却是我始料不及的。中国学校审查展览，是考虑展览对学生的影响，美国是考虑学生对展览的反应，学生是主人。但是不久后接到的一个电话，又使我感到震惊：国会山也会有"地震"！

那是我上次在华盛顿"和统会"上认识的女记者打来的。我们自从给两位众议员发了邀请书后，既不见他们来参观展览，也不见回信。为此我曾请教过女记者：这到底是怎么回事。她在电话中说："你问的事情我也无法去打听，不过可能有几种原因：一是你们邀请的时间刚好是双休日，他们来不了；二是可能没收到邀请书，据说这类邀请书很多，都要提前一周以上发出邀请，人家才能安排时间。但是，一个根本的问题，你们可能没有考虑到，那就是这个展览会对日美关系产生什么影响。"

我连忙说："这个问题没想过。"

女记者说："对呀，这个问题我当时也没想到。但事后想想，很有关系。你们的展览，是揭露日本军国主义的。可现在的日本政府右翼，还有军国主义残余思想。这样，美国议员如果来参观你们的抗日展览，就变成美国政府的一个态度，日本政府右翼就会提抗议，那时国会山就会闹'地震'！"

"怪！怪！"我不由得连声感叹：这会对美国政坛都有影响？民主社会这么厉害！

傍晚的散步，又在美国儿子家继续下去。我和祝华，逛着小区的公路，浏览着两旁的房子，房子虽然大小差不多，可是风格各异，连墙面的色彩也自成一格。这大概与美国人的性格有关，追求个性。那么，美国人对血肉情谊的看法，是不是也会有所不同？这是需要深入研究的。

但是，我俩从宾州大学的谢绝与国会议员的可能"怕震"中，又体会到必须从根本上来看中美友谊。那么，这又是什么呢？似乎又打开了新境界！

过了几天，纽约亚太事务研究中心的陈主任打来电话说："我又给你们联系了两个华人社团，一起来办这个展览。不过他们都不出钱，社团没有收入。"

我忙问："不出钱没关系。请问是哪两个社团？"

陈主任说："一个是纪念南京大屠杀受难同胞联谊会，还有个是中国近代口述史学会。他们对抗日这段历史，工作做得非常扎实，已出版了好几种书。"

我非常兴奋，连忙请他代谢那两个社团。后来想，怎么我们国内没有这样的群众组织呢？就是国家机关，也没有人在做这些工作啊！

翘首以待的布展日子到了，我们夫妇带了展板赶到纽约。陈主任把我们带到法拉盛市中心一个二楼上的展厅里，说："这是我们自己公司租来的展厅，原来也举办文化展览。现在我们一起来搞友谊展览，很有意思。"他对我们的精神很感动，随即取出 1000 美金给我们，并说："这是我自己的一点钱。你们这段时间就在纽约住下来，这里有许多朋友可以熟悉。"

我俩一再谢他。祝华说："我们还是要住家庭旅馆，最省钱，还能自己烧饭吃。"

"对，菜也可以到中国菜场去买，那儿便宜些。"陈主任就陪我们巡视展厅，研究怎么布展。

这是个有几百平方米的展厅，又在闹市区，租金肯定很贵，可现在陈先生掏钱提供了。我问："这个亚太事务研究中心是你个人办的吗？"

"不，是我和几位美国人合办的。"

"那他们会不会有什么意见？"我怕又会碰到"抗议"或"地震"之类的事。

主任说："这次展出，是我们创办这个研究中心以来第一次中美联合展出，展出本身就说明中美两国人民是心连心的。开幕式时，我们那两位美国委员也要来出席。”

一席话，说得我们心旷神怡：又找到了美国的知音！

与台湾旅美学者互赠“心香”

杭画传人陈稚玉与我馆合送给小布什总统的挂扇

## 第二十四章

# 忍泪听泉

我们的开幕式非常简朴，大街上连个横幅都不拉，大概美国是不流行大街上拉横幅的，只有一块指路牌竖在门口，中英文对照。这天上午，两位美国委员早早地来了。他们在陈主任的引荐下和我们夫妇见面后，就饶有兴趣地参观展览，没有丝毫的顾虑或担忧，最后还在留言簿上写下：感谢中国人民不忘这段血肉情谊。

另外两个合作单位也早早地来了。他们还带来许多与这个展览有关的珍贵实物，其中有“飞虎队”的队列图、日本投降书复印件等等。这使展览内容更加丰富多彩。

参加开幕式的观众陆续进来。一位头发雪白的华裔老人，带了七八位同龄人，看了展览中有关淞沪、武汉战役的一些照片后，流着热泪来找纪念馆创办人。我们夫妇一见吃了一惊，以为他们看了太伤心，大概当年也有亲人或弟兄被日军杀害。谁知他们拭去热泪，众口一词地说：“你们这个展览太好了。我们在美国那么多年，从没见过这么好的展览。我们在祖国出生入死抗战那么多年，多少弟兄牺牲在战场上，只有你们这个展览，才为我们国民政府军讲了公道话。这是道德良心啊！使我们死也荣耀。你们的纪念馆在杭州，你们什么时候回大陆？”

我说：“春节前回去。”

“那好，春节后我们就去杭州参观你们的纪念馆。”

我想不到这些老兵会如此动情，连忙致谢，并送上名片。

不一会，来了一位中等身材背已微驼的老人。陈主任把他介绍给我们，说：

“他叫马大任，原是飞虎队机要翻译。抗战胜利后来美国留学，攻读图书管理专业，取得硕士学位后，担任过美国几个著名图书馆的中文部主任。”陈主任最后笑着说：“飞虎队当年的援华任务，其中之一是帮助中国运输抗战物资。现在的马老，是在帮助中国运输振兴中华的精神食粮！”表情上无比钦佩。

我一听，肃然起敬。开幕式上，我请马老先生首先致辞。他稳步走到演讲台前，对着麦克风，一开始就诙谐地说：“我今年 86 岁了，唯一的毛病就是不生毛病。”然后他举起双臂施展身段，一身都很硬朗，嗓音也越来越铿锵有力、掷地有声。他接着说：“现在，我和几位志同道合的老者，组织了一个专门给中国大陆高等院校赠书的机构，叫作‘赠书中国计划’。”我想，这位老飞虎队员，果然表现出飞虎精神，不同凡响。飞虎队的飞机上，除了机头画有凶恶恐怖的虎鲨头形外，还在机身中部画有天使的形象。那是一位带翅的女郎，悠然地坐在驾驶舱下。他现在做赠书中国的事，不就是天使的行为吗？有人讽刺美国人以天使自居，我看这样的天使多多益善。的确，他们是在给中国传福音。他继续说：“我们十几个老人就是千方百计把美国华人教授家中多余的书搜集来，须知华人教授是最会买书的，每位教授的藏书起码有几千种。比如哪一位华人教授要捐书，或者哪一位华人教授过世了，我们就去与他们或者他们的家属商量，把那部分可以捐赠给祖国的图书让我们运走。然后送去大陆，给中国有需要的大学去分发。须知中国搞‘文化大革命’时，十多年中许多大学就没有采购一本西方出版的外文书。可是这十多年，西方的科技发展突飞猛进。中国要建设社会主义，在科技领域不赶上西方的水平怎么行啊！”他又谈道，“中国现在经济发展了，但是缺少知识还是要挨打。中东许多国家都很富裕，可是缺少知识，照样被人家牵着鼻子走。为此，我们十几个老人，就想方设法地并且自掏腰包要实施‘赠书中国计划’。去年 8 月，我们已运去了一集装箱，由中国教育部统一分配……”会场上响起了热烈的掌声。

待他讲完，我连忙上前与他握手。我第一次与老飞虎队员握手，也第一次感受到飞虎精神在老队员中依然存在。

马老与我们夫妇合影后，对我说：“你今晚有空的话，请到我家里来，我还有事与你商量。” 说着从上衣口袋里摸出一张名片递给我。

晚上，我早早地去了。找到马老先生的公寓，觉得可能太早，也许此时他们正在吃晚饭，就犹豫起来，在楼下等一会再说。

那楼下门口是一条小街，沿街有一排直径半米多的大树。借着华灯初上，我就浏览小区街景，忽听旁边的一棵树上有沙沙的声音，我仰头观看，只见那大树的大丫杈中，有两只像小熊似的动物在俯视我，毫无畏惧。我想，这肯定是野生动物，大概是树獭。又联想到儿子家的小区草地上，经常有成群结队的大雁在那里逍遥自在地觅食、嬉戏，麋鹿在屋后的树林中悠游。这样的生态环境，自然最适合人居，也让人滋生出希望世界和平、进步的思想。

我进到马老先生家中，马师母立刻给我泡来了绿茶。马老先生开门见山地对我说："我今天在开幕式上不是说吗？我们十几个老人都是自掏腰包来实施这个'赠书中国计划'。我说到这'自掏腰包'四字时实在抱歉。我可以永远自掏腰包，我的女儿会支持我，可同仁们在自掏腰包我实在惭愧。要知道，美国老人不是太有钱的，尤其像我们这些以前挣工资度日的普通职员，退休工资只够自己生活。可我们要去美国各州搜集多余图书，不仅要往返路费，住旅馆，吃饭，还要雇人搬运。我们这些老人都已耄耋之年了，只能参加选书，没有力气搬运。这样，开销很大。时间长了，出差次数多了，我这个当头的就很对不起他们，所以我要和你商量。现在你们国内许多人很有钱，尤其你们浙江。我是温州籍的，知道我们温州人很有钱，但我没有关系。你回国后，能不能帮我们找找有钱的老板？请他们捐助一点给我们'赠书中国计划'？我们'计划'有账号，有发票，你能帮助吗？"

我想不到他会提出这个要求，虽然我自己在国内也苦于找不到赞助人，真叫自顾不暇，但是想到这些耄耋侨胞如此赤忱地热爱祖国，极其感动地说："我尽量去找。实在不行，我可以写文章，为你们在报纸上呼吁。我想总会有知音的！"我几乎要流出热泪。

两人谈到深夜，我告辞出来。下楼到门口，又去看看树杈上那两只树獭还在不在，一看，它们都用爪倒挂在树枝上，一动不动，也许睡了。这种让野生动物与人同地安睡，也很感人。我来到法拉盛的街上，看着满天星斗，觉得这次来美国，确实遇见了不少知音。但愿回国后，真能遇到老飞虎队员的知音！同时也希望祝华能找到愿意投资建造友谊大厦的知音！

我们在杭州住的德雅花园小区，坐落在教工路旁。两人下车后，祝华一手拎着自己的拎包，一手提着行李袋，肩膀上还背着我的公文包，都是既笨重又鼓胀的回国行囊，站在小区门口，等候着正在从的士里提取箱子的我。

我们刚从美国回来，祝华立刻感受到两句顺口溜的贴切：在美国，好山好水好寂寞；在中国，又脏又乱又快活。

可不是吗？我们的小区，名曰德雅花园，却压根儿不像花园，只是开发商的一种诱人花招。小小绿化带上的几棵花木，早被杂物压得东倒西歪。小区车道上，也是垃圾桶横一只竖一只，而且从不加盖，臭气冲天。就说在街上，也是自行车、电动车和汽车抢道，而公交车有时也不管三七二十一开过有人在走的斑马线。行人呢？更以抢道为光荣。

我俩把全部行李搬运进四楼房间，已是气喘吁吁。可是看到压在电话机下的一张写得密密麻麻的字条，顿时眉开眼笑。那是女儿最近回家来住时给我们留的。字条上说，有好多位观众要来拜访你们，也有外宾，都有电话号码。其中有个电话，特别让我俩兴奋。那是一些在纽约看了我们展览的台湾老兵和家属，真的决定组团来杭州参观我们的纪念馆。而祝华又在字条的最下面，看到一条让她欣喜若狂的内容：有两位美国投资商，决定3月中旬来杭州考察中美友谊大厦项目，署名是两个“H”。这两个“H”，只有祝华知道，是她在纽约找投资商时，经人介绍认识的。当时她把一叠资料交给他们，说到这大厦的形状是一个“H”，这两位投资家立刻耸耸肩膀说：“OK，我们两人的名字中间都有一个‘H’，那是两个‘H’投资一个‘H’，肯定投中。”两人还当场做了个共同投币动作，逗得大家哈哈大笑。她想，想不到我人还没到杭州，他们已用“H”打来电话了！我们收到这么多好信息，以为门上春联的倒贴“福”字，真是福到了！第二天就是春节，马上计划如何过年。

春节后不久，台湾老兵和家属就要来。我俩想，他们是不请自来，更要热情接待，除了这时纪念馆的展览还是“中美军民并肩抗日”，正可让他们再一起看看外，最好也由政府出面宴请一次。我就跑到省委统战部，提出了这个冒失的要求。统战部领导觉得这是统战工作，应该感谢纪念馆的牵线搭桥。

一个风和日丽的上午，台湾老兵和家属一共18位来到纪念馆，看到馆舍虽然简易，可是展板众多。特别是展览中的内容，完全与在美国看到的一模一样，国民政府军正面抗日的事迹历历在目，心里非常温暖，似有回乡之感。尤其了解到这里是市中心，门口确实人流不断，认为能在这样的西子湖畔，有这么一个传扬中美友谊的场所，而且是客观地反映历史，让国际游客都可自由参观，实在难能可贵。他们十分感动，个个连声称赞。最后赠送了一面印有黄埔校徽的锦旗，旗上署名“美东黄埔陆军官校同学会”。

队长悄悄对我说：“锦旗上没有印上赠予你们纪念馆的字，很抱歉。”

我说：“不要紧，只要心到就行了。”我认为这就是一种友谊的回访，也是知音的回响。

后来队长对我说，他们也有难言之隐，说：“这次访问大陆，一来怕黄埔军校的人不受欢迎，虽然大家都在说‘天下黄埔是一家’，但真是一家吗？二来对你们这个纪念馆不摸底，怕你们在美国举办的展览也是一种受命于政府的宣传，如果过多表扬，也怕上当。现在看来你们这个纪念馆完全是民间的，有草根组织的生命力，因此格外钦佩。”

但是，我们夫妇送别他们后不久，就收到纪念馆出借方的一张通知：

杭州中美友谊民间纪念馆：

由于我校接区、局通知，要修缮“宰相府”，故我校借给你馆使用的建筑也在修缮范围。请你们在接本通知后半月内搬迁。

特此通知。

我和祝华一看都傻眼了。这搬迁要有新馆址啊！可新馆址怎么找啊？

迁期临近，我俩先把人家送来陈列的实物归还原主。送时除了感谢外，又嘱原主将实物妥善保藏，这是无价之宝，以后还有用的。主人也连连称是，都对纪念馆没有永久馆址而叹息。

3月中旬，两位美国“H”投资商果然来了，我们连忙给安排住宿。他们很慷慨，说一切在杭费用由他们自己支付。这大概也是美国人的习惯，不确定的交易关系不与对方发生经济来往。

我俩带他们去考察地块。两位美商一到那里，就被周围的环境深深吸引。这里是钱塘江畔，新的市民中心，高楼林立，街道纵横，将来肯定是繁华胜地。而大厦地块的前面，是一个很大的广场，既可聚会，又可停车。特别是它的地下，是个地铁站，那么它以后的交通将是四通八达。而大厦造成，据说顶楼上有观景台，既可俯瞰滚滚钱塘江，又可远眺静静西子湖，光是这笔观光收入就很可观。还说以后大厦楼顶平台要停直升机，那么，空中花园配空中交通也是独树一帜！祝华激情澎湃地介绍着。

他们看完，便对祝华说：“OK，我们马上回去筹钱，两个月后给你回话。”

美国人是说话算数的，祝华十分欣喜。又陪他们游览西湖。那秀丽妩媚的西子娇容，将来就可与刺破蓝天的中美友谊大厦遥相呼应，刚柔相济，互为映衬。他们频频点头，暗暗称许。

游览了西湖，我们无法再带他们去参观纪念馆。现在纪念馆只剩一堆展板，堆积在我家潮湿的地下室里。幸好西湖的魅力还可让他们回味无穷。

但是，当与钱江新城有关部门直接洽谈时，他们得知这儿的地价要按楼面积计算，即每一层的面积，都要加在一起计算，而且使用期限只有40年，因为这是建造高档写字楼的商业用地。两位投资商听后，感到不可思议，脸色顿时木然：怎么中国会这样计算地价？在美国，只算地面价格，而且一买就是永久性的，根本没有年限。须知造房子是百年大计，连一百年的计划都没有，这房子怎么造?!

祝华问他们："两位感觉怎么样？"

两位不吭一声，面面相觑，最后说："我们不能投资!"起身告辞。

夫妇俩去送别。临别再问他们：到底感觉怎样，也可给我们纪念馆记取一次教训。两位美商说："我们一直以为地价是世界统一的，想不到这里是按楼面积计算。那成本要翻上不知多少倍，我们吃不消!"可是祝华和我，一直以为老美是了解中国情况的!

回到家里，天已傍黑，我俩仿佛脑袋都给重重一击，嗡嗡地发响。祝华尤其严重，自个儿坐在床上发呆。心想，这两位美国投资商都没有兴趣了，再没人可找了。怪不得以前那位北京的杨先生，后来也没有信息了。看来，这大厦计划，只能付之东流了！可是，这是自己花了将近三年的心血啊!

这三年中，她东奔西走，绞尽脑汁。单是美国，就去了两次。两次赴美，都用做保姆的办法解决旅费，都用求情乞义的做法托人找投资商门路。找到门路，又要托人递资料，求见面……一个人在国外孤军奋战，实在精疲力竭。可是再苦再累，还得去找，有门路要去找，没有门路也得去找。

有人说，不是你们不努力，而是你们没来头。要是有市委书记的一纸批文，什么问题都解决了。这批文我们能拿到吗？瞪破双眼都不可能。那么，要有关系也好。许多人说，在中国，没有关系办不了事情。我和祝华，既没背景又没靠山，全凭一股热情、一腔热血在从事这一社会公益事业。然而，有些人不以为然。他们反而笑我们：这对夫妇，大概是吃饱饭没有事干，弄点噱头噱脑的所谓传扬中美友谊的事情来做做。中美友谊是国家的事，要你们平民百姓操什么心？还想造什么中美友谊大厦，简直是癞蛤蟆想吃天鹅肉。这种造房子的肥差，轮得到你们？

祝华想到这里，不禁联想到这次清吟巷纪念馆的馆舍被收回，一定也与我们的天真有关。

她想起四年前，向区有关部门借用这幢房子时，有关部门为了慎重起见，特地召开了一个研讨会，研讨一下这幢房子借给纪念馆使用，在政策上有没有什么问题。因为这是公房，公房不能随便借给民间组织使用，况且对这个纪念馆的底细也不是很清楚，最好让大家来论证一下。对于后一问题，我们拿出了省民政厅的正式登记证，大家一看已经政府许可，就没异议，都说房子基本上可以出借。但是，对于前一个问题，有些享有特权的领导，肚子里恐怕另有文章。他们也许并不是为公而想，却是想这幢公房借给了纪念馆，对我个人有什么好处？

可是，我们是对异想天开的夫妇。当主持人请我俩先介绍租房的意图和今后打算时，我一开口就说："我们是一对退休夫妇，就是考虑到中美友谊对我国改革开放十分重要，因此用自己的退休工资创办这个纪念馆。也正因为这样，我们办馆五年多来，从没有给有关部门送过红包，也没有请吃饭，就是实实在在地工作，所以请各位领导大力支持和给予扶助。"

我这段开场白，祝华暗暗称许：是要这样说，首先亮出我们的底牌，不要让人家有不好的想法。为此，她在补充发言时也说："我们夫妇用退休工资办这个纪念馆，我们无怨无悔。但是，我们的经济条件确实有限。所以，还望各级有关部门及各位领导和朋友给予大力支持和帮助。"

我们以为这些话都讲得非常及时，非常贴切。光明正大，襟怀坦荡，这就是我们办纪念馆的风格！

然而我们这对宝贝夫妻，想得太天真烂漫了。我们当时讲这些话时，自己没有感到不对，可是坐在我们旁边的另一位朋友——后来我们聘请他做了副馆长，却在暗暗发笑：这对夫妇，好像是天外来客，老是犯社会幼稚病，对现在中国社会上的事情一点不知道，在这样的会上，怎么可以这样堂而皇之地宣称纪念馆从不请客送礼？聪明的人，一般会在开会前就先送红包，每个领导一个，先塞到他们拎包里。

幸好，会场上还是一致通过：这房子借给这个纪念馆，让他们去发挥余热。至于他们的所谓传扬中美友谊，那要看他们的本事了！

自此以后，纪念馆的馆址虽然暂时解决了，但是其他工作，凡是牵涉到需要有关领导帮忙的，都是困难重重，举步维艰！

祝华想到这里，心里凉了半截。她想，看来我们要造这个中美友谊大厦，是万万造不起了！可是以后的馆址怎么办？不由得心情一落千丈，暗自神伤！

我坐在自己的房间里，也在为大厦计划的落空而惆怅。我知道，祝华的心情要比我难受得多，遂走了过去。看到她坐在书桌旁，一脸无奈，欲哭无泪。平时她很倔强，只有看悲情电视剧时才会泪流满面，餐巾纸一张接一张地揩。即使自己生活中的悲情，也会让眼泪往肚里流，从不示弱。今天，她理想落空，无限悲伤，更是强忍珠泪。我为她感到极度伤心。回想起来，我要她一起创办纪念馆，本是为了让她开心，现在我却让她伤感，这些往她心头滴落的泪珠，也是滴在我的心上啊！连忙安慰她说："你累了，还是先休息一下。"说完把她扶到床上，自己就在她的床边坐下，内心不断地责备自己。

这时，祝华的晶莹泪珠滚落下来，那是因为丈夫来安慰她了，心里更酸。……两人相顾无言，对视无语。本来，我想用"我们反正是退休后的一种开心之举"来劝慰她，可事已至此，不能轻言。沉寂了好一会儿，我从另一角度说："这也许是救了我们。"

"你总是救，救！"祝华不无抱怨。

"是的。人家是下海经商，我们是下水办纪念馆。这纪念馆没有一点油水，有的只是一潭清水。这清水又经常会遇风浪，所以我们只能捞救命稻草。可是今天捡的这根也许是条钢丝绳。"

"只有大厦造起来，才是纪念馆的钢丝绳。"祝华顶我一句。

"不，也许大厦不造，这条钢丝绳才牢固。"我慢声静气地说，"大厦是个大工程，我真担心你身体吃不消；大厦是个大项目，我更担心你脑子使不转。不过我还是支持你做这件事的。你是有能力的，有能力为什么不让它充分发挥呢？你也确实尽力了，尽力了的事就不后悔。我当时想，现在社会上，许多人都在空手套白狼。我们自己是只羊，羊是不可能去套狼的，只会被狼吃掉。但是我们是只骆驼，骆驼每走一步，都留下一个坚实的脚印。我们就是这样踏踏实实地在做的。然而，'地虽生尔材，天不与尔时'。这是白居易诗中说的。我们还是暂时安心吧，吉人天相，迟早会有机遇的。"我只能以虚无逻辑来安慰她，这也是阿Q精神。我真想不到清泉中会流出苦汁！

祝华轻轻地说："本来，我是认定自己是只羊。所以做什么都很虔诚，都很谦卑。可是，人家并不这样看待你。"

我拉拉她的手，微笑着说："有上帝眷顾你就行了。"然后深思着说："我想，不造大厦也好。我们还是把主要心思用在办展览上。纪念馆毕竟以展览取胜，不是以大厦为荣。你放心，这方面我会不断想出点子的。我们以前的展览，个个响当当，今后还会有更好的展览。形势在发展，我们的展览也在发展。"

"我们的爱情也在发展。"祝华紧接着说。这是她深有感受的。

"好，中美友谊是我们的第二爱情，让我们的事业和爱情永远比翼齐飞。"我俯身亲了一下她的脸蛋，又说，"你继续休息，晚饭我来烧。"站起走了。

祝华仿佛觉得那九溪十八涧的清泉又在汩汩流淌，叮咚作响！

春风春雨，绿染江南。4月中旬的一天，祝华正在自己房间里，我刚从外面回来，兴冲冲地把一张报纸往祝华面前一摊，指着一张彩色照片说："你看看这个！"

那是一张胡锦涛主席最近在美国进行国事访问，到微软公司总部，与利用微软教学软件学习中文的美国小学生亲切交谈的照片。他当时欣然在电脑上写下"中美友好，万古长青"八个大字。这一题词，在我们看来，又是一根救命钢绳。

祝华已看出我的心思，便说："你又想办展览了！"

"对，这个题词虽然仅仅题在电脑上，但报纸把它报道出来，就是一种召唤。我们就可把它搞成展览，而且可以搞成一个不同凡响的展览。"我神采飞扬地说。

"现在纪念馆房子也没有了，到哪里去展出！" 祝华忧虑着。

"天无绝人之路，不要担心。"

我在美国，曾向司徒雷登在天之灵发过天问：你在哪里？现在司徒雷登故居已经开放，一天上午，我便去走访。一看故居楼上，还有两个大房间空着，正可布置一个展览。我回来和祝华商量后，就向市园文局打了报告。局领导开恩，同意借用，还让我们免缴水电费，十分照顾。我俩非常感谢，连忙以胡主席在美国的题词为题目，筹办起一个别开生面的大型展览。这展览不仅内容丰富多彩，形式也别具一格。加大开支，展板质地比"中美军民并肩抗日纪念展"又进了一步，全用丝绸似的白画布制作，分外漂亮，而且做成挂轴式，简直就是一幅幅丝织国画。

2006年9月的一天，杭州满城丹桂飘香，我们夫妇在司徒雷登故居楼上精心布置这个展览。楼下的管门老人，忍不住走上楼来问："你们的本事真大，怎么连这个故居也借给你们用了？"

我风趣地对他说："那是司徒先生叫我们来的。你看看我们的展览，就有司徒先生的事迹啊！"

老人一看，果然如此，就说："以后我顺便给你们管理，不要你们一分钱。"我连忙给他一张名片，说如有观众要找我们，可以打电话联系。

展览布置完，我们又请记者来报道，意即纪念馆又有新展览了。可是记者觉得没有什么大的新闻由头，在报上发了豆腐干那么大的一条消息。

然而我们觉得，那标题上的"中美友谊，万古长青"八个大字，仿佛真有大力，不是秋风秋雨可以摧折的。观众普遍反映："这一来，中美友谊展览内容更加真实，司徒雷登故居意义更加重大。"

可不，在我们的展览中，就有一块展板是集中展示司徒雷登事迹的。照片虽然只有四张，它的内涵却在故居中得到充分印证。同样，司徒雷登的事迹和人品也因我们的展览得到进一步传扬。互为映衬，相得益彰！这种物物相印的效果，是典型环境产生典型美感，让展览作用发挥到极致。我很感谢这种展出，为之欣慰。

2007 年 1 月 17 日，《浙江老年报》刊登了一篇报道，是该报记者和一位对我们办馆比较了解的杨章耀先生合写的，标题是《潘杰：中美友谊的"民间大使"》。对于这个称呼，我有点惭愧，不过可以鞭策自己。正如屈原在《离骚》中说的："民生各有所乐兮，余独好修以为常。"我们早把这一工作定性为学习，现在是选修了这门课。学而时习之，不亦说（悦）乎？

台湾旅美抗日老兵和家属专程来杭参观我们纪念馆

有天使画像（在虎鲨嘴角右上方）的飞虎队飞机

# 第二十五章

# 购房竖像

2007年6月26日，我在当天出版的《参考消息》上看到一篇文章，标题是《顾彬：中国当代文学让人失望》。我立刻想，这顾彬是何许人士，竟敢这样评价中国当代文学？但是看了文章后，我不得不承认他的观点是对的。

顾彬是德国汉学家，在德国大学任教，曾经出版过10本中国文学史，对中国文学应该有一定的发言权。文章讲他在接见《德国之声》记者采访时，说："从20世纪中期以后，中国知识分子的勇敢精神受挫"；中国作家"随便写"，"除了少数诗人外，大多作家觉得语言只是工具"。

对于这几点，我很有同感。我自从20世纪80年代创办杭州初阳台文学创作园后，接触了不少作家。作家的精神状态大多如此，包括我自己。

但是，这一自我联系，使我全身像着了火似的。我想，难道就这么让这种现象永远成为外国专家的叹息吗？也就是说，永远让他们失望吗？我在客厅里反复地看这篇文章，坐立不安，来回走动。突然一股热血涌上心头，虽然这时我已经74岁了，但还像年轻人似的血气方刚，毅然说："让我来试试！"

祝华这时正在厨房里理菜，听我这么一说，就问："你又要办新展览了？"

"不，这次是写书。"

"写书？你这几年已经写了五本有关中美友谊的专著，还要写？"

"要写。"我斩钉截铁地说，"我现在要写文学专著，这是我的人生初衷。"说完，就走入自己的书房兼卧室。我站在两个书橱前，看着满满的两橱书，这些都是文学书籍，尤其一个书橱中最上面的一格，都是作家朋友送的著作，我引以为荣。

我想，本来，我也可以从事文学创作，就因为这些年办创作园，办纪念馆，无法静下心来从事创作。现在，纪念馆已办十年，虽然没有正式馆址，但是展览一直在办，基本已经稳定，我完全可以腾出手来实现我的初衷。况且这几年通过办馆，阅历更加丰富，认识也有提高，而现在又有人来猛然一喝。这一喝，其实对我是击一猛掌，也指出了我的要害，我应该被他击醒。我也是作家，为什么不可以通过自己的努力来为中国当代文学争口气?!

我牢牢记得，在自己的书橱底下，压着一个重要题材，已经压了八年了，就因为自己缺少勇气，不敢碰它。这是一个反映劳教、劳改右派悲惨遭遇的题材。有人告诉我，右派题材不能写，即使写了也不能出版，出版了更会招来麻烦。我就把它塞进书橱最底下，再也不去看它。

此刻，我打开书橱，把其他资料一一搬开，从底下将那包尘封了八年的资料打开，那上面有我根据王昌龄《从军行》诗意写的四个字：云暗雪山。

我花了两天时间，把一大包触目惊心的资料看完，然后和祝华说："我决定写这个题材。现在要去实地考察，先去青海，你还想不想和我一起去?"

"前几年我已经和你一起去旅游过了，这次不去了。"

"那我单身独行。"我笑着说。

"祝独行侠取得成功!"

这个题材，是青海老作家王立道先生提供的。他年近八旬，曾任青海作家协会主席，与我是莫逆之交。我的前妻金蕾芳病危时，曾经托他待她撒手人寰后即劝我再婚，以让我完成未竟之业。我和范祝华结婚后，他送给我的礼物是一盒牦牛鞭，让我壮阳励志。

这次我一人跑到青海找他，并说就为了写那个压了八年的题材。他一听我闻鸡起舞，又以天下为己任，立刻说："老潘，你写这个题材，是为振兴中华文学奋笔。我要先带你去游览我们青海的名山大川。青海湖，你与范祝华已经去过，那是可以开阔胸襟的。现在，我以年迈之身陪你去看看青海西部的日月山，那是一个感动天神的地方!"

青海的 8 月不冷不热，风清气爽，是最宜人的季节。一天，老王借了一辆小车，请了一位司机，专程陪我来到日月山。将近山顶，我忽然发现前方有一片金光在四处闪耀。仔细一看，那是一座巨大的青铜雕塑在熠熠生辉。

我不由得昂首眺望，只见一个像敦煌飞天似的仙女全身铜像，屹立在高耸的山岗上，背景是蔚蓝的天空。她正在凌空起舞，向西欲飞。那金色的飘带分外耀眼，光照天地! 我赶紧问老王："她是谁?"

“文成公主!”老王抿嘴一笑。

“啊,那是和平的使者!”我立刻想起公主的身世。1300年前,她受唐皇之命,远嫁西域藏王为妻。途经日月山,知道翻过这道山岗,那边就是西域境地,野云万里无城郭,雨雪纷飞连大漠。从此一去不复返,再也见不到老家的父老乡亲,悲从中来,潸然泪下。那泪水流成了河,后人就把这山下的一条小河称为“倒淌河”!当地的河流都是由西向东的,只有它,是由东向西的!

我顿时想到,这是一种多好的纪念啊!一个雕塑,就把人们的记忆骤然唤醒,就把人物的功绩突出呈现,也将时代的风云尽情烘托,更与日月同辉、宇宙并存!我们中美友谊民间纪念馆,虽然大厦不可能再造了,但要竖一个雕塑,让它象征着中美友谊的方方面面,也可让人一目了然,一见倾心!

要确定这样一个可竖塑像的代表人物,十分艰难。但是,有一位人物,立刻涌现我的脑际,那就是我们曾经为他做过八十大寿的基辛格博士。给他竖立铜像,具有特殊意义。

我想起美国创业史上一件非凡业绩。

1630年,北美洲已被人们发现是一块很有发展前途的处女地,人称“新大陆”。而欧洲的许多清教徒,却受到当权者的迫害。第一批英国的清教徒,乘船在茫茫大西洋上向新大陆进发时,约翰·温斯罗普以上帝的名义在船上与全体移民约定:“我们出世行事有两条规则——公义和慈悲……公共的利益,必须高于私人的利益。”

基辛格的全部事迹和品质,是否符合这一教义,我没有深入研究。但是,我在三年前,亲耳从基辛格高级顾问梅山先生口中听到过,基辛格博士为了不让旁人议论他从中国取得经济好处,就把他亲手创办的、规格最高的美中协会解散了,从此自己再不带商业代表一起访华,这应该是铁的事实。凭这样一件不同凡响的事迹,就可证明基辛格博士是基本上按照约翰·温斯罗普的不朽教导在做的。那么,今天给他塑像的殊荣也是可以的,更是应该的。

我进一步想,尽管基辛格博士在中美关系发展史上起着不可磨灭的作用,但要政府来为他竖立铜像似乎不太可能。外交无小事,很难有人拍板。可是,我们是民间组织,只要大方向正确就可以了。既然我们已经为他做过八十大寿,那么,他明年是85岁,我们纪念馆就可以为他竖立铜像。不是说:地增喜乐人增寿吗?这除了是增加友谊之外,也是天地人和的表现。

我想到后,随即问旁边的老王:“这雕塑是谁做的?”

“我们青海的一位雕塑家,叫孙书咏,很有名气。他原是省美术家协会主席,退休后自己办了一个雕塑公司。"

"我们回西宁后，请你带我去看看他好吗？"

"行，他就住在城西，离我家不远。"

8 月的杭州，天气十分闷热，祝华依然去参加纪念馆的一些活动。那时，我们纪念馆下面有一个俱乐部，参加的大都是社会上一些热衷中美友谊的平民百姓。活动内容是组织大家参观中美友谊展览，与美国留学生联欢，或者择期唱歌、跳舞、爬山、走运河等等。祝华有空就去同乐。

她这些天回到家里，本来感觉很热，可一想到我在青海采访，每次打电话来都说青海非常凉爽，她也似乎感到凉了不少。

这天下午，我从青海心急火燎地赶回家里，一见祝华就大谈要给基辛格博士竖铜像的事，弄得祝华莫名其妙，忙说："你这次去青海，不是专程去采访的吗？"

"采访也完成了，但我更完成了一件重大业绩。"我故意夸大其词。

"你又来唬弄我了。"祝华一边笑笑说，一边为我开饮料罐。

我说："不是唬弄，而是报喜。你想想，我们纪念馆办了那么多展览，给观众留下最深刻的东西是什么？"

"是实物，观众一见实物印象就格外深刻。"她已有很多感受。

"对了，我现在就想在纪念馆里再陈列一件重要实物，让人一见这个实物，就会想起新中国中美友谊的来龙去脉，就会想起我们今天改革开放的前因后果，以及现在的中国人应该如何树立国际理想……"

没等我讲完，祝华就说："你是想为基辛格博士塑像！"

"不是塑像，那是以前塑菩萨。现在我们要用铜铸，给博士铸一个半身铜像。"然后我把在青海看到文成公主铜像后的突发奇想、与老王一起去找雕塑家、商谈价格，最后如何铸铜像等等都说了一遍。

祝华沉思片刻后说："我在想，我们给基辛格博士竖铜像，到底好不好？"

"为什么？"我又发愣。

"你还记得那次在纽约的事吗？你曾对我说，一个路人在纽约街头听了你讲基辛格博士的种种事迹后，他反而说博士是'滑头'！"

"难道他这一说，我们就不能给博士竖铜像了？"

"这倒不是。我是想，我们是否要再慎重一点，对博士的事迹，再全面分析一番。"她没说再了解一番。

“有道理。但怎么样才算慎重，才是全面分析？”我郑重其事地说。

祝华若有所思地说：“基辛格博士是超级智者，我们也要用超级思维去分析他，例如看他对中国的态度……”

我连忙说：“他对中国的态度好极了，正因为这样，我才认为他是值得中国人民永远尊敬的。”

“尊敬还表现在他对中国的非凡看法上。比如说，他对中国有什么意见？”

我猛地想到，有一次在《参考消息》上，看到一篇基辛格博士谈美中两国问题的文章，其中谈到中国问题时，他很担心中国的民族主义思潮，说如果中央领导把握不好，那要出乱子。我把这篇文章找出来，和祝华一起看。这篇文章叫《美国下任总统须以长远目光看中国》，转载于2004年11月8日美国《新闻周刊》。基辛格博士在文中说：“北京和华盛顿的领导人有责任帮助新一代塑造他们的判断力。至于中国，它的首要任务应当是防止民族主义发生转向。对于美国来说，它要抵制的是通过眼前发生的一切这面镜子看待历史的诱惑，美国应该采取更长远的目光。”

这是博士的真知灼见、金玉良言。

中国人的民族主义由来已久，而且根深蒂固。其形成原因也是错综复杂、可感可叹。早在鸦片战争以前，中国一向自称中央王国，把其他民族、其他国人统称蛮夷，将与“蛮夷藩邦”的关系纳入一种进贡制度。而在通商交易方面，大多采用限制、刁难的态度。因此，当资本主义国家有了实力后，为了掠夺财富，就用坚船利炮轰开中国大门。这又大大伤害了中国人的民族感情，使中国人更加仇恨“夷人”。特别是对曾与中国发生过战争的国家，使中国人更加记仇生根。基辛格博士也是深知这些历史原因的。

我仔细分析了博士的这一行为，觉得他是中国人民的真朋友。外国有格言：“能够指出你缺点的人才是真朋友。”中国也有警句，《论语》中说：“朋友切切偲偲”。意即朋友之间要相互切磋、督促、劝勉。只有这样，友谊才能长久，彼此才能有益。而基辛格博士能够公开讲这番话，是对中国最大的帮助。这是可以为他竖铜像的重要一条。我经过这样一番深思熟虑后，对祝华毅然地说：“我们为博士竖铜像不会错。”

她还是说：“我想你一定知道，美国‘二战’老兵、励志演说家和培训师齐格·齐格勒有句名言：‘从来没有哪座雕像是为纪念批评者而立。’是吗？”

“是的。但基辛格博士对中国是既有表扬又有批评。只是他的批评比较含蓄，但分量很重。这就是他的超级智者风格。”我也坚持说。

“可是现在纪念馆连馆址都没有，这铜像竖到哪里去呢?”因为这时连借用的司徒雷登故居楼上也已到期归还了。她实在担心，语气也很着急。

我毫不犹豫地说：“这是第二步，我们先筹措资金。”

“不，你还是先请雕塑家把基辛格铜像的模型做出来，并且拍成照片，请博士亲自看看。他同意的话，我们就可放心做了。否则，会牵涉到侵犯肖像权的问题，那更伤脑筋。”祝华沉稳地说。

“嚯，你现在的法律意识也很强了!”

“筹办了三年造中美友谊大厦的事，大厦没有造成，脑子中什么法规呀，法律呀却装了不少，现在也能派用场。”

我发现她的思维也活跃了不少。我们立刻给雕塑家汇去一笔预付款。

2008年2月，我又去美国帮助儿子照顾孩子，顺便把两张泥塑的基辛格博士半身像照寄给博士，请他审阅这两张照片，是否可以按此为他铸造铜像。如可以，则请他于今年85岁生日之际赴杭为铜像揭幕。同时还附寄一本他的《自传》，这是人家送我的，我请基辛格博士在书上签名，以做纪念馆的藏书。纪念馆以后有可能成立研究室，专门研究他推进中美友谊的深刻思想。

很快就收到了他的回信：

亲爱的潘杰先生：

我很高兴能为拙作 YEARS OF UPHEAVAL 为您签名留念。

遗憾的是，由于后面的一系列工作安排，我不能在今年5月去杭州访问。但令我深深感到荣幸的是，杭州中美友谊纪念馆选择我85岁生日这一天为我的铜像揭幕。

我确实感到，我们两国人民之间的友好关系是十分重要和有意义的。在这令人高兴的时刻，我衷心祝愿纪念馆越办越成功。您和您的同事已为中美两国的友谊、理解和合作做出了有价值的贡献，我在此向你们送上衷心的祝福。

您真诚的

亨利 •A. 基辛格

2008年2月12日

我正在费城儿子家里创作那部“突破”之作。书名叫《云暗雪山》，是借用唐朝诗人王昌龄《从军行》“青海长云暗雪山”之句，比喻当年右派分子被流放青海的悲惨遭遇。我这辈子，在文学事业上有两次突破。一次是20世纪80年代中期创办初阳台文学创作园，被著名美籍华裔作家聂华苓称为“突破性的现象”；现在写这部右派分子遭遇的小说，是一种创作思想上的突破。我很用心，也很兴奋，准备抓紧写出来。当青海的雕塑家把基辛格铜像的泥塑照片寄到杭州后，我觉得也可到美国儿子家写书，就办了签证去美国，一则请博士审阅模型，二则带上许多方格稿纸正好静静写作。不久基辛格博士来了回信，对为他竖立铜像感到荣幸，我立刻从美国打电话给青海雕塑家，让他正式铸造铜像。又马上打电话给在杭州的祝华，把基辛格的回信，连同儿子的译文，一起通过传真发给她。让她在兴奋之余，赶紧为馆址想办法，把希望都寄托在她身上。

祝华收到这份传真，自然既兴奋又焦急。心想，既然博士已经赞许，那这铜像必须在5月27日他生日这天揭幕，可现在已是2月下旬，馆址怎么办？

我很急，几乎每天要给她打一个越洋电话，甚至说：“实在不行，到哪里去租一个馆址也行，大不了倾家荡产！”

祝华知道，我这个人是会这样做的。过去为了办创作园，也是几乎倾家荡产，把家里的冰箱、电视机等等都搬出去给作家们用。士为知己者死，我认定了这件事的重要意义，是会做出重大牺牲的。我们的两位副馆长胡龙官和赵国平先生，看到我们经济那么拮据，铸铜像尚欠的钱就由他们两位资助了。可现在租馆址，谈何容易？杭州的天价房子，已经贵得离谱，租金也是直线上升，几百平方米的馆址，靠两人这点退休工资去租，即使不吃不喝也无济于事。

祝华变成了热锅上的蚂蚁，急得团团转。心想家里钱不够，而且求借无门，那就用女儿的一笔钱来租房子！

女儿这笔钱，是祝华既无奈又聪明才帮女儿挣来的。

当年她与我结婚，我们有一件事做得非常明智，为了不让遗产留下后遗症，便把我俩的三套房子分给三个子女，即我的两套给我两个儿子，祝华的一套给她女儿。可她女儿不要，说：“我是女儿，迟早要出嫁，要妈妈的房子干吗？”

我的大儿子也说：“我在美国生活了那么多年，美国人认为，子女不一定要继承父辈遗产，财产要靠自己去创造。这一点我感到很好。所以我也认为，现在分给我的房子，让你们住到老。”

可是，我们夫妇觉得对待女儿，不能这样。她至今没有成婚，而且现在还在租房住，我们更不能倚福享福。无论如何，这套妈妈的房改房是要给她的。她现在不要，就把这套房子帮她出租。谁知租金拿来，女儿也不要。后来发现出租很麻烦，老是要修补，干脆卖掉。正好这房子在市中心，开始涨价，虽是小套，只有 30 多平方米，却一下卖了 30 多万元。这钱叫女儿来拿，她还是不要。实在无奈，只得把这笔钱放到股市基金里去。祝华想，我不炒股，这种冒险生意不想做。基金比较保险，就找了个较好的把钱打了进去。想不到不久股市大发，基金也大涨。她看看这个基金已经涨了一倍，连忙把它卖掉，取出全部现金。结果，本来只有 30 多万的，一下变成了 60 多万元。

这笔钱，现在放在家里，要再理财随时可理。但是祝华想，我能把它拿去租房子吗？她深深地追问自己。

租房子是花钱如流水，有去无回。她知道她用女儿的钱去租馆址，我也是不会同意的。我对这个女儿，比亲生的还宝贝，一直呵护她。她又想，她如果用这笔钱去买房子，一来，这么一点钱买不了多大的房子，不能做馆址；二来，买房做馆址也是有去无回呀！我更加不会同意……可是，我是多么需要她帮助啊！

她想，我与老潘结婚刚好十年了。十年，对于金婚银婚来说，不算什么。然而对于我俩来说却是非同小可。须知我们携手之时，他已年逾花甲，我也步上半百，进入黄昏恋的时期。夕阳无限好，只是近黄昏，我们都很珍惜这一人生最后的黄金期。他与我第一次见面时，就提出婚后想办一个中美友谊民间纪念馆。我以为他是搞噱头。男人在恋爱时，总是把往后的日子说得天花乱坠，谁知他说到做到。我们结婚登记的第二天，就让我和他一起向政府打申办报告，比办婚宴还积极。我们的喜酒至今未办，可他让我天天吃“喜酒”，总是喜滋滋地过日子。所以我经常说：我们的爱情在不断发展。现在，又到了一个新的发展阶段。有规格的纪念馆，最好要有一件有代表性的展品，让观众一见倾心，一睹为幸。我们称它为镇馆之宝，价值连城。我们的爱情，也需要有一个靓丽的亮点，让许多亮点组成灿烂的光带。但是，最根本的还是举足轻重的中美友谊，在这一历史时期，作为纪念标志来说，需要一个典型的美国人物的塑像来体现和烘托。例如抗日战争时期，台湾就给陈纳德将军竖了铜像；在我们这里，也给司徒雷登在杭州故居竖了半身铜像。那么，新中国成立以来的中美友谊，其代表人物恐怕非基辛格莫属了。我们是经过充分分析的，让民间组织为他竖个铜像，相得益彰，别开生面。这也是中国改革开放的新气象，公共外交的新体现。以前大厦没有造成，我已感到有负他的期望，这次我难道还要让他失望吗？我们恩爱情深，哪件事情不同甘共苦、相濡以沫呢？既然这样，我为什么不支持我们的好主意呢？为什么不让我们的爱情更上一层楼呢？!

人逢喜事精神爽，月到中秋分外明。祝华自从决定要为竖铜像购买馆址后，意气风发。她把这个决定在电话里告诉我，但不说明具体做法。她想等事成之后给我这个远在美国发急的丈夫一个惊喜。老夫妻也要像小夫妻那样寻寻开心，才有滋有味、地久天长。那天，我照例又打电话问她馆址找得怎么样，说要急煞了。祝华便在电话中说："没有馆址，买一个！"我一听大叫："你在开玩笑！""玩笑不玩笑，你回来就知道！"我听得目瞪口呆，电话机牢牢地抓着，眼睛呆呆地望着，口中喃喃自语："这是天方夜谭，还是东方神话？"

……

这些天，她确实在用心寻找馆址。每天一张小报，摊在客堂间的茶几上，她坐在长沙发上，伏着用老花镜看报，在房产栏目中寻找可买的房子。

她一早起来，就去报摊上买报纸，买来就这样寻房。其实，她在看电视，跟朋友打电话时，也都在关注这个问题，很想立刻有线索。

客厅里的这个谈心角，现在变成了她的"奋战角"，她一定要在最近找到一个可买的馆址。

一天，她从一张小报上看到市郊有个商铺较便宜。她想，既然是商铺，肯定是临街的，观众进出方便，可以做馆址；价格还便宜，决定去看看。

那房子在远郊的一个小区内，虽然比较偏僻，但前面是条步行街，而且有180多平方米，完全可以做馆址。她就和陪同的销售员谈价格："我希望你们尽量便宜，这样我才可考虑。"

"120万元，已经够便宜了。原来是220万，这在全市的商铺中，也算最低价了。"销售员接着叫苦说，"这套房子是我们公司剩下的最后一套。这套出手，我们公司就撤走了，所以大减价，这是赔血本的买卖。"

"我还想再低，因为我没有那么多钱。"

"你有多少钱？"销售员很会见机行事。

"我只有88万。"她随口说了个数字。"88"两字谐音"发发"，说起来也好听。其实她家里，只有女儿的60多万元，加上平时的积蓄几万呀！

"不行不行，这怎么行?!"销售员立刻摇手回绝。

"不行就再见。"祝华返身走了。

她回到家里，想想这样一走了之，等于随便放弃。既然那个房子可做馆址，我应该再争取。她决定直接找经理，晓之以理，也许能够通融。

经理是个很实在的人，也就听她解释。她坦率地说："我们买这房子，是要给纪念馆做馆址的。这纪念馆是社会公益事业，都是我们二老的退休工资在支撑的。请你们尽量照顾。”

“那你要照顾多少？”

“我只有 88 万元钱。”这个数她上次已说过，不好改口。

“这不行，相差那么大，绝对不行。”

“哎呀，经理，其实，这 88 万都是我信口开河说的，实际我家里只有 60 多万元。如果 88 万能买下，我还得去借 20 多万。借钱多难啊！你说绝对不行，我只得绝对快走。”她转身要走。

“哎，这样吧。”经理把她叫住，“既然你们是社会公益事业，要大减价，这事我做不了主。你还是直接向我们董事长打报告吧，他同意，我就同意。”

祝华答应第二天把报告送去。

打这类报告，她和我已经驾轻就熟。反正纪念馆从开办以来，办什么事都要打报告。有些还两次、三次、四次地打。从这个意义来说，我们真的学到了不少知识。她这次不仅递交了报告，还把纪念馆的有关资料也附上。

两个星期后，那位经理打电话来通知，说他们董事长同意了。

“房价多少？”她连忙问。

“就按你报告上说的，88 万，一次付清，当即给你钥匙。”

祝华回家，当晚与我通了电话，说有个馆址，88 万元可以买到。但是我把女儿 60 多万全部拿出，加上家里存折中的，还差 10 多万。我到处借，只借到七八万，仍差 5 万元，我再也借不到了。

我一听，既着急又感激，心想，你呀，怎么竟会对纪念馆的事孤注一掷?!那是女儿的钱呀！我连忙在电话中说：“我在感激之余，先跟你说两条：一是你在房子买到手后，房卡上一定要写女儿的名字，等于你为女儿买了套房子。虽然房子给我们白用，对她也是损失，但这是无可奈何。二是这 5 万元全由我来设法借，你已经够累了。”

我打完祝华的电话，便向国内几位估计可以借到钱的朋友再打越洋电话，每位借 1 万，年内还清，几位朋友都爽快答应。我又急忙再给祝华打电话，叫她去找那几位应承的朋友取钱。祝华说：“好，我拿到房子立刻请人装修。”

放下电话，我赶忙来到儿子书房，告诉还在连夜工作的儿子。儿子说：“阿姨是个能人！”随即去餐厅取了一瓶红酒，拿了两只高脚杯，回到书房里，对我说：“爸爸，来，为纪念馆终于有了自己的馆址，我们干一杯！”

我一饮而尽。这是我有生以来第一次豪饮。

晚上，我躺在床上，遥想杭州的祝华，思绪万千，仿佛回到了当年初恋时的情景：

她在湖畔亭亭玉立，那是一只金鸡，一只凤凰！
她在湖滨款款走来，那是一股春风，一朵彩云！
她在湖堤嫣嫣一笑，那是一个喜讯，一道贺电！
她在湖中盈盈一盼，那是一汪清泉，一泓秋水！

再想到她对我的恩爱，更是无法形容：她为了与我一起办馆，提前退休，谢绝高聘；为了把家中的钱用到纪念馆里，自己从不添置新衣、随便花钱；为了解决赴美经费，宁愿去做保姆；为了节省开支，五次赴美，也不去著名风景区观光。可她本是个“旅游迷”，即便是在那经济极其困难的年代，每年寒暑假，也要带幼小的女儿一起去远游！……

第二天，我与儿子说：“请你帮我改机票，我要尽快回去，明天能走最好！”

我回到杭州，立刻去新买的馆址看了。回家就写起一阕小词，并请广告公司做成一块别致的欢迎牌，竖于新馆门口，那上面写着：

**相见欢**

亲亲家园西头，
紧握手。
风尘仆仆光临，
当迎候。
中美间，多龃龉，
须交流。
彩虹飞架大洋，
天地奏！

一座基辛格博士的半身铜像，从西安铸造青铜器的著名厂里运出，来到杭州。那是青海雕塑家特地委托全国最好的铸铜厂铸造的。我们按雕塑家的要求，在杭州用黑色大理石做起一个一米多高的底座。把铜像放置座上后，戴着眼镜的基辛格博士，两眼炯炯有神地看着馆里，望着远方，似乎感到十分亲切和温馨。想不到在远隔万里的中国杭州，这个他当年与周恩来敲定中美第一个联合公报的地方，有了一个可爱的“家”！

铜像揭幕那天，省市有关领导、知名友好人士和纪念馆80多位俱乐部成员都来了。俱乐部成员中的女士、小姐们，都打扮得花枝招展，可与纪念馆门口刚开的繁花相媲美。大家喜笑颜开，像过节似的围着博士铜像谈天说地，论东道西，仿佛世界就在周围，朋友都在眼前。

祝华早早到了。她穿了套女儿买给她的夏装：桃红色的短袖圆领上衣，乳白色的丝绸长裤。手腕上一只翡翠玉镯，粉颈上一条珍珠项链。我叫她到门口欢迎牌旁站一下，她以为是要迎候来宾。谁知还没站定，我就举起相机，“咔嚓”一声，偷拍了一张她傻乎乎的玉照。祝华回我一声：“傻子！”

我们两个傻子都笑了。

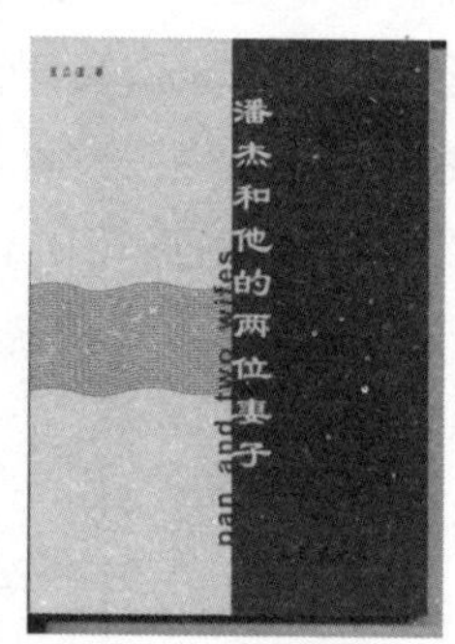


青海老作家王立道（右一），与我是莫逆之交，封笔之时为我写了《潘杰与他的两位妻子》一书，爱心之旅是偕夫人（左二）特来杭州参观基辛格博士铜像

为写《云暗雪山》，考察当年右派分子在青海的流放地

# 第二十六章
# 著书立说

我回家，喜气随身。传达室的老头见到我，点头致意；楼梯脚的信箱见到我，笑脸相迎。我打开信箱，又取到一封盖有红戳的美国来信，认为又是一只吉祥鸟飞来了。

进得家门，在沙发里坐下，打开信看，是美国一位素不相识的朋友从明尼苏达州寄来的。信很诚恳：

潘杰先生：

素昧平生，突来叨扰，颇感歉疚。

弟在明尼苏达州《华兴报》上，拜读大作《云暗雪山》。50万字该报全文连载，弟每期必看，触目惊心，震撼灵魂。看到最后一期附录，又见兄嫂在办杭州中美友谊民间纪念馆，且蒙俄州老议长誉称兄嫂乃“一对最受美国人欢迎的中国夫妇”。然而弟见有些来美交流活动，虽然政府投以巨资，却少相应盛誉。有议员甚至斥以“宣传”，意即不可轻信。此乃何意？愚弟拜识足下，恳请赐教。

代问尊嫂安康。顺祝

福祺！

愚弟

×××

我看完信，心情有点沉重。觉得这位华裔老弟，颇有中华文化素养，讲话文质彬彬，处事讲求礼仪。但他有一点没有深究，有些交流活动是官办的，我们纪念馆是民办的。美国人向有轻官办重民间传统，总以有色眼镜看待眼下中国人所做的一切，这也无可奈何。批判性思维本是美国人的良好习惯，不必计较，倒可借鉴。想到这里，突然想起前几年自己遇到的一件事情，同样值得深思。

那是在华盛顿举办“中美军民并肩抗日纪念展”时，曾发请柬，想请两位国会议员前来参观展览。结果他们没有来，什么原因不知道。现在看来，也许他们错把我们这个纪念馆，也当作官办的了！

因为在他们眼中，中国一切都是政府行为，民间没有自由，更不要说可以组织社团活动。即使有，除非是政府背后指使，否则会随时取缔。现在这个纪念馆，竟敢办起“中美军民并肩抗日纪念展”，还公然拿到美国来展出，但又不见大使馆公开登报宣传，这里面肯定有猫腻，不能随便去参观，否则真会上当。那么，就让这种情况长期存在吗？如果这样，纪念馆以后也别再去美国展出了。这一来，不就是传扬中美友谊也只能中断了？

我想，自己与祝华含辛茹苦创办的纪念馆，难道就这样中途休克，无疾而终?！基辛格博士在题词中竭力勉励我们纪念馆“能永远成为增进美中两国友好和相互了解的桥梁”，难道这桥梁从此不架了？

茶几下面，堆放着每天的《参考消息》，这是一份有很多国际新闻的报纸。自从办了纪念馆后，我俨然成了国际活动人士，世界消息必须了解。我知道，现在报纸上，报道的都是讲中美之间有嫌隙的消息，这说明两国关系比较紧张。别看表面上你来我往，大谈发展友谊，但这友谊真要落到实处，确非易事。而自己办的纪念馆，真的可做一些实实在在的事。

我想，由于我们的主动、热情，并且打破常规，不落窠臼，以民间方式传扬中美友谊，不仅获得艾尔·金、基辛格等有识之士的表彰，还得到美国三位总统的亲切赞赏。奥巴马总统的来信，还是他与夫人一起亲笔签名的，夫妇俩说：“当我们一起努力应对当今的巨大挑战时，我们希望你们会继续积极参与，而不置身度外。”难道我们连这点耐心也没有？这一切都很值得总结。我们要把这一成绩公之于世，并认真总结办馆的经验教训，让两国人看看，中国有这么一对平民夫妇，不辞辛劳，自我牺牲，长年累月开展中美民间交流。这友谊是真诚的，深厚的，值得欢欣鼓舞的。

本来，将自己办馆事迹搞成一个展览，那是信手拈来的事。所有事迹，基本上都有照片留存。但办这种展览显然不合时宜，会被讥为突出个人。中国现在发财方面可以人人争先，荣誉方面必须退居幕后。尤其牵涉到外交事务，都是官场活跃，精英显见，没有民间影子，更没有凡人足迹。这样，何必去争这份苦劳？不过，天下兴亡，匹夫有责。中美友谊虽然不至于直接影响国家兴亡，中国没有美国友谊也能生存。但是，有友谊总比没有友谊的好。尤其是今天，中美关系已上升到一个新的高度了。正如德国《柏林日报》政治编辑贝蒂娜·菲斯特林女士在《世界新秩序》一文中所说：中美两国的关系决定着地球的命运，那么，中美友谊已经不是可有可无了。

为此，我决定把和祝华呕心沥血任劳任怨的办馆事迹，写成一本真真实实的创馆史。而且，我要把自己的一生都写出来，让人知道我之所以和祝华创办这个纪念馆，不是哗众取宠，或者心血来潮，而是深有所感，心的召唤，更是一种时代的使命感，一种人生理想的追求。有了这样的精神，才能胸怀开阔，放眼世界。

经过反复考虑，我决定把自己的丰富经历写成小说。名人可以写自传、回忆录；普通人的事迹只能写成小说。这样人家不会说你自负，反而会说你人生多彩。一部书写一个阶段，写出多彩人生的三部曲！

傍晚，祝华回来了。她今天又去参加社会活动。我曾开玩笑地说她是“交际花”，她沾沾自喜，诙谐地说，“我都是为纪念馆交际，可惜成不了花。否则可以借花献佛，现在只能顾影自怜。”那天女儿也在，说得一家人笑意盎然。

晚饭后，我约她在“谈心角”里坐下，先来八盘扑克，然后慢条斯理地说：“亲爱的，我现在决定，又要写书，而且是写小说。”我在她面前，经常是先决定才报告。

“你这几年写了不少书啦。前几年一口气出了五本关于中美友谊的专著，去年又写了 50 万字的长篇小说《云暗雪山》，还没写够？”

“书为晓者传，它是写不够的，看你写什么。那些胡编乱造的书，对我来说，写一本也是多余的。我要用有生之年的宝贵时间，写出最宝贵的书！”

“什么重大题材？莫非又是《云暗雪山》那样惊心动魄、不忍卒读的？”

“这个题材表面和风细雨，内在却是惊涛骇浪。”

“还有这样的题材？”

“这题材就发生在我的身上。”

祝华朝我看看，知道我要写自己的人生故事，便说：“好啊，我做你的第一读者。”

于是两人又打起了第二轮的“八盘扑克”。这是别有风味的，只有言似尽而意无穷时，才用扑克继续遣兴。人家是花解语，我们是牌释意。释放着一天的劳累，一天的思虑。而今天，更将释放对明天的憧憬。

我的人生，充满着戏剧性，也充满着展现性。这大概与我以前当过剧团编剧与展览编辑有关。我的戏剧性是，一生娶了两位妻子，两位妻子素不相识，根本风马牛不相及，居然性格相似、相貌相似，尤其是对我的爱相似，既爱我的憨头憨脑，又爱我的敢闯敢拼，更爱我的热心公益。当年我想办创作园，免费接待困难作家，金蕾芳与我一拍即合，携手办园；后来我想办纪念馆，自费为中美友谊效劳，范祝华也与我一拍即合，而且全力以赴。这两件事都成杭城佳话、社会美谈。

我的展现性，是我的人生道路促使我能充分展现自己，展现才能，展现情感，展现个性，甚至展现脾气。我的喜怒哀乐都写在脸上，我的爱恨情仇全都埋在肚里。我爱得深，也恨得切，好恶感异常强。对于势利小人，我会退避三舍不予理睬；对于正人君子，我会倾心尊敬；尤其对于知己朋友，我可以把头割下来献给对方。而且我在国家改革开放后做的几件大事，都是意义不凡，自我献身，既是时代的写照，也是人生的光华。……我要写小说，一生中可歌可泣可笑可叹的故事一个接一个！

我的工作作风是疾风劲草，越是艰难越要顶撞，而且连续作战不知疲倦。现在我写小说，也是这样，边构思边写作，几乎不分昼夜。深夜醒来，猛地想起一个情节，或者涌现一个灵感，我当即把被子一掀，跳下床来，扭亮台灯，伏案走笔。不过我这头牛不会“反刍”，而是必须先吃点饲料才能拉犁，否则肚子一叫，我的犁就搁浅，只得倒头再睡，昏昏然躺到天明。

不到一年，第一部《零见钟情》完成初稿。小说中我的名字叫田禾，金蕾芳的名字叫草君，都是当年曾用的笔名。那是写我在大学读书时，没见过金蕾芳的面，就在同学面前宣布非她莫娶。随后我就处心积虑要接近她，结果都是徒劳，反遭婉拒。但我矢志不渝，折腾了五年方能领受蕾芳暗赠含苞水仙，有情人终成眷属。谁知，水仙花刚开又遇“文革”风暴，“四人帮”倒台，我才特赠兰花送她去上海戏剧学院进修编剧，以承我志。我们也变成了妻唱夫随。

又过一年，第二部《情定文园》脱稿。那是写我与金蕾芳这对文学夫妇自己放弃创作，却一心为写作条件有困难的作家提供方便，租屋办园，衔枝叼叶，构筑文学梦巢。自作多情，为让来园作家自由耕耘，竟把三位顶头上司顾问婉言解聘，谁知闯下大祸。当蕾芳呕心沥血写出一部反映普通大众永做生活陪护的小剧场话剧《陪客》时，有人就认为我们漠视领导，有无政府主义倾向，结果排演中途夭折，她也英年早逝。小人物死后无人来树碑立传，可我又不甘让亡妻过于寂寞，就自己动手凑热闹。我利用墓碑，在我与蕾芳并列的名字旁边，添刻了一句自以为了不起的褒词：“他俩创立了两个全国第一。”那是全国顶级刊物《人物》中的一篇人家写我的文章中，对我俩既创办了创作园，也创建了展览学的一句赞语。我以此为永久悼文，既悼逝去的蕾芳，也悼苟且的自己。小说的结尾，是我俩在她的坟墓中手持兰花同唱昆曲《情双好》。

第三部，原来定名《园架彩虹》，写我和祝华（用名婷玉，因我第一次见她时她亭亭玉立）如何在狭小的园子里架起跨越太平洋的天桥。古人能够做出可以倒读的“回文诗”，我自觉没有这种奇才，只能让上部书标题的最后一字，与下部书标题的第一个字重叠，造成“阳关三叠”的效果。据说那是一首著名乐曲，也就让这部拙作借点微光，企图以此诱导读者能看了上部还想看下部，因为书名已紧紧相连，环环相扣，仿佛这就是一种巨大吸引力。

后来接到评论家高松年先生对我第一部小说书稿的“读后随感”，标题是《超越苦难的人生追求》。我顿觉这“超越”两字很有时代特色，也很能概括自己的人生轨迹，就想把三部书统称为“超越三部曲”，即超越苦难、超越机制、超越国界。那仿佛是三级跳，跳得好，可以跳得很远！

然而一试跳，就觉得脚劲不够。因为这跳，不仅要凌空起跳，还要跨越许多无形的障碍。而这些障碍，真像太平洋的惊涛骇浪，一不小心就要翻船。

在这种情况下，我必须与祝华商量。这天晚上的“八盘扑克”后，“谈心角”上不是春风杨柳，而是秋风秋雨。我忧心忡忡地说：“接下去写的这部书，看来有一定难度。我要写，就得把我们办馆的酸甜苦辣都写出来。酸、甜、苦都好写，唯独这辣难写。外交无小事，可我们必然涉及一些外交事务，比如有关部门对展览的审查，对美国的某种批评，等等，如果照实写了，人家就会追查责任，甚至上纲上线，比如破坏外交政策啦，影响国家声誉啦，等等，你看怎么办？”

“这都是‘文化大革命’时的情况，现在不至于吧。”

“谁能保证‘文化大革命’不会再来？”我想起了自己“文革”中肋骨被踢伤、岳父投江自尽等往事。

房间里，立刻阴暗起来，仿佛电灯也在害怕。

祝华看我脸上愁云密布，就说：“你若瞻前顾后，就不要写了。我看你也累了。”她确实看到我写得很累，半夜三更，隔了道墙还听到我在床上说梦话、惊叫！

“不写怎么行？”我焦虑地说。

“要写就如实写。你上次的《云暗雪山》，不是把右派的悲惨遭遇都写了？

也没什么事呀!”

“那是出版社有规定,凡是直接写反右的题材不能出书,我才自己印了几本,后来由美国《华兴报》全文连载了。如果这次再把这部写办纪念馆的书稿拿去美国刊载,那会变成里通外国,把中国的问题暴露在外国报刊上,那还了得!”

“你这样畏首畏尾,更不要写了!”

“这是三思而后行。”

“你不是一向主张‘再思可矣’的?”

“那是一般事务,这是政治问题。”

“唉!中国的作家,问题就在这里。还是顾彬说得对,中国的作家缺乏应有的勇气!”祝华感叹着。

这晚上,我又只能在床上辗转反侧了。但是第二天起来,我与祝华说:“我明天就搬去纪念馆住。”

“你要与展览生活在一起?”

“对,看到它们,我就有勇气了!”

亲亲家园西头,
紧握手。
风尘仆仆光临,
当迎候。
……

我背着铺盖,拎着一袋稿纸和盥洗用具,来到纪念馆门前,看到玻璃门内这块自己竖立的“相见欢”迎客牌,不由得心也暖和了。

自从新馆开馆以来,由于地处偏僻,观众不多,门也很少打开。我今天也像做客人似的,一切都很新鲜。但是,我要入住了。在这里,既要接待观众,又要进行写作,立刻感到自己是这里的主人,我要在这里安家。

我把大门这边的西阁楼作为自己的生活居所。我在楼板上,用成捆的书作为床脚,在它上面放上一块厚木板,再铺上被褥,算是床铺了。

床铺动辄会摇,颇像摇篮。晚上睡觉只得小心,不然床板会倒塌。

我将买来的旧写字桌擦拭干净,旁边放一张可以折叠的小方桌,桌上放一些写作必备的书籍,例如词典。我那时即将八十,记忆力已不如以前,许多词语,本来很熟,现在忽变生疏,只得翻查词典,边写边查。

这样，由书桌和床铺构成了一个简易书房，或曰写作室。

又把一张玻璃小圆桌、两把塑料藤椅放在写字台旁边，以便客人来坐，可以坐下喝茶聊天。这些桌椅都是祝华选购的，她想让纪念馆成为一个还可进行各种聚会的场所，一下买了许多桌椅。现在却让我享用了。

第二天，我又把阁楼做了装饰。这阁楼最大的问题，是上楼以后进入“书房”，必须弯腰钻过一道粗大的横梁，那叫承重梁。由于是高层建筑，这承重梁也像一道山梁，赫然横亘前方。要进房，必须90度弯腰，而且要慢慢将弯着的腰身移进室内，否则脊背就会被刮去一层皮。我每弯一次，都要提心吊胆、气喘吁吁的。因为我是个高个子，现在骨头又发硬了，弯腰钻梁格外吃力。

为了减少这种恐惧，我在梁外挂了一张烙铁版画。那是一幅山水画，似有水阁，我便在版画上用钢笔题上“桃源阁”三字，以喻从这里钻进去，便是陶渊明文章中说的桃花源。

然后，我又在楼梯头的转弯处墙壁上挂了一把我儿子不用的吉他，并贴上一张纸条，上书“高山流水”四字，以喻伯牙在此操琴。我在上楼路过时，随手往琴弦上一敲，便有悠扬的琴声传出，既有旷古风味，又有现实情景。一人独上西楼，也不再“西风残照，汉家陵阙”，而是在自己的纪念馆楼上，温馨无比。

我又把书房布置一新，在书桌后面的承重梁上，挂起一柄名牌宝剑。那年为征集给基辛格博士八十华诞祝寿礼品时，我特地跑到宝剑之乡——龙泉。龙泉宝剑协会会长送了一把最高级的给基辛格，也送给我一模一样的一把。现在，我用来挂在身后，以喻书剑飘零，仿佛是个古代文人，潇洒一回。

宝剑旁边，我又挂了一张奖状，那是2011年和省体育局合办“中美乒乓外交四十周年纪念展”时荣获的，以示荣誉不断，英气勃勃。

在我的床前，有两根水泥柱子十分碍眼，我便找来两块装修时剩下的胶木地板。那地板有十多厘米宽、一米多长，我用铁砂皮稍微砂去表面油漆，便在上面写下一副对联：伏案耕笔意，卧书听足音。

前者是指趴在书桌上写作，后者是指卧在书捆上听音。因为我的床是用一捆捆的书搁起来的，而床前窗外，正是一个比较别致的小区公园，而且有一条人行小道在窗下通过。每当清晨黄昏，只要天晴，就有小区居民路过那里，或是散步，或是晨练。我听到足音，就仿佛高山流水有了呼应，要比越王勾践卧薪尝胆舒服许多。

这足音，还是从水声借喻演变而来的。本来，我的床前交叉着好多条粗大的排水管，哗哗的排水声不时传入耳鼓，令人心烦。尤其是清晨或深夜，我正想构思或安睡，水声一响，全部泡汤。我想，文人是可以自寻乐趣的。于是我来了个借喻法，把讨厌的排水声换成屋外的足音，就别有洞天了。

春天到了，这个风景秀丽的小区，那窗下的花卉，一波一波地开。梅花还没逝去，迎春花绽放；迎春花刚谢，紫荆花开；紫荆正红，遍地的杜鹃竞放异彩。我便跑下楼去，对着优美的环境，作了一首《新馆赋》：

小桥流水兮环绕馆前，
繁花似锦兮夹道翩跹。
展板林立兮与君共赏，
铜像微笑兮偕尔比肩！

周六的上午，祝华早早来到纪念馆。今天是双休日，估计观众会多一些。她烧了两只菜带来，准备与我一起过周末。

祝华一进门，发现我还在楼上，便径直来到“桃源阁”，在我旁边的塑料藤椅里坐下，笑着问：“怎么还不下楼?”仿佛我是闺阁小姐。

“门已开，地已扫，观众未来我写稿。小区的观众，都要10多点钟才能来呢！”

“他们来得那么晚?”

“双休日要睡懒觉。不像你我，忙着办事。”

“你写得怎么样?”

“还是有点难度，有些事情该写不该写，一时拿不准。”

“你又怕了?”

“有点怕。”

“怕什么?”

“怕坐牢。”

“你坐牢，我给你送牢饭。”

“好，有你这句话，我豁出去了。士为知己者死，即使死也心甘。”

“女为悦己者容，我可不为你容。”

“你不容也美。淡妆浓抹总相宜，你不妆不抹也相宜。”我说着要去搂抱她。

祝华一下把我的手打掉，指着窗外嘟囔着说：“人家都看到。”

“我就要让人家看看我们的楼台会。”

“别疯了。你这个楼台，清风明月，一目了然。”

的确，我把整个阁楼变成了一个统间，前面都是落地玻璃窗，而且从不拉窗帘。我笑着说：“我这样毫无遮拦，目的是让纪念馆从楼下到楼上都很透明，因为我们纪念馆竖在路口的那个灯箱广告，上面只有‘中美友谊馆’五个字，人家以为是什么棋牌馆，就不进来参观了！”

“怎么友谊馆会被误以为是棋牌馆？”祝华感到很诧异。

“这就是我们过去不够深入基层的缘故。你知道吗？现在许多棋牌馆，也有叫棋牌室的，里面主要是打牌、搓麻将，关着门，吸着烟，空气也不好。我现在一览无遗，上下透明，可以让观众放心地进来参观。”

“哦，你还是为了提高透明度？”

“这很重要，中美友谊，其实也有提高透明度的问题。”

“你越说越玄了。”

“我正要找你谈这个问题。今天你来了，好，我给你削个苹果，我们慢慢谈。”

“你又有什么重大发现？”

“对。”我抓起茶桌上果盆里的一只香蕉苹果。祝华接过自己削了。我便严肃地说：“昨天下午，我这里来了一位老年人，他神色紧张，说要找我。我把他带到楼上。这里的房子比较便宜而且环境还好，许多外地有钱人都在这里买房子。别看他们都是土里巴几的，儿女都在杭州创业，他们就跟着儿女来杭州居住。我再一看，这人原是我们馆后面的小区文化活动中心的，他经常负责开门锁门。他在我对面忧心忡忡坐下后，我便问他：‘老同志，有什么事吗？’他说：‘潘同志，你是搞中美友谊的，一定知道现在的中美关系，中美两国会不会打仗？’‘怎么，你看会打仗？’我问他。他说：‘会打，很快就会打。许多人在这样说，我孩子也这样说，还说他们单位里人都这样说。’我说：‘有什么根据？’他说：‘有啊，报纸上，电视里，天天在讲这件事。说美国大军舰来了，大飞机来了，还拉拢我国的周边国家要一起打我们。你说不会打吗？’他的神色越来越紧张。”

祝华问：“你怎么回答他？”

我喝了口茶说：“我告诉他，中美两国不会打的，因为两国有太多的共同利益，特别是很多经济利益互相依存。经济是命脉，是社会基础，所以不会打。然后我举了不少例子，包括美国超市里绝大部分都是中国货。我还带他到楼下展厅里去看，你知道，展览中有几块展板是反映中美经贸往来的。他看了就相信了，说：‘中美两国最好不要打仗。一打仗大家吃苦头。’中国老百姓吃苦吃够了！临走时他还说：‘下次有这种担心再来找你。’可我今天一早去买来的《参考消息》，打开一看，使我也担心中美真会打仗！”

祝华亮起了眼睛，看我的神色也有些紧张。

我指着报纸说：“你看，这几条消息都讲到中美关系紧张的事，包括中央首长在接见美国重要人士时，也表示对近来的中美关系感到担忧。”

祝华接过报纸，看看确实如此，就说：“看来，我们纪念馆办在小区里，也有好处。”

“小区是社会最基层，能为基层服务也好，让草根扎得更深。可是办展览这个地方太偏僻了，观众实在太少。你看，小区里就那么些观众，他们大多都来参观过了，所以现在观众越来越少了！”

“这也没有办法，谁叫我们命苦，想造大厦造不成，想找好一点的地方做馆址也找不到。唉！”祝华叹了口气。

我立刻说：“不要叹气。我决定尽快写书，把这本书写出来也是办展览。”

“这个？”祝华觉得似是而非。她知道在我的《展览艺术——展览学导论》一书中讲到世上许多有形象可看的东西都是展览。

我接着说：“我这本书写出来，连同以前出版的那些中美友谊专著，自己拿出去卖，这样，一方面等于送展上门；另一方面也是以文养文，自力更生。”

“你还要卖书，卖书多累啊！须知你再过几个月就到80岁了，该注意身体了。”

我撑撑双臂和腰身，自豪地说：“身子骨还行！”

在纪念馆的东面阁楼上，堆着几十包新书，都是未开封的有关中美友谊的专著。

五年前，我把一幅民国时期的名人国画卖掉，得了一笔钱。我就用这笔钱一口气把办馆以来写的五部书稿全印了。第一本叫《与基辛格博士谈心》，是写基辛格的“破冰”事迹和为他祝寿、受他接见、促膝长谈的故事，生动有趣，寓意深长。平民夫妇与大外交家且是超级智者多年交往，肯定会冒出不少灿烂火花。包括那段路闻微词，我也照实写了，而且书也寄给博士了。

第二本叫《彩虹飞架太平洋》，是写中美友谊源远流长的光辉史迹。既有两百多年前的“中美友谊第一船”，也有近年的“共献爱心救病孩”；更有波澜壮阔的美国援华抗日运动，也有中国群众自发冒死救护美国飞行员的惊天义举。汇集铺叙，拾遗钩沉，堪称中美友谊史话，太平洋上架彩虹。

第三本叫《友谊是金》，是汇集办馆以来，从与美国总统、国务卿、国会议员，到与我国国家主席、总理、省委书记和中美有关友好人士的来往信件及通信背景，琳琅满目，娓娓道来，既是大家的心曲，也是友谊的乐章。

第四本叫《肩扛石狮子》，是写众多企业家的艰难创业史，其中有几位支持纪念馆的企业家事迹，让人读了别有一番滋味在心头。中国的企业家，肩上扛着石狮子，既风光也沉重，不是民族的脊梁是扛不住的。

第五本叫《聊赠一枝春》，是办馆以来我的纯文学作品，有散文、诗歌、短篇小说、长篇小说故事梗概、特写、评论、随笔、通讯和电影文学剧本。又称“这一半”文学集。由于我早就准备以后坐下来好好写几部像模像样的文学书，就把那些未写的称为“那一半”，现在汇集出版的就称为“这一半”。只因两袖清风，而朋友众多，“江南无所有，聊赠一枝春”，故名之。

这五本专著，每本都在25万字以上，每本印1000册，一下就是5000册。5000册新书搬回家，把客堂挤得水泄不通。随后向省市图书馆、杭城各大院校图书馆推销了一部分，还有大量积压。祝华用女儿的钱买到了新房做馆址，就把它隔成两层，上面一层成了阁楼，既可搞展览，也可做仓库。除了把这些年已展出的七八个展览的展板统统装箱或打包，用车运到馆里，在东面阁楼上堆放以外，也把我所有积压的新书雇车运进馆里，在阁楼上堆放起来。

我想，那些展板，以后还可展出，历史是不会过时的，将它妥善保存。那几只硕大无朋的帆布箱，曾去美国效劳，也是纪念品，中美友谊的实物越来越多，以后真的可以办个馆史展览。

但是这些新书，实在可惜。这些年忙于其他馆务，把它们的作用给耽搁了。现在堆在阁楼里，仿佛姑娘困守楼阁徒叹无奈。要是她们有魄力的话，都要造反了。因为等待她们的命运，最后很可能是被扔给废品收购员，论斤贱卖，把些冰清玉洁的可人儿都给糟蹋了。

可是，她们实在是中美友谊的天使。过些天，我要让她们去传播福音。我日夜奋战，先把这部已经在写的反映“超越国界”的《园架彩虹》写完，然后让她一起跟着天使们飞翔！

我以高亢的激情，展望着未来，专心于笔耕。我把小说情节认真铺叙，人物性格仔细挖掘。这书是写我们这对晚年再婚夫妇自己的故事，更要真实和深刻。一天，我在钱塘江畔的九溪车站等车，自己静静地斜靠在江堤的栏杆上观景。有人在钓鱼，栏杆上放着不少根钓竿进行“排钓”。我想，我这里，一边是奔腾的钱塘江水，那仿佛是所谓主流；一边是九溪山里的十八涧，流淌着潺潺泉水。它清新活泼，清澈见底，就像自己与祝华的爱情，也像自己在传扬的中美友谊。那么，我可以把第三部纪实小说，取名《清泉》！果然，又是著名文学评论家高松年先生，他看了我这部自传体小说后，写了篇文学短评，叫《热情和坚韧流出的清泉》，很快被《浙江作家》采用。我准备把这篇短评，在以后的《清泉》小说出版时用作“代前言”。

临近我的生日，祝华急于筹划为我做寿大事。杭州人是做“九”不做“十”的。儿子和女儿也说：“爸爸以前为基辛格八十华诞做寿，我们也要为你八十华诞祝寿。”还说，“人生难得有八十，这寿非做不可。”

我说：“过去人生七十古来稀，现在是人生八十不稀奇。我还是在家里吃碗长寿面算了。不过明年是基辛格博士九十华诞，我们纪念馆还要为他再做寿。”

“对。”祝华说，“明年也是我们纪念馆创办十五周年，也值得庆祝，就把两个生日一起庆祝。”

随后的九十月间，为基辛格博士九十华诞的庆贺越想越要举行。你看，他在今年美国两党总统候选人辩论国内政策，大打中国牌时，就批评他们“不负责任”“极其糟糕”。特别在日本政府通过“购岛”，企图永久霸占我国钓鱼岛时，他以亲身经历公开证明美国从未让日本拥有钓鱼岛主权，这使日本的霸占企图彻底落空。就凭这两点，中国人民就非常感谢他。他又于10月3日，在华盛顿伍德罗·威尔逊中心参加一个关于中国军力增长以及美国如何应对的研讨会时说：“我想，消除美国竞选活动以及与中国有关美国的公开辩论中的煽动性言论，最好的办法是在各自国家的民众当中形成一种基础广泛的互信意识。”这更说到了我们的心坎上，他能理解民间的作用，确是睿智绝慧，非同一般。我们纪念馆五年前就为他竖了铜像，这是我们馆最精彩的一笔。我甚至想起李白《与韩荆州书》中说：“生不用封万户侯，但愿一识韩荆州。”现在我也可以说：“生不用封万户侯，但愿一识基辛格。”我们已经结识了基辛格博士，这也许是我一生中最值得纪念的一笔！

古人说：“有善必劝者，固国家之典；有恩必酬者，亦匹夫之义。”对基辛格博士，无论是人民大众，还是我这个匹夫，都应努力酬谢。我和在美国工作的儿子商量后，觉得用我们办中美友谊民间纪念馆的真实事迹向他汇报，是最适合的。恭敬不如从命，我们就是想在中美两国的民众当中，“形成一种基础广泛的互信意识”。这也是基辛格博士以前为我们馆的题词“寄言”之意，现在他约我们明年5月28日下午3时在纽约再见面，肯定又会谈及此事。这也就是顾毓琇先生为我题写书名“彩虹飞架太平洋”的深义。

它还是中美两位政坛女杰的共同心声。不久前，在银行工作的非常支持中美友谊事业的章夕味小姐，特地为我找来一张十分珍贵的中美友谊图片。那是2011年4月间，中国国务委员刘延东女士，由于她父亲刘瑞龙将军存有一张他当年抗战时营救美国飞行员的老照片，就把这张珍品送给同在主持第二轮中美人文交流高层磋商会议的美国国务卿希拉里。刘委员说："国之交在于民相亲，民相亲在于心相通。人文交流是国与国、民与民之间增进了解，建立互信的桥梁，是中美关系深化发展的不懈动力。"希拉里也深有感触地说："在如今并非战争年代而是和平与希望的年代，我们有机会通过两国人民的直接交流增进相互理解，对此我们应非常感激。"这些除了都说明中美友谊的珍贵外，也阐述了人民群众与国际关系的重要。因此，我决定把《清泉》小说先改成"晚晴回忆录"，并用了《草根架彩虹》的书名，让事实和理想都呈现出七彩的奇幻。

更让人欣慰的，下一步我可以集中精力加工这三部心爱的小说。

我在纪念馆楼上的书房及三部新写的书稿

# 第二十七章 又为基辛格祝寿

2012年9月11日，《杭州日报》登了一篇有关我的长文，是我以前所办文学创作班的一位女学员写的，她叫曾琦琦，以我口述形式发表，一整版，还配有照片，相当气派。大标题是《我为展览狂》，口气好大。我想，我现在又在为写书“狂”了，看我能狂出什么名堂。发现报纸版面的右下角，有一小段编辑莫小米女士写的“读稿人语”，读来耐人寻味。她说：“看了潘老师的事迹，我想起自己的展览史。小学时出墙报，下乡当‘知青’时，用一溜儿排开的小木板出画展，及至在报社里办社史纪念室……”最后文笔一转，说：“今天的展览，因不受时空制约而变得相当容易，看看博客、微博，人人都在那里展示，展示厨艺，展示风景，展示奢侈品，展示文笔和才情，展示幸福展示爱……今天展览不叫展览，叫‘晒’。”

我觉得这个“晒”字很好，自己也可以晒太阳了。我正在把我们创办中美友谊民间纪念馆的故事写成回忆录，彻底晒一晒，也是种乐趣。特别是现在中美双方都有抱怨，但都认可基本目标相同之际，更可看看我们草根的情谊。而明年（2013）是基辛格博士九十华诞，我们决定再去为他祝寿。寿礼就送这本办馆回忆录。恭敬不如从命，我们坚持办馆，就是在遵从博士的叮嘱：“希望中美友谊纪念馆能永远成为增进美中两国友好和相互了解的桥梁。”架桥铺路，是中国人要做的好事，我们何乐而不为？

并且，也很巧，2012年12月13日，中共中央总书记习近平在中南海会见美国前总统卡特时强调，新形势下，中美双方要不畏艰险，勇于创新，积累正能量，努力建设相互尊重、互利双赢的合作伙伴关系，开创中美构建新型大国关系新局面。我们纪念馆这些年做的，正是积累正能量的工作。

祝华看了这个“晒”字，看了有关习总书记的报道，也觉得寓意无穷。彩虹就是阳光晒出来的，中美新型大国关系新局面也是阳光晒出来的，我们尽可大晒。为此我说：“我们干脆办个‘中美友好正能量——二百多年史实’的大型图片展览。”因为这些资料我们已有不少，明年春暖花开之时，就可隆重展出。还可在向基辛格博士祝寿时，拿到美国去展出。这是真正的彩虹！

高架彩虹，霞光万道，我们又异想天开，决定邀请现任美国驻华大使骆家辉先生来杭为这个展览剪彩。春节前就发了邀请信，并请我馆在美全权代表袁海洋先生托友转交。而且通过和杭州公共外交协会、市名人纪念馆领导协商，索性把这个展览安排在司徒雷登故居开幕，以让天堂的大使和人间的大使都在杭州相会，遂把这个想法报告给骆大使。想不到美国人很认真，2013 年 3 月 7 日，美国驻沪总领事葛瑞风先生和美国驻华大使馆联络处长戴高乐先生偕四位随员来杭考察，说这个展览不错，回去向骆大使汇报。

不久，又突然收到袁海洋先生从美国发来的英文电邮，我请人打印出来后，发觉是基辛格博士给庄则栋的一个唁电。基辛格博士对他评价很高，全文如下：

## 悼念庄则栋

作为一位重新建立美中友谊的先锋人物，庄则栋先生的美好形象将永远被美国人民怀念。在中华人民共和国和美利坚合众国之间几乎没有任何联系的年代，在一次国际乒乓球赛时，庄则栋将他的欢迎之手伸给了他的美国对手，他的这一伸手是如此重要又出人意料：它成为了两国关系新一页的象征。

在过去很多年中，我和庄则栋时有见面，他的充满慈爱和胸怀宽广的精神给我留下很深的印象。今天，我们纪念他，为中美共同向往的新时代而鼓舞。

亨利 · A . 基辛格

2013 年 2 月于纽约

早在 2011 年 12 月间，我们馆曾与浙江省体委合办“中美乒乓外交四十周年纪念展”，两国的老乒乓队员在浙大礼堂举行了友谊赛。对于这一别具一格的体育盛事，我分外赞赏。传扬中美友谊，各行各业都可参与，尤其与国际交流有关的单位，都可各尽其能。

今年春节前，袁先生在向基辛格博士贺年时，透露了庄则栋病重的消息。庄逝世后，基辛格博士就把唁电寄给了我们。后来我们在《南方周末》上看到追悼会已开，就把这个唁电发给该报，请他们转交给庄的儿子庄飙。

好事多磨。今年4月份由于朝鲜半岛局势紧张，美国发生波士顿爆炸事件，中国发生四川芦山大地震，外交人员忙得不可开交，骆大使只能另派要员来杭剪彩。我们把这个展览的内容精制成两本纪念画册，赠送给骆大使和奥巴马总统。对于基辛格博士，准备请他在美国现场看展览。

2013年5月28日下午，夏雨沙沙，纽约街头，人们奔忙在大城市的欢腾中。我们一行四人——我、老伴祝华、女儿雪谊和袁海洋先生，撑着雨伞，步行在从曼哈顿旅馆去基辛格博士事务所的途中。

我和老伴拼一把雨伞，她捧着礼物，我撑着伞，夫妇俩并肩而行。女儿捧着一束鲜花走在后面，看到我们父母这对雨中背影很有诗意，就用手机偷拍了一张。印出来后，效果极佳，是我们为中美友谊风雨兼程的真实写照。女儿不愧为美院毕业生，很感谢她的艺术和聪慧。

基辛格事务所仍在老地方——花园大道的一幢高楼上，我们如约来到门口，女秘书就把我们直接带进博士办公室。十年前来给他祝贺八十华诞时，是由梅山顾问先引我们到事务所的接待室收下礼物后，再由博士带进他的办公室。这次却直接进入他的办公室，仿佛真是老朋友了。

我和老伴一看办公室的陈设，和十年前的差不多，连茶几的陈列带上的那些精美镜框，也没多大变动。尤其那个尼克松与他在一起的镜框，依然摆在沙发旁边，似乎永远陪伴他和客人。不过稍远处的陈列带上有一些新照，看来这十年中他又在世界各地不停奔波。

基辛格博士微笑着来到我们面前，我向他介绍了两位新客人——女儿和袁先生。他和我们一一握手后，就请我们在几张围拢一起的沙发上坐下，自己也随即在我们对面的双人沙发上坐下，与我同坐对角，几乎膝盖相碰，颇有再可促膝谈心之感。我和祝华坐在一起，前面是一张玻璃茶几，我们把几件礼物从拎包里取出，一一放到茶几上，然后我拿起要送的第一件礼物双手递给博士。

这是我特地为这次送礼而写的《草根架彩虹》一书，又名《晚晴回忆录》，副标题是《我们夫妇传扬中美友谊的故事》，有300多页。印刷很考究，橘红色的封面上，是我与祝华在为博士八十华诞祝寿展开幕式上的一张喜庆合影。

我的憨笑和她的欢笑，构成了一幅当年祝寿的真实情景，即使局外人看了也会受此感染。书名和彩页都配以英文，以让博士一上手就能看懂。打开扉页，紧接着的16幅彩页，都是揭示我们办馆历程中的重要镜头：前妻临终嘱办友谊馆，就用为她病中端茶送药呼应；祝华与我续弦办馆，即用她戏水清泉印证；两位美籍华裔名师担任顾问；三位总统相继来信祝贺；基辛格博士亲切接见我们夫妇；我馆为他竖立半身铜像；邀请单身老外来我家吃年夜饭；在中美两地长年送展上门；钱学森院士指导我创建展览学，就用创办友谊馆深化展览学精神。凡此种种，都有雪泥鸿爪留作佐证，以示真实可信，加深印象。而且，美国有句谚语：一张照片抵过一百句话。现在大家都很忙，即使无暇浏览内文，单看彩页，也可领略全书大概。

第二份礼物是我和舟山老作家叶宗轼合著的《人类社会发展史纲要》，美国柯捷出版社出版，中英文对照，是我们一家之见，请他指导。

第三份寿礼是由杭州大观园文化艺术有限公司总经理周祖谦先生赠送的《西湖风景油画集》，内有刘庄画面。文字说明也是中英文对照，可让博士睹景思情，想起当年与周总理在刘庄八角亭漏夜睿智敲定中美第一个联合公报的美好往事。这公报不仅给后来的中美关系起了指导作用，也奠定了中美关系发展的基础，使这次的“巨人握手”震惊世界，更为后来中国的改革开放导发了先声。

第四份寿礼是我的好友、浙江省楹联学会会长王翼奇送的一副寿联：“中美冰融，谊敦大国无双士；春秋鼎盛，星耀长庚九十翁。”盛赞博士在中美友谊上的丰功伟绩。

还有一份重要礼品，是一罐清明前采制的龙井新茶。本是杭州市上城区政协一位朋友送给我们的，我们觉得这是正宗龙井，转送博士更好。果然，当我们把这罐包装也很精美的杭州名茶送给他时，他分外高兴，满脸微笑地和我握了手。我们女儿立即抢拍下这一镜头。我们自然极其高兴，这也意味着是杭州人送给他的礼物。

接着，我们说：“杭州人民很希望您再去杭州观光，现在的西湖更美了。”他说以后有机会一定去。然后，我们向他汇报这次还带了一个图片展览，叫“中美友好正能量——二百多年史实”，准备在美国展出，随手送上展览小样，并说有中英文对照，请他看看。这个展览，在司徒雷登故居开幕时，美国驻沪总领馆总领事葛瑞风先生和杭州市政协副主席张鸿建莅临剪彩，许多观众冒雨参观，反响热烈。

想不到基辛格博士看了十多页后便对我说：“能不能把这本也送给我？”

我只得说："这次只带了这本，我们去联系展出地时，还要请他们看看。"他就说："那以后给我。"我也连忙说："如果这个展览在纽约展出，请您参加剪彩好吗?"他说："没问题。"我们同去的四人一起鼓掌感谢，他也很高兴。在这前几分钟，秘书进来递给他一张纸条，博士看了以后点点头。我们估计后面已有人在等他接见，商量后主动提出告辞。他也站起来与我们一一握手告别。祝华深情地与他轻轻拥抱，他像上次一样也热情回抱，并送我们到走廊上。这时，我们看见另一个接待室里，确有两位来宾在等着。90 岁的他，还是这样忙。

行程仓促，我们准备先在纽约展出。纽约是世界大城市，而且基辛格博士也答应可出席剪彩。可是，好事多磨，我们在纽约东跑西托，怎么也找不到适合展出的地方。

美国人办事，都是事先准备，什么都是有计划地进行。尤其像办展这样的社会事务，都是早几个月甚至一年前定好展出地方，签订协议。我们远在中国，尤其囊中羞涩，都因场租太贵或者时间太晚不能如意。眼看在纽约的时间白白地过去，又听基辛格博士秘书说，博士很快又要去中国访问，我们更急了。然而，望楼兴叹，徒增焦虑。

万般无奈,我只得打电话给已到美国儿子家小住的祝华,向她告急和诉苦。她立刻说："你去找傅林敏芝，你去找她!"此话她连说两遍。看来我只得去找这位女士了。傅林敏芝，温州来美经商的女强人，不几年，就在纽约法拉盛缅街置起了一幢大楼，取名富林大厦，共六层，有数万平方米，全部出租。前几年我们去纽约时见过她。祝华为了想在杭州建造中美友谊大厦找过她，比较了解，我就打电话去了。不料她在电话中说："你可以过来谈谈。"

这种豪爽性格，使我想起在杭州创业的周祖谦先生。他本是农民，早年参与杭城温州村创建后，我就在他们公司天亿大厦 6 楼租用了 300 平方米，作为自己创办大观园文化艺术策划公司之用。当时是因向女儿借用的纪念馆就在天亿大厦附近，通过熟人介绍认识了他。由于他也在传承中华文化，且对书法、工艺品都很懂行，我常与他往来，并聘他做我馆顾问。这次我们既要赴美展出，又要出书，经济拮据，他就伸出援手，这是我们这些年难得遇到的好事，我们十分感谢。现在祝华又要我去找一位在美国事业有成的温州女老板，她对展览感兴趣吗?

谁知她看了展览小样后，热情地说："这展览内容很好，可以到我们温州同乡会去展出。"

"有会所吗?"我不禁急问。

“有，前几年我们买的，很宽敞，完全可以办这个展览。”

“那场租多少一天？”

“场租免了，就是其他费用要你们自理。”

这方面我们有所准备，能解决场租就是对我们的一大支持，我们立即谈定了展出时间和展出期限。她还说：“这同乡会本来我是会长，现在我已退下来了，你可以找我们的新会长，我会替你介绍的。”很有魄力。

更大的魄力还在后面，同乡会不仅把40多个纽约华人社团成员及美国国会议员和纽约议员等都请来参加开幕式，连老美记者也请来报道，使我非常钦佩。尤其是许多华人嘉宾在开幕式上致辞：“祖国改革开放，让我们海外侨胞都提高了地位。现在要弘扬中美友好正能量，我们当然热烈支持。”宁波同乡会的会长王心仁先生还在会后对我说:“你可以再到唐人街孔子大厦去展出，那里有个很好的展厅，场租费我来出。”这话如雷贯耳，我感激不已。可惜我们下一步计划是去华盛顿展出，行期已定。

华盛顿的展出地点，是一位台湾来的残疾女士帮我们联系的，她叫孙文影。10多年前我们夫妇第一次去华盛顿搜集中美友好资料，就认识了她。那时她坐着轮椅在一个商场里办了一个简要的“华人在美奋斗史”展览，我们看了很感动。这次去美国首都举办“正能量”展览，自然先找她。她又坐着轮椅帮我们联系了一个很有影响力的“美京华人活动中心”，而且也不要租金，只是我们必须修改展览标题。

中心的负责人告诉我们，这个中心在政治上是中立的，尤其在对华问题上。为此，凡是有国共政治倾向的活动他们一律不搞，而且也不请台海两岸的驻美外交人员来剪彩，因为他们无法走在一起。

我说：“那我们的展览怎么办？”

“你们最好把标题中的‘正能量’三个字删去，改成‘中美友好二百年’展览。”

我说：“可以，我们只要内容不改就行了。”

这样，展览就在美京华人活动中心举行了。但我想，既然台海两岸的驻美外交人士不能请，美国本土的外交官总可以请吧，如果在职的不行，退休的也可以。果然，一位也是台湾来的、与我毫无亲戚关系却叫我“舅舅”的旅美女士陈惠青，帮我请到了一位美国退休的外交官，他叫史蒂夫，前些年曾任美国驻广州总领事，对中国情况很了解，也能讲中文，当下仍在美国一个智库工作。他来参加开幕式时，在仪式上热情致辞，我们十分感激。我尤其想到自己原是一个山村农民，今日竟能在美国首都举办有关世界和平的国际展览，不免感慨万千，遂赋诗一首：

我本一樵夫，
砍柴铁峰顶。
而今跨大洋，
送展华盛顿！

并且当场吟了起来。有人看看展览横幅上的副标题是“潘杰先生传扬中美友谊的故事”，心想怪不得我那么激动了！

开幕式结束，史蒂夫夫妇请我们夫妇去他家聚餐。为了感谢我们不远万里送那么好的展览到美国展出，第二天，他夫人又邀请我们夫妇去一个外交官最爱去的法国餐馆共进午餐，这是相当高的礼遇，我们受之有愧，只得把我带着的两本拙著送给他们夫妇。一本是反映当年我国一些被错划为右派的人员押送大西北劳教劳改的悲惨生活的纪实长篇小说《云暗雪山》；另一本就是反映我们夫妇15年来创办中美友谊民间纪念馆的回忆录《草根架彩虹》。这两本书我觉得也可让美国国会图书馆收藏，遂请孙文影帮我联系，因我不会讲英文。她很快联系上了。我把两本书送到国会图书馆，他们收下不久颁给我一份收藏证书，并题“您如此具有特色的捐赠，必将为我图书馆闻名世界的中文图书收藏增加方向”。加上我上次捐赠的11本中美友谊丛书，我已有13本著作增加他们的“新方向”了！

一罐西湖新龙井，一片杭州市民心

“正能量”展览在纽约展出，美国议员也莅临剪彩

## 第二十八章
# 因祸得福

人生得意须尽欢，莫使金樽空对月。

2014年7月初旬，我接到一个从苏州打来的电话，说他叫廖兆贤，原是苏州人，现是美国华裔作家，在加州担任美国罗格斯出版社总编辑。这次来中国，是想采访72年前浙江、安徽一带曾经救助美国飞行员的恩人的子孙们，因为明年是抗战胜利70周年，想写一本书在美国出版，以纪念这一伟大的救助行动。他知道我正在开办中美友谊民间纪念馆，对这方面肯定很了解，很想请我陪他去实地采访。

我想，既然他也在为传扬中美友谊出力，同心相印，我陪陪他是义不容辞的，就答应了。

过了几天，他和一位上海朋友一起来找我，我先陪他们到临安一带跑了几天，因为天气酷热，他们想回上海去休息几天再来。我想上海靠海，夏天是比杭州凉快一些，他们两人年事已高，跟我差不多，就送他们上了车。谁知过了几天，只有廖先生一人来找我，说还有位朋友因怕热，这次不来浙江了。他就要我一个人陪他去浙西一带继续采访。我想好事做到底，就继续陪他吧。我俩立即直奔衢州、遂昌，特别在遂昌大山里跑了好几天，连中午都不休息。那时，气温已升到40摄氏度，我们依然冒着酷暑，跟着县政协一位中年同志到处采访。尤其有时是直接翻山越岭，脚不停步。这样奔波多日，获益不少，都是些极为难得的友谊资料。而我在遂昌城里，偶然发现了明朝戏曲家汤显祖的纪念馆，格外兴奋，觉得这是意外收获。回家的路上，浮想联翩，很想写一篇别具一格的奇遇散文，以记有幸人生。到家后当晚动笔，深夜稿成，稍睡一会，又起来润色。自觉这是一次最痛快的写作，完全被文中的思路俘虏，不尽意不歇手。真像酒瘾来了，非要一醉方休不可。今把这篇得意之作抄录一遍，还想再醉一次：

## 在遂昌“邂逅”汤显祖

7月中旬，暑气袭人，我有幸陪同一位旅美华人老作家，去钱瓯江源、清凉“仙县”遂昌采访，拜访72年前曾经救助美国飞行员的恩人的子孙们。与英雄后裔欢谈不已，犹如当年恩情再现。

然而更有幸的，是我“邂逅”了400年前的一位大作家，那是在他的纪念馆里遇见的。

他叫汤显祖，遂昌人说起他，都会跷起大拇指。说他在遂昌任县令时，不仅为官清正，关心民间疾苦，颇多善政，而且从事文学创作，功绩显著。因不满朝政，弃官归里被免职后，干脆在自建的“玉茗堂”内专事戏曲创作，写出了当时盛演不衰的《紫钗记》《邯郸记》《南柯梦》《牡丹亭》等四部大戏，合称“玉茗堂四梦”，又称“临川四梦”。尤以《牡丹亭》成为中国四大古典名剧之一，至今还被各个剧种改编、移植，广为演出。真是“姹紫嫣红开遍”（《牡丹亭》唱词）。因此，遂昌人民不忘旧情，为他建馆纪念，感恩戴德。

我原来只知道他是江西临川人，那边可能会有他的纪念场所。殊不知到遂昌后一问，都说这边有他的纪念馆，而且是用一个民国时期的名人大宅特地让他“静居”的。

汤显祖仅任遂昌县令，那时的县官不可能在任职地造官邸，更不可能有豪宅。但是，陪同我们采访的县政协雷先生，还是带我去先看看当年汤公坐衙的老县基。我在那地基上想象汤公禀公理事的情景，缅怀之情油然而生，更使我急于想去看看他现在的纪念馆。

我与汤公，确有一段阴阳际会，都是通过他的名著《牡丹亭》实现的。可以说，我的人生轨迹，发轫于这个戏；我一辈子的爱情生活，更是经历了他在《牡丹亭》中的两位主人公的总和。我的一生有两位爱妻，与第一位爱妻的恋情，很像《牡丹亭》中的男主人公柳梦梅；与第二位爱妻的恋情，很像《牡丹亭》中的女主人公杜丽娘。说来难以置信。

柳梦梅对爱情是异想天开的。他赴京赶考，途中患病，客居南安，去原来的杜太守私家花园游览，不意拾得杜太守亡女杜丽娘生前的一幅自画像。他见这位杜千金美貌绝伦，遂深爱不移，竟至掘坟开棺，致使杜丽娘感而复生，与他结为连理。我呢？1958年时考取浙江师范学院，不意次年患病休学，可我在病愈复学时突发奇想，要在我将去插班的中文系一年级同学中找一位“才貌双全、品学兼优”的女朋友。一位深知我心的老同学推荐说：“一年级4班有位尚不知姓名的女同学很出色，可以符合你的要求。”他扼要地描摹了一下她的外貌气质。我就在他们寝室里，当着许多老同学的面夸口说：“那个女同学就是我的爱人，非她莫娶！”暗恋、苦追五年，终得她赠的一盆水仙遂结成连理。你看，我这不也是异想天开，且以花（画）为媒吗？

杜丽娘的爱情更是白日做梦。这位多才多艺、多愁善感的千金小姐，春天的一个早晨，私出闺房游园散闷，不料伤春而睡，梦中与翩翩公子柳梦梅幽会，醒后感伤寻梦，郁郁病终。临终还不甘心，遂自画肖像遗世，期望来生再遇柳郎。我呢？自从第一位爱妻病故，万念俱灰，再也不想续弦，以为世上再无她那样的贤妻。为此，省中医院一位我前妻的女主治医生还批评我太过激。可我在美国工作的长子，一定要我去美国散散心，同时帮他们带带孩子。这是作为中国父母必尽的义务，但因丧偶，美领馆怕我有移民倾向，我无法获得签证。而我非去美国不可，只得登报征婚，以改变“婚情”，有可能赶上帮带孙女的日期。然而由于丧偶之痛深压心头，每天“三班倒”跟应征者攀谈，谈了数十位都不动心，因为我的心也死了。尽管每位应征者各有特色，可我都无动于衷。但正如杜丽娘，身死了心还不死。我呢？心死了人未入土，在决定征婚关门的最后一天中午，发现了一位如意女郎，我就很快与她登记成婚了。而且，她仿佛前妻复生，让我称心如意。甚至连容貌都很相像，包括我的弟妹都误以为她是“头个大嫂的妹妹”！她看了别人写我人品的文章后，还深情地对我说：“我就是你前妻的接班人再来爱你的。”且在清明节陪我去公墓祭扫时，在我前妻坟前郑重许下会照顾我一生的诺言。坟前明志，分外感人！

至于我的人生轨迹，那完全是汤公在冥冥中指导我成为昆曲编剧，改变了一生。1961年秋天，我还在浙江师范学院读三年级。这时，《浙江日报》为悼念梅兰芳大师逝世举行电影周活动，约浙江昆剧团周传瑛团长写一篇纪念文章。周团长便来找我代笔，先送我一张电影票，让我去浙江日报社看梅大师演出《游园惊梦》的舞台纪录片。我觉得这个戏是个诗剧，而梅大师的表演又是画传，于是运用如诗似画的笔触刻画了这一不同凡响的演出。文章发表后获《浙江日报》红旗奖，我也从此获周团长青睐，没等我毕业，他就让我去任剧团编剧。应该说，这既是汤公的艺术成就感染了我，让我走进全国一流的浙昆剧团，又让我投入第一位妻子的爱情怀抱。因为我离校时已默默爱她两年多，还不敢向她有丝毫追求的表示。可我进了昆剧团的第二天，就鼓起勇气向她写了第一封求爱信。尽管即遭婉拒，但我立即回信，表示不再打扰她，却也明确向她表露了我对她是“深爱不渝”的。这大概就是《牡丹亭》“情之所至，生者可以死，死可以生”的伟大主题思想感染了我，我也陷入追梦之中，终于梦圆爱河，并把它写成了长篇出版。

世上是有很多巧事，尤其在文学作品中，更是无巧不成书，我的人生确实富有传奇性。汤显祖把他在社会生活中所得写成传奇戏剧，我把自己生活中所得写成传奇小说，统称“匹夫三部曲”，依次为《零见钟情》《情定文园》《园架彩虹》，70多万字。抒写我的如梦人生，尤其与两位妻子的甜蜜之旅，而且全书的第一句话，就是《游园惊梦》中杜丽娘早上起来时唱的第一句抒情曲：“袅情丝吹来闲庭院，摇漾春如线……”小说中也经常插用一些旧体诗词、戏曲道白，以学步汤公，增加含金量，达到雅俗共赏。寄情文墨，备感有趣。现在来到汤公的纪念馆前，我自然要送这一部带有梦幻色彩的传奇小说请汤公“过目”，犹如我当年要送两部展览学专著给钱学森院士过目一样，因为那是钱老来了18封亲笔信指导我完成这一研究课题的，现在是汤公点拨。知恩图报，我将汤公也尊为前世恩师。

我把这套“匹夫三部曲”恭敬地送给遂昌纪念馆，谢馆长听我简介后，认为我的爱情故事“也很美”。我兴奋不已，仿佛真的与汤公不期而遇。我通过书本，在他面前娓娓道来。后来谢馆长又说我的书可以放几套在他们馆里代售，那是寒门借光。汤显祖因从政青山绿水两江之源的遂昌而深得“自然灵气”，成为文坛巨擘，我也因遂昌的人文关怀而能撰写拙著。再联想遂昌人能不计个人安危救助美国义士，这生态之源委实让人遐想无穷！

想不到文章刚改完，天未破晓，我却突然在书桌上晕去，立即倒到地板，浑身出汗。那汗水如同雨淋，霎时连地板都湿了。但我神志还清，总觉得我的身体很好，连“三高”都没有。现在虽然晕倒出大汗，准是疲劳所致，在地板上休息一会即可。正是大热天，晚上本来就要睡地板。祝华以为我是产生低血糖，给我吃了5颗救心丸（那是她自己备着的）、一碗糖开水。我吃下后感觉还可以，拉来草席，干脆在地板上昏睡一会，反正文章已经改好了！

我这人有时是个事业狂。这天上午，刚好我老家的《浦江县报》发表了一篇我的小文，已请来杭汽车司机带给我，让我先睹为快。我就叫祝华去杭州南站接收。她临走又给我服了5粒救心丸。她取回报纸后，见我还躺在地板上，而那汗水依然如雨，连垫着的草席都已湿透，也不见好转，连忙拨打120急救电话，很快来了救护车，把我送进离家最近的新华医院。

谁知这是一次救命行动。推进急救室后，医生一看我的病状，心跳只有32下，立刻抢救。随即开给祝华一张“病危通知书”，要她签字。她一看吓一跳。医生说：“他是心肌梗死，要装支架。你们要装国产的还是进口的？进口的贵一些。”祝华二话不说，立即要求装进口的。医生便说：“待会你可到急救室旁边房间的电脑上看抢救视频，还可以看到你爱人的心肌梗死严重情况。”

祝华被吓得全身汗毛都倒竖起来。她在视频里，只见我心脏的主血管，大约有五六厘米长，全被凝血堵死，医生就在那里操作。祝华已把自己的心脏提到了嗓子眼。

我不知道是什么时候被转入监护病房的，只感到躺在病床上，不论是昏睡还是沉睡，满脑子是乘着飞奔的汽车还在遂昌大山里兜圈子。那车子大肆颠簸，极度震荡，而我在车中毫无控制能力，只想大喊着冲出车去，可又喊不出声。医生看我不停地扭身，异常烦躁，连忙把我的手脚全在病床上一一绑住，以防万一。据说很多病人在这种情况下因乱动而毙命。可这一来我就更觉痛苦，竭力挣扎，欲罢不能。祝华已一刻不停地监护我一天两夜了，疲惫不堪，但不想叫护工，那不放心。术后护理往往是至关重要的。只得打电话给在江苏泰州工作的小儿子潘翔，叫他赶来一起照顾我。小儿子赶到病房，严密监视我的情况，一有动弹，就用双手狠狠压住我的身子，逼我就范。我就这样像戴枷犯人似的受了三四天“刑”，才有所平静，有所清醒。听说我这次是心肌梗死，我很想把这可怕病名记住。可脑子像一盆糨糊，怎么也记不住。后来祝华给我拿来圆珠笔，我硬在至此还随身带着的小电话簿上颤抖着记下这四个险字。不料这四字又差点成了我的“绝笔”，因我在病床上一直扭动，第二天又发生肺炎，病情恶化，这是又会很快致命的。医生为了急救，又叫祝华签了一份“病危通知书”，便用重药救治。我当时对这些一无所知，祝华却一人独自承受着我的生命之虞。尤其在这紧急关头，她对我体贴入微、关怀备至，甚至像哄小孩子似的哄我疼我，不愧为“典型的贤妻良母”！那是当年我登报征婚和她谈恋爱时，一位亲戚从她单位打听来的同事们对她的评价。如今，在我内心又得到真切呼应！

一个月后，我终于出院了，宛如人生再世，喜不可抑。可是回到家里，我的身子仿佛被抽了筋，两腿发抖，头晕目眩，连下楼都不行。我家住在四楼，这时变成了危楼。我每天望楼哀戚，以为再也不能与外面天地接触了。感叹着这场突发灾祸，夺去了我的晚年幸福。天意怜幽草，人间重晚晴。我何以遭此浩劫?!

万般无奈，我只得将这套已住10多年的家宅卖掉，先到离西湖不远的孝丰路，租了一套二楼的两居室房子，既养病，又疗伤——伤心、伤感，刚上80岁就变成病人了！

我曾经有一个隐藏的夙愿——有生之年住在西湖附近。一来随时可以游湖散心，二来可圆“杭州人”梦。我自从1958年到杭州读大学后，一直没有离开过杭州，而我一生较有影响的两件公益事业：创办杭州初阳台文学创作园和杭州中美友谊民间纪念馆，虽然都是省里批准的，但都冠名“杭州”，服务对象也主要是杭州市民，我就有意与杭州结缘，自认为是十足的杭州人。且对西湖情有独钟，不论是文艺创作还是社会活动，都以西湖为背景。因此，很想到了晚年，能终日与西湖作伴，朝暮相陪。万不料愿景未成身先废，望穿西湖不是春！于是，只能近湖而租，聊以卒岁！

谁知租满一年，我竟可堂而皇之地近湖而居了，而且住的是自己的房子！这都要感谢祝华的能干，她帮我选购了这套新居，又负责指挥装修。同时感谢西湖的灵气，让我至少成了半个西湖人——步行10多分钟即可达六公园、白提。这一来，我可以毫不羞惭地对朋友大声说：“我住在西湖附近，有空请来我家玩！”不等装修完，我就经常跑到新房中观赏，左顾右盼，瞻前望后，都觉十分理想，对此我已是求之不得，天赐福分，心中立刻涌起誓言：“我以后哪里也不去了，就住在这里养老终生，做一个悠然自得的湖畔寓公！”入住后随即写了一篇有感而发的妙文：

## 只为近处是西湖

——乔迁记

金风送爽，丹桂飘香，杭城沉浸在浓郁的芬芳中。

在这一年中最宜居住时节，也是我日见康复佳期，我们的家搬进了武林桥河下新址。斯是陋室，却有奇景。

这儿一带，车船辐辏，商贩云集，但是闹中取静，紊而不乱，生活非常方便，可说别有天地。它东有百货大楼，南有影院剧场，西有西子湖，北有展览馆，都在一箭之内。还有省市医院分列前后，航空公司、轮船码头点缀其中。但更称心的，是我想要游湖赏景，举步便到；想要品新尝鲜，唾手可得。菜场就在屋后，鱼摊便在门前；酒店花铺，离家只有十步之遥。

当然，这些大都是我的物质需求。我最希冀的，还是有个属于自己的精神家园。不料老天眷顾，赏赐有加。

这个家，一楼南向，很接地气阳光。前有大院子，后有单车库；虽只有90平方米，却是三室一厅；三室朝南，一厅坐北；厅兼二能：待客用餐。一个亚洲五龙共舞根雕倚墙而立，四只古朴书箱临窗飘香，一块郑板桥名言“难得糊涂”根雕书法①自作壁上观。客来茶当酒，谈笑有鸿儒。东西两室，均有小阳台挨着南窗，温馨幽静。我和夫人，各拥一室，她的滋润贤淑味，我的漾溢书剑气②，互做闺蜜，相濡相伴又相看。一张我特地从墨西哥买来的大型挂毯，静静地挂在我的床头上，那是一幅“玛雅英雄救美图”。回首人生，我也有过三次“救美”壮举，但都以失败告终。只得将故事留诸笔端，自费出版。③没有藏之深山，悠然放进柜里，等待伯乐赏光！倒是我的家中美人，俨然成了巾帼英雄，纤手救我于险病，慧心护我脱危境。救命又帮运，使我劫后还能安享晚年，使我耄耋之年还能实现近湖而居的夙愿。恩爱情深，堪比海洋！

中间一室，布成书房，既能以文会友，又可接待子女。他们都在外地谋生，难得回家看看，天伦之乐夜也欢，拉开沙发便是床。沙发上面是陈香梅女士题词：“中美友谊，日月常新。”恰做座右铭。沙发对面是展柜，全家学术按人放：文学化学展览学，神学玄学教育学。各有所长，志在四方。书房正壁，挂有两个精致大镜框，上框为基辛格博士和钱学森夫妇的组合照，下框为三位伟人与我们的关系照。基辛格博士是我们的挚友，两次接见我们夫妇，与我们互赠力作，促膝谈心；钱老是我恩师，为指导我创建展览学，百忙中来了18封亲笔信。获悉我前妻④卧病住院，夫人蒋英也随信向她问安，关怀之情，高山仰止。患难中的我俩含泪谢忱，她在病床上注视盐水瓶，我在她盐水瓶下奋力笔耕。栉风沐雨，我终于完成了两部展览学专著⑤，填补了一门科研空白，继发了一种古圣绝学⑥，也促使“我为展览狂”⑦。年逾花甲，还与再婚新妻用两人退休工资创办杭州中美友谊民间纪念馆，年年办展，跨洋送展⑧；牵线搭桥，乐此不疲。钱老夫妇驾鹤西去，我为他俩逐一举办追思展览。他们子女来浙参观，与我攀谈，相见甚欢。我也把“醒狮”的布展原理用于家展，在中堂上，让三位伟人同个镜框并肩鹄望，他们对世界和平都有崇高理想。

凝视伟像，似在呼唤，辄于他们三位的大照两旁，自书一副对联郑重挂上：“端茶陪伴破冰士，观书思念指路人。”借以督己，用以度岁。横批是“仰松庭”三字，一方面，门前院内恰有两株苍劲雪松，数竿高节翠竹，两株捧酒桂树，我们便在正对基辛格博士肖像照的一株青松下，竖了他的半身铜像，象征博士长生不老，功绩无量；二方面，表明我们是个敬仰松树风格的家庭。一家人克勤克俭，坚韧不拔，创业的事业有成，求学的学业上进，和衷共济，乐于助人。山村的耕读家风⑨，望在城市传承。

走进院子，湖风拂面，心旷神怡。蓦然回首，夫人也在凭窗观赏。美目盼兮，新房如妆！我顿时浮想联翩，遐思万种。尤其感到美能激发灵感，也能内在折射⑩，不由得在我书房对面围墙上用秃笔题诗一首：

**感赋**

乔迁幸遇灵秀助，粉墙无瑕映画图。

泥地草绿泛清波，只为近处是西湖！

注解：①根雕书法：用树根粘制的书法。②书剑气：我的卧室里挂着龙泉宝剑和老作家姚雪垠题赠创作园的一副对联：“凝眸春日千潮涌，挥笔秋风万马来。”寓意“书剑飘零”和奋斗人生。③自费出版：指拙著自传体长篇小说“匹夫三部曲”。④前妻：发妻金蕾芳，曾任浙江越剧团编剧，与我共同创办杭州初阳台文学创作园，1998年病故，享年57岁。⑤两部展览学专著：《展览艺术——展览学导论》和《中国展览史》。⑥古圣绝学：孔子曾赞“鲁阙之象育人”，为中国最早展览学说，后一直被学界忽视，故钱老呼吁“为什么没有一门展览学？”而我发奋继之。⑦“我为展览狂”：原为《杭州日报》一篇记我口述的文章标题。⑧跨洋送展：由此美国三位总统（克林顿、小布什、奥巴马）相继来信祝贺。⑨耕读家风：我在故乡浦江县潘周家父辈故居里办有“耕读家展”，迄今已有17年了。⑩当年白居易“山寺月中寻桂子”，如今桂花树已成杭州市树。为纪念这位桂花诗圣，我在卧室窗外的桂树下，用石子为他筑了一条微型五彩路，用故乡带来的溪石造了一个微型赏月台。

这篇文章打印出来后，我请祝华先看，她通常是我的第一读者，能提中肯意见。可这次，她不仅没提一点意见，还说：“明天我请我的初中同学来家做客，每人赠送一份。”催我再去复印一些，意即可广为散发。

第二天早上，我们就在书房前和基辛格铜像之间的门廊地砖上，摆起两张玻璃桌。一方一圆，相映成趣，更与艳阳天的斑斓园景融为一体，正合我们想在家中搞个接待角的愿望。不一会，十几位男女老同学一进我家，都高声欢呼：“哇！这么漂亮的房子！”“哇！这么珍贵的地段！”驻足细品后，更赞我们把家庭布置成“展示室”，变陈设为智囊，饶有风味，甚至惊叹：“真想不到，在市区竟可过这样优雅的生活！”那欢声笑语一阵阵传进我的卧室，我也暗自庆幸，对祝华的秀慧感佩不已。他们谈天说地、吃喝玩乐，这里成了一个我们开办的农家乐！

过了几天，祝华又把以前教书时的同事请来欢聚。他们同样既赞房子又赞文章。尤其有位年逾古稀的女同事，竟把这篇散文带了回去。以后每次碰到范祝华时，她总是说：“祝华，我一直在读你们老潘的那篇文章，写得真好，百读不厌！”

这让我受宠若惊。须知一篇短文，要获得素不相识之人的满口称赞，并不容易。不几天，当我把这篇短文送给一位朋友，他给科室里的人看了后，也是一位中年女士，对我赞不绝口。我想，我与她从未谋面，他们科室我也是第一次踏进，不想就迎来连声赞誉，那是一种上帝恩赐，还是确有意蕴？联想到唐代大诗人，也曾是杭州太守的白居易，其诗富含情味，雅俗共赏。自述“凡乡校佛寺逆旅行舟之中，往往有题仆（谦称自己）诗者；士庶僧徒孀妇处女之口，每每有咏仆诗者”。我不敢与大诗人相比，但一篇作品能受到我的同档平民欢迎，我恨不得把他们也引为文学知己！

说到文字知己，这当儿我又碰到一件幸事：清明前一天，一位从未谋面的边远山乡的坐轮椅姑娘，突然给我寄来四盒“御品天成，润而泽福”的“和雅”名茶，那是价值不菲的高山“明前茶”。她来电说：“潘老师，我叫林晓云，泰顺县的残疾人。20 多年前，我写了两篇乡镇企业家的创业史，您润色后都在您主编的报告文学丛书《世纪之春》中发表了。不想这下改变了我的命运，不久我被调入县残疾人联合会，工作至今。现在我的女儿也是中学生了，非常感谢您。这 20 多年来，我一直在找您，就是找不到。”这些年我搬了三次家，原来的地址、电话号码都改了，一般情况下是很难找到我的。我也早把她忘了。自从创办初阳台文学创作园后，这类情况经常碰到，也就不多留意。尤其对于文学际遇，自认已成边缘人物，更不去“走亲访友”了。今天，一位失联 20 多年的残疾人文学青年还记得我，以后更可成为文学知己了！我无以为报，立刻寄了一套自视描写文学人生的《匹夫三部曲》，请她仍以文学青年的眼光帮我多提意见。我想把这首较有典型意义的文学哀曲，打造成较有新意的“古训育人”之曲！

“三鸿”即潘杰父亲鸿祺、伯父鸿逵、叔父鸿儒，全力传承耕读家风，卓有成效。为此众弟妹（包括堂弟妹）将三鸿故居办成耕读人家纪念馆，以承父志，弘扬传统。站在大门口的是潘杰胞弟宗进，小学教师，退休 10 多年来一直义务管理此馆

# 第二十九章

# 峰回路转

古人说：见贤思齐。见到好的事情，就想跟着做。我在传扬中美友谊中，做过两次类似的事。一是 1980 年春，中国改革开放伊始，浙江省作家协会邀请美国作家安格尔、聂华苓夫妇来杭讲学，地点在我们浙江展览馆三楼小会议室。那时我在该馆文化科工作，又混充是个作协会员，就由我负责接待，主要是给主讲人泡茶续水。谁知聂华苓说："我们夫妇近年在美国创办了一个国际笔会中心，每年邀请外国作家到我们中心去写作四个月，费用全由我们夫妇在美国筹措。"我听了极为激动，觉得资本主义国家有的好事，我们社会主义国家也应该有。于是立刻回家与已是剧团编剧的妻子金蕾芳商量：我们在杭州也办一个。筹措五年，终于创办了杭州初阳台文学创作园，专门接待国内写作条件有困难的作家和作者来园创作，三个月一期，费用全由我们夫妇筹措。

二是 2013 年秋，在去美国为基辛格博士九十华诞祝寿前夕，我们看到报上有条激动人心的消息，说习近平主席不久将访美，将在美国加州安纳伯格庄园与奥巴马总统会晤。这个庄园终年阳光明媚，又名"阳光之乡"。它是美国知名慈善家和外交家沃尔特・安纳伯特大使和夫人莉奥诺・安纳伯特的家，长期以来，一直是美国总统与各国领导人会面的宜人地点。从艾森豪威尔到乔治・W. 布什，几乎历届美国总统都曾在那里的粉色围墙内和全世界领导人会晤，谋求全球和平，促成国际协议。我立刻浮想联翩，热血沸腾。到美国后，就向山庄管理部门写信，推荐在中美两国元首这次会晤期间，也可展出我们带去的"中美友好正能量"展览，即使两国元首和他们的随行人员没时间看，让从世界各地蜂拥到山庄采访的广大记者看看也好。后因我们推荐的时间过迟，山庄无法安排而作罢。但我们在美巡展完回国后，我便向浙江省委夏宝龙书记写了一封信，建议把西湖刘庄也打造成能经常让中外国家元首会晤休息的东方“阳光庄园”。并说浙江人文荟萃，出色景点很多，都可打造成东方系列“阳光庄园”。后来省委有关部门回信说，这些需要中央安排，以后可以考虑，并表扬我的启发性建言。

我觉得这已不光是“见贤思齐”，而是美能给人以灵感。刘庄八角亭，过去能给周总理、基辛格博士灵感，敲定前所未有的中美第一个联合公报。今天，西湖波光潋滟、灵气氤氲，到处充满着智慧和创意，这是多么难能可贵！于是，当《杭州人手册》主编约我为该书写稿时，我就写了一篇《中美联合公报诞生记》，特别点明刘庄“玉立庄北水际的八角亭，真可谓具有八方呼应、邻水益智的非凡特色”，并说现在的刘庄，不仅有“主席文化”（毛主席在刘庄起草新中国第一部宪法，他还住过多次），可以游览，而且有望成为世界名园。想不到这后一句话很快得到实现。

2015年11月间，杭州将于次年举办G20峰会的特大喜讯传来，全城沸腾。报纸根据市府指示，立即提出“人人都是东道主，G20峰会请你建言献策”的倡议。各种美化环境的工作也立刻展开。人们奔走相告，喜跃抃舞。12月初，杭州公共外交协会通知我去参加理事大会，叶明主席、张鸿建副主席相继动员，要我们起带头作用。我回来后格外兴奋，觉得不仅自己的“东方阳光之乡”的构想无形中已由政府切实接手，而且可在这场“东道主活动”中有所表现。我当即给中共杭州市委赵一德书记写了一封信，建言“由于我家院子里竖了一尊基辛格博士半身铜像，可请明年在杭召开的G20峰会代表莅临参观”。并附上一篇我们纪念馆为什么要为基辛格博士竖像的文章，请他指教。

不几天，接到杭州市外办回电，说这次G20峰会活动都由外交部直接安排，且会议主题是商讨经济问题。这有一定道理。但我们能否请奥巴马总统顺便来我们家做客，以尽东道之谊？

早在奥巴马总统2008年第一次上任时，我们就给他寄过贺信和礼物——我写的励志长篇纪实小说《云暗雪山》。此书我在写作时很有感触，便在书的封底上印了两句自作聪明的箴言：“有些人，形势好转了依然害怕；有些人，形势恶化了仍能坚持。——谨将此书献给敢于挑战危机的人。”想不到这几句话大概经翻译给奥巴马知道了。他上任时正值世界经济危机爆发，便和夫人一起给我和祝华回了信：

我们对你们的礼物致以最衷心的感谢。我们很高兴得知你们对我们的支持。当我们一起努力应对当今巨大挑战时，我们希望你们也会继续积极参与，而不置之度外。

再次感谢你们的礼物。

巴拉克·奥巴马

米歇尔·奥巴马

信发自华盛顿白宫，又盖着粉红邮戳，我们喜出望外。一部自费出版的在国内新华书店无法上架公开出售的可怜书，竟成了与美国总统沟通情感的桥梁。记得当年我的两部展览学专著出版时，前妻金蕾芳正患重病住院，那时我已年逾花甲，她躺在病床上抚摸着两本书对我说："潘杰，看来这是你一生中最有分量的两部书了。"可我现在这部书，竟登上美国总统的书架了！我真想在她坟前烧一本给她。她也是视书如命的人，尤其是《中国展览史》，是她病重住院时，我在她的盐水瓶下含悲茹酸写成的，可谓是我俩的生命之作。且内容又吸收了钱学森的科学指导，填补了一门史学空白。文章千古事，得失寸心知，我俩都有共同感受啊！我的回忆录写到这里（2017年2月14日下午2时），忽接北京中国展览馆协会张小姐来电，说协会想扩大展览影响，准备再版我的《中国展览史》一书。我说我的展览学著作还有一本是《展览艺术——展览学导论》，但按钱学森院士的观点，此书只能叫《展览馆学》。因为展览学是教育学的一部分，它"要指导展览馆学、博物馆学、科技馆学、美术馆学、动物园学、植物园学等等"。我在撰写《中国展览史》时就遵嘱改正了。张小姐说此意很好，她要向领导汇报一下。看来我的展览学著作也有望"峰回路转"。不知是我这章的章名取得好，产生连锁反应，还是金蕾芳泉下有知，在暗中保佑我呢?!

既然与奥巴马曾有书信往来，他现在又来杭州赴会，按照中国人的习俗，朋友来到本地，应该请他来家做客。孔子说："有朋自远方来，不亦乐乎！"奥巴马这朋友来得够远了！于是我们夫妇给他写了一封邀请信。

信寄出后我又想，奥巴马可能来不了我们家。一是他在杭州只待两天，都要开会；二是现在安保很重视，有关部门未必会安排他出访。怎么办？我又想走熟门熟路，还是送一套书给他，以慰我思念之苦。这书就是我的"匹夫三部曲”。匹夫者，平民也。此书记我一生的奋斗历程，不过采用小说形式。一则可以避免有关人员对号入座，二则我自认为小说耐看。现在很多人不想看书，小说也许还有读者，而奥巴马是平民总统，我们是平民百姓，感情相通。于是我起了一个新的总书名《一部送给美国总统的情谊小说》，附上我们夫妇的两行赠言，都有英文翻译，以便让他们夫妇亲自看到。

但是，这书怎么送？我想，美国驻上海总领馆的人，这次G20峰会肯定能见到奥巴马总统，而我与驻沪总领事葛瑞风先生曾有交往。以前我们的“中美友好正能量”大型展览在杭州司徒雷登故居开幕时，他曾应邀带了不少随员前来剪彩。后来我又与他一起在杭师大礼堂向广大师生演讲中美友谊。我便把这套书寄给他，请他帮忙转交奥巴马总统。为了表示敬意，我特请浙江人民美术出版社一位编辑为我设计了一个漂亮封套，再请一家广告公司用宣纸精裱，相当高雅。临近峰会，此事被《杭州日报》透露了。我们仍不张扬，也没向有关部门汇报，生怕送礼不成，成了空话。

不几天，峰会就要开幕，杭城立刻变成了一个花的世界：许多临街房子，粉刷一新，上面都绘有水粉画；许多主要街道，两旁都做起花坛。有的地方搭起牌楼，楼壁上也栽起真实花草。尽管中秋未到，市树桂花已送早香；盛夏已过，西湖的荷花依然绽放。尤其在湖西欢庆的大舞台，晚上华灯闪烁，流光溢彩。人们庆贺着举世盛会，赞美着国势隆兴，期盼着杭州的国际声誉日益提高，站立潮头。我想，到那时，杭州全城真的变成东方“阳光之乡”了！

即将开幕之时，我们夫妇没有上街，只待在电视机前欣赏种种繁华和美景。不想开幕前一天，美国驻沪总领馆两位副领事，在我们副馆长程军的陪同下，不期来到我们家，一是访问，二是告知总统这次很忙，无暇走访我们家。但第二天上午，他们驻华大使要来我们家。这也是一个大喜消息，我们立即连连道谢。

第二天上午9时许，浙江省委常委、省统战部长王永康，在杭州市下城区区委书记陈卫强和区统战部长周刚的陪同下来到我们家。我们颇感意外，难道他们也是来见美国驻华大使的？连忙请他们坐下喝茶。他们见我们书房门口的院子里竖有一尊基辛格博士半身铜像，忙问来历。我们告以这是既经基辛格博士本人同意（他审阅了泥塑像照片），又蒙外交部批准的。他们都很惊喜。祝华去抽屉里拿来基辛格博士给我们的一叠信，其中有封就讲到对我们馆为他竖像“十分感动”。他们几位也很感动。由于我们书房墙壁上还挂有钱学森夫妇旅欧合影，他们又问起我们与钱老的关系。我简单讲了钱老指导我创建展览学的事，祝华又去抽屉里取来钱老给我的18封亲笔信。他们一一见了，几乎要对我们刮目相看。我们接着简单介绍这些年来创办中美友谊民间纪念馆的情况。这时，王永康部长就问我们办馆有什么困难。祝华见部长征求意见，而区委书记也在座，她觉得省市领导都在身边，分外亲切，竟大胆地说："我们办馆，别的困难都没有，经费都是我们夫妇退休工资在支撑。唯一的困难就是馆址问题。我们办馆已经18年了，原来是上城区政府借给我们一套废弃的小学教学楼，用了5年，后来又向司徒雷登故居借用了3年。最后为了给基辛格博士竖铜像，不得不向女儿借了一套临街的房子，因为纪念馆必须是街面房，一直用到现在。但那房子在亲亲家园，属余杭区，是远郊，交通很不方便，观众很少。今年为了迎接G20峰会，估计峰会期间会有中外游客来我们家参观，便把基辛格铜像也搬来了，就放在书房前的松树下，别有情趣。"三位领导来我们家时，首先参观了这尊铜像，并在铜像前与我们夫妇合影留念，现在看到我家的这一切，对我们更了解了。王部长就对陈书记说："老陈，他们这个困难，你们区能不能帮助解决一下?"祝华立刻接过话头兴奋地说："陈书记是一把手，他说了顶用。陈书记，我们的希望，寄托在你身上了。"我也附和说："我们祝华是从小成长在下城区，工作也在下城区，当了30多年的小学教师，桃李满下城。她还是你们下城区民进组织的成员，参与议政呢！"说得大家哈哈大笑。因为对民主党派都有一种亲切感。

仅仅过了两三天，我们纪念馆突然接到美国驻中国大使馆的一封来信，信是驻华大使写的，虽然时间是2016年9月22日，但似乎就写在杭州：

> 亲爱的潘教授：
>
> 由于我目前正在参加G20杭州峰会，无暇分身，无法访问你们家庭，以及欣赏你们收集的中美友谊纪念馆的资料和纪念品，为此表达我的歉意。我知道你们会见了我们的两位领事，他们对你和你夫人评价极高。谢谢你们将近20年献身于支持我们两国的友谊事业。
>
> 我衷心希望你们在为友谊馆寻找一个永久性的家的路上一切顺利。请你们不要忘记与我国驻上海总领馆保持联系。
>
> 马克斯 · 博卡恩

春风吹绿江南岸，杭州G20峰会，也使我们纪念馆峰回路转，豁然开朗。一天，我又突然接到杭州下城区副区长邵伟华的电话，说："我们下城区委已开过常委会议，决定帮你们解决纪念馆的馆址，现在有三处地方，可让你们挑选！”

好家伙，这真是“天上掉下个林妹妹”！我们焦思苦想等了10多年，怎么今天一朝得来全不费功夫？柳暗花明，太感谢了。随后几天，我们夫妇都去实地看了，最后确定中山北路419号院内二楼这一处。此处有105平方米，又是市中心的临街房子，人来人往，络绎不绝，更与司徒雷登故居只差几十步路，观众可以接着参观两个中美友谊景点，真是官办民办互为映衬，双璧生辉，并驾齐驱。

现在，这个纪念馆已迁往新址正式开张了。进了大门先是一个方方的大院子，公用场所，四张大圆桌可让观众稍坐歇息。楼梯上当街挂着一块迎客牌：参观中美友谊展览请上二楼。人们拾级而上，略一左拐，抬头便是一个小平台，一把绿色的遮阳伞构成一个小凉亭，正如欧阳修在《醉翁亭记》中所说：“峰回路转，有亭翼然。”亭中一张小方桌旁分列四把藤椅，观众到此都可小聚坐谈，甚至仿古一醉。由于楼梯两旁都有绿化装饰，观众还可随手拍照，留个登楼倩影。

进了馆门，仰头便见一扇门旁挂着一块小招牌：中美友谊研究室。有展览又有研究，几乎是个学术机构，也为深化纪念有了理论指导。迈入展厅，首先映入眼帘的画面，是在高大隔墙上横书的“中美友好二百年”七个大字，那就是整个纪念馆展出内容的总标题。总标题下便是习近平主席的一段哲理性语录：“中美友好，根基在民众，希望在青年。”那是2015年9月25日习主席在美国西雅图华盛顿州当地政府和美国友好团体联合欢迎宴会上演讲的警句。殷殷之心，启人心智，也一下点明了我馆的意义和前景。再下面，便是展览“前言”和代表中美友好的两国元首在会谈时握手言欢的合影。更可贵的，今年（2017年）4月6日，习主席在美国佛罗里达州海湖庄园与美国新总统特朗普友好会晤时，明确提出“中美两国关系好，不仅对两国和两国人民有利，对世界也有利。”并强调“我们有一千条理由把中美关系搞好，没有一条理由把中美关系搞坏”。金言玉语，非同凡响。而我们馆，就在4月23日，非常荣幸地承办了一个与此相呼应的“中美青年友好对话会”。那是美国西华盛顿大学与浙江大学、浙江工商大学、杭州师范大学数十位师生欢聚一堂，畅谈未来，多层级思考如何做一个合格的全球公民。这活动每年一次，已办三年，我馆都曾承办。这次除了在馆内全体交流外，还安排了两位美国学生和三位中国学生，连续四天来我们家帮助整理中美友谊资料，全用手机扫描，可成电子档案，帮助我们解决了一大难题。

展厅中央，除了舒适的书吧，可供观众阅读我馆关于中美友谊的各种著作，包括以前展出过的各个展览小样外，还竖有基辛格博士半身铜像，让人自然想起他对推动中美友谊的丰功伟绩，从而继往开来，发扬光大。

穿过最后一道隔墙，便是一个别开生面的实物展览，既有纪念馆创办以来人家赠送的书画挂轴，又有办馆二十年来的简要历史，而且提纲挈领，发人深思。我把它名之曰“办馆之缘”，其缘分有：

一、改革开放促使我们想老有所为
——结婚登记次日即申请办馆
二、兴办创作园曾让我们试水中美交流
——确信中美友好必能互补双赢
三、钱学森召唤我继续钻研展览学
——纪念馆可成体验学说新载体
四、前妻临终遗言敲击丈夫心灵
——登报征婚果然续弦和鸣

我把上述四缘做成对联模样的屏条，下面就是诠释屏条内容的有关实物，全放在一个精致的玻璃长柜中，让观众细观详察，揣摩底蕴。

紧接着，便是“办馆之趣”一栏，列了如下十趣：一、三位总统来信；二、基辛格两次接见；三、连办专题展览；四、三次赴美展出；五、巡展全省各地；六、出版友谊专著；七、开展多种交流；八、参加国际论坛；九、两国媒体传播；十、退休工资办馆。同样，在这栏下，也有许多异彩纷呈的实物陈列玻璃柜中。这些玻璃柜有横有竖，坚固耐看，都是附近一家超市的珠宝经理陈利群小姐改业后，知道我们在做公益事业而主动赠送的。这是一种爱心互照，得道多助。我们办馆以来，常有类似乐助，十分感人。

那么，我为什么要把上述严肃的馆务列为趣事？因为开办该馆，本来就是我们夫妇和几位志同道合者出于内心需要，自己要做。从来没人来强迫，也没人来督责，完全是一种高尚的志趣行为，爱国的社会使命。即使花了钱，也很开心。特别是“浙江收藏”文物商店的经理胡龙官、杭州金龙压滤机厂厂长赵国平、浙江省文化厅老厅长沈才土先生，自我馆创办以来，一直大力相助，携手并进，终使谊馆不断成长，为人乐道。只是我才疏学浅，两袖清风，许多工作没有做好，问心有愧。而经验已有，需要已显，我很想把整个纪念馆办成一个传扬中美友谊的永久平台，也树立一个凡人可为世界大事效力的标杆，让有志之士一展时代风采！

当热情的观众参观完整个纪念馆，即将步出展厅之际，抬头会看到第一道隔墙上，有一段基辛格博士十多年前就致杭州人民和我馆的寄言，语重心长地做了送行：

> 我谨向杭州人民致以亲切的问候和美好的祝愿。深切希望中美友谊纪念馆能永远成为增进美中两国友好和相互了解的桥梁。

观众们带着阵阵欣慰步上喜乐的旅程！

这是加州“阳光山庄”，而今杭州日益灿然

40 位中美与会人员在我馆新馆址的大门口合影留念

# 尾　　声
# 明月赏光

前次内部印制的尾声，谓之“明月赏光”。这次正式出版，依然沿用。那是山河依旧，月色仍明，且有越见其朗之趋，愈觉其明之势。君不见黄河之水天上来，中美友谊之水大洋来！龃龉摩擦虽常有，风雨过后是晴天。而我们纪念馆，月色更添春色好，芦风胜似竹风幽。别的不说，单是这次乔迁馆址，就得多方赏光，甚至基辛格博士的铜像也青辉映射，圆我馆梦。此番出版，先得浙江省新闻出版广电局出版处的引荐，浙江工商大学出版社的臂助，乃至一些年轻人的热情出力。我因年迈想画句号，决定对办馆二十年来个总结。而此书初印至今，已有五载，遂将这五载经历写成最后三章。可我不会打字，而出版日期迫在眉睫，无奈之下，只得到处求人。三位熟悉的姑娘俞爱贞、傅贤娟、朱春燕闻讯请缨，分头连夜完工。浙江展览馆馆友潘嘉晶突击帮助排版，浙江大学女博士斯嘉、浙江工商大学学生汤苏剑，帮我将书中增加的四个彩页说明译成英文，保持统一。而我因疾后体衰，范祝华犹如朗照在我左右的溶溶月色，让我泛舟湖上，悠游清波。

联想到波光潋滟，更为兴奋。习主席说：“中美友好，根基在民众，希望在青年。”我们在美国的两个青少年——孙女潘西子和孙子潘源，最近为了帮助我们两老邀请基辛格博士来杭剪彩，也代我们写了英文邀请信。碧波荡漾，令人欣慰。所以，对于一直来帮助举办这个中美友谊民间纪念馆的仁人志士、亲朋好友，我们在此均表诚挚谢意。

潘杰　于 2017 年春，时年八十四

**纪念馆地址：杭州市下城区中山北路 419 号院内二楼**

**潘杰通讯地址：杭州市武林桥河下 4 号 102 室　　邮编：310006**

**手机：15355054731　　　　宅电：0571－86846012**

**邮箱：panjiehangzhou@163.com**

明月出东山，光照大地

2016 年夏，范祝华去美探亲，一家为小孙子生日聚餐。左起：长子潘柯、媳妇梅静、奶奶祝华、孙女潘西子、孙子潘源、小客人

## 附录一

# 中美“两超关系”决定地球命运

德国《柏林日报》政治编辑贝蒂娜·菲斯特林

有一天你醒来，世界已经变了。渐进的过程和微小的步伐似乎在一夜之间发生了质变。2012 年 11 月秋末的这几天将被作为这样的时刻停留在我们的记忆中。因为这个时刻让我们看到未来的世界秩序是什么样子的。

美国和中国的领导人换届碰巧时间上接近，迫使人们得出这样一种认识：眼下又有两个超级大国，它们的关系决定着我们这个星球的命运。但这两个超级大国的差异多得不能再多。

美国这个有些上了年纪的西方霸权在经济上面临困难且遭受债务大山重压——尽管它的军事力量仍然强大。不过美国仍然是一个充满活力的民主国家。当然很多事情与以前不同。华盛顿和北京之间的冲突不是意识形态对抗。中国精英让他们的孩子到美国读书，这是没有问题的。与苏联不同，中国不重视积极输出社会模式。中国不想在中亚或非洲建立卫星国，而是想保证自己获得原材料。尽管如此，由于提供廉价贷款和慷慨援助，中国的影响力还是在不断增加。西方对此没有做出太多回应，仍把自己的价值观和援助条件挂钩。

更危险的是军事较量。在新一波民族自豪感的推动下，中国要求地区霸主地位。美国不想放弃自 1945 年以来享有的太平洋主导地位。它正把兵力从欧洲转移到远东，结果导致可怕的军备竞赛。拥有惊人的 230 万现役兵力的中国正在加速研发战斗机、军舰和网络战技术。现在迫切需要军控谈判，但不论北京还是华盛顿似乎都对此没有兴趣。

在制度竞争中，中国最大的加分项是20年来持续不断的经济繁荣。这不仅让该国有资本挑战美国，而且也给它带来了这么做的合法性。中国在全世界享有威望，因为它的国家模式非常成功。但这也意味着，它不太能承担得起制度中的弱点。比如，中国国家主席胡锦涛所作十八大报告指出，反腐败解决不好可能导致亡党亡国。

我们这些在冷战时期处于事件中心的欧洲人，在新世界秩序中被挤到了边缘。这与日本在尖阁群岛（即我钓鱼岛及其附属岛屿——本报注）争端中的感受不同，我们还没有立即感觉到中国在太平洋上争夺霸权。

迄今为止，我们还非常幼稚地盼望进入中国市场并希望中国投资拯救欧元，而不去考虑我们会对它形成依赖。我们在长期内承担不起这种依赖性。世界已经变了。

（本文原标题为《世界新秩序》，刊于2012年11月15日《参考消息》第14版）

纽约联合国广场上的“破碎的地球”

# 附录二

# 致旅美华人女士、先生求工信

数次来美，得识钧座。萍水相逢，备感荣幸。
人生苦短，唯谊久长。冒昧致信，万望海涵。
拨冗披阅，并赐教诲。我年七二，已逾古稀。
当此高龄，本应安逸。奈经沧桑，深觉有责。
中美两邦，世界大国。交谊匪浅，风云多变。
然而谊者，人间纽带。舍此情愫，必惹祸患。
虑之再三，挺身创馆。既能展览，又可推广。
长年活动，雅俗共赏。中美友谊，得以高扬。
节衣缩食，夫妇苦干。建馆七年，成绩斐然。
迄今已办，六大展览。来美展出，好评纷传：
民间声音，真实客观。克林顿贺，布什祝愿。
基辛格题，陈香梅赞。有识之士，齐声称善。
馆在杭州，西子湖畔。房属借用，即将归还。
公益大业，岂能中断？再接再厉，方能圆满。
我虽年迈，筋骨未老。昔有武训，行乞兴学；
今乃有我，打工办馆！专此致函，恳请相援：
帮我推介，助此义行。保姆管家、看屋守园、
照顾老人、家教作传，粗细文武，样样能干。
诚恳负责，素有美誉。立志于此，在所不辞。
倘能合作，更为欢迎。共襄盛举，世所瞩目。

谊馆虽小，意蕴非凡。山不在高，有仙则名；
水不在深，有龙则灵。如有贤达，亦请荐引。
投桃报李，厚德永铭。援手事迹，将镌馆碑。
大洋彩虹，因您增辉；中美佳话，平添新声。
愿君采撷，谱写史乘！
顺致大祺。

杭州中美友谊民间纪念馆 潘 杰 敬上
2005 年 12 月于华盛顿 DC

初稿于 2012 年冬，紫云山庄紫竹苑一位学生借给的房子
定稿于 2013 年春。出版前定稿于 2017 年春，新宅仰松庭

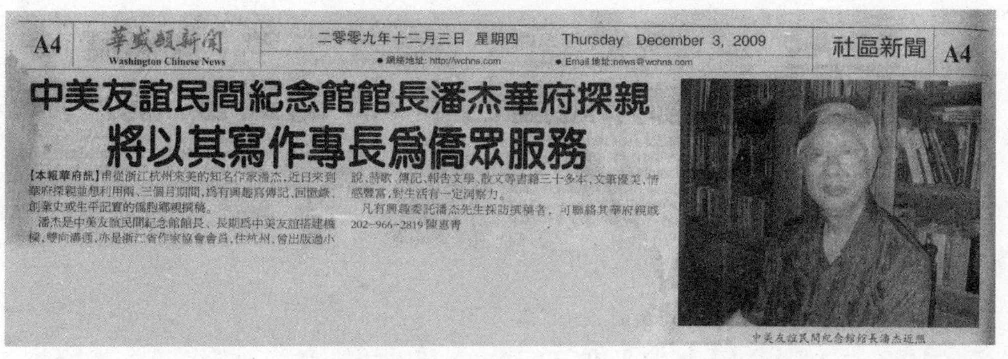
A4 華盛頓新聞 Washington Chinese News 二零零九年十二月三日 星期四 Thursday December 3, 2009 社區新聞 A4
● 網絡地址: http://wchns.com ● Email 地址:news@wchns.com

中美友誼民間紀念館館長潘杰華府探親
將以其寫作專長爲僑眾服務

【本報華府訊】甫從浙江杭州來美的知名作家潘杰，近日來到華府探親並想利用兩、三個月期間，爲有興趣寫傳記、回憶錄、創業史或生平記實的僑胞鄉親撰稿。

潘杰是中美友誼民間紀念館館長、長期爲中美友誼搭建橋樑，雙向溝通，亦是浙江省作家協會會員，住杭州，曾出版過小說、詩歌、傳記、報告文學、散文等書籍三十多本，文筆優美，情感豐富，對生活有一定洞察力。

凡有興趣委託潘杰先生採訪撰稿者，可聯絡其華府親戚202-966-2819陳惠青

中美友誼民間紀念館館長潘杰近照

在美国华文报上刊登的求工广告

## 附录三

# 潘杰著作与展览一览表

### 一、学术专著

1.《展览艺术——展览学导论》（48 万字）
2.《中国展览史》（68 万字）

### 二、文学创作

1. 长篇小说《云暗雪山》（50 万字）
2. 自传体“匹夫三部曲”:《零见钟情》《情定文园》《园架彩虹》（合计 70 万字）
3. 中篇小说《金铆钉与台山仔》
4. 传记文学《宋濂传》
5. 报告文学《她用微笑征服世界——桑兰的故事》（获全国优秀青年读物奖）
6. 办馆回忆录《草根架彩虹》（30 万字，曾作基辛格博士九十华诞礼书赠送）
7. 电影剧本《地上的长虹》
8. 散文集《聊赠一枝春》《喜赠一枝秋》

### 三、中美友谊专著

1.《与基辛格博士谈心》《友谊是金》《彩虹飞架太平洋》
2. 专论与画集《中美友好二百年纪念画集》（中英文对照）

## 四、社会人文

1. 与余小玲、王熔斌合编：《春华秋实》（创办杭州初阳台文学创作园文集）
2. 与朱杰合选并译成白话文的古代笔记小说《觚賸》
3. 与叶宗轼合著、中英文对照、美国出版的《人类社会发展史纲要》《世界公民简明读本》《伟大的批判》《人化与文化》

## 五、专题展览

1. 集中传扬中美友谊的："中美友好二百年"（中英文对照）、"桑兰之歌"、"为基辛格博士八十华诞祝寿"（中英文对照）、"华人在美国的奋斗与贡献"、"中美军民并肩抗日"（中英文对照）、"她用舞蹈写了一部中华文化大书"、"中美乒乓外交四十年"（中英文对照）、"中美友好正能量"（中英文对照）
2. 传扬钱学森院士事迹的："钱学森院士先进事迹""大师情怀——钱学森与展览学""缅怀恩师钱学森和夫人蒋英教授"
3. 传扬中华耕读家风的："三鸿耕读人家纪念展"